THEODOR KRÖGER · *Heimat am Don*

THEODOR KRÖGER

HEIMAT AM DON

Fleischhauer & Spohn

2. Auflage (1981)

Satz: IBV Lichtsatz KG, Berlin
Druck und Einband: Wilhelm Röck, Weinsberg
Umschlagentwurf: Jürgen Reichert
ISBN 3 87230 028 8

THEODOR
KRÖGER

*HEIMAT
AM DON*

I

Unbeweglich, wie ein gewaltiger Klotz, beide Arme weit nach vorn gestreckt, die Zügel fest in den Fäusten, lenkt der bärtige Kutscher die Equipage durch die Straßen von Sankt Petersburg.

»Hoo-o!« ruft er unüberhörbar von Zeit zu Zeit, und während die Passanten vor dem trabenden schwarzen Hengst mit langem, gestriegeltem Schweif aus der Fahrbahn der Straße zur Seite weichen, nehmen die Polizisten Haltung an. Sie wissen, wem der Wagen gehört. Der Schwarze schlägt Funken aus den groben Pflastersteinen. Edel biegt sich sein Hals unter dem breiten Krummholz.

Zurückgelehnt in die Polster der Equipage, genießt Johann Rapp die abendliche Fahrt durch diese schönste Stadt des Nordens, deren Glanz und Pracht er lange nicht mehr gesehen hat. Die Luft ist herb vom nahen Meer. Rapp atmet tief, und sein junges, braungebranntes Gesicht lächelt glücklich, während seine Augen die seit Kindheit vertrauten Wahrzeichen von Sankt Petersburg voll Begeisterung aufnehmen.

Die Isaaks-Kathedrale, die monumentalste und glanzvollste Kirche der Metropole, liegt jetzt vor seinen Blicken.

Alexandergarten... Hier klingen an sonnigen Tagen fröhliche Kinderstimmen...

Westlich der Admiralität erhebt sich auf dem blumengeschmückten Petersplatz das berühmte Reiterbild Peters des Großen. Fast zu seinen Füßen flutet die Newa vorbei, an der der Zar im Jahre 1703 den Grundstein für diese Stadt legte. Welch gewaltiger Anstrengungen hatte es bedurft, um diese Metropole – das russische Venedig – inmitten des Sumpflandes zu erbauen!

Die Admiralität... Ihre Fassade erstreckt sich über einen

halben Kilometer und ist von Säulenreihen umgeben. Zu beiden Seiten der Einfahrt tragen drei weibliche Figuren die Weltkugel. Über diesem Tor erhebt sich der Admiralitätsturm und darüber eine fast 100 Meter hohe dünne, vergoldete Spitze, die eine Krone und ein Schiff als Wetterfahne trägt.

Baron Rapp wendet den Blick nach rechts zum Schloßplatz. Dort steht im weiten Bogen die kolossale Front des Generalstabsgebäudes mit seinen 800 Fenstern. In der Mitte des Platzes ragt mächtig die Alexandersäule empor, mit ihren 30 Metern Höhe der größte Monolith der Neuzeit.

Der Schloßgarten ... umgeben von einem schweren, eisengeschmiedeten Gitter, auf dem der doppelköpfige Zarenadler prangt ...

Das braunrote Winterpalais ... dessen »Diamantenzimmer« alle Kroninsignien birgt, das berühmte Zepter mit dem 185 Karat schweren Diamanten »Orloff«, dem größten der Welt ...

»Hoo-o!« ruft erneut der bärtige Kutscher und verscheucht die Betrachtungen des jungen Baron Rapp.

Sein Blick gleitet flüchtig über die alte Ermitage, ihre Brücke über den Winterkanal, das Palais des Großfürsten Nikolai Michailowitsch, den kleinen Suworoffplatz mit dem Bronzestandbild des berühmten Feldherrn ... und schon donnern die Hufe des Hengstes über das Pflaster der Trotzkij-Brücke.

»Hoo-o!« läßt sich wieder die fröhliche Stimme des Kutschers vernehmen. Alle Menschen scheinen froh zu sein an diesem Juniabend des Jahres 1914. Ja selbst die Wolken über den dunklen, langgestreckten Konturen der düsteren Peter-Paul-Festung haben zarte rote Ränder.

Vor wenigen Tagen noch war Rapp über die endlosen Felder des väterlichen Gutes in der Ukraine geritten, jetzt fuhr ihn der Wagen des Obersten Wolkoff zu einem Fest. Er wußte, daß ihm der Frack ebenso gut stand wie die Reitjoppe. Daß die heutige Einladung eigentlich einen geschäftlichen Hintergrund hatte, störte ihn nicht. Man würde zwischen eleganten Frauen und dem reichen Luxus dieser nordischen

Hauptstadt gewiß nicht dauernd von Geschäften reden.

Hinter der Brücke eilte der Wagen wieder einen breiten Prospekt entlang, dann hielt er vor einem großen Hause mit festlich erleuchteten Fenstern. Die Klänge einer Kapelle drangen bis auf die Straße. Am Zaun standen einige dunkle Gestalten, sie lauschten der Musik und betrachteten die anfahrenden Equipagen. Niemand sprach ein Wort.

Rapp sprang aus dem Wagen, drückte dem Kutscher ein Silberstück in die Hand, dann eilte er die Freitreppe empor und betrat die Diele des Wolkoffschen Hauses.

Strahlende Helligkeit umfing ihn, der Lärm vieler Stimmen und das Lachen froher Menschen schollen ihm entgegen. Während ein Diener ihm Hut und Mantel abnahm, beobachtete Rapp eine Dame, die vor dem Trumeau stand. Sie war nicht mehr jung, aber als sie nun dem Spiegelbild ihres Mannes zulächelte, der hinter ihr stand, war es das Lächeln einer liebenden, glücklichen Frau. Der schon ergraute Offizier nickte ihr zu, dann räusperte er sich, runzelte die Stirn und drehte energisch an seinem Schnurrbart.

In diesem Augenblick kam der Sohn des Hauses, der junge Leutnant Alexander Wolkoff, und begrüßte die Gäste. Sorglos, liebenswürdig faßte er Rapp an beiden Händen und lachte übermütig: »Wanja, endlich bist du wieder in unserem schönen, alten Petersburg! Komm, ich will dich vorstellen!« Und zu dem Paar gewandt:

»Mein Freund, Baron Rapp, Gutsbesitzer in der Ukraine... Oberst Koschkin und Gemahlin.«

Der Oberst grüßte freundlich.

»Ihr Name ist mir bekannt, Baron Rapp. Wir lagen vor einem Jahr im Manöver auf einem Ihrer Mustergüter. Es waren schöne Tage, in denen es uns an nichts fehlte.«

»Auch wir beide haben uns damals kennengelernt«, sagte Alexander. »Wir hatten die Aufgabe, das Gelände um das Gut Fredersdorf von Feinden zu säubern und erlitten durch Oberst Koschkin eine vernichtende Niederlage. Seine Reiterei hat uns in die Flucht geschlagen.«

Der Oberst lachte laut auf. »Ich kann mich gut entsinnen,

lieber Sascha. Von diesen Tagen habe ich meiner Frau damals ausführlich geschrieben.«

Die Frau des Obersten nickte ihm zu. Er nahm ihren Arm.

»Übrigens bitte ich, meinen Vater für kurze Zeit zu entschuldigen«, warf Alexander ein. »Er hat anrufen lassen. Eine außerordentliche Sitzung im Kriegsministerium.«

Oberst Koschkin stutzte. »Jetzt – im Sommer? Wo wir uns alle vorbereiten, in Urlaub zu gehen, und uns hier verabschieden wollen?«

Er schüttelte nachdenklich den Kopf. Die Blicke der Frau hingen an seinem Gesicht. Für einen kurzen Augenblick war ein Schatten über die kleine Gruppe geglitten. Und diesen sonderbaren Blick der Frau, in dem Ahnungen und Besorgnis aufschreckten, vergaß Rapp nie.

Doch Alexander führte sie schon in die Gesellschaftsräume.

Rapp ließ sich von der Menge treiben. Er begrüßte befreundete Offiziere, ihre Frauen, Schwestern und Mütter. Hier und dort, im Vorübergehen, beantwortete er einen Zuruf, eine Neckerei, einen neugierigen Blick, küßte eine Hand oder ließ sich vorstellen.

Ein schlanker Offizier in der Uniform der Kosakengarde Seiner Majestät des Zaren tanzte mit seiner Braut an ihm vorbei, Iwan Chonenko, sein bester Freund von Kindheit an, und die tatarische Prinzessin Fachrutdinoff.

»Wir tanzen schon, seit wir hier sind!« rief ihm das Mädchen entgegen. Rapp lachte und nickte ihnen zu.

Etwas abseits, auf einem kleinen Sofa, saß die Frau des Obersten Wolkoff. Sie trug ein weites, weich fallendes Kleid, und ihre großen blauen Augen mit den langen Wimpern gaben dem schmalen Gesicht etwas seltsam Verträumtes. Sie war eine jener zarten Frauen, die nur in einem sorgsam behüteten Gehege gelebt haben und die jede Berührung mit der Häßlichkeit der Außenwelt nur verwunden kann. Rapp nahm die Hand, die sie ihm bot, fast behutsam auf, wie etwas sehr Edles und Zerbrechliches.

In diesem Augenblick erhob sich langsam ein Mann von ihrer Seite, eine hohe wuchtige Gestalt mit hellen Augen unter buschigen Brauen. Das Gesicht war gerötet, die Haare von einem so hellen Blond, daß sie beinahe weiß erschienen.

»Herr Kommerzienrat Habermann... Baron Rapp«, stellte die Hausfrau vor.

Rapp verneigte sich. Das war also der Mann, dessentwegen er heute hauptsächlich hatte kommen müssen.

»Ich soll Ihnen Grüße und die Einladung meines Vaters übermitteln, Herr Kommerzienrat«, sagte er höflich.

»Danke. Wenn es mir die Zeit erlaubt, werde ich ihr gern Folge leisten. Vielleicht läßt sich aber auch alles in Petersburg besprechen.« Er wandte sich wieder Tatjana Wolkoff zu, die sich unruhig umsah.

»Ich verstehe nicht«, sagte sie, »daß mein Mann heute so spät vom Dienst kommt. Es tut mir sehr leid...«

Rapp ging weiter.

An eine Tür gelehnt, stand einsam ein Kosakenoffizier. Er beobachtete versonnen die Menschen um sich herum. Rapp stellte sich neben ihn, ohne daß er es bemerkte.

Bunte Uniformen neben eleganten und rauschenden Balltoiletten tanzten vorüber, vereinzelt das stumpfe Schwarz eines Frackes, hier und da leuchtete Schmuck auf, Orden, Lackstiefel.

Rapp stieß den stillen Zuschauer an. »Malst du schon wieder, Doroschenko?«

Der Offizier lachte. »Du weißt ja, ich male in Gedanken immer. Ich tauge mehr dazu als zum Soldaten.«

»Wo ist deine Braut?«

»Oksana ist noch in Nizza. Wir heiraten im Herbst. Sieh mal dieses Mädchen.«

»Wo?«

Doroschenko wies mit dem Kopf in die Richtung. »Dort, neben Olga Wolkoff. Ich beobachte sie schon die ganze Zeit. Sie hat ein apartes Gesicht.«

Rapp sah hin. Das Mächen, das neben der Tochter des Hauses stand, unterhielt sich mit einem Fähnrich. Sie war auffallend dezent gekleidet.

»Sieh das Haar«, sagte Doroschenko, »dieses Blond, und dazu das Braun der Augen. Eine von den sieben Schönheiten! Der volle, kindliche Mund und der Trotz der klugen Stirn, wie ist das zu vereinen?«

Rapp sah noch immer hinüber. »Sie muß sehr jung sein«, sagte er. »Wer ist sie?«

»Ich schlage vor, wir lernen sie kennen.«

Sie gingen auf die Gruppe zu. »Olga Alexandrowna, stellen Sie uns, bitte, dieser Unbekannten vor«, bat Doroschenko lachend.

Olga hob leicht die Hand. »Baron Johann Rapp – bei uns ›Wanja‹ genannt – und Petro Doroschenko, in erster Linie Maler, in zweiter Linie Rittmeister. Die Unbekannte ist nicht nur Ihre Tischdame, Wanja, sondern sogar eine Landsmännin von Ihnen – Alexa Habermann.«

Rapp verbeugte sich. »Sehr einverstanden«, erwiderte er deutsch.

Er sah, wie ein Funken des Unwillens über die Stirn des Mädchens flog.

Das war also die Tochter des großen blonden Mannes? Sie gefiel ihm gut. Aber ehe er noch ein Wort an sie richten konnte, wurde er von lautem Stimmengewirr unterbrochen. Alle horchten auf.

»Meine lieben Gäste, ich bitte vielmals um Entschuldigung!« klang eine tragende Stimme durch die Räume.

»Vater ist endlich gekommen!« rief Olga und eilte ihm entgegen. Auch die anderen Gäste drängten sich um den schlanken grauhaarigen Obersten in der Dienstuniform. Rapp sah, wie er mit einer Handbewegung alle Anwesenden begrüßte, sich zu seiner Frau niederbeugte und ihre Stirn küßte. »Verzeih, Liebste, es war mir nicht möglich, früher zu kommen.« Dann schüttelte er Habermann die Hand und begrüßte Olga. Sein Gesicht sah müde und überarbeitet aus, aber er zwang sich zu einem liebenswürdigen Lächeln.

»Ich schlage vor, meine Herrschaften, wir huldigen jetzt den kulinarischen Genüssen. Meine Dienstuniform bitte ich zu entschuldigen.«

Oberst Koschkin hielt ihn zurück. »Was ist vorgefallen, Konstantin? Eine außerordentliche Sitzung – jetzt, im Sommer?«

Wolkoff sah sich um, frohe Gesichter blickten ihn an, nur einige wenige lauschten neugierig. Er hob kurz die Hand.

»Meine Herrschaften«, sagte er laut, »ich kann Ihnen in Kürze mitteilen, was sich ereignet hat. Es liegt kein Grund zur Besorgnis vor, wenn der Anlaß meiner Verspätung auch nicht erfreulich ist. In Sarajewo ist heute früh um halb elf Uhr auf den Erzherzog Franz Ferdinand von Österreich, den Thronfolger, und seine Gemahlin ein Attentat verübt worden. Ihre Hoheiten sind den Verletzungen erlegen. Nähere Einzelheiten fehlen noch.«

Einen Augenblick herrschte lähmende Stille. Dann schwirrten Fragen durcheinander, erst leise, bald immer lauter und erregter. Wieder hob Wolkoff die Hand. Er stand groß und distinguiert mitten im Raum. Obgleich er nur die Dienstuniform ohne Orden trug, war er doch der Mann aus der unmittelbaren Umgebung des Zaren. Die Macht seiner Stellung und seines Wortes war jedem bekannt. »Meine lieben Gäste – Serbien ist weit ... Rußland wird von dem tragischen Vorfall nicht betroffen. Mehr darf ich nicht sagen.«

Der Speisesaal erstrahlte im lebendigen Licht vieler Kerzen. Es war Rapp, als tauche er in ein Meer von Helligkeit, als er Alexa an ihren Platz führte. Gelbliche, duftlose Rosen schmückten den langen Tisch, die Flammen spiegelten sich in den Gläsern, dem Silber und in den Augen der Menschen. Jedes Gesicht verlor seinen alltäglichen Ausdruck, schien besonders schön und von geheimnisvollem Reiz zu sein.

Die Augen des Mädchens an seiner Seite glühten wie dunkler Bernstein. Das Licht hob ihre klare Stirn und das sanfte Rund ihrer Wangen zart hervor. Ihr helles Haar schimmerte weich.

»Sind Sie mir böse«, fragte Rapp, »daß ich ›sehr einverstanden‹ sagte?«

»Nein.«

»Weshalb sehen Sie dann so ernst aus?«

»Ich kann nichts für mein Gesicht«, sagte sie kühl.

Sie hatten ihre Plätze am Tisch gefunden. »Aber mir gefällt es«, antwortete er, als sie sich setzten.

Jetzt schien sie wirklich erzürnt. Rapp betrachtete sie aufmerksam von der Seite.

»Vertragen Sie keinen Scherz?«

Sie antwortete nicht.

»Welch schweigsame Tischdame!«

»Ich habe es nicht arrangiert.«

Sie gefiel ihm immer besser – vielleicht war es gerade ihre Verschlossenheit, der Ernst dieses jungen Gesichtes, was ihn so fesselte.

»Erzählen Sie mir ein wenig von Berlin«, bat er. »Ich habe dort Landwirtschaft studiert, und manchmal habe ich richtige Sehnsucht, einen Nachmittag ›Unter den Linden‹ zu bummeln.«

Er wartete auf eine Antwort.

Das Mädchen blickte verträumt vor sich hin. »Es war schon sehr warm«, sagte sie, »als wir abfuhren. Man sah überall helle Kleider, und in der Stadt herrschte ein reges Leben und Treiben. Vielleicht kam es mir nur so vor...«

Rapp lauschte dieser leisen, sympathischen Stimme, er hörte kaum, was sie sagte, aber der Klang der deutschen Worte gab ihrem Gespräch eine stille Vertrautheit. Er hatte lange nicht mehr seine Heimatsprache gehört, auch auf dem väterlichen Gut wurde meist Russisch gesprochen. Das Mädchen blickte ihn unsicher von der Seite an, sprach weiter, kleine stockende Sätze, so, wie die Erinnerungen in ihr aufstiegen und versanken. Dann schwieg sie verlegen. Aber auch Rapp wußte eine Zeitlang nichts zu erwidern. Er sah stumm die Tafel entlang, in die vielen Gesichter, die im warmen Schein der Kerzen leuchteten, er hörte das Lachen und Plaudern, das Klingen der Gläser, das leise Klirren der Bestecke. Er beobachtete, wie Kommerzienrat Habermann mit verhalten-zärtlicher Bewegung das weiche Orenburger Tuch um die Schultern der Frau des Hauses legte und wie deren scheuer Blick das Gesicht ihres Mannes traf. Es schien Rapp, als verbinde Tatjana Wolkoff und Habermann etwas Unausgesprochenes.

Alexas Stimme störte ihn auf: »Leben Sie schon lange in Rußland?«

»Ich bin hier geboren«, antwortete er, »auf unserem Gut Fredersdorf in der Ukraine. Mein Vater übernahm es nach dem Tode unserer Verwandten, die schon zur Zeit Katharinas der Großen auswanderten und keinen direkten Erben hatten...«

»Und was führt Sie jetzt nach Petersburg?«

»Geschäfte«, antwortete er kurz und sah wieder über den Tisch hinweg auf den großen blonden Mann mit den kalten Augen. Habermann aß schweigend, schien aber allen Gesprächen in seiner Nähe aufmerksam zu folgen.

Rapp erzählte ein wenig von dem Gut.

»Wissen Sie, daß ich einigermaßen Russisch spreche?« fragte Alexa plötzlich, und Rapp blickte sie erstaunt an.

»Ich habe es gelernt, als Olga Wolkoff in Berlin Medizin studierte.«

»Ach, dann sind Sie die deutsche Freundin, die zusammen mit Olga auf der Hochschule war und das Studium vorzeitig aufgab?«

»Ja«, antwortete sie und wurde ein wenig rot.

»Warum taten Sie es?«

»Ich habe den Anatomiesaal nicht ertragen können.«

»Und jetzt machen Sie überhaupt nichts?« fragte er ernst. Im ersten Augenblick wollte sie schroff entgegnen, aber sie stand schon ein wenig unter dem Bann seiner raschen, zupackenden Art, so daß sie nur verlegen die Achseln zucken konnte. Dabei stieg wieder eine zarte Röte in ihre Wangen.

Tatjana Wolkoff hob die Tafel auf.

In kleinen Gruppen, einzeln und paarweise, verließen die Gäste den Speisesaal.

Da und dort wurde noch eifrig über den Mord von Sarajewo diskutiert, während Wolkoff wohl absichtlich, um keine trübe Stimmung aufkommen zu lassen, von der letzten Parade vor dem Zaren erzählte.

Rapp blieb neben Alexa. Die anderen erschienen ihm alle wie eine große Familie. Es waren manche darunter, die er Freunde nennen durfte, und deshalb glaubte er zu fühlen, daß dieses blonde Mädchen hier einsam war.

Wenig später tanzte Rapp mit Alexa nach den Klängen eines Walzers. Ihre Herbheit wich einer fast kindlichen Offenheit. Immer häufiger lächelte jetzt der junge Mund, und die braunen Augen strahlten in sein frohes Gesicht.

Dann forderte er Olga Wolkoff zum Tanz auf. In ihr hatte er stets mehr einen guten Kameraden als eine Frau gesehen. Vielleicht brachte es ihr Beruf mit sich. Sie war mit voller Hingabe Ärztin und gewohnt, selbständiger zu handeln als andere Mädchen ihrer Kreise.

Ob ihm seine Landsmännin gefalle?

»Gut, ausnehmend gut.«

»Sie weiß noch nicht recht, wohin sie gehört, seitdem sie das Studium aufgab«, erklärte Olga mit ihrer ruhigen, klaren Stimme. »Aber es gibt wenige Menschen, die ihr dabei raten. Sie klagte mir, wie bedeutungslos ihr Leben und wie allein sie in Berlin sei. Ihre Eltern ließen sich scheiden, als sie zehn Jahre alt war. Die Mutter fehlt also, und Habermann kümmert sich nur um seine Geschäfte. Ich erzähle Ihnen das alles, weil ich glaube, daß es Sie interessiert, Wanja.«

Ihre grauen Augen sahen ihn aufmerksam an. Rapp nickte.

»Sie schließt sich schwer an Menschen an; diese Norddeutschen sind herber und oft schroffer als wir Russen. Wer Alexa gewinnen will, wird ihrem Leben einen Inhalt geben müssen, nicht nur Vergnügen und Reichtum.«

Rapp hätte gern noch mehr über Alexa erfahren, aber der Tanz war zu Ende. Olga setzte sich neben ihre Freundin. Die beiden Mädchen unterhielten sich leise, während Rapp beobachtend hinter ihnen stand. Einmal warf Oberst Wolkoff einen fragenden und besorgten Blick auf die kleine Gruppe, Olga nickte ihm lächelnd und zufrieden zu. Ihr Bruder Sascha flüsterte seiner Braut, einer rundlichen, heiteren Blondine in tief ausgeschnittenem Kleid, zärtliche Worte ins Ohr, und das Mädchen errötete glücklich.

Auf einem kleinen Sofa, umgeben von mehreren Offizieren, saß die Prinzessin Fachrutdinoff. Ihre schmalen, weißen Hände, an denen Edelsteine blitzten, lagen im Schoß, und fast teilnahmslos lauschte sie den vielen Komplimenten, die sie umschwirrten. Nur in ihren Augenwinkeln lag ein kleines Lächeln. Nicht weit von ihr unterhielt sich mit einem Regimentskameraden Iwan Chonenko. Sie schaute zu ihm hinüber, ihm galt ihr Lächeln.

Der Tanz, der Wein, die festliche Atmosphäre hatten alle Schatten und nachdenklichen Mienen verscheucht, keiner dachte mehr an die Botschaft, die Oberst Wolkoff gebracht hatte.

Der Tanz wurde freier, das Gespräch gelöster.

Olga machte Alexa und Rapp auf das Ehepaar Koschkin aufmerksam, das er schon bei seiner Ankunft begrüßt hatte. Eben forderte der Oberst seine Frau zum Tanz auf.

»Sie war ein ganz armes, einfaches Mädchen«, erzählte Olga. »Ihre schönen blauen Augen hatten es ihm angetan. Und es ist die glücklichste Ehe geworden, die ich kenne. Auch er war ein armer kleiner Offizier, aber von eisernem Fleiß und Ehrgeiz beseelt. Für ihn gibt es außer dem Dienst nur diese Frau. Und sie zog mit ihm von einer Garnison zur anderen, sie haben gewiß viel entbehren müssen. Sie wollte kein Kind haben, weil sie ihre Liebe nicht teilen mochte. Nun ist er Oberst, nur dank seiner Zähigkeit und Tüchtigkeit, geachtet und geehrt, und noch immer lieben sie sich wie am ersten Tag.«

Jetzt begann die Kapelle eine Mazurka zu spielen, und wieder tanzte Rapp mit Alexa.

»Bleiben Sie noch lange in Petersburg?« fragte er leise, und ebenso leise antwortete sie: »Ich weiß es nicht. Es hängt von den Geschäften meines Vaters ab.«

»Also vielleicht von mir«, meinte er. Sie sah ihn erstaunt an. »Er hat Ihnen nichts davon erzählt, daß er mit meinem Vater wichtige Verhandlungen führen will?«

»Mein Vater spricht zu mir nie von seinen Geschäften«, antwortete sie kühl, und ein scheuer Blick flog aus ihren Augen in die Richtung, wo der Kommerzienrat mit dem Ehepaar Wolkoff an einem Tisch saß.

Im Arm von Doroschenko tanzte Olga Wolkoff an ihnen vorbei. Auch das Gesicht der jungen Ärztin war jetzt gelöster, sie lächelte den beiden zu.

»Sie sind mir noch eine Antwort schuldig«, sagte Rapp plötzlich, und als Alexa ihn fragend ansah: »Ich möchte gern wissen, ob Sie jetzt etwas arbeiten oder nur in den Tag hineinleben.«

»Ich tat es bis heute«, sagte sie impulsiv. »Aber was könnte ich arbeiten?«

»Sie müssen einen Entschluß fassen«, antwortete er hartnäckig. »Warum tun Sie es nicht? Es liegt doch nur an Ihnen.«

»Bitte, hören wir auf zu tanzen. Wir können dann besser sprechen.«

Er führte sie in einen kleineren Salon, wohin der Lärm der Menschen nur gedämpft drang.

»Ich habe mehrmals versucht, mit meinem Vater darüber zu sprechen«, begann sie, während Rapp sie aufmerksam betrachtete. »Er hat immer nur ein mitleidiges Lächeln für mich, wenn ich ihn bitte, mich in seiner Firma arbeiten zu lassen. Ich glaube, sein einziger Ehrgeiz ist es, mich gut zu verheiraten.«

Unmerklich lächelte er, während ihr Gesicht blutrot übergossen war. Aber sie zwang sich tapfer, weiterzusprechen. »Muß man arm sein, um zu arbeiten? Sie arbeiten doch auch, Ihre Väter haben gearbeitet, und in Ihren Augen bin ich gewiß nichts anderes als ein reiches, verwöhntes Mädchen.«

Vorsichtig, sanft, um sie nicht zu erschrecken, griff er nach ihrer Hand. Sie wollte sie ihm entziehen, aber dann ließ sie es geschehen. Ängstlich, wie ein gescholtenes Kind, blickte sie ihn an. Er schien zu überlegen, dann fragte er leise: »Was würden Sie arbeiten wollen?«

»Alles, was man mir gibt!« rief sie rasch, und er fühlte beglückt den Druck ihrer Hand.

Da zog er diese Hand an seine Lippen, sah ihr lange in die Augen, und seine Stimme hatte wieder den alten draufgängerischen Ton, der sie zuerst erzürnt hatte. »Ich werde Ihnen Arbeit verschaffen! Es wird auf Sie ankommen, ob Sie sich behaupten werden.«

Am frühen Morgen des nächsten Tages warf der deutsche Frachtdampfer »Adler II« Anker im Hafen von St. Petersburg. Die Mannschaft griff zu, machte ihn fest, und schon schob sich vom Kai der Laufsteg hinüber.

Rapp ging schnell über das verwitterte Holz zum Schiff hinauf, hinter ihm die Zollbeamten und ein junger, etwas blasser Mann.

»Sie scheinen in diesem Jahr sogar das Hexen gelernt zu haben!« empfing ihn der untersetzte, stämmige Kapitän. Seine schlauen Augen lächelten Rapp entgegen, als er ihm die Hand reichte.

»Tag, Kapitän Jensen! Ein bißchen so gehext.« Er rieb den Daumen gegen den Zeigefinger und kniff die Augen zu.

»Weiß schon. Drum sind die Herren Zollbeamten heute so pünktlich zur Stelle. Das letzte Mal haben wir endlos warten müssen. Die Buddel Rum war inzwischen ausgetrunken. Man wollte uns überhaupt nicht an Land lassen.«

Jensen dämpfte seine Stimme und schielte nach den Beamten, denen der Erste Offizier die Schiffspapiere vorlegte. »Was gibt es Neues? Spricht man hier vom Krieg?«

Rapp schüttelte energisch den Kopf. »Unsinn! Kein Mensch denkt daran.«

Jensen sah ihn zweifelnd an. »Wenn aber Rußland und Serbien ...«

»Aber Käptn!« lachte Rapp und schlug ihm auf die Schulter, »so früh am Morgen schon in die Rumbuddel geschaut? Serbien ist weit, Rußland ist unzureichend gerüstet, die Offiziere gehen in Sommerurlaub. Wir sind im tiefsten Frieden.«

Jensen wiegte den grauen Kopf. »Man müßte vorsichtiger sein. Sie und Ihr Vater – mit Ihren großen Gütern da unten im Süden – und jetzt wieder neue Maschinen für die Herbsternte ... Wenn dat man gaut geiht!«

»Wenn der Himmel einstürzt, sind alle Spatzen tot. Kommen Sie, wir wollen die Beamten nicht warten lassen.«

Sie machten sich an die Arbeit.

Man begann mit dem Ausladen.

Am graublauen Himmel brannte die Sonne, kühler Wind kräuselte den Newafluß in kleinen Wellen, Barkassen flitzten zwischen den vor Anker liegenden Schiffen aus allen Ländern der Welt umher. Dann und wann ertönte die tiefe Stimme des Dampfers.

Rapp half am Kran, trieb die Männer zur Eile, lachte mit ihnen. Es war nicht der erste Transport landwirtschaftlicher Maschinen, den er hier für die väterlichen Güter in Empfang nahm. Beamte und Mannschaft kannten den jungen Baron, der sich nicht scheute, kräftig selbst mit Hand anzulegen.

»Ej, ej, du Iwan!« rief er. »Los, faß hier an! Herr von Müller, halten Sie mal mit Ihren sauberen Händen meinen Rock ... verlieren Sie aber dabei die Frachtbriefe nicht!« Der Gutseleve von Müller, der Rapp hierher nach Petersburg begleitet hatte, wurde unsanft beiseite geschoben, Rapp stemmte sich unter eine Kiste und gab das Kommando: »Hau ... ruck! Hau ... ruck! Noch einmal! Hau ... ruck! So! Da haben wir den Kasten! Teufel, hat der ein Gewicht!« Seine Stimme war heiser vor Anstrengung.

Der schmächtige, zarte von Müller stand verloren herum und suchte sich aus dem Gesichtsfeld von Rapp zu drücken. Er war seit einigen Jahren im Lande, aber es war nicht seine Art, mit diesen derben, stumpfen Arbeitern und Bauern zu scherzen, und der junge Baron hatte bis jetzt nur gutmütigen Spott für ihn übriggehabt. Immer verpaßte er den richtigen Augenblick, selbst mit anzufassen, und mußte zusehen, wie mit ein paar Worten und derben Zurufen der andere Dinge zuwege brachte, die ihm nie gelangen. –

Stunde um Stunde verging, die leeren Eisenbahnwagen rückten vor und füllten sich einer nach dem anderen.

An der Reling lehnte Kapitän Jensen und kaute am Mundstück seiner geliebten Pfeife. Da hatte er wieder einmal seine »Adler II« glücklich nach Petersburg gebracht, die Zollformalitäten waren erledigt, nun war er sein eigener Herr und konnte tun und lassen, was er wollte. Jahrelang war er über die Ostsee gefahren, er kannte sie kreuz und quer, er kannte auch ihre Schleichwege und die besonderen Möglichkeiten, die man hatte, bei schlechter Sicht, bei Nebel. Er dachte daran, was man zum Beispiel während eines Krieges alles machen könnte, was für Geschäfte, welches Risiko und welcher Gewinn damit verbunden sein könnte. Kapitän Jensen hatte so seine eigenen Gedanken. Es lag etwas in der Luft, man mußte es nur rechtzeitig wittern ... und dann zugreifen ...

Auf dem Kai war ein großer eleganter Herr in Begleitung von zwei jungen Damen erschienen. »Hallo!« rief er zum Schiff hinauf. »Ist Baron Rapp oben?« Jensen nickte, und als die Besucher den Laufsteg heraufkamen, zeigte er mit dem Daumen nur hinter sich und kaute weiter an seiner Pfeife. Auf dem Kai wurde eine neue Reihe Transportwagen bereitgestellt.

Da legte sich eine schwere Hand auf seine Schulter. Langsam wandte er den Kopf, spuckte aus. Der Herr, der eben aufs Schiff gekommen war, stand hinter ihm.

»De oll Habermann«, sagte Jensen leise.

»Ja, so heiße ich. Sie sind der Kapitän Jensen?«

»Jo, das bin ich wohl.«

»Woher kennen Sie mich?«

»In der Rostocker Zeitung waren Sie neulich abgebildet. ›Unser großer Landsmann, der bekannte Importeur Habermann, feiert heute seinen fünfzigsten Geburtstag.‹«

»Sie haben ein gutes Personengedächtnis, Kapitän Jensen.« Habermann sah prüfend in die listigen grauen Augen.

Jensen lächelte, Habermann trat neben ihn an die Reling; es sah aus, als betrachteten beide Männer interessiert die Transportwagen mit den arbeitenden Männern.

»Ich bin Ihretwegen gekommen«, sagte Habermann gedämpft. »Sie wissen, daß mein ganzes Geschäft auf Rußland, die baltischen Provinzen und Finnland eingestellt ist. Ich habe mehrere Schiffe auf der Ostsee fahren.«

»Jo, das weiß ich wohl«, erwiderte Jensen und spuckte wieder aus.

»Ich bin mit einem meiner Kapitäne unzufrieden und suche Ersatz. Einen Mann, der unbedingt ehrlich ist und etwas von Geschäften versteht. Hätten Sie Lust?« Er sah Jensen scharf an. »Verstehen Sie mich, es kommt mir sehr auf die Ehrlichkeit meiner Kapitäne an.«

Jensen sah ihn an, dann kratzte er sich den kleinen Seemannsbart und grinste.

»Sie kennen doch die Ostsee kreuz und quer«, fügte Habermann hinzu. »Nicht wahr?« Jensen verzog keine Miene. Der andere drückte ihm einen Briefumschlag in die Hand. »Hier haben Sie meine Berliner Adresse. Wir können uns aber auch in Rostock treffen oder in Hamburg, wenn Sie es für ratsam und bequemer halten. Überlegen Sie sich die Sache.«

»Gaut«, sagte Jensen und steckte den Umschlag gelassen ein.

»Ich freue mich, daß Sie einverstanden sind, kommen Sie bald, es eilt.« –

Währenddessen hatten Alexa und Olga endlich Rapp gefunden. Habermann war zuerst nicht dazu bereit gewesen, die Mädchen in den Hafen mitzunehmen, aber Alexa, von Olga unterstützt, hatte mit einer Hartnäckigkeit, die neu an ihr war, darauf bestanden. Da hatte Habermann plötzlich gefragt: »Interessiert dich der junge Baron?« Und als Alexa errötete und keine Antwort wußte, hatte er überraschend nachgegeben. So war man denn im Wolkoffschen Wagen hierhergefahren.

Alexa stand neben dem Kran und hörte Rapps anfeuernde Stimme. Gestern auf dem Ball hatte der gesellschaftliche Zwang zwischen ihnen gestanden, er war einer unter vielen gut angezogenen Herren gewesen, liebenswürdig, etwas spöttisch, wenn auch vertrauter als die anderen durch die gleiche Sprache und den eindringlichen Ernst, mit dem er ihren Erzählungen zugehört hatte. Hier schien er ganz in seinem Element zu sein. Im Lärm der ratternden Maschinen, der schreienden Männer, unter diesem durchsichtigen klaren Himmel sah und hörte sie nur noch ihn.

Der Kran hob mit seinem riesigen Arm Kiste um Kiste aus

dem Leib des Schiffes, schwenkte sie in hohem Bogen hinüber zum Kai, der Motor rasselte und puffte Dampfwolken von sich. Dann senkte sich langsam die Last auf den Transportwagen, kräftige Hände griffen zu, ein Kommando, die eisernen Finger öffneten sich, wieder stand ein Stück an seinem Platz. Mit weit gespreizten Fängen schwenkte der Greifer zurück und senkte sich erneut in den Schiffsrumpf.

Der Eleve von Müller trat auf Rapp zu. »Nun kommt die letzte Kiste.«

Rapp sah ihn kurz an. »Deswegen können sie ruhig noch einmal Ihren Rock ausziehen, auch wenn Damen zusehen. Kommen Sie, es ist das schwerste Stück.« Und er lief ihm voraus, den Laufsteg hinunter zum Waggon. Kleinlaut folgte ihm der junge Mann. Alexa sah, wie beide unten zwischen den Arbeitern standen, sie hörte das Rattern des Krans, sah die schwere Last sekundenlang über ihrem Kopf schweben und sich langsam hinuntersenken.

Plötzlich setzte ihr Herzschlag aus. Ein scharfer Knall hatte die Luft zerrissen, Splittern von Holz und unmittelbar darauf ein dumpfes Krachen und Poltern, ein markerschütternder Aufschrei. Die Menschen rannten zusammen.

Rapp war nicht mehr zu sehen.

»Es ist ein Unglück geschehen!« rief Olga und stürzte davon. Voll Angst folgte Alexa und taumelte über den Laufsteg hinunter.

Mein Gott, ich liebe ihn, spürte sie, und das Herz krampfte sich ihr schmerzhaft zusammen. Sie stieß und drängte sich durch die Männer.

Da lag einer am Boden – nein, das war er nicht. Rapp beugte sich über den Liegenden – ein leichenblasses Gesicht –, das war doch der kleine Müller. Schon kniete Olga neben ihm.

»Aufheben, in die Kabine bringen«, kommandierte sie. Rapp bückte sich, schob seine Arme unter Nacken und Schenkel des Ohnmächtigen, hob ihn hoch und trug ihn aufs Schiff. Olga ging hinter ihm. Sie verschwanden in der Kapitänskajüte. Langsam, mit zitternden Knien, folgte Alexa. Sie sah nur diesen breiten, starken Rücken vor ihr, den sicheren schweren Schritt, mit dem Rapp den Verletzten trug, und sie mußte sich an die Reling klammern. So fand sie ihr Vater. Stockend erzählte sie ihm, was sich ereignet hatte.

»Es hätte schlimmer abgehen können«, murmelte Habermann und strich einmal leicht über den Arm der Tochter. »Ein tüchtiger Bursche, der Baron Rapp. Nicht wahr?«

Bald kamen Olga und Rapp zurück, beide waren blaß. In seinem Gesicht stand ein Ernst, den Alexa noch nicht an ihm kannte.

»Die Zehen müssen amputiert werden«, berichtete Olga. »Es ist alles zerquetscht. Der Junge ist für den Rest seines Lebens ein Krüppel. Er wird immer hinken.«

Rapp starrte sie an. »Ist das wahr, Olga Alexandrowna? Zeit seines Lebens?«

Olga nickte. »Ja, Wanja! Aber man darf es ihm noch nicht sagen.«

Alexa stöhnte leise auf. »Wie ruhig du das sagen kannst, Olga.« Sie suchte in den Zügen Rapps, sie sah wieder, wie die furchtbare Last über seinem Kopf schwebte, hörte das Krachen und Splittern, den entsetzlichen Schrei. Doch er blickte an ihr vorbei. Er biß sich auf die Lippen.

»Ich habe nach einem Sanitätsauto telefoniert, Herr von Müller kommt in unsere Klinik, ich werde ihn begleiten«, sagte Olga, und ihre Stimme wirkte beruhigend auf alle.

Habermann brach das Schweigen und trat auf Rapp zu. »Sie werden jetzt nicht in der Stimmung sein, über unsere Geschäfte zu sprechen, Herr Baron. Kann ich Sie heute abend sehen? Und wo?«

»Heute abend?« Rapp strich sich die wirren Haare aus der Stirn und sah den Kommerzienrat zerstreut an.

»Ich bin ein Freund von schnellen Entschlüssen«, erklärte Habermann.

»Gut. Können wir uns im Hotel ›Astoria‹ treffen, wo ich abgestiegen bin?«

»Einverstanden. Wir wollen zusammen zu Abend essen. Meine Tochter kann mich begleiten. Es wird dann gemütlicher. Wir kennen uns ja noch kaum.«

Vor dem Laufsteg hielt das Sanitätsauto. Vorsichtig wurde der verletzte Müller hinuntergetragen. Olga stieg dazu. Auch Habermann und Alexa verabschiedeten sich.

»Auf heute abend«, sagte Alexa leise.

Rapp sah lange dem Wagen nach. Sein Gesicht war noch immer blaß. Der alte Jensen beobachtete ihn eine Weile, dann trat er zu ihm. »Sie brauchen sich keine Vorwürfe zu machen, Herr Baron. Sie haben keine Schuld! Es hätte Sie ebensogut treffen können. Kommen Sie, wir wollen eine Flasche aufmachen.«

Es war Rapp recht. Vielleicht vergaß man so leichter das weiße Gesicht, diesen blutigen, zerquetschten Fuß, den er geholfen hatte, aus dem Schuh zu lösen. Und die schreckhaft aufgerissenen Augen Alexas, die ihn dabei angestarrt hatten.

Sie saßen in der Kajüte, aber Rapp hatte nach dem ersten Glas genug. Er blickte durch das Bullauge über den Hafen hin und rauchte schweigend seine Pfeife. Langsam wurde er ruhiger. Er freute sich auf das Wiedersehen mit dem Mädchen, auf den Klang ihrer Stimme, den vollen, kindlichen Mund, der so leidenschaftlich bitten konnte...

Ruhig, träge floß draußen das Wasser, manchmal schob sich der Leib eines Schiffes vor das Bullauge, tönte dumpf die Sirene eines fernen Dampfers über den Hafen. Jensen trank gleichmäßig ein Glas nach dem anderen. Rapp hörte kaum, wie er vor sich hin murmelte.

»›Les mi wat vör‹, segg ik tau min Fru. – ›Wat sall ik di denn vörlesen?‹ seggt min Fru. – Tschä, min Leiwing‹, segg ik, ›woran ik en beten Spaß häw.‹ Un min Fru blättert innen Kalenner, aber sei künn man swach lesen, un ihr Brill hät sei nich funnen. Un da blättert sei und sah de swatten un roten Regen von den tweifarwigen Text, un hät lesen: ›Swatt un Witt, un Swatt un Witt, un'n beten Rot dormang, ümmer en beten Rot.‹ Und dor segg ik tau min Ollsch: ›Och, Mudding‹, segg ik, ›och Mudding, wat sün dat för tröstliche Wört.‹«

Rapp strich sich über die Stirn. Was hatte der Alte gesagt: »Swatt un Witt – un'n beten Rot dormang?« Er sah sich um, da war aber Jensen am Tisch schon eingeschlafen.

Auf dem Kajütenboden, neben dem Sofa, trocknete noch ein dunkler Fleck – das Blut des kleinen Müller.

Sie saßen zu dritt um den Tisch in der Halle des Hotels, Alexa mit ihrem Vater und Johann Rapp. Das Essen war beinahe schweigsam verlaufen. Dann, als man bei der Zigarre war, lehnte sich Habermann vor. Seine buschigen Augenbrauen waren jetzt zusammengezogen, der ganze Mann schien nur noch gesammelte Energie zu sein. »Ich möchte mich kurz fassen, Baron Rapp«, sagte er. »Wir haben genug Zeit verloren. Ich habe Ihnen einen Vorschlag zu machen.«

Rapp beugte sich vor, auch er war nun gespannt, er wußte, es konnte sich nur um etwas Großes handeln, wenn ein Mann wie Habermann ihn aus der Ukraine hierher bestellt hatte und ihm seit vierundzwanzig Stunden ergebnislos nachlief.

»Wir Deutsche«, begann Habermann und tat noch einen tiefen Zug aus der Zigarre, »machen nicht viel Worte. Auch ich bin kein Freund von leeren Höflichkeiten. Als Geschäftsmann muß man wissen, was man zu bieten und auf der anderen Seite zu verlangen hat.«

»Einverstanden.«

»Ich erstrebe eine vollkommene Zentralisierung der Lebensmitteleinfuhr nach Deutschland. Ich brauche einen Platz in Südrußland, vielleicht dort, wo Ihre Güter liegen, um von dieser Stelle aus auf dem allerschnellsten Wege sämtliche Lebensmittel so frisch wie möglich zu uns gelangen zu lassen. Ich brauche ferner mehrere Herren, die dafür die Verantwortung übernehmen und auftretende Schwierigkeiten aus dem Wege räumen. Wo kann diese Zentrale errichtet werden? Haben Sie eine Vorstellung?«

»Ein Eisenbahnknotenpunkt oder ein Wasserweg müßte gefunden werden.«

»Das ist selbstverständlich. Aber wo?«

»Ich weiß es nicht. Ich habe mich nie dafür interessiert.«

»Hm ... Ich habe ferner die Absicht, einen Großgrundbesitzer für dieses Projekt so zu interessieren, daß er gewissermaßen eine Dachorganisation über mehrere andere kleinere

Grundbesitzer schafft und einen Verwalter- oder, besser ausgedrückt, einen Direktorposten bekleidet.«

Alexa betrachtete abwechselnd die beiden Männer, den erfahrenen, rücksichtslosen Geschäftsmann, der glaubte, mit seinem Gelde alles kaufen zu können, auch Menschen – und das junge, kühne Gesicht von Rapp, über das immer wieder ein leichtes Lächeln huschte. Er schien schon lange zu ahnen, was ihr Vater von ihm wollte. Seine Zigarre war ihm ausgegangen, umständlich stopfte er sich eine Pfeife, und sein Blick glitt immer wieder zu ihr hin.

»Wie denken Sie darüber?« hörte sie plötzlich die sachliche Stimme ihres Vaters. »Ich will Ihre Meinung, die Meinung eines Fachmannes, hören.«

»Eine glänzende Idee, die sich bestimmt verwirklichen läßt«, antwortete Rapp und blies gewaltige Rauchwolken von sich.

Klang seine Stimme nur deshalb so sonderbar? Lag nicht ein wenig Spott darin?

»Interessiert Sie persönlich diese Angelegenheit und diese Organisation, Baron Rapp?« fragte Habermann unerwartet.

Rapp lehnte sich weit in den Sessel zurück, sein Gesicht war offen und unbefangen. »Ehrlich gestanden: nein. Ich habe nur ganz geringes Interesse an Ihrem Vorschlag.«

Habermann warf ihm unter den buschigen Augenbrauen einen scharfen, prüfenden Blick zu. »Wir könnten uns bestimmt über die Einzelheiten einigen, über Konzessionen, Gewinnbeteiligung, Dividende beim Jahresabschluß ...«

»Nein.« Rapp schüttelte den Kopf.

Habermann sprach noch eifriger weiter.

»Ich habe eigene Dampfer, und die Reichsbahn ist bereit, mir ihrerseits die gewünschten Transportmittel zur Verfügung zu stellen, was den Absatz ungemein erleichtern würde. Ich gehe sogar weiter: ich habe die Absicht, in wenigen Tagen Ihnen und Ihrem Vater konkrete und für mich bindende Vorschläge zu machen.«

Wie fremd war die tiefe Falte zwischen Alexas Augenbrauen, wie schmal der junge Mund zusammengepreßt. Ihre braunen Augen erschienen fast schwarz. Vergeblich suchte Rapp ihren Blick, sie schaute starr vor sich hin. Schämte sie sich der Aufdringlichkeit ihres Vaters?

»Warum sind sie so ablehnend? Wir können doch über meine Vorschläge diskutieren . . .«, hörte er wie von weit her Habermanns Stimme. Er raffte sich zusammen, sah den Kommerzienrat ruhig an.

»Ich spreche hier im Auftrag meines Vaters. Unsere Güter sind größer als die ganze Provinz Brandenburg und zählen zu den Mustergütern Rußlands. Nicht eine Kopeke Schulden ruht darauf. Das verpflichtet. Wir haben außerdem riesige Gelände, wo das weltbekannte tscherkessische Vieh und mehrere hundert Pferde gezüchtet werden.«

»Was wollen Sie damit sagen?« unterbrach ihn Habermann ungeduldig.

»Daß uns dieser Wohlstand vollauf genügt!« Die Antwort klang bestimmt und fast wie ein scharfer Hieb. Habermann stellte sein Glas weg und schwieg.

Rapp wandte sich zu Alexa. »Wir unterhalten uns hier die ganze Zeit und haben Sie völlig vergessen. Darf ich Ihnen zum Wein Petits fours bestellen? Mit einer knusperigen Käsekruste? Sie schmecken herrlich. Sagen Sie ja!«

»Bitte – das esse ich sehr gern«, sagte sie, und ihre Blicke trafen sich erneut. Sein Gesicht war jung und froh, ohne Falschheit, zum Greifen nah.

Habermann war nichts entgangen. »Man lernt doch im Leben nie aus«, meinte er bedächtig. In seinen Augen lag plötzlich ein gutmütiges Lächeln, er griff zum Glas. »Kommen Sie, trinken wir! Trink, Alexa, es ist ein guter Wein!« Er füllte die Gläser. »Ich habe bei dieser kurzen Unterredung mit Ihnen etwas gelernt, was ich früher nie wahrhaben wollte: man muß sich nach Geschäfts*freunden* umsehen, nicht nur nach Partnern. Auf Ihr Wohl, Baron Rapp!«

»Ich kann ein völlig abschließendes Urteil über Ihre Pläne natürlich nicht abgeben«, antwortete Rapp schnell. »Ich bin auch nicht befugt, ein endgültiges Ja oder Nein zu sagen. Ich mache Ihnen den Vorschlag: sprechen Sie selbst mit meinem

Vater. Kommen Sie zu uns in die Ukraine. Vielleicht läßt sich doch noch ein Weg zur Verständigung finden.«

»Gut, Baron Rapp, ich werde kommen, vielmehr – wir werden kommen.«

»Alexa! Alexa!«

Es war noch dämmrig im Zimmer, sie hatte die Vorhänge zugezogen und ahnte nicht, wie spät es war. Völlig verschlafen machte sie Licht. Olga stand, fertig angezogen, über sie gebeugt.

»Was ist?«

»Telefon! Rapp will dich unbedingt sprechen.«

Alexa folgte Olga durch die Zimmer. Die Fenster standen offen, das Stubenmädchen kam mit dem Besen an ihnen vorbei. In der Halle hantierte leise ein Diener.

Sie hob den Telefonhörer auf, sie war noch immer nicht völlig wach und hatte eine fremde, kleine Stimme. »Ja?« fragte sie.

»Ich muß Sie heute sehen«, sagte Rapp sofort. Er sprach sehr ruhig und klar.

»Ist etwas geschehen?«

»Ich reise heute abend.«

»Ach!« sagte sie erschrocken.

»Wann kann ich Sie sehen?«

»Ja – sofort – natürlich –«, antwortete sie schnell. »Ich könnte gleich in die Stadt fahren. Wo sind Sie jetzt?«

»Treffen wir uns vor der Isaaks-Kathedrale, um halb zwölf Uhr«, lachte er. »Ich kann mich erst in drei Stunden freimachen. Einverstanden?«

»Gut, um halb zwölf!«

Sie hängte ab und drehte sich um. Olga stand erwartungsvoll hinter ihr. »Du hast es wirklich eilig. Komm, wir fahren nachher zusammen.«

Erst als sie drei Stunden später neben Olga im Wagen saß, wurde Alexa unsicher. Die Freundin beobachtete sie aufmerksam. »Du siehst aus wie ein kleines ängstliches Mädchen«, sagte sie. »Es ist gut für dich, daß die Entscheidung da ist. Alles, was klar ist, so oder so, ist besser als das Warten. Du liebst ihn doch?«

Alexa nickte nur, fast waren ihr die Tränen nah. Olga legte den Arm um sie. »Man soll sich nie fürchten vor einer Entscheidung, Alexa. Man muß mutig sein!«

Alexa streichelte die Hände, die vieler Menschen Leid und Schmerzen linderten und das Leben so fest anzupacken verstanden.

»Du weißt, daß Rapp dich liebt«, sagte Olga leise. »Sein Empfinden ist klar, einfach und ohne Umwege. Jetzt, noch bevor er abreist, möchte er mit dir sprechen. Er handelt richtig.«

Die Uhr, die am Gurt hinter dem Rücken des dicken Kutschers befestigt war, zeigte, daß es schon halb zwölf Uhr vorüber war. Die Kalesche eilte die Reihe der Paläste entlang. Dann hielt sie.

Auf den Stufen der wuchtigen Isaaks-Kathedrale wartete Rapp und grüßte. »Ich hole dich später ab«, sagte Olga schnell. »Viel Glück!« Und schon fuhr der Wagen weiter. Alexa stand vor Rapp; an ihnen vorbei stiegen die Gläubigen die Stufen empor zur Kathedrale.

Er führte das Mädchen durch den »Alexandergarten«. Die Bäume rochen nach frischem Harz, der graublaue nordische Himmel spannte sich über die Stadt, und die Sonne funkelte in den zahllosen Kuppeln und Kreuzen der Kirchen.

Sie sprachen wenig.

Vom Newakai wehte kühle Wasserluft zu ihnen herüber. Der Fluß war in gewaltige Granitmauern eingezwängt. Kleine, mit Menschen überfüllte Dampfer schnellten dahin. Dann und wann dröhnte die tiefe Baßstimme eines riesigen Schleppers, der dicke Rauchwolken gegen den Himmel stieß und mühselig seine Lastkähne hinter sich herzog.

Beide fühlten, daß ein einziges Wort, ein Blick, eine Berührung genügen würden, um das zu offenbaren, was sie empfanden. Vielleicht zum ersten Mal in seinem Leben war Rapp unsicher.

»Ich werde Herrn von Müller mit nach Hause nehmen«,

begann er, um nicht länger zu schweigen. »Er wird auf dem Gut dieselbe Pflege haben wie hier. In der Klinik fühlt er sich nicht wohl.«

»Ja, das wird das beste für ihn sein.«

»Es ist Sommer – er wird sich gut erholen.«

Sie schwiegen wieder.

Plötzlich löste sich aus einem kleineren Turm der Peter-Paul-Festung eine weiße Wolke; die laute Detonation eines Schusses rollte über die Stadt hinweg.

Das Mädchen zuckte zusammen. »Warum wird geschossen?«

»Es ist Punkt zwölf Uhr. Nach diesem Schuß können alle Petersburger täglich ihre Uhren stellen.« Er nahm ihren Arm, der noch leicht zitterte. »Ich merke aber, daß wir beide heute ein wenig traurig sind, obwohl wir keinen Grund dazu haben. Ich habe mir über Nacht alles überlegt. Sie wollen doch arbeiten? Versuchen Sie es erst einmal bei uns auf dem Gut. Es ist sehr schön bei uns. Deshalb gab ich mir auch Mühe, Ihren Vater zu einem Besuch zu überreden.«

»Aber er wollte doch sowieso mit Ihrem Vater noch über sein Projekt sprechen...?«

»Alexa!« Er drückte ihren Arm fester an sich. »Ich habe es doch nur Ihretwegen gesagt. Zu Ihnen kann ich ehrlich sein: Rapps machen keine ›Geschäfte‹. Und eine Zugabe brauchen wir nicht.«

Sie blieben stehen, und er sah lachend in ihre erstaunten Augen.

Da nahm er sie plötzlich in die Arme. Sie hielt ganz still. Er beugte sich zu ihr und küßte sie.

»Du sollst immer bei mir bleiben, hörst du?«

»Wanja...« Im Ton dieses einen Wortes lag ihre ganze Zärtlichkeit.

Habermanns Petersburger Geschäfte waren beendet. Nur selten war er zum Mittagessen oder des Abends gekommen, und auch dann hatte Alexa ihn nur flüchtig gesehen. Einige Tage nach Rapps Abreise begleitete er sie in ihr Zimmer hinauf. Dort setzte er sich vor das große Fenster mit der Aussicht über die Newa zum fernen Schloß und blickte seine Tochter nachdenklich an, als wollte er ihr etwas Wichtiges mitteilen. Sie wartete unsicher und unruhig. Er saß lange am Fenster und schwieg. Dann begann er plötzlich zu sprechen, langsam und stockend erst, als rede er mit sich selbst oder als müsse er Rechenschaft ablegen vor einem fremden Richter.

»Ich habe nicht viel vom Leben gehabt – in den letzten Jahren. Keine Freude, keine Stunde bewußt empfundener Muße habe ich mir gegönnt. Ich gebe zu, ich bin nicht immer auf geraden Wegen gegangen. Aber was bedeutet das? Nun bin ich bald am Ziel.«

Er stand auf und machte einige Schritte durchs Zimmer, dann setzte er sich der Tochter gegenüber und stützte den Kopf in beide Hände.

»Alexa«, sagte er nach einer Weile, »die Menschen, die dich in Petersburg umgeben, zählen zur Elite der Bevölkerung. Sie sind die wenigen wirklichen Männer, auf deren Schultern das Schicksal des riesigen Landes und der Monarchie ruht. Sie sind die treuesten Stützen, die auch im schwersten Sturm, der plötzlich über Rußland losbrechen kann, stehenbleiben werden. Es sind Männer wie Bodmer in Berlin. Ich aber bin ein Autodidakt, ich kenne meine Ahnen kaum, ich habe mich selbst, mit meiner verbissenen Energie, emporgearbeitet.«

Weshalb sagte der Vater das alles? Noch nie hatte er so zu ihr gesprochen, so stolz und zugleich so menschlich vertraut. Und immer schwang im Unterton eine Bitte mit. Was wollte er von ihr?

»Jeder von uns hat Pflichten – für den einen sind sie näher, für den anderen weiter gesteckt. Auch dich haben andere nötig, denen du dich nicht entziehen darfst, an denen du arbeiten kannst, weil sie dich und nicht dein Geld brauchen. Es können Zeiten kommen, wo du selbst für dich sorgen mußt.«

Wieder schwieg er eine Weile; es war ganz still im Zimmer. Alexa wartete. Dann sagte er plötzlich in einem leichten Ton, als handle es sich um Nebensächliches: »Wir werden morgen abend nach Kiew abreisen, dort bleiben wir ein paar Tage und fahren anschließend auf die Güter des Barons Rapp. Ich würde mich sehr freuen, wenn du zu ihm – etwas liebenswürdig sein könntest.«

»Ich liebe ihn«, sagte sie leise und bestimmt.

Er blickte auf und sah ihr in die Augen: »Ich danke dir, Alexa, daß du mich verstanden hast. Unsere Zukunft ist jetzt klar – ganz klar.« Sie sah, wie seine Finger ineinanderglitten und sein Kopf sich stolz erhob.

Die Räder ratterten schon seit zwei Tagen, und das Land schien kein Ende zu haben. Brachland, Wälder, breite, gewaltige Flüsse, Hügel, Steppen wechselten miteinander ab, manchmal eine Station, Menschen ohne Hast und Eifer, und weiter ratterten die Räder. Der nächtliche Himmel war von seltener Klarheit, kometenhaft flogen an den Fenstern glühende Holzkohlenfunken der fauchenden Lokomotive vorbei. Am Morgen stieg am fernen Horizont die Sonne empor und überflutete die strahlende, sie erwartende Landschaft, die sich weit und uferlos wie ein Meer ergoß.

Alexa blickte aus dem Fenster. Dies sollte ihre neue Heimat sein. Sie wußte nur das eine: daß sie zu Rapp fuhr, daß er ihre Heimat war, schon jetzt. Sie erschauerte vor Glück bei dem Gedanken, daß ein einziger Mensch, noch vor kurzem ein Fremder, Unbekannter, alle ihre Gedanken und Wünsche so restlos ausfüllen konnte. Noch nie hatte sie dieses Wunder erlebt. Sie dachte an Berlin, an den Mann, der wohl im stillen gehofft hatte, sie einst zu gewinnen, den Hauptmann Heinz Ulrich von Bodmer. Er war ihr immer ein wenig fern und fremd geblieben und nach Ansicht des Vaters keine »Partie« für sie.

Voll Tatkraft war er einst in ihr Leben getreten. Eine herrenlose Dogge ging auf einen blinden Bettler los. Sie hatte versucht, das kläffende Tier zurückzuhalten. Im selben Augenblick, als ihre Kräfte schon versagten, griff eine feste hagere Hand nach dem Halsband des Hundes. Dieselbe Hand hob auch den Taststock des Blinden auf und gab ihm dadurch seine Sicherheit wieder. Jemand setzte sie in einen Wagen, brachte sie nach Hause, sprach ruhig auf sie ein, und erst als er sich verabschiedete, sah sie ihn an: das kluge, stolze Gesicht, die ritterliche Haltung. So war es geblieben. Immer war er mehr Freund und Beschützer als Werbender. Über alles konnte sie mit ihm sprechen, aber nie schlug ihr das Herz schneller dabei. Er gehörte zu den Männern, die ein Leben lang um eine Frau werben und auf sie warten können, ohne dabei die innere Sicherheit, den Respekt und die Haltung zu verlieren. Und mit derselben Haltung würde er sich auch in den endgültigen Verzicht schicken. Sie beschloß, ihm zu schreiben, sobald sich die Möglichkeit dazu bot. Das war sie ihm schuldig.

Dann schob sie die Gedanken an Bodmer wieder von sich. Was vor ihr lag, war so berauschend schön und stark und neu, daß man nicht zurückdenken durfte, es war zugleich so weglos und unbekannt wie diese unendliche Steppe, die zu einer weiten, weiten Wanderung zu rufen und zu locken schien.

Einige Male fuhren sonderbare Transportzüge an ihnen vorbei nach Westen, unförmige Gebilde waren auf den offenen Plattformen verladen, aus den gedeckten Waggons schauten Pferdeköpfe und lachende Gesichter unter breiten Tellermützen.

»Militär«, sagte Habermann. »Vielleicht sind hier in der Gegend Manöver.«

»Jetzt, im Sommer?« fragte Alexa. »Die Offiziere sind doch auf Urlaub gefahren?«

Habermann schwieg, dann schüttelte er den Kopf, als müßte er einen unangenehmen Gedanken verscheuchen. »Vielleicht verstärkt man die Grenze nach Österreich, um den Serben den guten Willen zu zeigen. Es wird bei bloßen Demonstrationen bleiben.«

Später sahen sie keine Soldaten mehr, das Land lag im tiefsten Frieden.

Eines Morgens näherte sich der Zug einem hohen grünen Hügel, auf dem zahllose Kirchenkuppeln und Kreuze leuchteten. Es war Kiew, die Stadt der heiligen Klöster, die Geburtsstätte des russischen Glaubens.

Der Zug arbeitete sich bergauf. Unendlich weit lag vor den Augen des Mädchens das Land. Am Fuß des Hügels hatte sich der mehrarmige Dnjepr grau und trüb über sandige Bänke ausgebreitet.

Ein bärtiger Droschkenkutscher fuhr sie über holpriges Pflaster in ein Hotel. Sie blieben einige Tage, die Habermann mit Konferenzen, Briefen, Telegrammen und wieder Konferenzen füllte. Seine Tochter schien er vergessen zu haben. Alexa ging allein durch die Stadt, sie saß im »Kaufmannsgarten« und blickte über die vielen Flußarme des Dnjepr, sah die Segelboote des kleinen Jacht-Klubs, die lange Hängebrücke zum anderen Ufer. Dort, jenseits des Wassers, lag eine Siedlung mit Acker- und Wiesenland, und dahinter, so weit der Blick reichte, Wald, nichts als Wald.

Eine einzige Straße, schnurgerade durch den Wald gezogen, verlor sich in der Ferne. Eine Straße für Menschen, die für immer von einem fortgehen, um nicht wiederzukehren...

Es kamen Briefe von Johann Rapp, aber sie waren ganz allgemein und fast nüchtern gehalten. Zuerst war sie darüber traurig, aber als sie selbst immer wieder versuchte, einen Liebesbrief zu schreiben, empfand sie die Lächerlichkeit der geschriebenen Worte. Das alles konnte man nur sagen, wenn man die Nähe des Geliebten fühlte. Sie kannte ihn ja noch kaum, ihre Liebe war schneller gewesen als ihre Gedanken.

Hinter Kiew begann die Irrfahrt durch die Ukraine. In jeder Stadt hatte Habermann seine Konferenzen. Es kam oft vor, daß einige Herren in sein Abteil stiegen und nach einer Unterredung, die drei, vier Stunden währte, wieder ausstiegen, um zurückzufahren. Dann kamen sie nach Rostow am Don. Am Morgen des vierten Tages schien Habermann besonders guter Laune zu sein. »Freu dich, Alexa«, sagte er, »wir fahren morgen unwiderruflich zu Rapp. Dort bleiben wir etwa zwei Wochen, und – alles Weitere wird sich hoffentlich auch finden, nicht wahr?«

Wieder nörgelten die Räder unter dem Wagen, Stunden um Stunden. An jeder Station hielt der Zug. Alexa versuchte vor Langeweile zu schlafen. Nach langem Hindämmern nahm sie ein Buch zur Hand, aber was sie las, kam ihr so unwirklich vor, daß sie mißmutig das Buch weglegte. Die Unruhe wuchs. Der Vater schlief. Auch ihn hatte die tagelange Fahrt ermüdet.

Sie schrak auf, als durch die geöffneten Fenster wildes Schreien und Rufen vieler Männer hereindrang. Etwa zehn Kosaken ritten in rasendem Tempo die Bahnstrecke entlang. Sie schwenkten ihre großen Pelzmützen und johlten wie Betrunkene. Die Pferde flogen über Gräben, kleine Bäche, weite, blumige Wiesen. Zwischen den wilden Schreien hörte Alexa das Schnauben und Wiehern, das Klatschen der Hände auf den glatten, gestreckten Pferdehälsen.

Wieder kam eine kleine Station zum Vorschein, der Zug verlangsamte sein Tempo, hielt. Eine weiß getünchte Hütte, sonst nichts. Im selben Augenblick, als der Zug hielt, sprengten die Kosaken auf den kleinen Bahnsteig, im Nu war alles in eine riesige Staubwolke gehüllt. Sie sprangen aus den Sätteln, rissen die Mützen von den Köpfen und wischten sich lachend den Schweiß von der Stirn.

Einer stand in der Mitte, groß, blond, strahlend vor Lebensfreude: Johann Rapp.

Neben ihm Iwan Chonenko, der Kosaken-Essaul, der mit Rapp Petersburg verlassen hatte.

Mit zwei Sätzen standen sie in der engen Wagentür, verschwitzt, das Gesicht gerötet, voll Staub und Erde. Ihre Augen glänzten.

Alexa hatte ihn wieder. Und ihre Sehnsucht und Traurigkeit fielen von ihr ab wie ein schwerer Mantel.

Rapp drehte sich in der Tür um und winkte den Kosaken. »Brüder, das war ein Ritt! Ich danke euch! Wir werden noch oft so reiten! Jetzt bleibe ich bei euch!«

Lautes Stimmengewirr, Lachen und Scherzen antworteten ihm. Chonenko drängte ihn beiseite und schrie: »Wenn ich euch sehe, meine Kosaken ... Lieb habe ich euch alle, der Schlechteste bin ich unter euch, der Abtrünnigste. Meine Steppe habe ich vergessen, lange war ich nicht mehr unter euch! Hier, was ich an Geld habe, gehört euch, meine Kinder! Trinkt, holt euch das Beste aus den Läden für eure Frauen, grüßt sie alle von eurem Essaul!« Mit einem Ruck hatte er seine Taschen gewendet und warf ihnen zu, was herausrollte. Sie schüttelten sich die Hände, schrien und winkten.

»In vier Tagen seid ihr alle bei uns! Bringt eure Frauen mit!« rief Rapp, während der Zug anfuhr.

Als dann Habermann im Nebenabteil erwachte, fand er seine Tochter zwischen zwei peinlich gekämmten, gewaschenen und gebürsteten Männern. Neben ihnen lagen Alexas Toilettengegenstände, verschiedene Früchte und die Überreste eines gebratenen Huhnes. Erstaunt blieb er in der Verbindungstür stehen.

Die Männer sprangen auf, mit einer einzigen Handbewegung knüllte Chonenko die Speisereste im Papier zusammen und warf sie aus dem geöffneten Fenster. Mit dem nächsten Handgriff schob er die anderen Sachen beiseite und machte Platz. Sie waren übermütig wie die Kinder, selbst Habermann wurde von ihrer Stimmung angesteckt. Nur wenn sich Alexas und Rapps Hände zufällig berührten, zuckten sie zusammen und verstummten.

Wieder kam eine kleine Station, eine winzige weiße Hütte mit einem braunen Strohdach. Der Zug hielt. Rapp sprang aus dem Wagen, und da das Trittbrett sehr hoch war, faßte er Alexa um die Taille und stellte sie neben sich. Habermann und Chonenko folgten.

Zwei Dreigespanne warteten und ein Reitknecht mit zwei Pferden. Die Kutscher stürzten sich auf das Gepäck, Chonenko schwang sich in den Sattel, ohne die Steigbügel zu berühren. »Mit Gott, Wanja!« Mit antreibendem Aufschrei jagte er davon, der Reitknecht folgte ihm. »Mit Gott!« rief ihnen Rapp nach.

Dann hob er Alexa in den Wagen und setzte sich zu ihr, Habermann folgte im zweiten Wagen. Die Pferde zerrten ungeduldig an den Zügeln. In der Ferne, kaum noch zu erkennen, ritt Chonenko mit dem Burschen.

Sie fuhren über die Steppe.

Gleißende Sonne hatte die Erde und die weiten Felder in ihre sommerliche Wärme gebettet. Hohes, saftiges Gras, dazwischen weiße und gelbe Blümchen, verschwenderisch ausgestreut, reckten ihre Halme und Kelche dem Himmel entgegen. Rote Mohnblüten, von der sengenden Sonne und ihrem Licht gesättigt, weckten durch ihre grellen Farben das Feld und schienen sich beim geringsten Windhauch in kleine Flämmchen inmitten dieser grün-gelb-weißen Steppe zu verwandeln.

Weiter...

Nie ermüdete der Blick, wenn er über das uferlose, bernsteinfarbene Saatenmeer, über die enteilenden und sich wieder aufrichtenden Kornwogen schweifte. An ihrem Rande erhob sich dichter, tiefblauer Wald, über seinem Moorboden flimmerte wie schwebender Nebel die sommerliche Glut. Und weil draußen, vom Sonnenlicht überflutet, den geblendeten Augen alles klar und gegenwärtig war, schienen in der Dämmerung des Waldes wunderbare Geheimnisse verborgen zu liegen.

Die Ukraine, der ewig gedeckte Tisch Europas...

Mit tausendfachem Leben waren Steppe und Saaten erfüllt. Über den Feldern flogen Schmetterlinge, Käfer, Bienen, bunt schillernde Fliegen, dicke Hummeln, und aus dem dichten Gras klang ununterbrochen das laute Zirpen der Grillen. Am Himmel glitten voller Unruhe die Schwalben, über ihnen kreisten in schwindelnder Höhe Habichte, Bussarde, Falken und hoch, ganz hoch, kaum noch zu erkennen – ein Adlerpaar.

Eine kleine Anhöhe tauchte auf. Wie eine Schar unbeaufsichtigter, davongelaufender weißer Gänse standen mehrere Hütten darauf, mit Dächern aus altem verwittertem Stroh und weiß getünchten Lehmwänden. Ein plötzlicher Windstoß wirbelte den schwarzbraunen Staub des Weges hoch.

Sie fuhren durch die Staniza, das Kosakendorf. Die größten Hütten standen am Straßenrand, andere versteckten sich hinter Kirschbäumen oder riesigen Büschen weißer Akazien. Inmitten des Dorfes, groß und herrlich, lag die rote Kirche mit fünf zwiebelförmigen, silbernen Kuppeln. Eng darum schmiegte sich ein schattiger Garten voll Flieder- und Jasminbüschen. Vor einem alten Verkaufsladen steckte bis an die Achsen im eingetrockneten Straßenschmutz ein Gefährt, die Deichseln, an denen noch die ganze Anschirrung für Zugochsen hing, ragten in die Luft. Große Schweinerudel lagen am Wegrand im Schatten der Obstbäume. Die Tiere blinzelten mit kleinen Augen und legten sich wohlig grunzend wieder zurück.

Steil abwärts führte der Weg aus der Staniza zu einer Knüppelbrücke, die jeden Augenblick einzustürzen drohte. Ungezählte Enten und Gänse tummelten sich im Bach und veranstalteten einen ohrenbetäubenden Lärm, als das Gefährt über die morsche Brücke donnerte.

»Ej! ... ej! ... ihr Dummköpfe!« rief Wassil, der Kutscher, »schreit nicht so laut, sonst stürzt die Brücke ein. Seht ihr denn nicht, wie morsch sie schon ist? Wollt ihr wohl ...! Dummes Federvieh!«

Und wieder wogte das endlose Saatenmeer um sie, wieder kam tiefblauer Wald voller Geheimnisse, wieder die weite, schweigsame Steppe ... Alexa blickte wie verzaubert in die Schönheit und in den Frieden dieses Landes. In vollen Zügen atmete sie die reine Luft. Rapp sah von der Seite, wie ihr Gesicht ernst und immer stiller, dann weicher wurde unter der Unendlichkeit dieses Himmels.

»Hej!« rief er plötzlich übermütig. »Warum sitzen wir denn so traurig da? Ist es nicht schön bei uns?« Er sprang auf und nahm Wassil die Zügel aus der Hand. »Ich will dir zeigen, Alexa, wie Kosaken eine Troika fahren! Fliegen wollen wir!«

Er schob seine Mütze zurecht, und scharf rief er den kleinen Pferden zu: »Eeeejj! ... Ihr Lieblinge! Eeej! ... Räuber hinter uns!«

Plötzlich hob das Mittelpferd den Kopf, die beiden anderen stemmten die Köpfe nach den Seiten. Als hätten sie Flügel bekommen, flogen die Pferdchen über die Steppe dahin. Die Räder rollten nicht, die Erde hielt sie nicht, das Gespann schien zu schweben. Brücken donnerten unter ihm auf, das hohe Gras und die unruhigen Saaten wurden zu einem Strom, über den sie hinwegglitten.

Aufrecht, alle Zügel locker in der Rechten, die Linke in die Hüfte gestemmt, so stand Rapp im Wagen. Seine Züge verklärten sich, der Blick ging über die endlose Weite hinweg. Ein schwermütiger Laut kam über seine Lippen. Plötzlich sang er, mit tragender tiefer Stimme. Neben dem Herrn, der ihm den Arm auf die Schulter legte, stand Wassil und sang mit. Ebenso plötzlich änderte sich der Rhythmus, das Traben der Pferde gab den Takt. Überschwenglich und jubelnd jagte das Lied der Männer mit der fliegenden Troika dahin. Mit einem letzten verwegenen Schrei brach es ab.

Sofort fielen die Pferdchen in langsamen Trab zurück. Rapp übergab die Zügel dem Kutscher. »Ihr Lieblinge, ihr Braunen! Nichts kann mir euch ersetzen!«

Alexa schwieg, tief beeindruckt von dem Erlebnis.

In der Ferne, auf einem Hügel, tauchte ein langgestrecktes Barockschloß auf. Es schien mit seinen vielen glänzenden Fenstern Ausschau über die Felder und Wälder zu halten und erwartungsvoll auf die Ankommenden herabzublicken.

Ein Trupp Kosakenbauern mit ihren Frauen kam dem Wagen entgegen. Fröhlich grüßte Rapp, fröhlich grüßten sie zurück. Sie kannten ihn alle, sie riefen ihn beim Namen, alle waren sie Brüder untereinander.

Eine breite, schnurgerade Birkenallee nahm sie auf. Lautes Hundegebell ertönte, mehrere Barsois rasten in langen Sprüngen heran und umringten den Wagen, sprangen bellend herum, bedrängten Rapp, leckten ihm die Hände. Das Mädchen, die Fremde, beachteten sie nicht.

»Ihr Bande!... Ihr Bande!...« rief Rapp atemlos.

So erreichten sie das Landhaus. Im Eingang stand der Vater, groß, sehnig, ergraut, neben ihm die kleine rundliche Mutter. Rapp sprang aus der Troika und hob Alexa heraus. »Hier bringe ich euch Alexa Habermann. Der Kommerzienrat kommt nach. Wir sind sehr schnell gefahren.«

Das Mädchen wurde empfangen, als sei es bereits eine alte Bekannte des Hauses. Es war eine Herzlichkeit ohne viele Worte. Doch Rapp ließ den Eltern kaum Zeit. Schon hatte er Alexa ungeduldig ins Haus gezogen.

Sie sahen auch nicht mehr den jungen Herrn von Müller, der mit einem Strauß Feldblumen mühselig heranhumpelte und schwermütig den beiden nachblickte.

Rapp wirbelte Alexa durch das Zimmer, er war wie ein ausgelassener Junge, der keinen Augenblick stillstehen kann. »Komm her, laß dich anschauen! Wie du aussiehst, deine Lippen, die Augen, das Haar. Du bist schön, Liebste!« Er küßte sie stürmisch, dann hielt er sie mit den Armen von sich weg. »Ich habe die ganze Zeit nur an dich gedacht. Weißt du das?« Wieder küßte er sie, und aus seinem offenen Gesicht strahlte Freude. Alexa wehrte ihm lachend und versuchte, sich die Haare glattzustreichen. »Laß, du kannst dich auch so sehen lassen. Weißt du, wie schön es jetzt werden wird? Du wirst staunen, was wir beide hier alles anstellen werden!«

Wieder umarmte und küßte er sie, hob sie auf die Arme, trug sie durch das Zimmer und stellte sie vor das Erkerfenster. Draußen kam Habermann vorgefahren und wurde von den Eltern begrüßt. »Sieh, dort in der Ferne«, zeigte Rapp aus dem offenen Fenster, »dort liegt ein Städtchen, das schon unsere Vorfahren gebaut haben. Dort wohnen die Arbeiter und der Verwalter unserer Industriebetriebe. Viele von ihnen sind Deutsche, du wirst dich unter ihnen nicht einsam fühlen, und Arbeit gibt es hier genug. Willst du immer noch arbeiten?«

»Aber natürlich, Wanja!«

Sanft nahm er ihren Kopf zwischen seine Hände. »Du weißt, was du willst. Das ist gut, Alexa.« Tief lag sein Blick in ihren Augen, und zärtlich schmiegte sich ihre Wange in seine feste Hand.

An diesem Abend glich die Landschaft einem silberleuchtenden, endlosen Meer, das in feierlicher Stille die Nacht erwartet. In Alexas Schlafzimmer schien durch das offene Fenster der Mond, sie lag im Bett und schaute mitten in die helle, glänzende Scheibe. Menschen und Stimmen kamen und gingen in ihren Gedanken, und immer deutlicher formte sich daraus sein Lachen, sein unbekümmertes junges Gesicht, das sich über sie neigte. Es war ihr, als könnte sie ihn mit Händen greifen, mit ihren Armen umschlingen. Eine heiße Welle schien sie emporzutragen, und Sonne, Blumen, Kornfelder, das Jauchzen der Kosaken und das frohe Wiehern der fliegenden Pferde, alles, was sie hier zum ersten Mal erlebt hatte, vereinigte sich in ihr zu einer einzigen, überströmenden Empfindung. Ihr Körper war erwacht.

Wanja hatte ihr das Leben gezeigt.

Zwei Reiter schirmen die Augen mit der Hand und halten Ausschau von einem Hügel: Alexa und Rapp. Ihre Wangen brennen von der kühlen Morgenluft, der Himmel funkelt. Unendlich, ohne Wald und Gebüsch, dehnt sich die schwarzbraune Erde. Am Horizont steigt eine dichte Staubwolke hoch, bald hört man lautes Stampfen und Traben.

»Unsere Herden«, sagt Rapp stolz.

Die Pferde kommen heran, bald auseinanderschwärmend, bald in dichten Kolonnen zusammengezogen. In wenigen Minuten ist der nahe See von ihren braunen, glatten Leibern umgeben. Es ist ein wildes, aufregendes Schauspiel, die Erde selbst scheint lebendig geworden zu sein. Man hört das Fauchen, Niesen und Wiehern der Hengste, das zarte Rufen und Melden der Muttertiere und ihrer Fohlen, die Schreie der Kalmückentreiber mit ihren narbigen, durch Schneestürme erfrorenen und entstellten Gesichtern.

Die Herde trinkt sich satt, dann zieht sie weiter; wieder liegt die Steppe schwarz und leer bis an den Horizont.

Schweigend reiten Alexa und Rapp.

Sie sieht ihn von der Seite an, wie er mit zusammengekniffenen Augen in die Ferne schaut, über das Land hinweg, das ihm gehört, und er ist ihr fremd in diesem Augenblick, ein ganz anderer Mensch als der in Petersburg, ein anderer selbst als inmitten der Schar johlender Kosaken. Sie ahnt, daß dieser Mann in diesem Land verwurzelt ist, so tief, so stark, daß er ihm immer einen Teil seiner Liebe wird schenken müssen, und daß Zeiten kommen können, wo die Frau für ihn nur eine Kameradin sein kann, nichts anderes.

Aber dann kehrt sein Blick plötzlich zu ihr zurück, wird wieder hell und froh. Rapp gleitet auf einer kleinen Anhöhe aus dem Sattel, hebt sie vom Pferd und bettet sie neben sich ins hohe Gras. Ein kräftiger Geruch steigt aus der Erde, die Hitze flimmert über dem Boden, Hummeln summen über ihren Köpfen. Unendlich tief ist der Blick in den sonnigen Himmel.

Sie hört Rapps Atem neben sich und wünscht sich nichts anders, als ihn immer so nah zu haben. Langsam dreht sie den Kopf zu ihm, da steht ein kleiner Wald von Gräsern zwischen ihrem und seinem Gesicht, die schwanken und zittern. Bald sind seine Augen verdeckt, bald sein Mund, die Nase, die Wangen. So sehen sie sich lange an, und durch das zarte Gitter der Gräser lächeln sie sich zu.

»Woran denkst du?« fragt er.

». . . . an nichts. Ich träume so vor mich hin.«

Er greift nach ihrer Hand und hält sie fest. Wieder liegen sie still und wortlos unter dem sanften Wind der Steppe. Er muß gerade daran denken, daß sie auch bei ihrer ersten Begegnung so schweigsam war. Da sagt sie langsam und mit einem hellen, klaren Ton: »Seit du da bist, weiß ich erst, wie schön das Leben ist. Es ist, als hätte ich nur darauf gewartet, daß du eines Tages kommen würdest.«

Er küßt sie lange. »Und ich male mir aus, wie du hier leben wirst. Im Sommer gibt es viel Arbeit. Du mußt oft mit mir über die Felder reiten. Du reitest schon ganz gut.«

»Vielen Dank für das Kompliment, Herr Baron!«

»Oh, bitte, gnädiges Fräulein!« Er richtet sich lachend auf. »Und im Winter fahren wir mit dir in die Residenz, gehen in Theater, Konzerte, besuchen Wolkoffs . . .«

». . . und tanzen!«

»Natürlich! Du wirst dich wundern, wie meine Mutter noch tanzen kann. Vater ist ernster, er war eigentlich schon immer so.«

»Mein Vater wird dann noch einsamer sein«, sagt Alexa nachdenklich.

»Er ist kein Mensch, der Freude braucht. Für ihn sind Menschen wohl immer nur Mittel zum Zweck.«

»Das ist nicht wahr!« ruft sie, und zwischen ihren Brauen

steht wieder die feine scharfe Falte. Er sieht sie nachdenklich an und sagt:

»Heute wird ihm mein Vater mitteilen, daß er kein Interesse an seinen Vorschlägen hat. Was wird dann geschehen? Ich stelle mir vor, er wird seine Tochter an der Hand nehmen und wieder abreisen.«

»Pfui, du bist häßlich!« Sie hat sich aufgerichtet und dreht ihm den Rücken zu. Zum ersten Mal ist sie ihm ernstlich böse. »Ich verbiete dir, so über Vater zu sprechen.«

»Aber ich liebe die Tochter«, sagte er leise und legt ihr den Arm um die Schulter. »Du sollst zu mir gehören, aus freien Stücken! Ich will dich nicht kaufen müssen. Ich will dich als Geschenk haben.«

Noch einmal will sie aufbegehren, doch sie sieht ihn lächelnd an. »Der Herr Baron sind sehr anspruchsvoll!«

»Gewiß. Hätte ich sonst so lange auf dich gewartet?«

Da legt sie die Arme um seinen Hals und küßt ihn lange mit zärtlicher Hingabe.

Auf der Veranda brannten Windlichter und erhellten mit ihrem flackernden Schein die Gesichter der beiden Männer.

»Baron Rapp«, sagte nachdenklich Habermann, »Ihr Nein ist für mich eine schwere Enttäuschung. Ich hatte gehofft, in mehr als einer Beziehung zwischen den Häusern Rapp und Habermann eine feste Verbindung zu knüpfen.«

»Ich hoffe dasselbe auch jetzt noch, Herr Kommerzienrat«, erwiderte der alte Rittmeister und steckte sich umständlich eine Zigarre an. »Aber Ihre geschäftlichen Vorschläge würden mich in meiner Arbeit sehr aufhalten.«

»Und die großen Vorteile locken Sie nicht?«

»Nein. Ich kann zwar Ihre Aufrechnung nicht völlig verstehen, ich war Offizier und bin erst seit fünfzehn Jahren Gutsbesitzer, aber was mein Sohn sagt, wird stimmen. Er versteht das Geschäftliche besser als ich.«

Habermann runzelte die Brauen. »Ihr Sohn ist noch sehr jung. Ich weiß nicht, ob er die ganze Tragweite meines Vorschlages richtig einzuschätzen vermag. Bedenken Sie, daß Sie nur ein geringes Kapital in Deutschland investieren würden, das im Falle eines Krieges im Ausland gesichert bliebe.«

»Im Falle eines Krieges, an den ja heute kein Mensch denkt, würde unser gesamtes Vermögen dem russischen Staat anheimfallen. Das ist richtig. Aber es gibt Gesetze und Statuten, die eine Schadloshaltung vorsehen, und« – die Stimme des alten Barons klang ernst und betont – »die Russen sind keine Barbaren, die sinnlos derartige Werte wie das Gut und die industriellen Einrichtungen zerstören. Sie würden sich damit nur ins eigene Fleisch schneiden.«

Die Männer schwiegen und blickten in den dunklen Garten, wo sich der Mond im Wasser eines Teiches spiegelte.

Plötzlich zuckten sie zusammen. Herr von Müller humpelte an seinem Krückstock an der Veranda vorbei und verschwand in der Dunkelheit wie ein Gespenst.

»Ihre Angestellten, Herr Baron, scheinen etwas neugierig zu sein«, meinte Habermann.

»Wie können Sie so etwas sagen! Herr von Müller ist unbedingt zuverlässig. Er lebt seit einigen Jahren wie ein Sohn in unserer Familie.«

»Ich würde mich freuen, wenn ich mich irrte. Sonderbar war es auf jeden Fall.«

Habermann blickte noch immer in den mondbeschienenen Park. Auf dem Teich schwammen Schwäne. Er dachte an Tatjana Wolkoff...

Wieder erschien das blasse Gesicht des Eleven von Müller vor der Veranda. Mühselig sich mit dem Stock stützend, kam er die Stufen emporgestiegen. »Die Zeitungen, Baron Rapp.« Er legte den Packen auf den Tisch, wollte wieder gehen.

»Etwas Neues, Müller?« fragte der Alte. »Sie haben doch gewiß schon hineingeschaut.«

Müller wurde verlegen. »Nichts von Bedeutung – ich glaube nicht – ein österreichisches Ultimatum an Serbien soll in Vorbereitung sein – der Ministerrat ist in Wien zusammengetreten...«

»Sie machen ja ein Gesicht wie das leibhaftige Elend, Müller«, versuchte der alte Baron zu scherzen. »Wenn Sie keine aufregenderen Neuigkeiten haben ... Was schreibt man von Deutschland?«

»Deutschland versucht zu vermitteln.«

»Na, sehen Sie ...« Rapp überflog den langen Bericht. »Wird ausgehen wie das Hornberger Schießen, um gut Deutsch zu reden. Legen sie sich etwas hin, Sie sind heute viel zuviel herumgelaufen, mein Lieber.«

Müller humpelte ins Haus, der Baron wollte sich wieder an Habermann wenden, aber der Kommerzienrat war nicht mehr da. Es war ihm gewesen, als habe er im Garten Alexas Lachen gehört, so war er hinuntergestiegen und nach dem Teich gegangen.

Auf einmal stand der junge Baron Rapp vor ihm und verstellte ihm den Weg. Ein helles Kleid verschwand hinter den Büschen. »Ich bitte um Verzeihung, Herr Kommerzienrat«, sagte Johann Rapp, »darf ich Sie etwas fragen?«

Nur ein schwacher Schein fiel von den Lichtern der Veranda herüber, mild ging der Wind durch die Büsche und die alten dunklen Bäume, das Wasser des Teiches flimmerte in vielen winzigen Wellen.

»Ich bitte Sie um die Hand Ihrer Tochter Alexa«, hörte Habermann die Stimme an seiner Seite. Er ging schweigend weiter, bis zu einer Stelle, wo der Mond hell auf einem kleinen Rasenfleck lag. Hier blieb er stehen und sah dem jungen Rapp ins Gesicht. Das war offen und klar wie immer, vielleicht etwas blasser als sonst. Aber das konnte vom Licht des Mondes kommen.

»Ich habe das vorausgesehen, Baron Rapp«, sagte Habermann langsam. »Und ich hatte mich schon halb und halb mit dem Gedanken vertraut gemacht. Aber jetzt, was würde geschehen, wenn ich nein sagte?«

Rapp sah ihn starr an. »Wir lieben uns, Alexa und ich. Und Alexa ist mündig.« Habermann sah ihm ins Gesicht, sah die gesunden jungen Zähne, die strahlenden Augen.

»Sie haben einen verdammt harten Schädel, Baron, Sie und Ihr Vater. Ich hatte die Absicht, morgen mit meiner Tochter nach Berlin zurückzufahren.«

»Es läßt sich vielleicht um einige Tage verschieben, damit wir noch Verlobung feiern können.«

Habermann kniff die Augen zusammen. »Sie sind Ihrer Sache sehr sicher, wie es scheint.«

»Also: ja oder nein, Herr Kommerzienrat?«

»Ja!« Deutlich und klar hatte es Habermann gesagt, aber es war nicht zu erkennen, ob Zorn oder Freude die Stimme so hell und scharf machte.

Sie gaben sich die Hände. Es war ein fester, derber Händedruck. Habermann lachte einmal kurz auf und schlug dem Schwiegersohn auf die Schulter. Dann gingen sie zusammen zur Veranda zurück, wo Alexa wartete.

Der Vater trat auf sie zu und nahm sie in die Arme. Auf einmal ging eine starke Erschütterung durch den Mann. Er strich der Tochter über das blonde Haar, nahm ihren Kopf zwischen seine breiten Hände, küßte sie auf die Stirn, sah ihr tief in die Augen. »Ich hatte gehofft, du würdest noch etwas bei mir bleiben«, sagte er leise. »Aber du wirst hier wahrscheinlich ...« Er schwieg und gab sie frei.

Wenn Alexa später, in den vielen harten Stunden ihrer Einsamkeit, an ihre Verlobungsfeier auf dem ukrainischen Gut zurückdachte, sah sie immer wieder zwei Bilder, die sich tief und unvergeßlich eingeprägt hatten. Sie stand, durch eine ungewohnte geschäftige Unruhe, die das ganze Haus zu erfüllen schien, am frühen Morgen aus dem Schlaf geweckt, am Fenster ihres Zimmers und blickte hinab in den Hof. Da stand Rapp inmitten einiger Kosaken. Sie hatten ihre guten langen Röcke und die Pelzmützen angezogen, und er schien ihnen Befehle zu erteilen. Alle redeten durcheinander, dann schwangen sie sich auf die kleinen Pferde, schwenkten die Mützen und preschten davon, jeder in eine andere Richtung. Kleine Staubwolken folgten ihnen über die weite sonnige Steppe, bis sie sich immer mehr in der Ferne verloren. Rapp sah ihnen nach, dann drehte er sich um, entdeckte Alexa hinter dem Vorhang und winkte ihr. »Sie holen die Gäste!« rief er hinauf, und sie nickte ihm beglückt zu.

Dann gab es den Tag über viel Arbeit, Herr von Müller stand dauernd am Telefon, in der Küche kommandierte die Baronin wie ein Feldmarschall, der Rittmeister beaufsichtigte im Park das Aufstellen der langen Tische, und Johann Rapp turnte oben auf dem First des Daches umher und half, die bunten Girlanden hinaufzuziehen und zu befestigen. Seine helle Stimme klang über den Hof, und manchmal sangen die Knechte und Mägde mit ihm. Schon vorher war Alexa mit den Kosakenfrauen aufs Feld gefahren, um Blumen zu pflücken und Kränze zu winden, und sie war selbst unter Liedern und Scherzen mit einem Kranz geschmückt heimgekommen.

Das alles war nur als undeutliche Erinnerung geblieben, auch die abendliche Ankunft der Gäste in den geschmückten Troikas, zu Wagen und zu Pferd. Viel stürzte an diesem Tage auf sie ein, kaum erhaschte sie dazwischen einen Blick von Rapp, eine kurze Zärtlichkeit. Aber unvergessen blieb der Tisch am Teich, wo sich abends nach dem Festmahl die intimsten Freunde Rapps um sie scharten, wo sie unter schaukelnden Lampions, tief zurückgelehnt in den weichen Rohrsesseln, eisgekühlte Getränke tranken und die blauen Rauchfäden der Zigaretten in die Nacht stiegen. Sie saß neben Rapp, er hatte den Arm um sie geschlungen, und sie lehnte an seiner Schulter.

Lächelnd sah sie den Kreis seiner Freunde, die nun auch ihre Freunde geworden waren. Den schlanken, dunklen Chonenko im schwarzen Kosakenrock, den Maler Petro Dorschenko, dessen Braut Oksana Chrapko aus der Schweiz zurückgekehrt war, eine reiche, verwöhnte Gutsbesitzerstochter, die nicht genug von den Eindrücken ihrer Reise schwärmen konnte. Die beiden lustigen Brüder Danilo und Mikito Kapnist, Gutsnachbarn und Leutnants auf Urlaub, die sich die Scherze und Witze zuwarfen wie Bälle, und – ja und die Baronesse Irene Stresser. Sie war der eigentliche Mittelpunkt des kleinen Kreises, viel mehr als das Brautpaar. Alexa glaubte, noch nie in ihrem Leben eine so schöne Frau gesehen zu haben. In dem schmalen, fast weißen Gesicht brannten große, mandelförmige, tiefschwarze Augen, streng lag der schwarze Scheitel über der schönen breiten Stirn, der gemalte üppige Mund war in das Gesicht geschnitten wie eine aufgesprungene Frucht. Auch ihr Kleid war das kostbarste und zugleich gewagteste an diesem Abend. Aus dem tiefen Dekolleté stiegen die Schultern und der schlanke, biegsame Hals zart empor. Wenn der draufgängerische Kosakenrittmeister Pawlo Rodzianko, der an ihrer Seite saß, ihr eine Schmeichelei ins Ohr flüsterte, blitzten die schwarzen, leidenschaftlichen Augen auf, aber sofort wandte sie sich wieder zu den anderen. Von allen Seiten flogen ihr Scherzworte, Anspielungen und Komplimente zu. Auch Rapp beteiligte sich an dem Spiel mit der schönen Frau, und manchmal war es Alexa, als treffe ihn ein besonders tiefer, nachdenklicher Blick Irinas, als stehe zwischen diesen beiden Menschen noch eine Frage offen, die keine Antwort gefunden hatte. Aber dann fühlte sie wieder Rapps Arm und dessen festen Druck um ihre Schulter, hörte seine leisen, zärtlichen Worte, und sie schüttelte ihre Befangenheit ab und war fröhlich mit den andern.

Wieder lag der breite Lichtschein des Mondes auf dem Wasser des Teiches, wieder füllte das Rauschen der Bäume, das Zirpen der Grillen von den nahen Feldern die Luft mit einer süßen, flüsternden Musik. Alexa war sehr glücklich – so glücklich, wie sie es nie mehr in ihrem Leben sein sollte.

»Wißt ihr schon, Kameraden«, rief Chonenko in den Kreis, »daß Baronesse Stresser behauptet, mit einem Armeecolt jedes beliebige Ziel treffen zu können?«

»Können Sie auch ein Männerherz mit derselben Sicherheit treffen, schöne Baronesse?« fragte Rodzianko.

»Sie werden frech, Pawlo!« lachte Irina. »Ihre Frage ist völlig überflüssig.«

»Jawohl, das ist sie!« rief Doroschenko dazwischen. »Irina weiß selbst, wie interessant sie ist!« Er erntete dafür einen strafenden Blick der kleinen Oksana, aber Irina hatte schon geantwortet:

»Ja, das weiß ich. Aber es ist schwerer, mit einem Colt zu treffen als mit ein wenig Schönheit.«

»Für einen Colt«, sagte Alexa lächelnd, »bedarf es einer sicheren Hand, für die Schönheit – eines Augenaufschlags.«

»Bravo, Alexa!« rief Rapp, und alle lachten mit. Es freute sie, daß sie bei dem munteren Geplänkel nicht abseits zu stehen brauchte, daß man sie vielmehr mit hineinzog, und kurze Zeit darauf fand sie eine neue rasche Entgegnung, die ihr den allgemeinen Jubel eintrug. Chonenko hatte sich erhoben, das Glas in der Rechten, und hatte gerufen:

»Gott die Seele, dem Zaren mein Leben, das Herz den Damen, meine Ehre für mich allein!«

»Lieber Iwan«, hatte ihn Alexa unterbrochen, »Sie schwindeln. Ihr Herz gehört ja doch nur einer einzigen – der Prinzessin Fachrutdinoff!«

Alle hatten gelacht und auf die abwesende Prinzessin getrunken. Und plötzlich hatte Alexa den Kuß von Rapp auf ihrem Nacken gespürt, heiß und verlangend, und ein Schauer war über ihre Haut gelaufen.

Es wurde dunkel im Park, die Lichter erloschen eines nach dem andern. Aber immer noch saßen die Freunde beisammen und konnten sich nicht trennen. Die Gespräche wurden unwillkürlich seltener und leiser, ab und zu verschwand ein Paar in den Park, ging mit vorsichtigen Schritten über die mondbeschienenen Wege.

»Wie laut die Grillen zirpen«, sagte Alexa und lauschte in die Nacht.

»Ja, hört nur«, flüsterte Oksana über Doroschenko hinweg, der gerade ihre Hände küßte, »sie zirpen wie ...«

Iwan Chonenko hob den Kopf und lauschte. Auch die andern horchten gespannt in die Nacht hinaus –

»... wie Maschinengewehre ...«

Maschinengewehre bellen verbissen. In der Ferne steht ununterbrochen der Donner zahlloser Geschütze.

Schwester Alexa Habermann kniet neben einem Verwundeten, den man eben auf den Verbandplatz gebracht hat. Ihre Hände arbeiten schnell und sicher. Seit Stunden geht das nun – immer neue Männer, neue Gesichter, Bauchschüsse, verstümmelte Beine, Arm- und Kopfwunden... Es ist in Ostpreußen, eine große Schlacht ist im Gange, die man später die Schlacht von Tannenberg nennen wird.

Plötzlich schreckt die Schwester zurück, ihre Hände zittern, sie starrt auf den Verwundeten zu ihren Füßen.

»Unser Herr Hauptmann«, sagt die heisere Stimme des Sanitäters.

Zerfetzte, blutige Uniform, wachsbleiches, verkrampft-erstarrtes Gesicht. Hastig reißt sie den Waffenrock auf, schiebt das blutgetränkte Hemd zurück. Oberhalb der Brust klafft eine weite Wunde. Fieberhaft arbeiten ihre Hände, sie legt den Notverband an. Die Blutung ist zum Stillstand gekommen. Der Sanitäter versucht, Bodmer mit den Armen zu stützen. Aber der fällt in neue Bewußtlosigkeit. Er hat Alexa wohl gar nicht erkannt. Man legt ihn auf eine Bahre, die Schwester hat keine Zeit, ihm nachzublicken.

Neue Gesichter, neue Wunden, Deutsche und Russen, Deutsche und Russen...

Das letzte, was Alexa von Johann Rapp sah, war, wie er auf dem kleinen Bahnsteig der Grenzstation Wirballen stand, groß, breit und mit strahlenden Augen. Er lachte ihr zu. Der Abschied bedeutete ja nur eine Trennung für wenige Wochen. Dann wollte er nach Berlin kommen, wo die Trauung stattfinden sollte.

Langsam setzte sich der Zug in Bewegung – ein winkender Arm – ein über alles geliebtes Gesicht...

Das war das letzte... damals.

Seitdem war es ihr, als sei sie in einen tiefen Schacht gestürzt, in den kein Licht fiel. Mobilmachung Rußlands. Kriegserklärung Deutschlands. Die ersten Gefechte und Schlachten. Die ersten Siegesnachrichten, die ersten Toten. Was früher Grenze gewesen war, mühelos im bequemen D-Zug zu überfahren, Grenze zwischen ihr und dem Geliebten, war nun ein breiter Gürtel verwüsteten, verbrannten Landes, in dem Männer starben, hier wie dort...

Liebe, Glück, Vorbereitungen für die Zukunft – alles war sinnlos geworden, bevor es Erfüllung gefunden hatte.

Und keine Nachricht von ihm, kein Lebenszeichen, nichts.

Keine Wiederkehr, kein Wiedersehen, nichts. Alle Nachforschungen blieben vergebens.

Hauptmann von Bodmer, klug, freundschaftlich, reserviert wie immer, hatte ihr den Weg gewiesen: sie wurde Rote-Kreuz-Schwester. Der Professor, in dessen Klinik sie einst mit Olga Wolkoff gearbeitet hatte, konnte es ermöglichen, daß ihr Wunsch erfüllt wurde, in ein Feldlazarett an der Ostfront geschickt zu werden. Es gehörte zu Bodmers Truppenteil.

Hier arbeitete sie, tat ihre Pflicht wie jeder andere. Aber sie wurde immer stiller, immer ernster, immer einsamer. Sie übernahm freiwillig die schwerste Arbeit, nur um nicht denken zu müssen. Nur in den kurzen Stunden des Schlafes – in irgendeinem Bauernhaus, unter einer Zeltplane – kamen die Erinnerungen und ließen sich nicht verjagen:

Rapp auf den Stufen der Kathedrale in Petersburg.

Rapp in der Troika, den Arm um die Schultern Wassils gelegt und sein Lied über die Steppe singend.

Rapp im sonnigen Hof, als sie am Morgen ihres Verlobungstages hinter dem Vorhang gestanden und er sie entdeckt hatte.

Rapp auf dem Bahnsteig in Wirballen, das nun ein Trümmerhaufen war –

Rapp, Johann Rapp, Geliebter ... Wo war er – wo?

II

Im Hauptpolizeiamt der Stadt Rostow am Don sitzt ein Beamter, unerschütterlich in seiner Ruhe, hinter einem Tisch voll Akten. Vor ihm stehen mehrere Zivilpersonen. Er räuspert sich.

»Meine Herrschaften, ich habe Ihnen die neuen Anweisungen und Verhaltungsmaßregeln vorgelesen. Es ist Krieg, und es tut mir persönlich leid, daß ich Ihnen, die Sie zu den geachtetsten deutschen Familien der Ukraine gehören, diese Freiheitsbeschränkungen auferlegen muß. Ich erwarte, daß Sie sich alle ohne Unterschied den Anweisungen fügen und sich nach der Gouvernementsstadt Perm begeben. Nehmen Sie, bitte, das alles nicht tragisch, es wird für Sie eine ›partie de plaisir‹ werden.«

»Wann soll denn die Vergnügungsreise erfolgen?« fragt Rapp.

»Wir wollen Ihnen keinen Termin setzen – etwa bis Ende der Woche. Heute ist Dienstag. Sie werden genügend Zeit für die Vorbereitungen haben.«

»Und unsere Eltern?« fragt Baronesse Stresser, »was soll aus ihnen werden? Können sie bleiben?«

Der Beamte sieht die Baronesse voll milder Nachsicht an.

»Verzeihung, Baronesse, Sie haben nicht genau zugehört. Alle Männer und Frauen unter zwanzig und über fünfundvierzig Jahren können bleiben.«

»Herr Hauptmann«, fragt Rapp wieder, »wer wird die Güter inzwischen verwalten, die Fabriken beaufsichtigen?«

»Richtig, Herr Baron, richtig, das habe ich fast vergessen. Es ist gut, daß Sie mich daran erinnert haben.«

Er beginnt in den Akten zu blättern, dann liest er lange, als suche er nach etwas Bestimmtem, schließlich sieht er auf.

»Wer von Ihnen, meine Herrschaften, ist Gerhard von Müller?«

Der junge Mann tritt hinkend vor. »Das bin ich«, sagt er mit fester Stimme.

»Sie haben gleich nach dem Mord von Sarajewo, also noch vor der Kriegserklärung, um die russische Untertanenschaft nachgesucht, nicht wahr?«

»Ja, das habe ich getan.«

»Ich habe Ihnen mitzuteilen, daß Ihrem Gesuch stattgegeben worden ist.«

Eine drückende Stille tritt ein. Alle sehen nach dem jungen, blassen Menschen, der starr geradeaus blickt.

»Zugleich«, liest der Polizeibeamte langsam weiter,»haben Sie sich bei der für Ihren Wohnbezirk zuständigen Militärbehörde zu melden. Zur Musterung.« Er steht auf, tritt zu dem Manne und drückt ihm die Hand. » Ich gratuliere, Sie werden eingezogen. Ich gratuliere.«

»Ich bin ein Krüppel, Herr Hauptmann.«

»Wieso?«

Aus dem Gesicht des Deutschen weicht der letzte Blutstropfen, als der Russe auf seinen verstümmelten Fuß blickt.

»Ich bitte zu warten. Ich muß wegen Ihrer Verwendung in russischen Diensten meine vorgesetzte Behörde befragen.«

Herr von Müller humpelt vom Tisch und setzt sich abseits von den andern. Sie rücken von ihm weg. Keiner sieht ihn an. Man wartet schweigend, lange Zeit. Krachend fällt plötzlich die Tür hinter dem Hauptmann zu.

»Herr von Müller, Sie werden vorläufig als Inspektor über die Güter der Familien Rapp und Stresser eingesetzt. Die Aufrechterhaltung der Betriebe ist für den Staat lebenswichtig. Sie kennen ja die Betriebe genau. Kommen Sie mit, Sie müssen jetzt Ihren Eid ablegen. – Sie können gehen«, wendet er sich an die andern.

»Schweinehund!« sagt Rapp unbeherrscht.

Müller zuckt zusammen wie unter einem Peitschenhieb. Dann steht er schwerfällig auf und folgt dem russischen Beamten.

Im März 1915 erhielt Schwester Alexa Habermann ihren ersten Heimaturlaub.

Wie fremd war die Villa im Grunewald geworden, wie beziehungslos die Arbeit des Vaters, den sie nur selten sah, die Sorge und Pflege, die sie von Dienerschaft und Freunden empfing, die stille zurückhaltende Verehrung von Bodmer, der nach seiner Genesung bald wieder an die Front gehen würde. Es erging ihr nicht anders als Tausenden von Feldgrauen, die mit den Zurückgebliebenen in der Heimat nicht mehr sprechen konnten, die verlegen schwiegen, wenn sie von der Front erzählen sollten. Nein, es gab keine Brücke zwischen dem, was man draußen stündlich erlebte, und den Sorgen und Geschäften dieser gepflegten, immer gut und sauber angezogenen Menschen. Unerträglich konnte ihre Liebe und Fürsorge werden ... »Iß, mein Kind, lege dich etwas hin, du siehst müde aus. Willst du nicht heute ins Theater gehen?« Unerträglich – ebenso fremd und quälend wie die hübschen Kleider, die man tragen durfte, die gesellschaftlichen Verpflichtungen. Es gab eine Pflicht, eine Aufgabe, die so unendlich viel wichtiger war als diese Äußerlichkeiten, ein Ziel, das ihr als einziges vorgeschwebt hatte, als sie ihren Urlaub antrat. Sie mußte versuchen, Verbindung mit Johann Rapp zu bekommen.

Am ersten Abend sprach sie mit dem Vater. Hatte er keine Möglichkeit, durch seine weitverzweigten Geschäfte, die für Alexa undurchsichtig und etwas unheimlich blieben, auf irgendeinem Weg eine Nachricht nach Rußland gelangen zu lassen? Über Schweden vielleicht? Aber Habermann lehnte das Ansinnen der Tochter rundweg ab.

»Rapp hat viel eher die Möglichkeit dazu gehabt, Rußland ist an vielen Stellen offen, von neutralen Ländern umgeben, er hätte dir längst schreiben können. Er ist Deutscher, man konnte ihn nicht einziehen. Vergiß ihn, wie er dich gewiß längst vergessen hat.« Alexa schüttelte nur stumm den Kopf. »Du quälst dich, du verdirbst deine ganze Jugend, bleibe jetzt hier bei mir. Ich bin einsam genug. Wenn du unbedingt arbeiten willst, kannst du mir im Geschäft helfen.«

»Nein, Vater«, sagte sie still, »jetzt ist es zu spät. Ich weiß, wo mein Platz ist.«

Er drang an diesem Abend nicht weiter in sie, das Mädchen sollte sich erst beruhigen, sich wieder an das schöne Zuhause gewöhnen. Aber Alexa wurde ihm in den nächsten Tagen nur noch fremder, und sie vermied es, mit ihm über Dinge zu sprechen, die er nicht verstand. Bodmer war der einzige, der ahnte, was in ihr vorging. Mit seinem stillen, beobachtenden Blick sah er wohl, wie sie sich quälte, wie sie ruhelos von einem Amt zum andern lief, zu den Rote-Kreuz-Organisationen, den Fürsorgestellen für Auslandsdeutsche, der Zentrale für Gefangenenaustausch, und wie sie von Tag zu Tag mutloser, verzweifelter wurde. Der ganze Urlaub erschien ihr sinnlos, wenn es ihr nicht gelang, hier von Berlin aus irgendwie Verbindung mit dem Geliebten zu erlangen.

Da drückte ihr Bodmer eines Tages schweigend einen Zettel in die Hand. Es stand nichts darauf als eine Adresse: Kapitän Jensen, und eine Straße in Stettin. »Ich habe zufällig von Ihrem Vater den Namen gehört und mich nach dem Mann erkundigt. Vielleicht kann er Ihnen helfen.«

Jensen, Jensen – das war doch der Kapitän von der »Adler II« ... Sie sah sich plötzlich neben Olga Wolkoff an der Reling stehen, der riesige Arm des Krans schwebte mit seiner Last über ihrem Kopf, dann stürzte die Kiste herab – und Johann Rapp hatte neben dem jungen blonden Mann gekniet, dem der Fuß zerschmettert worden war. Jensen – ja, manchmal hatte der Vater von ihm gesprochen, damals, als er sein großes Geschäft über die Ostsee einfädelte. »Ein schlauer Bursche, mit allen Wassern gewaschen ...«

Am nächsten Tag fuhr sie nach Stettin.

Sie kam erst am Spätnachmittag an. Wenige Gaslaternen brannten in den engen Gassen, hinter den erleuchteten Fenstern sah man Menschen zusammensitzen und schwatzen. Der Wind roch nach Frühling und Meer, er trieb dunkle Regenwolken vor sich her. In den Vorgärten blühten bereits die ersten Schneeglöckchen zwischen den mit Tannenzweigen bedeckten Beeten.

Nur schwer fand sie sich in der Altstadt zurecht. Die Schilder mit den Straßennamen waren kaum zu erkennen. Dann kam ihr eine Frau entgegen, unter dem schwarzen wollenen Kopftuch sah sie ein verkümmertes, mißtrauisches Gesicht. Ob hier in dieser Straße der Kapitän Jensen wohne?

»Ja«, sagte die Frau langsam, »gleich im dritten Haus von hier.«

Alexa dankte und eilte weiter. Sie fühlte den Blick der Frau in ihrem Rücken. Gewiß fiel sie in ihrem eleganten Pelzmantel auf.

Jensens Haus war ebenso spitzgiebelig und altersschief wie die anderen Häuser. Alexa zog am Klingeldraht und hörte über ihrem Kopf ein helles Bimmeln. Drinnen räusperte sich jemand, ein leiser, langsamer Schritt näherte sich. In der vorsichtig geöffneten Haustür stand eine kleine, breite Frau mit grauem Haar. Fragend sah sie den fremden Gast an. Alexa war plötzlich befangen.

»Was wollen Sie?« fragte die Frau.

»Ich möchte Herrn Kapitän Jensen sprechen.«

»Mein Mann ist nicht da.« Die Frau trat zurück und wollte die Tür schließen.

»Ich bin Alexa Habermann. Ich wollte Ihren Mann um etwas bitten, Frau Jensen. Ich bin extra deswegen von Berlin hierhergefahren.« Sie hatte hastig gesprochen, flehend sahen ihre Augen in die der alten Frau.

»Treten Sie ein.«

In der gepflasterten Diele sah die Frau noch einmal prüfend die Fremde an. »Sie müssen entschuldigen, Jensen hat wenig Zeit, und da halte ich ihm alles vom Leibe. Gehen Sie nur hinein, Fräulein Habermann. Jensen hat eben zu Abend gegessen, er wollte sich ein bißchen aufs Ohr legen, aber wenn's nicht anders geht und sie was von ihm haben wollen, schadet es auch nichts.«

Als das Mädchen die niedrige Wohnstube mit den roten Plüschmöbeln betrat, hob Jensen, der auf dem Sofa saß, den Kopf. »Na, wer is dat west, Ollsch?«

»Besuch«, antwortete die Frau hinter Alexas Rücken. »Das

Fräulein, die Tochter von Herrn Habermann aus Berlin.«

Der kleine Mann schloß die Weste, schob an den Hemdärmeln herum und stand schwerfällig auf. »Tag auch, Fräulein, was führt Sie zu mir?«

Frau Jensen hatte die Stube verlassen, man hörte sie leise in der Küche hantieren. Alexa war allein mit dem Kapitän, aber sie fand nicht gleich die richtigen Worte. Sie stand schmal und blaß in ihrem eleganten Mantel mit dem Opossumkragen vor dem Kapitän, der sich verlegen den Bart kratzte.

»Ich komme mit einer Bitte«, sagte sie endlich laut.

»Setzen Sie sich man erst«, meinte Jensen und ließ sich selbst erleichtert auf das quietschende Sofa fallen. »Was möchten Sie denn vom oll Jensen?«

»Es ist – wegen meines Verlobten«, sagte Alexa leise, »des Barons Rapp.«

Jensen blinzelte mit den kleinen schlauen Augen. »So... wegen dem.«

»Ich habe seit Kriegsausbruch nichts mehr von ihm gehört.«

»Schlimm, schlimm«, sagte Jensen und wiegte den Kopf. »So 'ne junge Liebe! und nu soll ich helfen?«

Alexa beugte sich vor. »Sie müssen mir helfen!« beschwor sie ihn. »Ich weiß mir keinen anderen Rat. Sie können vielleicht einen Brief über Schweden weiterbefördern, an das Rappsche Gut. Es muß doch irgend jemand dort sein, der weiß, wo Baron Rapp ist, und eine Antwort gibt. Sie müssen mir helfen!« Sie beugte sich noch weiter vor und flüsterte: »Sie können es. Sie machen manche Fahrten in der Ostsee, von denen niemand etwas weiß.«

Jensen runzelte die Brauen. »Nur keine Unvorsichtigkeiten, Fräulein! Man soll hübsch den Mund halten, wenn man Geschäfte machen will.«

Alexa schwieg, aber ihre Augen sahen ihn mit einem so seltsamen Glanz an, daß er sich ganz unbehaglich fühlte. Jetzt lachte sie sogar ein kleines, verschmitztes Lachen. Sie sind doch alle die gleichen, dachte Jensen, diese Mädchen. Wenn sie etwas erreichen wollen – da soll ein anderer ruhig bleiben.

»Tschjäh«, sagte er und straffte sich – »haben Sie denn den Brief gleich dabei, Fräulein?«

Alexa lachte nun ganz offen. Sie zog einen weißen versiegelten Brief hervor und legte ihn auf den Tisch. Jensen wog ihn in der Hand, brummte und steckte ihn ein.

»Versprechen kann ich nichts. Ich werde die Sache versuchen, fahre morgen nachts wieder raus und rüber, für den ollen Habermann. Weiß der Herr Kommerzienrat eigentlich davon, Fräulein, daß Sie hier sind?«

Alexa schüttelte den Kopf. Jensen sah sie prüfend an. »Is auch besser so. Er braucht nicht alles zu wissen, der Herr Kommerzienrat. So, und nu wird's Zeit für mich. Bleiben Sie noch in der Stadt?«

»Ich fahre in einer Stunde nach Berlin zurück.«

»Na, denn bleiben Sie mal so lange bei min Ollsch.« Er ging zur Tür und rief hinaus: »Mudding, die Dame blewt noch en beten. Giv hei man wat to eten und klönt en büschen.« Er drehte sich um, zog die blaue Jacke an, setzte sich die Kapitänsmütze auf den runden Kopf. »Denn adschüß, Fräulein. Nu kommt Mudding.«

»Danke«, sagte Alexa leise, »danke, Kapitän Jensen.« Sie drückte seine Hand, und er schüttelte die ihre, daß es weh tat, und ging mit seinem schweren, wiegenden Gang aus der Stube. Draußen bimmelte die kleine Glocke wieder.

Alexa sah durchs Fenster auf die dunkle, regennasse Straße und hörte seine Schritte, die sich langsam entfernten, als trage er ihre Zukunft, ihr ganzes Leben mit sich fort.

Dann kam Frau Jensen mit einem Geschirrbrett. Vorsichtig stellte sie es auf den Tisch und begann zu decken. »Na, hat es was genützt?« fragte sie nach einiger Zeit.

»Ich hoffe.«

»Wird schon werden, Jensen hat immer Glück, bei allem, was er macht. Und feige ist er auch nich, min Jensen.«

Alexa lächelte der munteren, grauhaarigen Frau zu und setzte sich. Die Wanduhr tickte, der große Kachelofen bullerte in der Ecke. Kleine blauweiße Porzellanhündchen aus Dänemark standen auf der alten Kommode. Das Mädchen fühlte eine Wärme und Geborgenheit, die sie lange nicht so empfunden hatte. Vor dieser mütterlichen Frau brauchte man nicht viel Worte zu machen.

»Sie sind doch die Dame, die mit in Rußland war?« fragte Frau Jensen. »Die Braut von Baron Rapp, nicht wahr? Jensen hat manchmal von Ihnen erzählt.«

Alexa nickte und berichtete offen, was sie hierhergeführt hatte. Die alte Frau sah sie mitleidig an.

»Das ist wohl schwer, was? Und als Schwester im Felde – man muß sich wundern. Wenn man Sie ansieht, glaubt man gar nicht, was Sie so allein aushalten müssen.«

Zum ersten Mal verließen Alexa die Nerven ein wenig, und die Tränen stiegen ihr in die Augen. Sie mußte schlucken.

»Na, na«, machte Frau Jensen und strich ihr einmal über die Hand. »Wenn man so bedenkt, was eine Frau alles kann, dann wundert man sich, woher die Männer ihren Stolz nehmen. Das geht nicht auf meinen Jensen«, unterbrach sie sich schnell, »das ist ein guter Kerl, nur eben ein bißchen kratzbürstig und grob, besonders in der letzten Zeit. Es geht ihm wohl viel durch den Kopf. Ich versteh' nichts von den Geschäften, die er mit Ihrem Vater macht, aber ich denke, die beiden passen wohl gut zusammen. Und so ein feiner Herr wird schon wissen, was er tut.«

Sie brach ab und schaute still auf ihre verarbeiteten Hände nieder. Nach einer Weile sagte sie leise:

»Manchmal hab' ich Angst um ihn, wenn er so ungehalten wird oder wenn er wochenlang unterwegs ist und keiner weiß wo. Dann kommt er zurück, spricht kaum ein Wort und schließt sich ein und rechnet und rechnet. Dann glaub' ich, ich kenn' ihn gar nicht wieder.«

Alexa hörte aufmerksam zu. Es lag eine große, versteckte Angst in den Worten der alten Frau. So saßen sie beisammen, die Alte und die Junge, und dachten an den Mann, der ihr Leben war und um den sie bangten, wie überall im Land Frauen und Mütter und Bräute an einen dachten, am meisten in diesen stillen Abendstunden, wenn draußen der Regen fiel.

Dann schlug plötzlich die Wanduhr tief und dröhnend, und

Alexa mußte gehen. Frau Jensen begleitete sie noch ein Stück, fest in ihr großes Umschlagtuch gewickelt. Beim Abschied sah sie Alexa lange und mütterlich an.

»Wenn Sie mal jemand brauchen, um Ihr Herz auszuschütten, dann fahren Sie zu der alten Jensen nach Stettin. Vielleicht kommen Sie auch nicht, wie ich Sie jetzt kenne. Sie werden Ihr Herz wohl immer festhalten.«

Auf der Rückfahrt stand Alexa einsam im Gang des Zuges und starrte in die Nacht hinaus. Viele Soldaten und Matrosen fuhren mit, sie saßen im Gang, auf ihrem Gepäck, rauchten, sangen, spielten Karten. Auf jeder Station stiegen neue dazu. Schnell und fast herzlos war der Abschied von den Eltern und Frauen.

Alexa dachte jetzt, so stark wie nie an der Front, an Johann Rapp und sein Schicksal. Sie war ruhiger, eine kleine Hoffnung fuhr mit ihr, und die Wärme und Geborgenheit der Jensenschen Wohnstube war noch in ihr.

Das Haus im Grunewald lag still im dunklen Garten, nur aus den Fenstern des ersten Stockwerkes fiel Licht auf den Kiesweg. Im kleinen Jagdzimmer saß ein Mann über einem Buch.

»Bodmer?«

Er sprang auf, sein Gesicht war müde und blaß.

»Ich habe auf Sie gewartet, ich wollte hören, ob Sie Erfolg hatten.«

Sie drückte ihm dankbar die Hand. »Er hat den Brief an sich genommen und will es versuchen.«

Er sah sie an, wie sie vor ihm stand, schmal, mit einem Lächeln, voll Vertrauen und Hoffnung. Aber ihre Augen waren groß und hatten durchsichtige blaue Schatten. Es war fast zuviel, was dieses Mädchen ertrug. Noch immer hatte sie den Mund eines Kindes.

Bodmer wandte sich ab. Er schien ihr heute noch unbeholfener und steifer zu sein als sonst.

»Ich habe mich an die Front zurückgemeldet«, sagte er leise. »Ich halte es hier nicht mehr aus.«

Sie suchte seinen Blick, sie verstanden sich. Alexa war

durch ihr Leid zur Frau geworden, sie wußte, wie es um ihn stand, und sie war ihm dankbar, daß er nicht in sie drang, daß er mit keinem Wort von seiner Liebe sprach. Sie waren Kameraden. Sie hatten beide oft dem Tod ins Auge gesehen.

»Was sollen wir hier?« sagte sie leise und zog erst jetzt den Mantel aus. »Ich komme mir so lächerlich in meinen bunten Kleidern vor.«

Er sah an seiner Ausgangsuniform hinunter auf die blanken Stiefel. »Nach dem ersten Gefecht – dann sieht man wieder so aus, wie man aussehen muß.«

Ein Auto fuhr vor, Habermann kam nach Hause. Alexa legte rasch den Finger auf den Mund. Bodmer nickte. Der Vater, der am frühen Morgen schon weggefahren war, sollte nicht erfahren, daß Alexa in Stettin gewesen war.

Habermann war aufgeräumt. Er schien irgendwelche erfolgreichen Verhandlungen hinter sich zu haben; er entdeckte auch sofort, was Alexa entgangen war, daß Bodmer zum ersten Mal die neuen Majors-Schulterstücke trug. »Ich gratuliere, Herr Major, ich gratuliere! So rasch avanciert? Alle Achtung!«

»Danke, danke«, wehrte Bodmer rasch ab.

Dann aßen sie zusammen im großen Eßzimmer. Die Kerzen flackerten. Alexa und Bodmer sprachen nur wenig, beide waren mit ihren Gedanken beschäftigt. Habermann erzählte von den schwierigen Verhandlungen, die er mit der Regierung führte, und bei denen er oft auf wenig Verständnis der amtlichen Stellen stieß.

»Man will Deutschland aushungern, deshalb müßte man große U-Boote für Lebensmittel bauen. Ich habe da ein paar Kapitäne, das sind richtige Blockadebrecher, die kommen überall durch – aber man hört nicht auf mich...«

Alexa und Bodmer sahen sich kurz an und aßen schweigend weiter.

Eine Woche später ging Major Bodmer wieder an die Front. Kurze Zeit darauf auch Schwester Habermann. Beide kamen wieder nach dem Osten.

Alexa erhielt nie eine Antwort auf ihren Brief.

Rapp blieb verschollen.

Monat für Monat, Jahr für Jahr tat das Mädchen seinen schweren Dienst, immer in den vordersten Lazaretten. Ihre Liebe und Sehnsucht trug sie schweigend mit sich. Sie machte auch keinen Versuch mehr, Verbindung mit Rapp zu erlangen. Sie wurde einer der stillen Frontsoldaten, für die es nur noch Befehle gab, Arbeit und Dienst, Pflicht und Ausharren. Ihr Leben gehörte längst nicht mehr ihr selbst, sondern nur noch den andern, deren Schmerzen sie lindern konnte.

Auch wenn Alexas Brief Johann Rapp erreicht hätte, wäre er für diesen wohl nichts anderes gewesen als eine Erinnerung an ein Schemen, einen Traum, den man längst zurückgedrängt hatte in die geheimste Kammer des Herzens, wo all die Erinnerungen ruhten, die man nicht mehr hervorholen durfte, wenn das Leben, das man führte, halbwegs erträglich bleiben sollte.

Es war Sommer 1917 geworden, und noch immer war kein Kriegsende abzusehen.

Irina Stresser saß im Abendrot vor der niedrigen Blockhütte, die Rapp aus ungehobelten Stämmen gezimmert und zusammengefügt hatte, am Rande des kleinen sibirischen Dorfes. Fast zwei Jahre hauste sie nun freiwillig hier mit ihm in der Verbannung, seitdem sein Fluchtversuch aus dem Lager in Perm, wohin man sie mit den deutschen Leidensgenossen verschickt hatte, mißglückt war.

Sie sah ihn über die Felder heimkommen. Seine Gestalt wuchs hoch und breit in den abendlichen Himmel, aber sie sah auch mit dem Blick der liebenden Frau, wie ein unsichtbares Leid auf diesen breiten Schultern lastete. Langsam und schleppend war sein Schritt.

Er hatte über diese Felder gesät, rastlos nach immer neuer Beschäftigung suchend, die ängstlichen, unbeholfenen Bauern dieses weltabgeschiedenen Dorfes wachgerüttelt, sich um ihr verwahrlostes Vieh gekümmert, in der Schmiede neue Werkzeuge für die Feldbestellung angefertigt.

Er hatte auch Irina dieses Haus gebaut, die primitiven Möbel und die Betten gezimmert.

Nun kam er nach Hause zu ihr, und wie jeden Abend würde er es nicht aushalten, würde noch einmal fortgehen, ins Dorf, zu irgendeinem Bauern. Er würde zwischen den Kindern sitzen und mit ihnen Lieder singen, irgendein Zaumzeug, ein verbogenes Gerät in den Händen, das er ausbesserte. Manchmal war sie mitgegangen, hatte still in einer Ecke gesessen, einer blassen, schönen Madonna ähnlich mit ihrem blauschwarzen tiefen Scheitel, und die Bauern waren scheu von ihr weggerückt, und Rapp hatte kein Wort zu ihr gesprochen den ganzen Abend lang. So blieb sie lieber allein in der Hütte.

Sie liebte ihn und zeigte es ihm, einfach und ehrlich. In dieser Einsamkeit, nur angewiesen auf sich, gab es kein Spiel zwischen Mann und Frau. Sie gehörten sich an, wie sich die letzten Menschen am Ende der Welt angehören werden, und ihre Liebe schien nicht enden zu wollen, wie jede Landschaft, die plötzlich doch einmal aufhört. Aber seine sehnsüchtige Unruhe stand zwischen ihnen. Wahrhaft glücklich schien er nur zu sein, wenn er die Saat ausstreute, sein derbes Leinenhemd weit geöffnet, und ihm der Wind die Haare zauste, wenn er hinter der Egge über die Felder schritt, die kleinen zottigen Pferde mit hellen Rufen antrieb und die Lerchen über seinem Kopf in den unendlichen Himmel stiegen.

Nun war er bei ihr, nickte ihr zu und legte seine schwere Hand auf ihren Scheitel, dann setzte er sich zu ihr vor die Hütte. Im Dorf läutete die Glocke. Irina bekreuzigte sich. Die letzten Schwalben schossen lärmend durch die helle Luft. Er schwieg lange.

»Über zwei Jahre wartest du nun schon mit mir«, sagte er endlich. »Ich halte es nicht mehr aus. Wir müssen noch einmal versuchen zu fliehen.«

Es war das alte Gespräch, hundertmal geführt, hundertmal hoffnungslos abgebrochen. Sie antwortete nicht.

»Du bist freiwillig mit mir gegangen, Irina, als sie mich damals bei Perm wieder einfingen und verurteilten. Dort war es besser. Du könntest noch jetzt unter den Freunden sitzen.«

Sie legte zaghaft ihre Hand auf die seine. »Ich habe ja dich – und du hast deine Arbeit, Wanja.«

»Das Land gehört nicht mir«, sagte er bitter. »Ich muß wissen, wie es bei uns zu Hause aussieht. Man muß versuchen zu entkommen, Irina, man muß!«

Gespannt blickte er in den versinkenden Abend. »Es ist Revolution im Lande, das Chaos wächst von Woche zu Woche. Wir spüren es selbst hier, wie alles zusammenbricht, die Front, die Disziplin, wie kein Gehorsam mehr herrscht. Bald werden keine Züge mehr fahren; die heimkehrenden Soldaten plündern und vernichten, was sie finden, die Kerenski-Regierung hat alle Autorität verloren – und wenn sie stürzt, was dann? Wir müssen uns beeilen, jetzt ist die beste Möglichkeit, in dem Chaos unterzutauchen und uns nach Hause durchzuschlagen. Wir müssen es versuchen!«

Sie widersprach ihm nicht, nur ihre Hände falteten sich krampfhaft ineinander, und ihr dunkler Kopf senkte sich tief darüber.

»Immer denke ich des Nachts daran«, sagte er leise.

»Ich weiß es, ich weiß es schon lange.«

Wieder schwiegen sie. Dann rückte er noch näher zu ihr und flüsterte, obwohl niemand in der Nähe war: »Ein Tatar kann mir Augentropfen verschaffen. Man erblindet für einige Wochen. Soldaten haben sie benutzt, die nicht einrücken wollten. Ein Blinder ist kein Soldat mehr, die Militärkommission hat sie laufen lassen. Ich muß es versuchen!«

»Wanja, Liebster, deine Augen ...?«

»Und an der Front?« sagte er hart und stand auf. Sie wagte keine Widerrede. Eine furchtbare Angst schnürte ihr die Kehle zu.

Er strich sich das helle Haar aus der Stirn, dann, ohne sich umzusehen, ging er mit festen, schweren Schritten nach dem Dorf.

Irina lief hinterher und weinte lautlos.

Erst im Dezember, als unter den Wehen und Erschütterungen der zweiten Revolution sich jede Ordnung im Lande auflöste, gelang die Flucht. Es kümmerte sich niemand mehr um sie. Das kleine Blockhaus, in dem sie fast zwei Jahre gehaust hatten, ließen sie zurück, nur das Notwendigste nahmen sie in zwei Bündeln mit. Sie schlossen nicht einmal die Tür ab. Nun würde irgendein Bauer, vielleicht ein Soldat, der aus dem Felde heimkam, darin wohnen.

Sie fuhren im Schlitten durch die dichtverschneite Taiga, immer in Angst, von räubernden Horden überfallen zu werden. Sie kehrten bei den ärmsten Bauern ein. Immer fand sich für den blinden Mann ein Lager am Ofen. Denn Rapp war erblindet, er trug eine große Binde über den Augen, er litt heftige Schmerzen. Und immer die bohrende, nagende Angst: würde das Augenlicht wiederkommen, oder hatte er sich selbst zu dauernder Blindheit verurteilt? Irina schlief kaum noch. Immer wachte sie über dem hilflosen Mann. An der Seite trug sie den geladenen Revolver.

Dann erreichten sie die Bahnstrecke. Ja, es gingen Züge nach dem Westen – aber wann, wußte kein Mensch. Sie warteten, zusammen mit vielen anderen, Heimatlosen, entlassenen Soldaten. Auch frühere deutsche Kriegsgefangene trafen sie, die auf eigene Faust versuchen wollten, sich nach der Heimat durchzuschlagen. Rapp hörte die deutschen Laute, schon wollte er sprechen, aber Irina legte ihm die Hand auf den Mund. Man durfte sich nicht verraten, es wimmelte überall von Spitzeln.

Es gelang ihnen, von einem Zug mitgenommen zu werden. Tage und Tage dauerte die Fahrt, mühselig schleppte die alte Lokomotive ihre Wagen durch den dichtverschneiten Ural. Stoßweise quoll der schwarze Rauch aus ihrem Schornstein und blieb in bauschigen Knäueln erstarrt in der Luft hängen.

Dicht um den Ofen gedrängt saßen die Männer und Frauen im Wagen. Ihre Körper schwankten im eintönigen Rhythmus der rollenden Räder, und an den Wänden schaukelten die Maschinengewehrgurte, die Taschen, die Gewehre. Abseits, unter einer Pritsche, hatten sich Rapp und Irina verkrochen. Das Mädchen hatte seine Hand auf die graue Binde über seinen Augen gelegt und blickte gespannt in seine entrückten Züge, über die der Widerschein des glühenden Ofens zitterte. Ihre Schafspelze bedeckten beide. Jemand hustete lange und spuckte mehrere Male aus. Ein Kind begann zu wimmern, dann verstummte es von selbst.

»Ich sehe schon viel besser, Irina«, flüsterte Rapp plötzlich. »Ich werde nicht erblinden.«

Er spürte, wie der Druck ihrer Hand zärtlicher wurde, wie sie ihm einmal kurz über das unrasierte Gesicht strich.

»Sei still, versuche zu schlafen!«

»Du bist immer da, Irina, immer ...«

Sie starrte auf die Rücken der hockenden Gestalten am Ofen. So hatten auch sie am Ofen in der kleinen Hütte gesessen, während die Birkenklötze krachten und prasselten. Dort war sie glücklich gewesen, dort hatte sie ihn allein besessen, dort ...

Seine Hand, die sich um ihre Finger krallte, war blutrot beleuchtet, unheimlich zuckte das Licht auf seinem Gesicht. Waren seine Flucht und der schreckliche Entschluß, sich selbst durch eine gefährliche Essenz das Augenlicht zu nehmen, nur Sehnsucht nach der eigenen Scholle? Zog es ihn nicht noch weiter, zu der andern, von der er nie gesprochen hatte? Hatte er sie wirklich vergessen?

»Es ist gut, daß die Bolschewiki Waffenstillstand geschlossen haben«, sagte eine Stimme am Ofen. »Wir haben genug vom Krieg. Es gibt keine Armee mehr.«

»Nach dreieinhalb Jahren«, sagte eine andere leise Stimme.

Die Menschen sahen sich mißtrauisch an, keiner traute dem andern. Soldaten, Frauen, Bauern, undefinierbare Gestalten. Sie kauten, tranken, rauchten, einer aß einen Zipfel Wurst, mit übergeschlagenen Beinen wie ein Orientale. Müde Gesichter, verbissene Züge. Der Zug ratterte und schlingerte, die Maschinengewehrgurte schwankten, die Gewehrschäfte polterten gegen die Wand.

»Jetzt wird alles vernichtet«, sagte wieder die leise Stimme. »Alles, was Namen und Vermögen hatte, muß ausgerottet werden. So wollen es die neuen Herren.«

»Bist wohl nicht damit einverstanden?« sagte der andere mit vollem Munde. »Jetzt wollen wir uns sattfressen! Zehn Jahre Zwangsarbeit habe ich hinter mir, Lenin hat mir die Freiheit gegeben. Das ist mein Mann!« Er spuckte in die Glut und lachte einmal kurz auf.

Wieder war es still im Wagen. Das Kind begann ängstlich zu weinen.

Erst als sie nach Tagen und Nächten furchtbarer Fahrt den Zug verlassen hatten, nahm Rapp die Binde von den Augen.

Er sah!

Er sah die verschneite Straße, auf der er einst mit Alexa und Wassil gefahren war, er sah den dunklen Waldrand, hinter dem das Gut lag, die altvertrauten Bäume, die weiten Felder.

Sie hatten ihr Bündel geschultert und marschierten in den Abend. Ihr Schritt war hastig, ihre Kleider zerlumpt, die Gesichter müde und kaum wiederzuerkennen. Im Dämmern verschwamm die Landschaft, aber sie fanden ihren Weg, ohne ihn zu sehen. Sie sprachen kein Wort, zu groß war die Erwartung, die Freude, wieder zu Hause zu sein, das Bangen, wie sie alles vorfinden würden.

Irina sah Wanja von der Seite an, er hatte den Kopf vorgereckt und schien wie ein Jagdhund zu wittern.

Jetzt traten sie aus dem Wald. Klar lag vor ihnen der Umriß der Höhe. Schwer atmend blieb Rapp stehen. Sein Blick umschloß den Horizont, glitt unruhig über die Hügel.

Er suchte und suchte.

»Irina, bin ich blind?« schrie er plötzlich auf. »Sage mir, was du siehst! Sage es!«

»Du bist nicht blind, Wanja. Dort ist nichts mehr.« Ihre Stimme war kalt und erstorben.

Er begann zu laufen, bis er nicht mehr konnte.

Sie sah, wie er stolperte, in den Schnee fiel, sich wieder aufraffte, weiterrannte, immer weiter, die kleine Anhöhe hinauf. Zuerst wollte sie ihm folgen. Dann wandte sie sich ab, ging weiter, am Hügel vorbei, dorthin, wo das Gut ihrer Eltern gelegen hatte … ging in die Winternacht … allein.

Der Abend senkte sich. Immer höher stieg der Mond über den Horizont – wie damals – wie jedesmal ...

Nun war Rapp auf der Höhe angelangt. Die Pfeiler des Hoftores waren umgestürzt, unter dem Schnee begraben. Wo das Haus, die Stallungen, die Scheunen gestanden hatten – überall nur verkohlte Sparren, die gen Himmel starrten, eingestürzte Mauern, mitleidig vom Schnee verdeckt. Trümmer, Schutt, unheimliche Leere eines verschneiten, vergessenen Friedhofs und darüber der unendliche blauschwarze Himmel, an dem langsam der Mond emporstieg.

Wie ein Irrer stolperte Rapp zwischen den Trümmern umher, brach in einen verschütteten Keller ein, grub fieberhaft mit den bloßen Händen ein Loch in den Schnee, fand ein halbverkohltes Tischbein, mit dem er weitergrub. Er fand ein Stück eines alten Goldrahmens. Ja, er erinnerte sich, es war ein Ölbild der Mutter als junges Mädchen gewesen. Eine Ecke des großen Kamins im Wohnzimmer stand noch, in ihm hatte er sich im Sommer als Kind oft versteckt, und später hatte er mit Alexa hier gesessen ...

Er suchte weiter, grub, kratzte und scharrte, nichts, nichts war geblieben.

Als er an den Rest einer Mauer stieß, brach sie prasselnd zusammen und hätte ihn beinahe erschlagen. Er fiel zurück in den Schnee, riß sich wieder empor und taumelte weiter. Es war ein riesiges Schuttfeld, und das Fürchterlichste wurde gnädig vom Schnee verdeckt. Tot alles, wohin er blickte.

Verzweifelt sah er sich um. Silbern glänzend lag das Land zu seinen Füßen, sein Land. Nun hatte er erreicht, wonach er sich gesehnt hatte die langen Monate hindurch in der sibirischen Hütte. Er stand auf seinem Grund und Boden. Seine Hände bluteten, Lehm und Schnee klebten in dicken Klumpen an seinen Kleidern, sein blasses Gesicht war rußgeschwärzt.

Was Jahre der Verbannung in Sibirien nicht vermocht hatten, geschah in diesen Augenblicken: aus dem lebensfrohen, immer bejahenden, immer hilfsbereiten Menschen wurde ein Mann voll Haßgefühl und Sehnsucht nach Vergeltung. Er schwor, Rache zu nehmen an denen, die ihm alles sinnlos zerstört hatten.

Als er so stand, schon bereit, wieder vom Hügel hinabzusteigen in das Land, hörte er ein Geräusch hinter sich. Er fuhr herum, die Hand an der Waffe.

Eine kleine schwankende Gestalt kroch dort zwischen den Trümmern, bewegte sich auf ihn zu, taumelnd und stolpernd. Dann war sie plötzlich wieder verschwunden. Er ging einige Schritte in der Richtung, versuchte, im ungewissen Licht ein lebendes Wesen zwischen den Trümmern zu erkennen. Auf einmal fuhr er zurück und riß den Revolver heraus. Dicht vor seinen Füßen kroch aus einem Kellerloch eine Gestalt, winkte matt mit der Hand, richtete sich leise ächzend auf und kam auf ihn zu. Jetzt stand sie dicht vor ihm, starrte ihn aus verhungerten Augenhöhlen an.

Es war ein Mann, verkommen und vertiert bis zur Unkenntlichkeit. Und doch lag in dieser unterwürfigen, scheuen Miene etwas, das Rapp kannte.

»Müller?« flüsterte er und hörte seine Zähne aufeinanderschlagen.

Der Zerlumpte nickte, bewegte die Lippen, doch kein Ton kam heraus.

»Herr von Müller?« fragte Rapp noch einmal und faßte ihn scheu an. Da nickte der andere ein paarmal hastig mit dem Kopf und stieß hervor:

»Ich habe auf Sie gewartet – ich wußte, daß Sie kommen würden, Baron Rapp.«

Voll Grauen und Erschütterung starrte Rapp in das junge Gesicht, das unendlich alt und verfallen erschien, lehmgelb, blutleer, mager wie ein Totenschädel.

»Kommen Sie«, flüsterte Müller, »kommen Sie, ich muß es Ihnen zeigen.«

Er kletterte voraus. Er schien hier jedes Loch im Schnee, jedes Mauerstück, jedes Hindernis zu kennen. Rapp konnte ihm kaum folgen.

Dann blieb Müller keuchend stehen, faßte Rapp am Ärmel, zeigte mit der knochigen Hand um sich.

»Dort liegen Ihre Ahnen. Man hat sie aus dem Mausoleum herausgeworfen. Sehen Sie die friderizianische Uniform? Auch Ihr Vater liegt dort. Ich war zu schwach, sie zu begraben, die Erde zu hart. Ihre Mutter liegt weit draußen, wenn die wilden Hunde sie nicht schon geholt haben. – Die Saat ist vernichtet, das Vieh mit Maschinengewehren niedergemacht, es fault in der Steppe, die Aasvögel haben viel Fraß.« Er brach plötzlich zusammen, kauerte auf einem Stein, lautloses Schluchzen schüttelte ihn. »Haben Sie etwas zu essen? Auf den Gütern der Rapps gibt es nichts mehr.«

Rapp setzte sich neben ihn.

»Wie konnten Sie sich so lange hier halten, Müller?« fragte er schließlich.

»Drüben.« Die dürre Hand zeigte nach den Trümmern. »Keller im Verwalterhaus – ausgegraben – ein paar Konserven gefunden – ein paar Decken – aber kein Feuer. Kalt, sehr kalt! Keine Streichhölzer.« Dann zeigte er über den Hof. »Da drüben – in der großen Scheune – sie waren alle besoffen – verbrannt. Der Krüppel hat sie verbrannt. Herr Baron ... der Schweinehund. Der Schweinehund hat Ihr Gut verwaltet ... bis zuletzt ... und hat auf Sie gewartet.«

Rapp blickte auf.

Drohend, furchtbar stieg aus dem Schutthaufen die letzte Mauer empor, verkohlt, vom Mond beschienen, inmitten der Schneelandschaft. Diese Mauer schien endlos in den dunklen Nachthimmel hinaufzuragen.

Seine Heimat am Don ... vernichtet, besudelt lag sie vor ihm.

»Ich habe Sie belogen, Herr Baron«, hörte er wieder Müller mühsam die Worte zusammenstottern, »wissentlich belogen. Ein Brief aus Schweden, es sind mehrere gewesen ... Ich habe sie alle vernichtet. Ich wollte mich an Ihnen rächen ... für den Schweinehund. Ich wurde Russe, um Ihnen zu helfen, im Falle eines Krieges hierbleiben zu können. Sie waren immer gut zu mir. Ich wollte Ihren Besitz verwalten, Sie sollten ihn aus meinen Händen genauso empfangen, wie Sie ihn verlassen hatten ... blühend, mustergültig.« Er verstummte.

Unheimliche Stille lag über den Ruinen und den beiden Männern, als seien diese Gestalten die bösen Geister der Trümmer.

»Deshalb habe ich auf Sie gewartet, Herr Baron. Ich mußte es Ihnen sagen, auch wenn es anders gekommen ist.«

Aus der Ferne näherte sich weinender Wind.

»Schneesturm kommt...«

Unbeweglich saß Rapp. Dann sah er Müller vor sich stehen. Wartete er auf ihn?

»Kommen Sie, Müller. Wir wollen gehen... irgendwohin.«

Ja, wohin wollte er denn noch gehen, wohin?

Es wurde dunkler. Wolken schoben sich vor den Vollmond, und der Wind heulte lauter auf.

Im blassen Licht stand Müller vor ihm. Ein Zittern lief durch die schmale, ausgehungerte Gestalt in den zerfetzten, verdreckten Kleidern, er schüttelte den Kopf und wandte sich ab. »Nein, ich kann nicht mit ihnen marschieren... Ich bin doch ein Krüppel...«

Rapp sah ihn müsam über die Trümmer humpeln. Plötzlich war er verschwunden.

Donnernd krachte die letzte Mauer zusammen.

»Kleiner Müller... verzeih!«

Lange Zeit später sah sich Rapp am Fuße des Hügels stehen. Er blickte zurück. Im aufkommenden Schneetreiben war er jetzt seinem Blick entschwunden.

An der rumänischen Front regnete es seit Tagen.

Immer neue Wolkenmassen stiegen über den weiten Horizont auf, der Sturm tobte über die niedrigen gekalkten Hütten eines Dorfes hinweg und pfiff in den Kaminen. Alle Straßen waren aufgeweicht, die wenigen Menschen, die sich hinauswagten, versanken sofort tief in dem schweren Schlamm.

Fast ohne Übergang brach nach dem lichtlosen Tag die Nacht herein.

Im Dorf lagen deutsche Soldaten im Ruhequartier. Die Front war in den letzten Wochen still gewesen, keiner wußte genau, was dort drüben bei den Russen geschah. Gab es überhaupt noch eine Front?

Vor wenigen Tagen war in Brest-Litowsk ein Waffenstillstand zwischen der Ukrainischen Volksrepublik und den Zentralmächten geschlossen worden.

Man wartete ab. Kam der Friede? Konnte man nach Hause gehen, oder wurde man nach der Westfront geworfen, wo eine große Offensive bevorstehen sollte, oder würde man noch einmal hier im Osten marschieren müssen, gegen die neuen russischen Machthaber, die zwar in Waffenstillstandsverhandlungen standen, aber zugleich der ganzen Welt den politischen Krieg ansagten?

Jeder Tag konnte die Entscheidung bringen.

Man wartete, ungewiß, unruhig.

Auch die junge Frau, die am Fenster einer Bauernstube sitzt und in das Unwetter hinausstarrt, wartet. Sie hat ein wollenes Tuch um die Schultern gewickelt. Flackernd erleuchtet das Feuer im Ofen ihr Gesicht. Unter dem Tuch sieht man die Tracht der Rote-Kreuz-Schwester.

Neugierig blicken die Bauern und ihre Kinder zu der fremden Frau hinüber, beobachten mit kindlichem Staunen jede ihrer Bewegungen, wie sie den Kopf mit dem blonden Haar dreht, wie ihr voller Mund bisweilen Worte zu flüstern scheint, die großen braunen Augen unruhig immer wieder nach der Landstraße draußen schauen.

Da taucht ein Mann wie ein Schatten aus Nebel und Regen. Er hat den Kragen des Militärmantels hochgeschlagen, die Mütze in die Stirn gezogen. Unter dem Arm einen kleinen Reitstock, die Hände in die Manteltaschen vergraben. Nun kommt er am Fenster vorbei.

Alexa erkennt ihn und geht ihm entgegen. Mit einem Ruck wird die Tür der Hütte geöffnet und rasch wieder geschlossen.

»Es hat lange gedauert, nicht wahr, Alexa?« Oberst von Bodmer nahm die Mütze ab und schüttelte sie. Über das markante Gesicht liefen kleine Wasserbäche, unter seinen Stiefeln bildete sich sofort eine große Pfütze.

Alexa sah erwartungsvoll in sein Gesicht. »Bringen Sie gute Nachrichten?«

»Wie man's nimmt«, sagte er kurz, zog den Mantel aus und hängte ihn zum Trocknen an den Herd. Die Kinder wichen scheu vor ihm zurück, die Bauern drückten sich enger in ihre Ecke. Dann setzte er sich auf einen Hocker, zündete sich eine Zigarette an und begann zu rauchen.

Alexa saß ihm gegenüber. Er sah kurz auf, blickte wieder weg. Er würde sie wieder enttäuschen müssen. Es tat weh, zu sehen, wie ihr Gesicht alles Kindliche verloren hatte, wie diese Augen, die so viel Leid gesehen hatten, dieses Leid widerspiegelten in immer derselben Frage, auf die niemand eine Antwort geben konnte.

Aus dem unsicheren jungen Mädchen war eine Frau geworden, die er um ihres Schmerzes und um ihrer Treue willen nur noch mehr liebte, wenn diese Treue auch einem andern galt. Er war ihr Kamerad, er durfte ihr nichts anderes sein. Auch jetzt wieder bemühte er sich, nur dienstlich, nur kameradschaftlich zu sprechen.

»Ja, die Nachrichten«, sagte er laut und sah sie an. »Die Zeitungen bringen eine Erklärung der ukrainischen Regierung an das deutsche Volk. Hier ist sie.«

Er zog ein Blatt aus der Tasche und reichte es ihr. »Lesen Sie.«

Sie sah ihn verständnislos an, dann rückte sie näher an die Lampe und las. Aber er erkannte wohl an ihren Augen, daß sie anderes von ihm erwartet hatte. Er konnte es nicht ändern. Noch immer war es nicht gelungen, Nachrichten von Rapp zu erhalten.

Stumm rauchten die Männer oder kauten Tabak, die Frauen saßen mit verschränkten Armen und betrachteten abwechselnd den fremden Offizier und die blonde Frau. Die Zeitung raschelte. Alexa las:

»An das deutsche Volk! Am 9. Februar dieses Jahres haben wir in dem tiefen und heißen Wunsche, mit unseren Nachbarvölkern in Frieden und Freundschaft zu leben, einen Friedensvertrag mit den Staaten des Viererbundes unterschrieben, um dem nutzlosen Bruderkrieg ein Ende zu machen und um alle unsere Kraft auf das Ziel zu vereinigen, uns die Form für ein eigenes selbständiges staatliches Leben zu schaffen. Aber die freudige Nachricht vom 9. Februar, nach der sich die arbeitenden Massen unseres Volkes so sehr gesehnt haben, hat uns keinen Frieden in unser Land gebracht.

Der Feind unserer Freiheit ist in unsere Heimat eingebrochen, um noch einmal, wie schon vor 254 Jahren, mit Feuer und Schwert das ukrainische Volk zu unterjochen. In diesem harten Kampf um unsere Existenz sehen wir uns nach Beistand um. Wir sind tief überzeugt davon, daß das fried- und ordnungsliebende deutsche Volk nicht gleichgültig bleiben wird, wenn es von unserer Not erfährt. Das deutsche Heer, das in der Flanke unseres nördlichen Feindes steht, besitzt die Macht, uns zu helfen und durch sein Eingreifen unsere nördlichen Grenzen vor weiterem Eindringen des Feindes zu schützen. Dieses ist, was wir in schwerster Stunde zu sagen haben, und wir wissen, daß unsere Stimme gehört werden wird.«

Alexa ließ das Blatt sinken und sah Bodmer an.

»Ich komme soeben vom Stab«, sagte er kurz und sachlich. »Ich habe den Befehl bekommen, übermorgen mit meiner Brigade auszurücken und in die Ukraine einzudringen. Wir sollen Verbindung mit den ukrainischen Truppen aufnehmen, um gemeinsam mit ihnen gegen ihre Feinde vorzugehen. Es sind große Gewaltmärsche vorgesehen. Eine Besetzung der Ukraine ist aus verschiedenen Gründen wünschenswert. In unserer Heimat und besonders in Österreich droht die Ernährungslage zu einer Katastrophe zu werden. Es müssen Lebensmittel herangeschafft werden, wir müssen der Heimat helfen.«

Alexa war sehr blaß geworden. Sie sah an Bodmer vorbei aus dem dunklen Fenster.

Ganz klar nahm er ihr Bild auf. Ihre dunklen Augen waren verträumt, der Mund etwas geöffnet.

Und da stand alles, plötzlich, unerwartet, stark und überwältigend, vor ihm, die Erfüllung seiner Sehnsucht.

Sollte er ihr jetzt sagen, woran er so oft gedacht und was er sich schon lange herbeigewünscht hatte?

Das kleine, helle Haus seiner Mutter in Rostock, am Fenster saubere Gardinen, Blumen, ein kleiner Garten, das strenge Gesicht der alten Frau, ihre weißen Haare und die blauen Augen, in denen eine ganze Welt voll Liebe zu ihm, ihrem Sohne, lag.

Und an der niedrigen Gartenpforte, im bunten Sommerkleid, stand Alexa ... Sie wartete auf ihn. Er kam vom Felde zurück in seine Heimat, in dieses kleine, helle Haus, und alles wartete voll Ungeduld auf ihn. Der Krieg, die Schlachten, die sterbenden Kameraden – alles verschwand vor der Stimme dieser einen Frau, deren Hand zauberhaft und unwahrscheinlich ein neues Leben in seine einsame Seele gelegt hatte. Monate, Jahre, Vergangenheit – sie waren nötig gewesen, um jetzt dieses Glück in allen seinen Tiefen empfinden zu können.

Er wollte ihr das alles sagen, wollte ihr erzählen, daß seine Mutter schon auf sie warte, daß er ihr ausführlich über Alexa geschrieben habe, in jedem Briefe hatten mehrere Zeilen von ihr gehandelt, sie sollte zur Mutter kommen, dort warten ... er käme bald zurück.

»Alexa!« Bodmer hatte ihre Hand ergriffen. Seine Stimme war hell und froh, wie das Mädchen sie noch nie gehört hatte.

Doch in den verträumten Augen stand ihre unzweideutige Antwort an ihren Freund und Beschützer.

»Sie kann nicht unehrlich sein, sie nicht«, durchzuckte es Bodmer. »Sie kann nicht einen Mann lieben und bei einem anderen bleiben.« Langsam neigte sich sein Kopf. Er blickte zu Boden.

»Alexa«, er hielt immer noch ihre Hand, obwohl der Druck seiner Finger schon nachgelassen hatte. »Natürlich kommen Sie mit«, sagte er sehr ruhig. »Ich habe schon mit dem Oberstabsarzt gesprochen.«

»Nach Rußland ... in die Ukraine«, hörte Bodmer sie sagen, und es kam ihm vor, als sei Alexa weit weg von hier, in irgendeinem Traum.

Am Fenster trommelte noch der Regen.

Die erstarrte Front wurde wach, zahllose Füße setzten sich wieder in Marsch.

Endlose Reihen stumpf schimmernder Stahlhelme, ratternde Räder, trabende Pferde. Feuer, Flammen, Blitze und Donnern an der ganzen riesigen Front im Osten, von Estland bis an das Schwarze Meer, fluteten und rollten über den Feind hinweg.

In den letzten Tagen des Februar 1918 meldeten die deutschen Heeresberichte: Estland und Livland besetzt. Reval und Dorpat besetzt. Der Dnjepr erreicht.

Narwa, das Tor von Sankt Petersburg, ist bedroht. Ungeheure Beute, die man zahlenmäßig gar nicht übersehen kann, ist den Deutschen in die Hände gefallen. Im Süden rücken Deutsche und Österreicher in breiter Front in die bedrohte Ukraine ein.

Am 2. März: Kiew ist durch ukrainische und sächsische Truppen befreit.

Kiew brandete von Menschen.

Tausende von Flüchtlingen strömten durch die Straßen. Sie kamen aus den von den Bolschewiken besetzten Gegenden. Menschen und Tiere, die sich vor Erschöpfung kaum noch vorwärts bewegen konnten, den Tod im Nacken, Entsetzen über das Erlebte in den Augen, wälzten sich dahin. Viele Offiziere und Soldaten waren unter ihnen; auf müden, abgetriebenen Pferden, auf gewaltsam requirierten Wagen wurden die Verwundeten mitgeführt. Überall sah man weinende Kinder und Frauen, verzweifelte, suchende Blicke, zerlumpte Bauern, die alles aufgegeben und nur das nackte Leben gerettet hatten. Dazwischen schoben sich die Kolonnen deutscher Truppenverbände. Endlose Reihen von Munitionswagen und Trains, Kompanien, Batterien, rauchende Feldküchen, Lazarette. Aus der beschaulichen Stadt der heiligen Klöster war ein Heerlager geworden.

Alexa war gegen Abend in einer dienstfreien Stunde in die Stadt gegangen. Die dunklen Menschenmassen in den Straßen wogten gestaltlos in der Dämmerung und schoben das Mädchen bald hierhin, bald dorthin. Sie ließ sich treiben.

Eine unerklärliche Unruhe zwang sie, durch diese Stadt zu gehen, in der sie einst mit dem Vater gewesen war, bevor sie nach Rostow und auf das Gut fuhren. Vielleicht war es auch nur der Wunsch, unter gesunden Menschen zu sein, sich von ihnen stoßen und treiben zu lassen und nicht immer in die abgezehrten, schmerzverzogenen Gesichter von Verwundeten und Kranken sehen zu müssen.

Dann, während sie ziellos umherstreifte und die Dunkelheit immer tiefer in die Straßen fiel, merkte sie plötzlich, daß ihre Augen unbewußt, voll Unruhe etwas suchten. Vielleicht hatten sie immer so gesucht, dreieinhalb Jahre lang...

Soldaten und Offiziere, in ihren zerlumpten Uniformen kaum voneinander zu unterscheiden, mit Gesichtern, in denen deutlich die grenzenlose Müdigkeit und Apathie eines Heeres stand, das sich nach zweiundvierzig Monaten Krieg aufgelöst hatte – verbittert, hungrig, fluteten sie an ihr vorüber.

Aus der Ferne hörte man den Donner der Geschütze, der manchmal zu lautem Brüllen anschwoll, dann wieder abebbte und in ein dumpfes Murmeln überging.

Tausende von fremden Gesichtern strömten ununterbrochen an ihr vorbei. In alle sah sie, immer wieder enttäuscht, immer wieder aufgeschreckt durch eine flüchtige Ähnlichkeit.

Plötzlich fuhr sie zusammen und spürte ihr Herz im Halse schlagen. Mit aufgerissenen Augen starrte sie auf eine Gruppe von Kosakenoffizieren. Diese Uniformen kannte sie. Die Offiziere standen im dichtesten Gedränge und schienen nicht weiterzukönnen. Sie stieß und schlug sich zu ihnen durch – da stand einer – mitten unter ihnen – ein Mann im Pelz – ein blonder Kopf über hochgeklapptem Kragen – jetzt wandte er sich ihr zu – unter Millionen hätte sie dieses Gesicht erkannt – so fremd – und doch so entsetzlich vertraut...

»Wanja...!« hörte Alexa sich schreien – »Wanja!«

Er starrte sie an, dann war er mit einem Sprung bei ihr.

»Alexa ...! Großer Gott, es ist die heiligste Wahrheit!«

Sie fühlte seine starken Hände und Arme, sah sich plötzlich von den Kosaken umringt und gegen einen kleinen Eingang gedrängt.

Jemand riß die Tür auf, man redete auf sie ein, jemand schüttelte sie, sie fühlte Rapps Mund auf ihren Wangen, der Stirn, den Lippen. Ihr Körper zitterte, sie hörte ihre Zähne aufeinanderschlagen wie im Fieber.

Die Straße, die Menschen, die Kosakenoffiziere, alles drehte sich um sie und über sie hinweg, und in der Mitte dieser sich überstürzenden Gesichter sah sie die ernst lächelnden Augen Johann Rapps.

Allmählich kam sie zu sich und merkte, daß dies alles kein Traum war. Mehr getragen als geführt, wurde sie in ein großes Zimmer geschoben, in dessen Mitte ein Tisch mit Eßwaren und Wein stand. Rote-Kreuz-Schwestern drängten sich fragend um sie, jemand küßte sie immer wieder und sprach unverständliche Worte, eine Stimme, die ihr vertraut war und ihr weh tat.

Schon wieder schwamm dichter Nebel vor ihren Augen. Tränen, die sie jahrelang mit aller Gewalt zurückgehalten hatte, brachen endlich hervor und erlösten sie in einem kraft- und hilflosen Weinen.

»Sie ist ohnmächtig – legt sie doch auf das Bett – gebt ihr etwas Wodka – Oksana, öffne ihr Kleid –!«

Blondes, weich fallendes Haar erschien über ihr, zwei blaue Augen, eine schmale Nase, sie fühlte rasche, geschickte Hände – aus weiter Ferne hörte sie Wanjas Stimme, wie in einem Traum. Träumte sie nicht doch –?

Der beißende Geruch von Riechsalz machte sie für wenige Augenblicke wach. Sie erkannte in der Schwester Oksana und versuchte zu sprechen, aber ihre Stimme versagte. Noch einmal schreckte sie der Geruch des Riechsalzes hoch.

»Ich habe Wanja gesehen ... ist es wahr?«

»Ja, es ist wahr, Alexa, hier steht er.«

»Ich sehe ihn nicht mehr«, flüsterte sie. Und dann, nach einer Pause, die ihr unendlich lang dünkte und in der sie ihre

Gedanken mit Gewalt auf einen Punkt zwingen wollte: »Der augenblickliche Kommandant von Kiew, Oberst von Bodmer, muß benachrichtigt werden...«

Dann verlor sie wieder die Besinnung.

Bodmer war an der Spitze seiner Brigade eingerückt. Schon seit Tagen kämpfte man Schulter an Schulter mit ukrainischen Regimentern, die Stäbe standen in dauernder Fühlung. Gewaltige neue Offensivpläne wurden erwogen, Tag und Nacht saß Bodmer mit seinen Offizieren über den Karten, Feldtelefone rasselten, Schreibmaschinen klapperten, Meldereiter kamen und gingen. Schon lange wußte er nicht mehr, wie ein Bett aussah, seit Tagen konnte er sich nicht um Alexa kümmern. Er wußte, sie arbeitete in ihrem Lazarett, und Arbeit war das Beste, was man dieser Frau geben konnte. Fast scheute er sich, noch einmal mit ihr allein zu sein wie in der dumpfen, nächtlichen Bauernstube, wo Alexas rührende sehnsüchtige Hoffnung sich so hüllenlos wie noch nie gezeigt hatte. Vielleicht war dieser Augenblick der Hilflosigkeit die letzte Gelegenheit gewesen, sich ihr zu erklären. Nun war es zu spät.

Er stand in der Mitte eines riesigen Zimmers, an einem langen Tisch, umgeben von seinen Offizieren.

Seine Befehle kamen kurz, knapp und messerscharf.

Offiziere, Ordonnanzen gingen ein und aus. Niemand beachtete den großen Mann im Pelz, der die Tür öffnete und in der Nähe des Tisches wartete.

Plötzlich wurde der Oberst unterbrochen.

»Herr Kommandeur, Schwester Habermann bittet Sie, zu kommen.«

Erstaunt sah Bodmer auf. Alle Anwesenden schwiegen.

Die beiden Männer standen Auge in Auge. Sie kannten sich nicht, und doch wußte jeder in diesem Augenblick, wen er vor sich hatte.

»Ich kann meinen Posten nicht verlassen. Was ist geschehen?«

Rapp schwieg.

»Wo ist Schwester Habermann?«

»Fundukleewskaja-Straße sieben.«

»Danke.«

Rapp grüßte kurz und verließ an den schweigenden Offizieren vorbei das Zimmer.

Alexa erwachte, als der Morgen dämmerte. Auf dem Tisch lagen noch Reste der Mahlzeit, unordentlich standen Stühle im Zimmer umher, vollgepackt mit verschiedenen Kleidern. An den Wänden hingen russische Militärmäntel, Mützen, Pallasche, Revolver, gefüllte Maschinengewehrgurte. Dicht nebeneinander schliefen auf dem Fußboden Männer, Frauen und Kinder. Die Luft war stickig und feucht.

Vor ihrem Bett aber lag Rapp auf dem Boden und schlief. Er hatte sich mit seinem zerschlissenen Pelzmantel zugedeckt, unter dem Kopf lag seine Pelzmütze.

Alexa richtete sich leise auf dem Ellbogen auf und beugte sich über ihn. Besorgt glitten ihre Augen über dieses magere, eingefallene, unrasierte Gesicht. Wie weh es tat, ihn so zu sehen! Das war Wanja, mit wirren langen unsauberen Haaren, mit schmutzigen, zerschundenen Händen, die den alten Mantel festhielten, in durchlöcherten Schuhen, an denen Dreckklumpen trockneten. Er schlief wie ein Tier, selbst im Schlaf gespannt und auf der Lauer, die Augenlider flatterten, über den hervorstehenden Backenknochen spannte sich die Haut.

Es war kein Traum. Sie hatte ihn wieder. Sie schloß die Augen und vergrub ihr Gesicht in den Händen.

Die Tür knarrte leise. Eine lange Gestalt in feldgrauem Mantel trat ein, den Stahlhelm in die Stirn gedrückt. Sofort sprang Rapp auf, da und dort fuhren Köpfe hoch. Alle waren in derselben Sekunde hellwach, gewohnt, stets von lauernder Gefahr umgeben zu sein. Schützend stand Rapp vor Alexas Lager.

Der Fremde nahm den Stahlhelm ab. Rapp erkannte Bodmer. Wortlos drückten sie sich die Hand, dann trat er beiseite und gab den Weg frei. Das Mädchen öffnete die Augen.

»Alexa«, sagte Bodmer leise, »Sie haben mich rufen lassen?«

Sie lächelte verlegen und streckte die Hand nach ihm aus.

»Verzeihen Sie mir. Ich glaubte auf einmal, es ginge mit mir zu Ende. Auch ein glücklicher Schreck kann töten.« Und mit einem scheuen Blick streifte sie Rapp, der neben dem Freund stand.

Bodmer sah sie unverwandt an. »Sollen wir Sie nicht lieber in ein Lazarett bringen? Damit Sie etwas ausruhen?«

Sie schüttelte den Kopf und sah wieder an Bodmer vorbei auf Rapp, der hinter ihm stand. »Ich bin nur etwas schwach, es wird bald vorüber sein.«

Bodmer war ihrem Blick gefolgt. Nichts verriet sein Empfinden.

»Es muß gut werden, verstehen Sie?« sagte er betont. »Sie haben jetzt mehr Grund dazu denn je. Baron Rapp wird es ebenfalls von Ihnen erwarten.«

Er wollte sich abwenden und dem anderen seinen Platz frei machen, aber Alexa richtete sich plötzlich auf, griff nach seiner Hand und berührte sie schnell mit ihren Lippen. Diese Hand hatte sie jahrelang behütet und für sie gesorgt. Nun nahm sie Abschied von ihr.

Inzwischen waren die andern im Zimmer aufgestanden. Alexa sah plötzlich, wie viele Menschen hier wohnten, und mit Erstaunen sah sie immer mehr Gesichter, die sie erkannte, auch unter der Maske der Müdigkeit und des Schmutzes.

Rapp hatte zu seinen Freunden gefunden. Die hier umherstanden, waren Kosaken vom Don, Gutsnachbarn, Regimentskameraden, die sich durchgeschlagen oder von der Front hier gesammelt hatten, um nun gemeinsam mit den Deutschen wieder den Vormarsch in ihre Heimat anzutreten. Der eine und andere trat an Alexas Bett und drückte ihr die Hand, die Frau des Generals Koschkin war da und küßte sie mütterlich auf die Stirn. Sie war plötzlich unter Freunden, die sie am Abend vorher unter der Verwirrung des überraschenden Wiedersehens nicht erkannt hatte.

»Oberst Chonenko!« hörte sie Bodmers klare Stimme.

»Oberst von Bodmer?« Das war Chonenko, der elegante Tänzer, der schneidige Reiter, der das Geld mit offenen Händen unter seine Kosaken verstreut hatte, der Verlobte der schönen tatarischen Prinzessin – jetzt ungepflegt, das schmutzige Russenhemd offen, die Haare wirr, und doch brannten die dunklen Augen noch stolz und herrisch in dem kühnen Gesicht.

»Oberst Chonenko«, sagte Bodmer – und sie waren nur noch zwei Offiziere, Deutscher der eine, Russe der andere, gewohnt, daß ihnen gehorcht wurde. Der eine trotz seiner Jugend bereits Brigadekommandeur, der andere Anführer von zerlumpten, verzweifelten Freiwilligen-Formationen. »Gemäß den Anordnungen unserer Stäbe haben wir beide uns übermorgen mit unseren Formationen gegen die Unterdrükker Ihres Landes in Marsch zu setzen.«

»Ich weiß es, Oberst von Bodmer, und ich freue mich darüber. Es wird mir eine Ehre sein, Seite an Seite mit Ihnen kämpfen zu dürfen.«

»Sie sind als selbständiger Truppenteil meinem Kommando unterstellt und erhalten Befehle direkt vom Stab.«

Chonenko überlegte einen Augenblick, sein Gesicht spannte sich. »Es ist gut so. Sie haben die straffere Disziplin. Aber eines muß ich sagen, schon jetzt, Herr Oberst. Unser Kampf ist ungleich. Sie kämpfen als Soldaten. Wir Russen – morden. Für Sie ist noch die Genfer Konvention maßgebend. Für uns nur der einzige Grundsatz: beide Augen für ein einziges. Von Kosaken wird keine Gnade erwartet. Wir machen keine Gefangenen unter den roten Banden. Auch sie lassen unsere Leute nicht am Leben.«

»Wir mischen uns nicht in Ihre Politik«, erwiderte Bodmer. »Ich gehöre keiner Partei an – ich bin Offizier.«

Da sprang Rapp dazwischen. Er schob Chonenko beiseite. Seine Augen funkelten. »Herr Oberst, Sie mögen im Recht sein!« rief er, und Alexa erschauerte vor diesem Klang seiner Stimme. »Aber uns hat man alles genommen. Das Werk unserer Ahnen, die Kulturtat von Generationen ist sinnlos zerstört worden. Wir hatten ein Landschloß aus der Zeit Katharinas der Großen, wir hatten Bilder und Bücher, um die uns Galerien beneideten. Wir hatten Fabriken, Brauereien, wo über tausend Arbeiter beschäftigt waren. Wir bauten Schulen und Krankenhäuser, wir gaben den Bauern unsere Zuchtbullen, um starkes gesundes Vieh hochzuzüchten. Unsere Pferde waren im ganzen Land berühmt. Wissen Sie, wie es jetzt dort aussieht?« Rapp war schneeweiß geworden. »Ein Haufen Asche ist übriggeblieben. Das Vieh hat man vertrieben, mit Maschinengewehren niedergeschossen. Neben dem Mausoleum lagen die Skelette meiner Ahnen, dazwischen die Leiche meines Vaters. Die Leiche meiner Mutter hatten die Hunde ... Das haben die Roten getan, Herr Oberst! Für uns gibt es nur noch einen Gedanken: Rache! Wir sind von der Front, aus der Etappe, vom Generalstab, und ich aus Sibirien hierhergekommen, um uns zu rächen und dann zu sterben!«

»Die Feinde unseres Landes«, fügte Chonenko hinzu, »stellen ihre Gefangenen zu Hunderten an die Wand. Es genügt ihnen nicht, zu plündern, alles niederzubrennen – es wird alles niedergemetzelt!«

Wieder schob Rapp Chonenko beiseite. Er stand Auge in Auge mit dem deutschen Offizier. In seinem Gesicht flackerte ein gefährliches Feuer.

»Oberst von Bodmer! Ich habe die Pflicht, mich als deutscher Staatsangehöriger bei der ersten deutschen Militärbehörde zu melden, die ich erreiche. Ich werde es nicht tun. Ich denke nicht daran. Das ist Fahnenflucht! Ich kann nicht anders. Ich will nicht warten, bis mein Einstellungsgesuch auf dem Dienstweg genehmigt wird. Die Gefahr, gegen die wir kämpfen, droht nicht nur Rußland, sie droht die ganze Welt zu vernichten. Wir, die wir hier stehen, werfen uns dieser Gefahr entgegen. Unser Kampf kennt keine Halbheiten, er bedeutet in jedem Falle Tod – für sie – oder für uns!«

Bodmer sah an Rapp vorbei. »Meine Herren«, sagte er kühl, »ich verstehe Ihre Einstellung, aber ich kenne nur meine Pflicht.« Jetzt blickte er Rapp voll ins Gesicht. »Es ist gut, daß Sie sich darüber klar sind, was Ihr Entschluß bedeutet.«

Für Sekunden nahm sein Blick ungeheuer klar die Gesichter dieser Männer auf. Er sah in ihnen nur einen einzigen, zum Letzten entschlossenen Willen.

Neben diesen Männern standen, ruhig und selbstverständlich, ihre Frauen.

Bodmer setzte den Stahlhelm auf. Er hob die Hand zum Gruß und ging.

Am Abend desselben Tages trafen sich Alexa und Rapp in der Nähe des Lazaretts.

Sie gingen nebeneinander her durch die überfüllten Straßen. Er nahm ihren Arm, um sie im Gedränge ganz nah bei sich zu haben. Er spürte die Wärme ihrer Hand. Am Himmel trieben dunkle Schneewolken vor dem Wind. Vergeblich suchte Alexa nach einem Stern, er wäre ihr wie ein Bote des Himmels erschienen über diesen armseligen, suchenden und schreienden Menschen. Aber die Wolken hingen drückend tief über den Kuppeln der Kirchen. Sie kamen in den »Kaufmannsgarten«, wo Alexa einst allein gesessen und über die vielen breiten Arme des Dnjepr hinweggesehen hatte. Hier war es ruhiger.

Am Horizont stand ein roter flammender Schein, flackerte auf, sank wieder in sich zusammen. Dort mußte ein Dorf brennen. Immer noch donnerten die Geschütze.

Sie schwiegen beide. So viel war zu sagen und zu fragen, so riesig schien die Kluft des Erlebten zwischen ihnen zu sein, daß Alexa nicht wußte, wie sie jemals wieder zueinanderfinden sollten. Beide waren andere Menschen geworden. Das sorglose Glück eines Sommerabends lag weit hinter ihnen, jeder hatte gelernt, nur noch an das Nächstliegende zu denken. So fragte Alexa:

»Wenn wir in zwei Tagen an die Front gehen – was wird aus dir werden, Wanja?«

»Ich unterstelle mich Chonenko. So bin ich vor Bodmer sicher«, sagte Rapp kurz.

»Ich glaube nicht, daß er dich festnehmen läßt.«

»Es ist seine Pflicht«, antwortete er. »Ich muß vermeiden, in seine Nähe zu kommen.«

»Das bedeutet dauernde Gefahr von zwei Seiten.«

Er zuckte die Achseln. »Ich kann es nicht ändern. Wir können nicht warten. Wir müssen zugreifen!«

Er ließ ihren Arm los, schnallte den Gurt seines Pelzes enger und schob die Hände tief in die Taschen. Sie sah wieder den harten Zug um seinen Mund. Er ging jetzt rascher, als habe er die Frau an seiner Seite vergessen.

»Wir wollen nicht mehr darüber sprechen, Alexa«, sagte er abweisend. »Ich kann nicht anders. Man hat uns Deutsche von unserem Grund und Boden verjagt – das war selbstverständlich, es war Krieg. Ich saß drei Jahre in Sibirien – es war notwendig. Aber jetzt werden sinnlos unschätzbare Werte russischer und deutscher Kultur von den revolutionären Wirren vernichtet, da kann ich nicht anders handeln ... Für mich gibt es kein Zögern und keinen Zweifel. Es gibt nur die unerbittliche Notwendigkeit!«

Er blieb plötzlich stehen und sah sie an. »Wir wollen uns trennen, Alexa. Ich habe kein Recht mehr, dein Schicksal an das meine zu ketten. Du warst mein Glück, mein bisheriges Leben warst du und unsere Liebe. Das ist vorbei. Die Gegenwart ist grauenhaft. Eine Zukunft kenne ich nicht. Man wird mich einmal als Mörder hinrichten, vor irgendeiner Wand, wie tausend andere. Das wird mein Ende und zugleich meine Erlösung sein. Du – du solltest dich nicht mehr zu mir bekennen. Du sollst nicht – du darfst nicht!«

Er hatte sich in immer stärkere Erregung hineingesteigert, seine Stimme war heiser. Vergeblich suchte Alexa in seinem Gesicht nach Zügen, die ihr vertraut waren. Da faßte sie ihn an und rüttelte ihn, als müßte sie ihn aus einer gefährlichen Erstarrung wecken.

»Wie sprichst du zu mir, Wanja? Glaubst du, ich sei immer noch das behütete, still wartende Mädchen wie vor dem Krieg, das geschehen läßt, was andere über sie bestimmen? Ich soll nur zusehen, und dann, wenn alles gut ausgeht, darf ich stolz auf dich sein? Wer hat dir erlaubt, mich so niedrig einzuschätzen? Glaubst du, nur du hast das Recht, für dein Vaterland zu kämpfen?«

Sie sah, wie die Spannung in seinem Gesicht sich zu lösen begann, wie ein erstes scheues Lächeln sich hervorwagte. Sie ließ nicht nach, sie kämpfte um sein Leben und um seine Seele.

»Können wir nicht Kameraden sein, Wanja?« sagte sie weiter. »Ich weiß, es ist nicht die Zeit, von anderen Dingen zu sprechen. Ich will ja nichts von dir. Aber wir kämpfen ja nicht für uns allein, sondern für viele Tausende andere, damit es wieder Hoffnung auf eine Zukunft gibt auf der Welt. Wir dürfen keine Menschen ohne Zukunft sein – auch du nicht.«

Da riß er sie an sich und hielt sie lange schweigend an seiner Brust. Er fühlte ihr Herz schlagen, er fühlte die Frau, den Kameraden, der zu ihm halten wollte, komme was wolle.

»Ja, es muß eine Zukunft geben, Alexa...«, sagte er leise, und eine tiefe Erschütterung ging durch den starken, verbitterten Mann. »Eine Zukunft – und eine Hoffnung!«

Dann gingen sie zusammen weiter, nebeneinander, im gleichen Schritt...

Immer noch stand der Feuerschein am fernen Horizont.

Immer noch rollte der Geschützdonner durch die Nacht.

Der Tag des Abmarsches war gekommen. Als Alexa am Abend vorher mit Rapp das Zimmer betrat, in dem sie bewußtlos eine Nacht verbracht hatte, war es verwandelt. Überall lagen Uniformen, Wäschestücke, Lebensmittel, Patronen, Zaumzeug umher. Menschen kamen und gingen oder packten ihre letzten Habseligkeiten zusammen.

Alexa hatte viele alte Freunde in den letzten Tagen wiedergesehen, ein seltsames Geschick hatte die meisten der Bekannten aus Petersburg und vom Don hier zusammengeführt.

Am Ausgangspunkt der »Weißen Bewegung« gegen die »Roten« hatten sich alle zusammengefunden. Aus dem riesigen Rußland versuchte sich jeder Gleichgesinnte irgendwie an den Don und in die Ukraine durchzuschlagen.

In einer Ecke kniete eine kleine, nicht mehr junge Frau auf dem Boden und packte die wenigen Sachen ihres Mannes in eine rohgezimmerte Kiste – die Frau des Generals Koschkin. Sie, deren Leben keinen anderen Inhalt gekannt hatte, als nur für ihren Mann schön und jung zu bleiben, hatte jetzt abgearbeitete, schmutzige Hände. Sie trug einen unförmigen und verschlissenen Mantel, mit einem Lederriemen zusammengehalten. Schweigend packte sie seine Sachen, die sie ihm vielleicht mit auf den letzten Weg gab, und achtete nicht auf den Lärm um sie herum. Alexa sah, wie ihre Hände beim Berühren dieser Sachen von ihm träumten und wie ihre Tränen auf das Zaumzeug und den Sattel fielen.

Unweit von ihr kniete Oksana in der Tracht der Rote-Kreuz-Schwestern und trennte den Kragen von ihrem schäbigen Wintermantel. Sie war die Frau des Malers Petro Doroschenko geworden, längst war sie nicht mehr das verwöhnte Mädchen, das von der Riviera und dem Luxus der internationalen Welt schwärmte. Petro zog gegen den Feind, es war auch jetzt im März noch kalt, und er hatte das Stückchen Fell nötiger als sie. Mehr hatte sie ihm nicht zu geben.

Und überall Frauen, die kramten, ordneten, Brot schnitten, Vorräte verpackten, Frauen, die einst wohlhabend, schön und gepflegt gewesen waren. Alle schwiegen. Sie erschienen Alexa beinahe unheimlich in dieser schweigenden, hastigen, fieberhaften Tätigkeit. Nur an ihrer gebeugten Haltung, am Zittern der rauhen, zerschundenen Hände erkannte man die Gewalt, mit der sie sich beherrschten, um nicht zu weinen.

Bisweilen kam ein Soldat, sprach mit einer Frau, übergab ihr ein Paket, verschwand wieder. Andere schleppten neue, warme Militärmäntel herbei, Säbel, Revolver und Munition.

Auch Wassil, Rapps früherer Kutscher, hatte sich eingefunden. Er stand mit strahlendem Gesicht vor Alexa und balancierte in beiden Händen einen dampfenden Samowar, den er vorsichtig auf eine freie Tischkante stellte.

»Unser Fräulein ist wieder da!« lachte er und zwinkerte lustig zu Rapp hinüber. »Und einen neuen Pelz hab' ich auch beschafft, Herr Baron, eine warme Mütze, einen Säbel, Gewehr, Patronen, Revolver. Und ein Prachtpferd, Sie werden staunen. Jetzt kommen Sie mit, die Badestube ist geheizt, die Offiziere sind schon dort. Sie gehören doch jetzt zu ihnen. Das Fräulein kann inzwischen hier alles einpacken.« Alexa nickte ihm freundlich zu. Es war für sie ein tröstlicher Gedanke, den treuen Wassil an der Seite von Rapp zu wissen. »Kommen Sie, Herr Baron, sonst wird die Badestube wieder kalt.«

Als Rapp zurückkam, hatte Wassil alle zum Tee zusammengerufen. Die Frauen räumten den Tisch ab, Geschirr wurde gebracht, auf Kisten, Koffern, Stühlen oder irgendeinem Bündel saßen sie um den dampfenden Samowar, Alexa mitten unter ihnen. Sie waren wie eine große Familie, alte ergraute Offiziere und junge Kosakenleutnants, Frauen, Mädchen und Kinder. Man sprach laut und durcheinander. Auch die Brüder Mikito und Danilo Kapnist waren da. Ihnen schien dieses viele Elend nichts anhaben zu können, ihr Humor war unverwüstlich, es wurde laut gelacht, die Wodkaflasche ging im Kreis, immer höher stieg die lärmende Lustigkeit, als müßte man etwas betäuben, als müßte man trinken und lachen und schreien, um nicht in die traurigen Augen der Frauen zu sehen.

Auf einmal verstummten sie. Die Tür war aufgesprungen, ein junger schmaler Mann im Pelz erschien. Er riß die Mütze herunter. Glänzend blauschwarzes Haar lag straff und kurzgeschoren um den schmalen Kopf, das Gesicht war bleich und von wilder flackernder Schönheit. Irina Stresser! wußte Alexa im selben Augenblick, und »Irina, komm!« schrien die Freunde, zogen sie ins Zimmer, schoben ihr einen Stuhl hin. Aber sie dankte. »Ich mag jetzt nicht trinken«, sagte sie und sah immer wieder von Rapp zu Alexa und zurück zu ihm. Dann straffte sie sich, trat auf Alexa zu und reichte ihr die Hand.

»Ich habe gehört, daß du gekommen bist. Und daß du mit uns ziehen willst. Du wirst viel Arbeit bekommen. Paß auf sie auf, Wanja, sie ist nicht so viel gewohnt wie wir andern.« Damit strich sie kurz Alexa über die Schulter und ging wieder hinaus.

»Was war das?« fragte nach einer Pause Chonenko. »Wie sieht sie denn aus? Ich habe sie kaum wiedererkannt.«

»Laßt sie«, antwortete Doroschenko. »Ihr ist nicht zu helfen. Sie brennt darauf, zu marschieren, sie kann es nicht erwarten. Sie hat in den letzten Tagen nichts anderes getan als sich im Schießen geübt. ›Ich habe in Sibirien alles verlernt‹, klagte sie immer.«

»War sie denn auch in Sibirien?« fragte Alexa leise Rapp.

Er sah ihr offen ins Gesicht. »Ja, Alexa, mit mir. Drei Jahre lang. Auch das Gut ihrer Eltern ist völlig zerstört. Alle sind bestialisch ermordet. Nun ist sie ein einfacher Soldat geworden, wie wir alle.«

Alexa streichelte einmal scheu über seine Hand, dann stand sie auf und packte seine Sachen weiter.

Das Zimmer leerte sich allmählich, die Frauen kehrten zu ihrer Arbeit zurück, keiner stand müßig herum, alle wußten, daß morgen in aller Frühe marschiert wurde.

Dann kam die letzte Nacht unter dem gemeinsamen Dach.

Früh um fünf hielten die Pferde vor dem Haus. Einer nach dem anderen traten die Offiziere aus der Tür, umringt von ihren Frauen und Kindern, und saßen auf.

Alexa hielt Rapps Hand. Leicht federnd saß er im Sattel seines Hengstes. Die Frau des Generals Koschkin stand neben ihr. Sie sah, wie die Frau ihr Gesicht am Knie ihres Mannes verbarg, sah, wie sie ihn und sein Pferd mehrere Male bekreuzigte.

Oksana hielt sich aufrecht neben ihrem Mann, streichelte sein Pferd und blickte ihn groß und schweigend an. Bei Mikito und Danilo Kapnist standen ebenfalls Frauen. Eine von ihnen hatte sich die Lippen blutig gebissen. Neben Pawlo Rodsjanko wartete seine alte Mutter, aber auch sie weinte nicht, nur ihre segnende Hand zitterte.

Alexa preßte ihre Lippen auf Rapps Hand und blickte in seine Augen.

»Sei vorsichtig.«

Sie fror. Wie lächerlich ihre Worte waren. Aber sie wußte keine anderen. Worte der Liebe kamen ihr zu groß und zu schrecklich vor.

»Schreibe mir, Liebste.«

»Wohin soll ich schreiben ...?«

»Ja so ... Dann mach es gut ... Lebe wohl ...«

Hastig, ohne sich dessen bewußt zu sein, bekreuzigte sie ihn und sein Pferd, preßte immer wieder ihr Gesicht an seinen Mantel, auf seine Hand.

Die Lippen der Frau Koschkin begannen verkrampft zu zucken, sie flüsterten ein Gebet.

Die Männer rissen sich los ...

Wassil und Oberst Chonenko, die keiner begleitete, drängten sich an Rapps Seite.

Wenige Sekunden später war der Trupp hinter der ersten Straßenkreuzung den Blicken der Frauen entschwunden.

Alexa lief ein paar Schritte hinter ihnen her, dann, als sei sie von Sinnen, rannte sie in entgegengesetzter Richtung.

Eilende Menschen stemmten sich ihr entgegen, sie stieß sie verzweifelt zur Seite. Kleine und große Trupps ritten ihr entgegen, sie lief ihnen aus dem Wege, die Männer fluchten hinter ihr her. Sie rannte immer weiter, sie rannte mit der Zeit um die Wette.

Da ritten mehrere deutsche Offiziere auf sie zu. Unter ihnen Oberst von Bodmer.

Alexa hielt sich an seinem Sattel fest, das Pferd blieb stehen.

Bodmer und das Mädchen wechselten keine Worte.

Er sah in ihren Augen alles. Angst um den geliebten Mann, Schrecken und die Verzweiflung, ihn wieder zu verlieren – und ihre Bitte. Diese Bitte war so groß, daß sie nicht in Worten auszusprechen war. Ihn, der über die Truppen befehligte, bat sie ... den andern zu schonen.

Sie merkte an seinem stillen Lächeln, daß er sie verstand und auf diesen Abschied gewartet hatte. Mehr verlangte er nicht. Er hatte entsagt.

Die Pferde fielen in Trab. Alexa sah noch, wie Bodmer die Handschuhe anzog, wie er mit der Linken flüchtig nach dem Stahlhelm und dem Kinnriemen faßte, die kleine Reitpeitsche in die Rechte nahm. Er wandte sich an einen seiner Offiziere, der die Hand an den Helm riß und im Galopp davonjagte.

Oberst von Bodmer blickte sich nicht mehr um.

Vor der Stadt standen die geordneten Formationen. Etwas abseits die deutschen und russischen Divisions- und Brigadekommandeure. Ein schallendes Kommando, und wie in einer einzigen Bewegung flogen die Stahlhelme und die Mützen herunter. Die Stimme des Priesters ließ nur die kurzen Worte eines Gebetes erkennen, dann schnellten die Helme und Mützen auf die entblößten Köpfe zurück. Wieder Kommandos, Trompeten und Pauken setzten ein, die Truppen nahmen Marschordnung an und setzten sich langsam in Bewegung.

Die Avantgarde ritt vor, dahinter kam das Gros, ihnen folgten mit lautem Gekreisch und Räderkrächzen Kanonen, Munitionswagen und Bagagefuhrwerke.

Sie passierten die lange Hängebrücke. Dann wurden Pferde und Menschen zu einer langen farblosen Schlange, die sich auf der schnurgeraden Straße durch den unendlichen Wald verlor, auf der Straße, auf der man für immer fortging, um nicht wiederzukehren.

Die schwangere Oksana und die anderen Frauen gingen unsicher und stolpernd weiter. Sie stützten sich gegenseitig. Die kleine Frau des Generals Koschkin begann herzzerreißend zu schluchzen. Alexa hörte noch den verworrenen Klang der gemurmelten Worte, in der Ferne das Traben der Pferde und Takte der Militärmusik, die der Wind vom Wald hertrug.

»Wir werden sie nie wiedersehen«, sagte die alte Mutter des Rodsjanko mit einer sonderbar rauhen Stimme.

III

Was Rapp unter den Kosaken Chonenkos und Alexa im deutschen Divisionslazarett in den nächsten Wochen erlebten, war so gewaltig und mitreißend, daß jedes persönliche Gefühl dabei unterdrückt wurde.

Das fieberhafte Tempo des Vormarsches steigerte sich immer mehr. Rücksichtslos, bis zur völligen Ermattung von Mensch und Tier, wurde marschiert. Der aufpeitschende Rhythmus der Eile hatte alle ergriffen. Diese Hast war Alexa seit Beginn des Krieges zur Selbstverständlichkeit geworden wie das chaotische Leben der Menschen, die sie umgaben. Die Nerven durften nicht versagen – und sie versagten auch nicht.

Nur wenn ein neuer Verwundetentransport von den vordersten Linien im Lazarett eintraf, preßte sich ihr jedesmal für Sekunden das Herz zusammen, sie eilte durch die Reihen der stöhnenden, blutenden Männer und sah jedem ins Gesicht, angstvoll suchend – und befreit aufatmend, da Rapp oder Bodmer nicht darunter waren.

Sie schalt sich selbst eine Egoistin, daß es ihr nicht gelang, ihr eigenes Schicksal, das neben dem allgemeinen großen Geschehen so klein und nichtig erschien, zu vergessen. Und doch konnte sie es nicht verhindern, daß auch während der Arbeit, wenn ihre Hände mechanisch einen neuen Verband auf eine Wunde legten, ihre Ohren angstvoll dem Kanonendonner der Front lauschten. Galt nicht jeder dieser dumpfen, grollenden Schüsse Rapp, war es nicht Bodmer, der – oft in vorderster Linie – seine Truppen zu einem neuen Sturm ansetzte?

Oft sahen sie sich viele Tage nicht. Das Lazarett wurde langsamer vorgeschoben, und immer lag Rapp bei den vordersten Kosakenpatrouillen. Er machte seinen Schwur wahr:

eine grimmige Freude war über ihn gekommen, eine fast krankhafte Sucht, den Feind in seinen verborgensten Schlupfwinkeln aufzuspüren und zu vernichten. Er wurde ein »weißer Teufel«, wie man bald überall im Land die Kosaken Chonenkos nannte.

Die Nachricht vom Einmarsch der deutschen Truppen und ihrem siegreichen Vordringen in die Ukraine hatte sich mit Windeseile verbreitet. Im ganzen Land rotteten sich die verwegenen, stets unruhigen Kosaken zusammen, und nachts, irgendwo abseits ihrer Dörfer, in denen noch die bolschewistischen Banden saßen, sammelten sie sich.

Sie sandten die Mutigsten aus, um Verbindung mit den benachbarten Stanizen aufzunehmen. Gestalten aus alter, glorreicher Vergangenheit erstanden lebendig greifbar vor diesen Männern. Sie sahen unter sich ihre stolzen Atamane, und der Don, ihrer aller Ziel, schien ihnen wieder die ewig ersehnte Freiheit zu verkörpern. »Für das Kosakentum, für die große Freiheit, für den Glauben der Rechtgläubigen wollen wir uns erheben!« So lauteten die Aufrufe der Atamane. Und das Herz der Kosaken begann wieder ungestüm zu schlagen.

Von überallher gelangten zu den Deutschen Hilferufe der aufständischen Kosaken. Die Stanizen begannen sich zum blutigen Kampf zu rüsten. Oft, wenn die Deutschen sich einer neuen Stellung der Revolutionsarmee näherten, stießen plötzlich überraschend Kosakentrupps zu ihnen, stellten Führer durch unwegsames Gelände, schlossen sich dem Vormarsch an. Selbst ohne Waffen rannten sie mit beispielloser Todesverachtung gegen die Roten, trieben sie in die Flucht, bemächtigten sich des eroberten Kriegsmaterials und drangen weiter.

So begann die Befreiung des Don und der Ukraine.

Zwischen und neben den weißen Truppen und den Aufständischen marschierten und stürmten die Truppen Bodmers. Fast immer stand das Divisionskommando während des Kampfes in der Schützenlinie. Ungeheuerliche Anforderungen wurden an jeden einzelnen gestellt. Der Winter wollte in diesem Jahr nicht weichen. Bisweilen, wenn ein Landstrich gesäubert und vom Feind überstürzt geräumt schien, konnten die Eisenbahnen benutzt werden. Dann wurden die Truppen und ihre Stäbe auf offene Loren verladen, und bei wildem Schneetreiben fuhr man weiter, gen Osten, zum Don. Ende April näherte sich die Spitze dem Asowschen Meer, der Sturm auf Rostow konnte angesetzt werden. Hier hatten sich die Roten stark verschanzt. Hartnäckiger Widerstand war zu erwarten.

Denn auch der Feind kämpfte manchmal mit einer Erbitterung und Zähigkeit, die an völlige Todesverachtung grenzte. Er beschränkte sich nicht nur auf den offenen Kampf, der bei den zusammengewürfelten Haufen früherer regulärer Truppenteile, flüchtig formierter Arbeiterbataillone, chinesischer Kulis und russischer Matrosen aus den Häfen des Schwarzen Meeres ohnedies oft ohne einheitliche Leitung war – auch er kannte das Mittel des geheimen Aufstandes, der blutigen Revolten, oft im Rücken des vorstürmenden Angreifers. Nicht selten mußten deutsche Truppenteile aus der Front gezogen werden, um im Hinterland einen plötzlich aufgeflackerten Aufstand niederzuschlagen, mehrere Male erfolgten in der Etappe überraschende Überfälle auf die dünnen Besatzungstruppen, ihre Bagagen, die Lazarette. Das Heer hatte in seinem Rücken kein befriedetes Land, das sofort unter eigene Verwaltung genommen werden konnte, sondern einen ständigen Unruheherd.

Je mehr sie sich Rostow näherten, desto häufiger hörte Alexa unter der Bevölkerung deutsche Laute. Die Kolonistendörfer trugen Namen wie Halbstadt, Marienfelde, Darmstadt. Mit offenen Armen wurden sie empfangen, auch hier hatten die Siedlungen schwer gelitten, waren sinnlos eingeäschert oder von Granaten zerstört worden.

In der Kolonie Darmstadt, die der Feind nach erbittertem Kampf geräumt hatte, war das Lazarett eingerichtet worden. Nur ein paar Sanitäter aus der kämpfenden Truppe, Alexa und die Frau des Generals Koschkin waren zurückgeblieben.

Bis in den Abend hinein arbeiteten alle fieberhaft. Die

deutschen Kolonisten halfen beim Anlegen der Notverbände, andere schleppten Eßwaren herbei. Das letzte, was man ihnen gelassen hatte, wurde brüderlich geteilt. Der leitende Arzt ließ die Schwerverwundeten in ein Klassenzimmer der kleinen Schule legen.

Um zehn Uhr abends donnerten Räder über die Straßen, Sanitäter kamen hastig herein und begannen, die Leichtverletzten hinauszutragen und auf den Wagen unterzubringen. Die anderen sollten am nächsten Morgen abtransportiert werden.

Dann kam die Nacht. Auf den Straßen drückten sich die Menschen, obwohl sie nun außer Gefahr waren, rasch und ängstlich an den Mauern der Häuser entlang, um ihr Zuhause, wenn es nicht dem Erdboden gleichgemacht war, zu erreichen. Sie beteten, daß der Morgen bald kommen möge. Unheimlich dröhnte immer wieder durch die Nacht der Donner der Kanonen.

Im Schulgebäude war noch Licht. Hier saßen vier Sanitäter um Alexa beim Schein einer kleinen rußenden Petroleumlampe auf dem Boden und aßen ihr Abendbrot. Auf der Straße patrouillierten die wenigen Wachtposten, man hörte ihre schweren Schritte, manchmal einen Ruf. Und immer in der Ferne das dumpfe Geschützfeuer.

Die Frau des Generals Koschkin gab einem stöhnenden Kosaken, dem ein Dumdumgeschoß den Leib aufgerissen hatte, Wasser. Sie kniete neben ihm und versuchte beruhigend auf ihn einzusprechen.

»Natürlich kenne ich dich, Chrizko, wie soll ich dich nicht kennen, mein Lieber? Du hast doch den ganzen Feldzug mit meinem Mann mitgemacht. Er hat mir oft von dir erzählt. Wir Kosaken sind doch alle Brüder und Schwestern untereinander. Auch gesund wirst du werden, mußt nur noch bis zum Morgen warten. Dann kommen die Sanitätswagen wieder und holen dich ab.«

»Mir wird sehr dunkel vor den Augen... Ich fühle auch keine Schmerzen mehr... Vergiß meine Frau nicht, du kennst sie doch...«

Aus der Dunkelheit stöhnte ein anderer Verwundeter auf.

Plötzlich fielen mehrere Schüsse. Jemand schrie. Wieder ein Schuß, rasendes Pferdegetrabe kam heran, Räder kreischten und hielten vor der Schule.

Die Sanitäter wechselten einen ängstlichen Blick, griffen nach ihren Gewehren und stellten sich, die Verwundeten schützend, an die Tür.

Sie wurde aufgerissen.

Chinesen, Matrosen. Dann wurde die Tür wieder zugeworfen.

»Jetzt werden wir alle niedergemacht!« rief ein Sanitäter. »Wir müssen Hilfe herbeiholen! Schulz, du hast noch mehrere Schuß in der Signalpistole!« Der andere lief an Alexa vorbei und feuerte aus dem zerschossenen Dach die Leuchtraketen ab.

Im selben Augenblick wurde die Tür wieder aufgerissen, zwei Männer warfen sich auf die Erde, ein Maschinengewehr ratterte los. Die Sanitäter fielen sofort. Eine Flamme schnellte an der Wand hoch, das Dach begann zu brennen.

Frau Koschkin breitete schützend beide Hände über die Verwundeten. Alexa sah sie mit blutüberströmtem Gesicht wanken und zusammenbrechen.

Unter irrsinnigen Anstrengungen versuchten die Verwundeten, hinter der zerschossenen Mauer und einigen Ziegelsteinen Deckung zu finden. Einer nach dem anderen brach im Maschinengewehrfeuer zusammen.

Alexa drückte sich an die Wand der Eingangstür. Matrosen, hinter ihnen einige Chinesen, drangen ein. Jemand griff nach ihr und stieß sie hinaus.

Draußen standen mehrere zweirädrige Maschinengewehrwagen und ein paar Soldaten; die anderen, die inzwischen auf Raub ausgegangen waren, kamen mit ihrer Beute zurück. Blutige Hände hielten bald ein Gewehr, bald gierig ein Stück Brot. Eine Hand berührte ihr Gesicht, kniff sie in die Nase, drehte an den Ohren und riß ihr die Haube ab. Rohes Fluchen, Zank und Streit! Der Matrose, der als erster in die Hütte eingedrungen war, gab dem anderen, der Alexa berührt hatte, eine schallende Ohrfeige und Fußtritte. Schüsse krachten, beide Männer brachen zusammen.

Plötzlich sah sie ein anderes Gesicht deutlich und nah. Es war blaß, unter der Ledermütze mit dem Sowjetstern brannten fanatische Augen. Schweigend hob der Mann sie hoch und band sie auf dem Sitz eines zweirädrigen Wagens fest.

Wieder schrien irgendwo in der Dunkelheit Menschen. Das Feuer breitete sich zusehends aus. Dann, alles übertönend, brüllte eine Stimme: »Die Weißen kommen!«

Die Roten hasteten in die Dunkelheit, sprangen auf die Pferde, hieben mit aller Gewalt auf die Tiere ein und verschwanden.

Der Wagen fuhr in rasendem Tempo in die Nacht. In der Ferne blieb das brennende Dorf zurück, in dessen Flammenschein Menschen wie lebende Silhouetten hin und her liefen.

Querfeldein ging die rasende Fahrt, Alexa hatte unerträgliche Schmerzen. Endlich legte sich eine Landstraße unter die rollenden Räder. Wild hieb der Mann auf die Pferde ein. Sie fühlte den heißen Pferdeschaum im Gesicht, ihr Haar flatterte im Wind, die Riemen schnitten immer tiefer in ihre Handgelenke und Arme.

Dann schallte das Echo der Räder von einer Häuserreihe zurück, und das Tempo der Pferde wurde langsamer. Häuser, Straßenecken ... der Wagen hielt.

Der Mann riß die Riemen los. Alexa konnte sich nur noch mit Mühe auf dem Wagen halten. Die Tür eines Hauses öffnete sich, ein paar Matrosen kamen heraus, der Mann deutete auf Alexa, sie faßten sie an und schleppten sie eine breite, mit schweren Teppichen belegte Treppe hinauf. Ein Gang, ebenfalls mit Teppichen belegt, breite Türen, ein großes Zimmer mit einem französischen Bett, das völlig zerwühlt und beschmutzt war. Die Tür fiel hinter dem Mädchen ins Schloß.

Vor den Fenstern war heller, sonniger Morgen.

Nur ein paar Minuten stand Alexa abwesend da, dann begann sie im Zimmer nach einer Waffe zu suchen, hastig, zitternd. Aber sie fand nichts. Sie trat an das Fenster. Die Straße war leer und die Fenster der Häuser dicht mit Läden verschlossen oder ohne Scheiben, die Türen herausgerissen. Über den Türschwellen große schwarze Flecken – Blut. Hier, dort, auch auf dem weiten Platz, an dessen Rand eine Kirche mit mehreren leuchtenden Kuppeln und Kreuzen stand, lagen Leichen. Sollte sie sich aus dem Fenster stürzen? Es war nur der erste Stock, es würde wenig Zweck haben. Sie versuchte die Tür zu öffnen, doch sie gab nicht nach.

Der Tag verging langsam.

Alexa hörte im Hause eilige Schritte, Flüche, Schreie, ab und zu fiel ein Schuß. Von allen Seiten ritten abgehetzte Männer heran, manche konnten sich kaum noch im Sattel halten. Ihre Köpfe bluteten, ihre Arme und Beine, zum Teil notdürftig verbunden, hingen kraftlos neben den Steigbügeln.

Gegen Abend ging die Tür auf, und sie erkannte in dem Eintretenden den Mann, der sie hierhergebracht hatte. Über Brust und Rücken waren zwei volle Maschinengewehrgurte geschnallt, an den Hüften steckten zwei Revolver. Ein flakkernder, haßerfüllter Blick traf sie. Er kam näher und schrie sie an. Sie verstand ihn nicht, denn er sprach Dialekt. Stumm und gefaßt stand sie vor ihm. Wieder brüllte er, packte sie an der Joppe, warf sie weit von sich über den Fußboden.

Langsam stand sie wieder auf. Ihre abgetragene, kurze Jacke, von der die Knöpfe abgerissen waren, öffnete sich. Sie sah vom anderen Ende des Zimmers den Mann geduckt näher kommen, sah die flackernden Augen, die schmutzigen Hände, an denen Blut klebte. Alexa schwankte, doch als sie die Augen schloß, faßte der Kommissar sie an den Haaren und richtete sie auf. Er fing wieder an zu schreien, und als sie immer noch schwieg, holte er den Revolver heraus.

»Ich bin eine deutsche Schwester.«

»Deutsch ...?« fragte der Kommissar heiser ... »nicht russisch?«

»Nein.«

»Warum in weiße Mordbanden?«

»Die Deutschen haben mit den Kosaken zusammen gekämpft.«

»Höre, du! Mein Sohn von Weißen verwundet. Du gesund machen. Höre, du!« Der Revolver war vor ihrem Gesicht. »Sohn gesund machen, mein Sohn! Deshalb du hier. Mein Kommando hören, du?«

»Ja, ich habe verstanden.«

»Ich komme«, sagte der Kommissar, steckte den Revolver ein und stürzte aus dem Zimmer.

Er kam wieder. Er trug in den Armen einen bewußtlosen Knaben, der in blutige Fetzen gewickelt war, und legte ihn behutsam auf das Bett.

»Du mein Sohn gesund!« sagte er herrisch. Er begann in seinen Taschen zu suchen, holte einen kleinen Lederbeutel hervor und drückte ihn in Alexas Hände. »Hier Geld. Sehr viel!« schrie er sie an.

»Ich muß Licht haben, Wasser, Verbandzeug.«

»Was das?« donnerte der Mann.

»Wasser, Licht... Medizin.« Das Mädchen zeigte auf ihre schmutzigen Hände und die blutigen Fetzen des Knaben.

Der Kommissar hatte verstanden. Er packte sie am Arm und zog sie über den Korridor in ein anderes Zimmer.

Es war ein nilgrün getäfeltes Badezimmer. Saubere Handtücher hingen an den Ständern, Seife lag in den Behältern. Das Haus schien erst vor kurzem verlassen zu sein. Der Mann riß mit einem Ruck ein Schränkchen von der Wand und gab es Alexa. Sie öffnete es und nickte. Seine Züge entspannten sich.

»Licht, Petroleum! Ich muß sehen. Ich kann nichts sehen, es ist dunkel.« Sie zeigte zum Fenster. Er verstand sie nicht.

In der Ecke des anliegenden Zimmers brannte noch das kleine Öllämpchen. Es verbreitete einen stillen, milden Schein und gab dem großen Raum etwas völlig Abgeschiedenes. Im geheimnisvollen Halbdunkel leuchtete hinter der Lampada das Antlitz der Gottesmutter, die segnend ihre Hand erhoben hatte.

»Was das, Licht?!«

Langsam, zögernd hob Alexa die Hand und wies zitternd auf das Heiligenbild.

Er riß die Tür ganz auf und ging hinein.

Sie sah, wie er im heiligen Schein der Lampada stand. Er hob die Rechte und bekreuzigte sich unbewußt. Die Hand fiel herab, für Sekunden bange Stille – dann ballte sich die Hand zur Faust, er riß das Heiligenbild herunter und zertrampelte es.

Der milde Schein der Lampada erlosch. Es wurde dunkel und unheimlich still.

Im Hause schrie jemand plötzlich herzzerreißend auf, ein Schuß fiel. Der Kommissar stürzte hinaus.

Endlich brachte er eine Petroleumlampe, Kerzen, Watte, Binden und ein schlecht zusammengewickeltes Paket. Das alles legte er auf den Tisch.

»Du arbeite! Ich dich für Sohn geholt! Hier alles!« sagte er barsch.

Alexa wusch sich die Hände, suchte in dem Schränkchen nach irgendwelchen Medikamenten, fand eine kleine Flasche mit Jod, eine andere mit Alkohol und ging zu dem Knaben.

Es war ein blondes, kräftiges Kind. Es mochte etwa zehn Jahre alt sein. Sein Gesicht war von Schmerzen entstellt, obwohl er noch immer bewußtlos war. Um seinen Unterleib waren blutige Lappen gewickelt.

Sie begann ihre Arbeit. Der Kommissar stand neben ihr und hielt die Petroleumlampe. Seine Augen glichen brennenden Feuern, während seine Lippen immer wieder dieselben Worte flüsterten: »Weiße Mörder.«

Alexa wusch den sterbenden Jungen, reinigte seine Wunden und verband ihn.

»Du reich ... mein Sohn gesund ... ich großer Kommissar, reich Kommissar, Brillanten, Gold, Geld.« Er ging zum Tisch, setzte sich hin, packte das mitgebrachte Paket aus und begann hastig und gehetzt zu essen. Dann ging er wortlos hinaus.

Alexa aß gierig die Überreste.

Aus den vier großen Fenstern starrte sie die Nacht an. Draußen lag die tote, angsterfüllte Stadt, dauernd hörte sie hastige Menschen kommen und gehen.

Über den freien Platz, an dem das Haus lag, zogen in ungeordneten Haufen Soldaten und Matrosen, ihnen folgten berittene Trupps. Im Hintergrund lag wie eine gespensterhafte Kulisse das Massiv der Kirche. Erst jetzt gewahrte Alexa, daß man sie nach Rostow gebracht hatte.

Auf einmal sah sie, wie dunkle, ängstliche Gestalten an der Kirche entlanggingen, in den Händen winzige Lichter. Eine Frau hielt behutsam beide Hände um die Flamme. Heute war Ostern, das Fest der Vergebung und Versöhnung, das heiligste Fest im großen gläubigen Rußland.

Vorbeigehende Soldatenkolonnen grölten, stießen die Menschen um, traten sie mit Füßen und zertrampelten die Kerzen. Doch einige gingen unentwegt weiter, und Alexa glaubte, unter ihnen sogar einen Priester zu erkennen.

Ein wuchtiger dunkler Glockenschlag – noch einer – wieder einer – helle Glocken stimmten ein ... Die Kirchen läuteten ...

Der Lärm auf den Straßen war plötzlich verstummt, auch im Haus wurde es still. Die Osterglocken läuteten ...

»Das Läuten ... verbieten!«

Alexa erkannte die Stimme des Kommissars. Soldaten liefen aus dem Haus auf die Straße, Schüsse peitschten über den Platz, Menschen blieben schreiend liegen.

Die Glocken verstummten, aber ihr Klang schwebte noch lange über der Stadt.

Die Tür hinter Alexa schlug krachend ins Schloß. Der Kommissar stand im Zimmer, er trug einen weichen Ledermantel über dem Arm, in der anderen Hand ein gebratenes, noch warmes Huhn. Er legte beides auf den Tisch, zeigte stumm darauf und blickte nach dem Bett, wo sein Sohn lag.

»Er wird wieder gesund, Ihr Sohn, er wird bestimmt gesund«, sagte Alexa.

Schweigend ging er wieder hinaus.

Diese Nacht wollte nicht enden. Alexas Angst und die Spannung in ihr wurden immer unerträglicher. Auf den Treppen und Gängen des Hauses hörte sie hastiges Kommen und Gehen, Türen schlugen, Befehle wurden geschrien.

Sie wachte bei dem sterbenden Kind und lauschte dem Geschützdonner.

Vor der Stadt standen die Ihrigen und bereiteten sich zum Sturm vor.

Man hatte große Schnapsvorräte in der Stadt gefunden. Obwohl sie zuerst von Abstinenzlern bewacht wurden, hatten die Soldaten, je näher es zum Morgen ging, sie immer mehr geleert. Jetzt lagen sie betrunken hier und dort mitten in den Straßen und schliefen.

Im Morgengrauen platzten am Bahnhof, wo die meisten Truppenteile konzentriert waren, völlig unerwartet, schnell hintereinander, mehrere Granaten. Eine furchtbare Panik setzte ein. Kommandos, die keiner verstand und keiner befolgte, versuchten, die roten Truppen bald in nördliche, bald in südliche Richtung zu schicken. Die Kosakenregimenter, die noch in Rostow lagen, weigerten sich, zu marschieren. Die Kommissare tobten, keiner gehorchte. Die Schlagworte der Roten: »Nieder mit den Vorgesetzten! Schlagt sie tot! Es lebe die Freiheit!« wurden nun den Kommissaren entgegengeschrien.

In der Umgebung der Stadt erkannte man schon die ersten dünnen Ketten der angreifenden Kosaken. Hurra schreiend näherten sie sich der Stadt. Immer neue Granaten platzten krachend in die wichtigsten Konzentrationspunkte der Roten.

Unmittelbar vor der Kirche drängten sich viele betrunkene und schreiende Soldaten um zwei Munitionswagen. Da heulte die Luft auf, Menschen und Tiere verschwanden in einer hohen Staubwolke, ohrenbetäubendes Krachen ließ die Erde erbeben. Eine zweite, noch furchtbarere Detonation, gerade vor dem Haus, in dem Alexa sich befand.

Der Luftdruck warf sie an die Wand und schleuderte sie nieder.

Allmählich kam sie zu sich. Draußen fielen Schüsse, ein Maschinengewehr hatte sich verbissen in der Nähe festgesetzt, ab und zu explodierte irgendwo ein Geschoß.

Als sie wieder die Augen öffnete, war das Bett mit dem Sohn des Kommisars verschwunden. Die halbe Mauer fehlte, durch die Bresche sah sie die Straße und den Platz, der mit zahllosen Toten und Verwundeten bedeckt war.

Hastig, kaum noch ihrer Sinne mächtig, zog das Mädchen den Ledermantel an. Die Befreiung nahte! Dieser Gedanke machte sie ganz wach.

Inzwischen waren die angreifenden Kosaken in die Stadt eingedrungen. Die Roten versuchten sich zu ordnen und sich gegen die Angreifer zu werfen, doch ihre dichten, undisziplinierten und betrunkenen Reihen wurden von den Weißgardisten mit Maschinengewehren erbarmungslos niedergemäht.

Ein Panzerauto fuhr an dem Haus vorbei. Wütend bellten und kläfften die Maschinengewehre.

Auf beiden Seiten des Bürgersteiges, vorsichtig gebückt und spähend, gingen die Kosaken vor und feuerten ab und zu in die Fenster.

Auf dem großen Platz mit der Kirche nahm das Panzerauto Aufstellung und sandte eine Garbe nach der anderen über die Straßen hinweg. Dann setzte es seinen Weg fort.

Plötzlich sah Alexa Kosaken in bekannten Uniformen auf das Haus zureiten. Sie sprangen ab und drangen mit vorgehaltenen Revolvern und Bajonetten ein. Wenige Minuten später wurde die Tür ihres Zimmers aufgerissen, staubige Soldaten stürzten herein, ein Schuß krachte. Sie empfand einen kurzen stechenden Schmerz an der Schläfe, hörte einen Fluch, taumelte. Eine Stimme schrie den Namen »Chonenko«, dann wurde sie von starken Armen gehalten.

Pawlo Rodsjanko, Rapps Freund, beugte sich über sie. »Ein Ledermantel ist für uns ein Kommissar!« sagte er erregt.

Iwan Chonenko, mager, von einer dicken Staubkruste bedeckt, mit Stiefeln, an denen kniehoch aufgeweichter Dreck klebte, stand vor ihr. Sein Kopf war schlecht verbunden, Blut strömte langsam die Wange herunter, seine Uniform war blutig, die Hände hielten einen schweren Nagan.

»Du lebst...! Wir sind noch zurechtgekommen...«

Sie konnte nichts sagen. Ihre Lippen bewegten sich und

flüsterten Worte, die niemand verstand. Jemand legte ihr rasch eine Binde über die Schläfe. Das Geschoß hatte sie nur gestreift. Man zog sie aus dem verwüsteten Zimmer hinaus auf den Flur.

Ein Soldat rannte ihnen entgegen. »Rapp und einige Kosaken sind von den Roten umringt!« schrie er. »Wir müssen ihm helfen!« Die Männer stürzten aus dem Haus. Keiner hatte mehr Augen für Alexa. Sie ließen sie einfach stehen. Irrsinnig vor Angst, lief sie hinter ihnen her.

Die Kosaken sprangen in die Sättel und jagten davon. Alexa folgte ihnen. Sie rannte wie um ihr Leben.

Ein kleiner Platz, nicht weit von der Kirche. In der Mitte, umgeben von Verwundeten und hinter ihnen verschanzt, liegen mehrere Männer und feuern ununterbrochen. Vor ihnen zusammengeschossene und zusammenbrechende Menschen. Eine neue dichte Kette dringt auf die wenigen Männer ein.

In diesem Augenblick bellt in der Flanke der Angreifer hinter einem Hausvorsprung hervor ein Maschinengewehr auf. Ein einziger Mann im Pelz bedient es. Die Schußgarbe faßt die Angreifer. Sie fallen, weichen zurück, gehen wieder vor. Sie haben den Feind erkannt, werfen sich nieder, beginnen gegen ihn zu feuern.

Das Maschinengewehr schweigt. Die Roten greifen wieder an.

Jetzt haben sich auch neben Alexa ein paar Kosaken niedergeworfen und feuern. Man kann jeden Schuß deutlich verfolgen, denn jedesmal sinkt einer der Angreifer zusammen. Aber sie geben nicht nach.

Da beginnt das Maschinengewehr hinter der Hausecke wieder zu bellen. Wieder stockt der wütende Angriff der Roten.

Dann, auf einmal, gellendes Hurrageschrei. Die Hilfe ist herangekommen, die Kosaken brechen zum Angriff vor. Jetzt ergeben sich die Roten, heben die Arme, werfen die Gewehre weg und drängen sich zu einem Haufen zusammen.

Die Kosaken stehen … das Maschinengewehr mäht unerbittlich die Feinde nieder.

Nun kommen hinter den aufgetürmten Verwundeten die wenigen Verteidiger hervor. Sie sehen aus, als hätten sie im Blut gewatet.

Unter ihnen ... Irina Stresser.

Der Mann im Pelz taucht hinter dem Stahlpanzer des Maschinengewehrs auf. Er wischt sich das Blut aus dem Gesicht. Er ist ernst und ruhig. Es ist Johann Rapp.

Seine Freunde umringen ihn.

»Habt ihr Schnaps, Kerle? Her damit!« Er setzt die Feldflasche an und trinkt. »Wassil! Komm, mein Lieber. Ich brauche Verbandzeug, aber schnell!« Wieder wischt er sich das Blut aus dem Gesicht.

Er sieht Alexa.

Sie geht neben ihm weiter.

Am Abend fällt ein schwerer, langgezogener Glockenschlag. Ein zweiter, dritter dröhnt, und kleine, helle Glocken klingen laut und schnell.

Von den Kirchen wogt breites, mächtiges Geläute.

Die Menschen stehen Kopf an Kopf, beglückwünschen sich mit dem Ostergruß, umarmen sich, bitten sich gegenseitig um Vergebung ihrer Sünden, knien und singen mit entblößten Köpfen.

»Christus ist auferstanden! Christus ist auferstanden! Wahrhaftig auferstanden.«

In derselben Nacht duckt sich Rostow wieder ängstlich zusammen.

Der Vormarsch der Weißen stockt. Ihre Kräfte sind zu schwach, um die ganze Stadt zu besetzen. Sie liegt in unheimlicher, lichtloser Schwärze, in der ununterbrochen Schüsse und Maschinengewehre knattern.

Nur in einem einzigen Fenster brennt mattes Licht.

In diesem Haus sitzen die Kommandeure der Weißen.

Sie hocken mit abgespannten, fahlen Gesichtern um einen kleinen Tisch, auf dem mehrere Kerzen stehen, und essen hastig. Sie kauen an einem Stück Schwarzbrot, an einem Huhn, an einem Stück Fleisch, rauchen, binden sich die Verbände fester. Auf dem Empiretisch mit der polierten Mahagoniplatte stehen Schnapsgläser, Zigaretten liegen verstreut, eine Mullbinde, ein Revolver, mehrere Scheiben Brot und mitten darin Chonenkos Mütze.

Es ist ein früherer Damensalon. Der helle dicke Teppich ist beschmutzt von den lehmigen Stiefeln. Die geschliffenen Prismen des Kronleuchters blitzen im Schein der Kerzen.

»Wir können uns hier auf keinen Fall halten! Es wäre strategischer Wahnsinn!« schreit Iwan Chonenko und schlägt mit der Faust auf den Tisch, daß die Gläser und Flaschen klirrend hochspringen.

Ein Rittmeister, Essaul Alexejew, beugt sich vor, in der Hand eine Gänsekeule. »Wir müssen es versuchen«, sagt er entschlossen, »die Opfer waren zu groß. Wir können diesen Teil der Stadt nicht einfach wieder aufgeben!«

»Jawohl!« Ein anderer springt hoch. »Wir müssen uns zu halten versuchen!« ruft er. »Die Einwohner glauben an uns, sie glauben, wir seien den Roten zahlenmäßig bei weitem überlegen. Denkt daran, wie wir empfangen wurden. Die Menschen segneten uns, weil wir als ihre Retter kamen. Wir müssen standhalten! Das ist meine Meinung.«

Sein linkes Auge flammt auf, sein rechtes fehlt – die noch nicht verheilte Narbe wird dunkelrot.

Chonenko wirft einen schnellen Blick zu Rapp hinüber.

Rapp sitzt auf einem zartbeinigen kleinen Empirestuhl, der mit blasser Seide bezogen ist. Unter seiner großen Gestalt scheint der Sessel jeden Augenblick auseinanderbrechen zu müssen. Er sitzt ruhig, die Beine von sich gestreckt, und hat ein Huhn in beiden Händen. Der Kopf mit der durchbluteten Mullbinde bleibt gebeugt. Er hört alles, aber er schweigt. Neben ihm auf einem Hocker sitzt Alexa. Sie kann sich kaum mehr aufrecht halten.

Plötzlich wird die Tür aufgerissen. Wassil, im Militärmantel, stürzt herein, will etwas sagen, aber ehe er das erste Wort aussprechen kann, öffnet sich die Tür zum zweiten Male.

»Euer Hochwohlgeboren! In den Vororten sind die Fabrikarbeiter von den Roten bewaffnet worden und befinden sich im Anmarsch! Wir haben es selbst gesehen.«

»Wie viele?« fragt der General kurz und gehetzt. Sein schmales Gesicht mit dem Klemmer auf der langen, spitzen Nase bleibt unbewegt.

»Über fünftausend Mann bestimmt«, kommt Wassils Antwort.

»Also ...« Der General kommt über den hellen Teppich auf den Tisch zu ... »Das bestärkt meinen Entschluß.«

Vor ihm, wie eine Mauer, stehen seine Offiziere. Gesicht neben Gesicht. Flüchtig sieht er von einem zum anderen, und doch hat er sie alle mit dem Blick erfaßt.

»Wir können uns nicht halten.«

Eine kleine Pause – die Offiziere rühren sich nicht. Ihre Gesichter spannen sich noch mehr.

»Inzwischen«, spricht der General weiter, »wird General Popoff uns zu Hilfe kommen.« Er sieht auf und blickt in Chonenkos Augen. Den Blick fest in diese kühlen Augen gerichtet, fährt er lauter fort.

»Meine Herren! Es ist Ihnen bekannt, daß in unserer rechten Flanke die deutschen Truppen des Generals von Knörzer stehen und daß er einen Beauftragten zu mir geschickt hat, um mir seine Hilfe anzubieten. Ferner ist Ihnen allen bekannt, daß ich diese Hilfe ablehnte mit den Worten: ›Ich danke, wir werden allein fertig.‹ Sie verstehen, daß wir alle den Ehrgeiz haben, mit den Feinden unseres Landes allein fertig zu werden! Dieser Ehrgeiz darf jedoch nicht so weit gehen, daß wir sinnlos unsere Leute aufs Spiel setzen. Somit sind wir im Augenblick gezwungen, den besetzten Teil der Stadt zu räumen. Wir verlassen Rostow. Wir marschieren auf Nowotscherkask zu, versuchen, die Stadt zu besetzen – dort ist die Übermacht der Roten nicht so groß – und greifen Rostow wieder von der Flanke an.«

Chonenko löst den Blick vom Gesicht des Generals. Er sieht Rapp, der abseits steht, kneift ein Auge zusammen – Rapp nickt.

Chonenko strafft sich und tritt vor.

»Matwej Grigoriewitsch«, sagt er ruhig und ernst, »ich bleibe mit meinen Leuten zurück!«

»Gut, wenn Sie Freiwillige finden!«

Wassil, der noch immer kerzengerade steht, macht einige Schritte an dem General vorbei und stellt sich neben Chonenko. »Ich!« sagt er und grinst über das ganze Gesicht.

Von der anderen Seite tritt Rapp heran.

»Und zu diesen dazu«, sagt Chonenko, »garantiere ich noch hundert Mann!«

Der General schlägt Chonenko derb auf die Schulter.

»Teufel seid ihr! Weiße Teufel! Gott mit euch, Brüder!« Er dreht sich zu den anderen Offizieren um. »Kommen Sie!«

Im Weggehen greift einer noch schnell ein Stück Fleisch, eine Scheibe Brot, ein anderer sammelt Zigaretten und steckt sie in die Tasche. Alexejew läßt sich seine Armschlinge befestigen, dann stürzt auch er aus dem Zimmer.

Langsam greift Chonenko nach seiner Mütze, reißt die Kokarde ab und setzt sie tief ins Gesicht.

Im Hause schallen Schritte, Befehle, Zurufe, irgendwo flucht jemand.

Kommandeure und Soldaten reiten davon.

Die Türen des Hauses bleiben weit geöffnet... die Kerzen sind erloschen...

Die weißen Truppen haben Rostow verlassen...

Die Zurückgebliebenen haben sich in dem unscheinbaren Haus einer Nebenstraße verschanzt.

Chonenko, Rapp, Irina, Wassil und einige andere sind verschwunden. Keiner hat sich mehr um Alexa gekümmert. Sie hat ein paar Verbände erneuert, nun liegt sie auf einem Sofa und schläft. In der Stadt ist es unheimlich ruhig geworden. Das Haus wird verbarrikadiert.

Wenige Stunden später, in einem entfernten Stadtteil, überfällt eine furchtbare Explosion die Stadt. Der Himmel flammt auf.

Eine knappe Stunde später, in entgegengesetzter Richtung, die zweite Detonation.

Rote Truppen marschieren durch die Straßen. Sie sind betrunken, sie haben gesiegt. Plötzlich knattern aus der Dunkelheit einer Kreuzung zwei Maschinengewehre und mähen ihre Reihen nieder. Sie fluten zurück, laufen, sinken zusammen. Dann setzen sie sich verzweifelt zur Wehr. Ein heißer, erbitterter Kampf gegen die Maschinengewehre, bis diese verstummen.

Als die Roten sich ihnen vorsichtig nähern, finden sie nur noch ein paar Leichen. Ein Soldat wirft einen der Gefallenen auf den Rücken und starrt in das erloschene Gesicht.

»He, Egoroff«, ruft er, »kennst du den Hundesohn? Mikito Kapnist. Der, auf dessen Gut wir gearbeitet haben!«

Der andere nickt, dreht mit der Stiefelspitze einen anderen Toten um und richtet sich langsam wieder auf. »Weiße!« sagt er laut. »Es müssen noch Weiße in der Stadt sein. Überall werden wir aus dem Hinterhalt beschossen.« Sie spucken aus und gehen fluchend weiter.

Wie zur Bestätigung ihrer Worte erzittert die Luft von einer neuen Explosion. Eine gewaltige Feuersbrunst färbt die tief herabhängenden Wolken unheimlich rot.

Durch die Straßen schleppen drei Soldaten einen Verwundeten. Sie erreichen endlich ein Haus, in dem kein Licht brennt und dessen Fenster wie schwarze Löcher auf die Straße starren. Schnell öffnet sich die Tür und wird sofort wieder verriegelt. Gleich dahinter steht ein Maschinengewehr. Einige Männer liegen daneben, zwischen ihnen flackert eine Kerze auf.

Irina Stresser und ein Soldat tragen den verwundeten Chonenko in das Zimmer, in dem, sorgfältig abgedeckt, eine Petroleumlampe brennt. Alexa wird geweckt, sie kniet neben Chonenko und verbindet seine Wunde am Oberschenkel.

Dieses Haus birgt etwa vierzig Menschen. Man hört kaum jemand flüstern.

Abgehetzt und schmutzig, das Gesicht verrußt, die Hände schwarz, den Mantel halb zerfetzt – stürzt von der Straße Rapp herein.

»Chonenko?« fragt er einen der Soldaten am Maschinengewehr. Der Mann weist nach dem Zimmer. Rapp schiebt Alexa beiseite und schüttelt den Verwundeten.

»Iwan, wir sind verraten! Die Roten marschieren auf unser Haus zu. Man muß uns entdeckt haben. Es sind mehrere hundert Mann, darunter Matrosen.«

Chonenko reißt sich zusammen.

»Stütze mich, Wanja! Faß zu, Alexa!«

Sie richten ihn auf und führen ihn durch die Räume.

In der Diele läßt er die Kosaken zu sich rufen.

»Brüder! Wir sind verraten. Die Roten und Matrosen werden sofort hier sein. Ihr wißt, was das bedeutet. Wer von den Verwundeten fähig ist, Widerstand zu leisten, soll bewaffnet werden. Überprüft die Maschinengewehre, verstärkt die Barrikaden an den Fenstern und Türen. Und noch eins – vergeßt nicht, Brüder, daß wir alle für die Freiheit unseres Landes kämpfen und für unseren Don!«

Das Haus dröhnt von ihrem Rufen. Dann wieder beklemmende Stille. Sie liegen und lauern, horchen und warten.

Rapp ist aus der Dachluke hinausgeklettert. Er späht angestrengt über die Straße hinweg.

Kein Mensch, kein Laut, nichts als Nacht. Die Spannung ist kaum noch zu ertragen.

Chonenko hat sich neben dem Maschinengewehr im Hausflur ausgestreckt. Von Zeit zu Zeit faßt er ungeduldig nach dem Patronengurt, dem Verschluß, dem Griff und wirft einen Blick auf die beiden Kosaken, die schweigend hinter ihm kauern.

Irina steht am Fenster des vorderen Zimmers und wiegt in der flachen Hand ein paar Dumdumgeschosse.

Alexa lehnt an der Wand des Ganges. Sie hat den Ledermantel an und schaut still vor sich hin.

Noch immer kein Laut von der Straße. Sie horchen alle angestrengt, aber sie hören nichts.

Der Morgen graut.

Deutlich wachsen die gegenüberliegenden Häuser aus der Dämmerung, die Fensterscheiben bekommen einen hellen Glanz.

Dann geht ein lauter Schritt durch das Haus. Irina Stresser steht vor Chonenko.

»Mach auf«, sagt sie kurz, »ich will sehen, was diese Stille bedeutet. Sie hätten längst hier sein müssen.«

Er gibt ihr schweigend den Weg frei. Sie klettert über die Barrikade vor dem Maschinengewehr hinweg, öffnet schnell die Haustür und geht, tief gebückt, an den Häusermauern entlang. Ihr leichter Schritt verhallt in der unheimlichen Stille der Straße.

Sie liegen und warten.

Plötzlich, gellend, eine Stimme!

»Sieg!... Sieg!«

Ein Mann läuft die Straße herauf. Er hat beide Arme in die Luft geworfen, fuchtelt mit ihnen und schreit aus Leibeskräften immer wieder das eine Wort »Sieg!«...

Chonenko reißt die Haustür auf. Er steht frei und gerade in der Öffnung. Vor ihm hält der Mann mit einer klaffenden Wunde im entstellten Gesicht. Er hat nur noch ein Auge.

»Wassil!«

»Die Deutschen besetzen Rostow! Und mit ihnen die Kosaken des Obersten Turowerow!«

Sie stürzen aus dem Haus. Alexa hat Rapps Arm umklammert. So reißt er sie mit sich. Und dann sehen sie, zwei Straßen weiter, im Morgengrauen auf dem großen Platz vor der Kirche die deutschen Truppen.

An der Spitze einer neuen Kolonne mehrere Offiziere zu Pferd. In der Mitte, den Riemen des Stahlhelms unter dem ernsten Gesicht: Oberst von Bodmer.

Alexa hebt die Hand, sie will rufen, sie kann nicht. Tränen rollen über ihre Wangen.

Dicht nebeneinander, an den Häusern zusammengedrängt, Kopf an Kopf, blicken die Einwohner den einmarschierenden Soldaten entgegen. Sie weinen und schluchzen vor Freude.

IV

»Schwester Alexa!« rief eine Frauenstimme. »Schwester Alexa!« es wurde energisch an die Tür geklopft.

»Ja, ja, ich komme schon. Ist etwas geschehen?«

Durch den geöffneten Türspalt sah die Kollegin ein nasses Gesicht, das eifrig mit einem grauen, harten Handtuch gerieben wurde.

»Beeilen Sie sich«, flüsterte sie aufgeregt – »Oberst von Bodmer ist gekommen und will Sie sprechen.«

Sie lächelte über den plötzlichen Ernst auf Alexas Gesicht. »Er bringt anscheinend gute Nachrichten. Kommen Sie!«

»Sagen Sie ihm, ich käme gleich. Ich muß mich doch etwas zurechtmachen. Ich kann doch nicht in diesem Zustand auf Urlaub gehen.«

Wenige Minuten später stand Alexa vor dem Ausgang des Lazaretts auf der Dorfstraße. In der Hand hielt sie ein strapaziertes Köfferchen, in der andern den Ledermantel. Im ersten Augenblick mußte sie die Augen schließen, so hell und strahlend war das Sonnenlicht, in das sie trat. Weit ging der Blick über das flimmernde Land. Von der Front war kein Schuß zu hören.

So ging Alexa auf Urlaub, den sie durch die Unterstützung von Bodmers vom Lazarett erhalten hatte. Sie fuhr nicht in die Heimat, sie brauchte nur diese Straße entlangzugehen aus dem Dorf hinaus, dorthin, wo in bequemen Quartieren und Stellungen die deutschen Truppen neben den Kosaken lagen – dort würde einer auf sie warten, zu dem sie auf »Urlaub« ging.

Auch hier, auf der staubigen, sonnigen Dorfstraße, wartete einer auf sie: Bodmer. Sie sah, wie er nachdenklich auf und ab ging, wie hager sein Gesicht geworden war, die Haare an den Schläfen schon grau, der harte Zug um den Mund noch schmaler, noch schärfer. Sie konnte nicht gleich zu ihm treten. Jedesmal, wenn sie ihn sah, mußte sie im ersten Augenblick eine Scheu, eine kleine Regung ihres Gewissens überwinden vor diesem Mann, der nie von seinen Gefühlen sprach, der sich immer in der Gewalt hatte, der immer da war, wenn man ihn brauchte, und ging, wenn er geholfen hatte.

Jetzt hatte er sie unter dem Vorbau des Lazarettes entdeckt und eilte ihr mit großen Schritten entgegen. Die strengen Züge wurden um eine Spur weicher, und die grauen Augen umspannten mit einem Blick ihre ganze Gestalt. Sie fühlte seine Hand in der ihren.

»Alexa, ich bringe Ihnen gute Nachrichten und außerdem ein Telegramm Ihres Vaters aus Berlin. Er hat es anscheinend immer eilig.« Lächelnd reichte er ihr das zusammengefaltete Papier.

»Ja, er hat es immer eilig«, antwortete sie, »und Briefe laufen hier zu uns mehrere Wochen und machen oft große Irrfahrten.«

»Das soll jetzt besser werden. Wir haben die von der Obersten Heeresleitung vorgesehene Grenze erreicht. Man hat eine Demarkationslinie mit den Russen vereinbart. Nun wird sich die Front beruhigen, und Hinterland und Etappe können organisiert werden.«

Alexa las das Telegramm und lachte: »Sehen Sie nur, was Vater drahtet! Können Sie das verstehen?«

Er las halblaut: »Geschäftsgang sehr erfreulich. Brauche deine Hilfe. Erwarte deine sofortige Heimkehr. Bringe meinetwegen Rapp mit. Alles andere ist Unsinn. Drahte. Vater.«

Langsam faltete Bodmer das Papier wieder zusammen und schaute aus schmalen Augen in die Ferne. »Das ist die neue Moral der Heimat. ›Geschäftsgang sehr erfreulich.‹ Und die Front ist Unsinn.« Er schüttelte den Kopf. »Ich fürchte, Alexa, wir ›Frontschweine‹ werden auch noch in der Heimat aufräumen müssen.«

Sie gingen schweigend nebeneinander durch das Dorf. Bodmer hatte die Hände tief in die Taschen der Litewka geschoben, unter dem Arm trug er seinen kleinen Reitstock.

»Was werden Sie antworten?« fragte er schließlich.

»Da die Rückantwort bereits bezahlt ist«, sagte Alexa, »werde ich drahten: Bleibe hier – oder gehe unter mit den andern.«

»Ja ...«, meinte Bodmer versonnen.

»Machen Sie sich nicht so viele Gedanken um mich«, fügte sie leise hinzu. »Sie hatten noch andere Nachrichten?«

Er schüttelte den Druck ab, der über ihm lag, und blieb stehen. »Ja, Sie können sie gleich weitermelden. Baron Rapp braucht nicht mehr zu befürchten, daß er festgenommen wird. Ich habe ihn als unentbehrlich reklamiert. Kein Deutscher kennt sich hier in der Gegend und unter der Bevölkerung so gut aus wie er. So ist er als Verbindungsmann und Dolmetscher mir direkt unterstellt und kann auf jede Hilfe der deutschen Verwaltungsbehörden rechnen. Es machte einige Schwierigkeiten, der Amtsschimmel reitet immer noch sehr gemächlich, aber ich habe es durchgesetzt.«

Sie sah seine frohen Augen unter der weichen Militärmütze und legte ihre abgearbeitete Hand auf seinen Arm. Dort blieb sie lange liegen, und als er sie von der Seite betrachtete, sah er zwei Tränen langsam über ihre Wangen rollen.

Irgendwo im dichten Gebüsch zwitscherten die Vögel. Die Ewigkeit der Natur kannte keinen Stillstand. Auf den Wiesen vor dem Dorf wendeten einige Bauern in breiten, gleichmäßigen Reihen das üppige Gras. Abseits standen halbverhungerte magere Rinder und Pferde, die das hingeworfene Gras gierig kauten. Die Junisonne brannte über das Land.

Alexa und Bodmer gingen über die sommerlichen Felder. Auf einmal beschirmte sie ihre Augen mit der Hand und stellte ihr Köfferchen in den Straßenstaub. »Dort, am Busch – sehen Sie ihn? Er erwartet mich.« Sie legte die Hände trichterförmig vor den Mund und rief: »Wanja–a–, komm, gute Nachrichten!«

Bodmer sah, wie Rapp von dem Stein, auf dem er gesessen hatte, freudig aufsprang und ihnen entgegeneilte. Er trug einen Kosakenrock und den Revolver im Gürtel. Sein Gesicht war noch immer blaß, aber die Züge nicht mehr so verwildert wie noch vor einem Monat, als sie die Roten aus Rostow vertrieben hatten.

Sie schütteln sich die Hände, Alexa greift nach Rapps Arm und erzählt ihm die Neuigkeiten. Zu dritt stehen sie unter der warmen, klaren Sonne und sind – nach langer, langer Zeit – froher, gehobener Stimmung. Rapp atmet tief die warme Luft ein, er steht breitbeinig da, die Mütze hat er abgenommen. Der Wind streicht sanft durch seine blonden Haare.

»Auch ich habe gute Nachrichten«, lacht er. »Ich habe sie mir selbst fabriziert: ich will wieder aufbauen.«

»Aufbauen, Wanja, was?«

»Unser Gut, Alexa!«

Sie staunen ihn an, wie er das sagt, nicht mehr der unbeschwerte Bursche von einst, aber doch ein Kerl, dem es nur wohl ist, wenn er schaffen, aufbauen kann, der die Welt wieder mit neuen Augen sieht, als sei er aus einem tiefen, quälenden Traum erwacht.

Bodmer begreift ihn zuerst, er legt ihm zustimmend die Hand auf die Schulter. »Eine großartige Idee! Bauen Sie! Vorn in der Stellung sind Sie jetzt durchaus entbehrlich. Ich werde nach Kräften mithelfen. Einverstanden?«

Rapp sieht ihn ungläubig an. »Herr Oberst . . .?«

»Ist doch selbstverständlich. Erst vor wenigen Tagen kam der Befehl, daß die Truppe nach Möglichkeit sich selbst verpflegen soll, damit alle verfügbaren Lebensmittel für die Heimat und die Westfront freigemacht werden können. Sie werden sofort anbauen, was in dieser Jahreszeit noch möglich ist, Vieh halten, das Lazarett mit frischer Milch und Butter versorgen. Ich gebe Ihnen gelernte Arbeiter aus den Landwehrkompanien. Die Leute sind ja froh, wenn sie mal wieder eine Axt, eine Maurerkelle oder eine Sense in die Hand nehmen dürfen! Wir werden ein Mustergut schaffen, dreißig Kilometer hinter der vordersten Linie!«

»Oberst von Bodmer«, sagte Rapp leise, »Sie wissen nicht, was das alles für mich bedeutet!« Er setzt sich, wo er steht, ins Gras und schlägt die Hände vors Gesicht. Eine tiefe Erschütterung geht durch den Mann. »Herrgott! Ich will arbeiten wie noch nie im Leben, Tag und Nacht, meine Felder bebauen, säen und ernten. Ich habe unübersehbares Land, das herrlichste, das man sich nur wünschen kann; ich habe eine Frau, wie man sie weit und breit nicht mehr findet – und ich will nicht mehr an Rache denken, weil die Saat sonst keinen Segen trägt!«

Die beiden stehen an seiner Seite, die Frau und der Freund. Auf jede seiner Schultern legt sich eine Hand, tröstend und streichelnd die eine, aufrüttelnd und kräftig die andere.

»Wann fährst du aufs Gut?« fragt Alexa zaghaft.

Er sieht ihre Augen, die voll Sorge und Liebe auf ihm ruhen. »Ich war schon dort, gestern, und habe den ersten Spatenstich gemacht. Es war ein Grab für den kleinen Müller. Nun schläft er an jenem Ort, von dem er sich nicht trennen wollte.« Er fährt sich mit der Hand über die Stirn, dann springt er plötzlich auf. »Die Stallungen stehen noch zum Teil, mit ein paar handfesten Burschen kann ich sie rasch wiederaufbauen ... ein kleines Haus für uns beide – ich weiß schon die Stelle – einen Pflug habe ich gefunden, eine Sense – das Gras steht schon so hoch – wenn wir etwas Vieh hätten –«

»Wird requiriert«, sagt Bodmer kurz. »Es läuft genug herrenloses Vieh im Land herum. Wir wollen uns sofort an die Arbeit machen.«

»Oberst von Bodmer ... ist das alles wahr?«

»Gewiß – und ich bin Ihr erster Gast!«

»Und in einem Monat telegrafiere ich nach Berlin: Geschäftsgang erfreulich!« lacht Alexa in ihrem Glück. Sie nimmt Rapps Arm fest unter den ihren und drückt ihn an sich.

Eine große Hoffnung ist über sie gekommen.

Zwei Männer und zwischen ihnen eine Frau gehen in glücklichen, frohen Gesprächen weiter durch die Felder, über denen die sommerliche Glut und der Segen einer neuen Ernte liegen.

Einige Landwehrmänner marschierten die Anhöhe zu dem Rappschen Gut hinauf. Ein kleiner quietschender Wagen mit

Decken, Verpflegung und Handwerkszeug folgte ihnen, und an der Spitze ging Wassil und zeigte den Weg.

Die Sonne brannte auf ihre alten verblichenen Mützen, weit hinten am Horizont lag ein feiner Dunststreif. Dort floß der Don.

»Die deutschen Argonauten werden wir jetzt genannt«, meinte grinsend ein Soldat. »In der Schule hab' ich den Namen nie behalten können, jetzt fällt er mir auf einmal ein. Man lernt eben nie aus!«

»Du, Germanski!« rief Wassil. »Schau, deutsche Fahne, ukrainische Fahne, beide sehr gut!« Und er stemmte einen Pfahl, an dem ein blau-gelbes Fähnchen flatterte, in den Schutt. Der Himmel mochte wissen, wie er sich den Lappen verschafft hatte. Dann spuckte er ausgiebig in die Hände und hob einen verkohlten Stein auf. »Hier gibt's viel Arbeit.« Seine Narbe, die dunkle, leere Augenhöhle, wurde tiefrot.

Sie fanden Rapp und Alexa, die schon seit ein paar Tagen mit einigen Bauern und Kosaken hier hausten. Nach einer fröhlichen Begrüßung gingen sie an die Arbeit.

Tag für Tag schien jetzt die Sonne vom wolkenlosen Himmel, als müßte sie diese Arbeit segnen.

Es war Abend. Im neuen Stall neben den Krippen schliefen die Männer.

Durch die offenstehende Tür drang der herbe Geruch frisch gepflügter Erde, am blauschwarzen Himmel flimmerten die Sterne.

Etwas abseits lagen Alexa und Rapp. Er hatte den Arm um sie geschlungen, ganz still ruhte sie darin und suchte im ungewissen Licht sein Gesicht zu erkennen.

Aus der Nähe drang das Schnarchen der Männer. Ab und zu polterte das Pferd, das Bodmer für die notwendigen Transporte im kleinen Wagen gestellt hatte, mit dem Huf gegen die Wand, raschelte im Stroh, rieb sich an der Stallwand und schlug mit dem Kopf. Dann wurde auch die Kuh wach, prustete und schnaubte in das Stroh. In der Ecke knurrten die Hunde.

»Seid ruhig«, flüsterte Rapp, »schlaft!«

Es wurde wieder sehr still, so still, daß er glaubte, Alexas Herz im gleichen Takt mit dem seinen klopfen zu hören. Er küßte sie, und ihr Mund wurde unter seinen Küssen wieder, wie er früher war, kindlich, weich und zärtlich. So lagen sie lange und schwiegen. Und als er doch sprach, leise an ihrem Ohr, damit die anderen nicht erwachten, waren es nicht Worte der Liebe, sondern der Hoffnung auf das Gelingen ihrer Arbeit und ihrer Pläne.

»Wir können weite Flächen mähen, das Gras steht prächtig. Es ist unsere erste Ernte. – Wir werden Wintersaat aussäen. – Sobald der andere Stall fertig ist, will Bodmer uns Milchkühe schicken.«

Und in dieser Nacht hatte er eine besondere Neuigkeit, über die Alexa zuerst lachen mußte, bis ihr die ganze Größe des Entdeckens klar wurde.

»Ich habe etwas gefunden, heute, als ich allein einen verschütteten Keller untersuchte. Es ist kaum zu fassen. Der ganze Keller liegt voll der herrlichsten Weine. Es sind Tausende von Flaschen, älteste Jahrgänge, alter französischer Cognac. Das müssen Zehntausende von Rubeln sein, die da unberührt liegen. Alle Gutsbesitzer hatten solche Weinkeller. Wenn wir verkaufen könnten, hätten wir sofort das Geld für Saatgut.«

»Du«, rief Alexa leise und rüttelte ihn an den Schultern, »das muß mein Vater machen. Er hat doch überall hier in der Gegend seine Aufkäufer. Ich telegrafiere ihm morgen.«

»In einem Jahr, Alexa, sind wir viel, viel weiter. Dann ist auch Friede, und wir bleiben für immer hier.«

Sie schraken zusammen. Kläffend waren die Hunde plötzlich hochgefahren und ins Freie gestürzt.

Die schlafenden Männer, seit Jahren in ständiger Bereitschaft, sprangen hoch und griffen zu den Waffen. Rapp war schon draußen, in der Hand den geladenen Revolver. Auch Alexa lief hinter ihm her.

Zwischen den Trümmern des Hoftores, einen Steinwurf weit entfernt, stand ein kleiner Mann. Er trug trotz der sommerlichen Hitze einen Schafspelz und in der Hand einen Stab, wie ihn die Hirten der Gegend hatten. Die Hunde umbellten ihn. Rasch ging Rapp über den mondbeschienenen Hof zu ihm. »Vater Michail!« hörte ihn auf einmal Alexa schreien, sah, wie er den Mann im Schafspelz umarmte und ihn mit sich zog. Nun standen sie vor ihr.

»Das ist Vater Michail, unser alter Pferdezüchter«, erklärte Rapp. Der Alte starrte sie wortlos an, dann sah er mit einem langen, traurigen Blick über die Trümmer und den neuen notdürftig aufgebauten Stall. Sein runzliges Gesicht war von tiefen Frostnarben entstellt.

»Wanja, ich bleibe jetzt bei dir«, sagte der Alte, »und ich werde dir dienen, wie ich deinem seligen Vater in aller Wahrhaftigkeit diente.«

Noch als sie einschlief, sah Alexa den alten Kalmücken in seinem unförmigen Pelz und Wanja am Eingang des Stalles auf der Erde sitzen und leise miteinander reden.

Als der Morgen graute, lag Rapp schlafend neben ihr. Der Alte aber war verschwunden, wie ein Spuk in der Nacht.

Und wieder kam eine Nacht, in der die Hunde kläfften und die Männer zu den Waffen griffen und ins Freie stürzten. Deutlich war das Trappeln von vielen Pferdehufen zu hören. Draußen über der Steppe, flimmernd im Mondlicht, stieg eine Staubwolke auf und näherte sich rasch.

»Rote!« schrie Wassil. »Rote Kavallerie im Rücken der deutschen Front!«

Sie schwärmten aus, das Gewehr im Anschlag, die Patronen griffbereit neben sich. Das Maschinengewehr wurde in Stellung gebracht. Die weggeräumten Steinmassen boten gute Deckung. Immer näher kam die Staubwolke, nun konnte man schon einzelne Pferde unterscheiden. Es mußten ungefähr fünfzig sein. Schweigend lag die Schützenkette.

Wassil lag auf dem Bauch hinter einer Mauerlücke. Auch mit einem Auge war er noch ein guter Schütze. Neben ihm Rapp, der gespannt nach vorn blickte. Plötzlich richtete er sich etwas auf die Knie auf, rührte an Wassils Schulter.

»Du, Wassil«, flüsterte er, »die Pferde haben keine Reiter.«

Wassil starrte, dann bekreuzigte er sich. »Gott behüte und beschütze... Pferde ohne Reiter... Gespenster...«

»Unsinn!« rief Rapp laut und sprang auf. »Keine Gespenster! Vater Michail hat sein Versprechen gehalten!«

Er stürzte wie von Sinnen hinter der Mauer hervor und begann, aus Leibeskräften zu schreien und sein Gewehr zu schwenken: »Vater Michail kommt! Nicht schießen! Er hat mir versprochen, Pferde einzufangen, nun ist er gekommen!«

Als Alexa ihren Wanja suchte, bot sich ihr ein sonderbares Bild. Außer sich vor Freude, umarmte Rapp den alten, narbigen Kalmücken, schlug ihm auf seinen verlausten Pelz, schüttelte ihn an den Schultern, und hinter ihnen drängte sich Leib an Leib die Pferdeherde, wieherte, scharrte mit den Hufen, witterte den Stall und drängte die beiden Männer immer weiter nach vorn, näher zum Stall.

»Nun habe ich dir auch einige Pferde mitgebracht, Wanja«, lachte der Alte mit seinem zahnlosen Mund. »Wie Hunde laufen sie mir nach, sie kennen mich noch. Auch unsere ›Alkmene‹, die Stute, ist dabei. Das ist meine größte Freude. Einige haben Schüsse abbekommen, einige hinken, sind verhungert und verängstigt, aber das laß meine Sorge sein. Solange Sommer ist, können sie alle unter freiem Himmel leben. Futter hast du ja genug. Alles andere kannst du mir überlassen.«

Der nächste Tag war ein Sonntag, ein unvergeßlicher Freudentag. Jetzt sahen sie deutlich, wie ihre Arbeit festere Gestalt annahm, von immer mehr Erfolg begleitet war. Es war ein robuster Optimismus, der alle beseelte.

»Der Deutsche baut wieder auf!« Diese Kunde hatte sich schnell über das verwüstete Land verbreitet. Einige Bauern, von den Roten vertrieben, kehrten ermutigt zurück. Sie schleppten mit, was sie an Vieh gerettet hatten. Überall arbeiteten fleißige Hände am Aufbau eines neuen Lebens.

»Die Deutschen helfen«, hieß es überall, »die Deutschen werden die Roten nicht mehr ins Land lassen!«

Von Tag zu Tag erstarkten auch die »weißen« Organisationen durch die Hilfe der Deutschen. Zuversicht und Hoffnung auf den baldigen endgültigen Sieg belebten die Front und das Hinterland.

Alexa und Rapp ritten aus, zum ersten Mal wieder auf eigenem Grund und Boden.

»Weißt du noch, Alexa, wie damals ...«

»Ja! Und nun haben wir mit einem neuen Leben begonnen, du und ich. Was hinter uns liegt, werden wir bald vergessen. Wir sind jung und gesund, vor uns liegt die Zukunft.«

Sie sah, wie er mit der flachen Hand die Augen gegen die Sonne beschirmte und in die funkelnde, heiße Glut des Morgens blickte. Seine Züge hatten das Gespannte schon etwas verloren. Er schaute über seine Felder. Sicherlich träumte er von der Aussaat, vielleicht auch schon von den wogenden Kornfeldern des nächsten Jahres, vom bernsteinfarbenen, leuchtenden und im Winde rauschenden Meer. Sie dachte an ihre erste Fahrt, wie er mit Wassil unter dem Rhythmus der rasenden Troika übermütig ein Lied sang, während sie sich an ihm und diesem Lande nicht satt sehen konnte.

Rapp sah zu ihr hinüber und drängte sein Pferd an ihre Seite.

»Laß uns jetzt absitzen, Wanja, wie damals, weißt du noch ...?«

Sie lagen nebeneinander und schauten in die Ewigkeit des azurblauen Himmels. Die Größe und die Unvergänglichkeit der göttlichen Schöpfung waren so deutlich und die Erinnerung an das eigene Leid der Jahre so nah, daß sie Zuflucht beieinander suchten. So lagen sie zusammen – eine ganze Weile.

Das Schicksal hatte sie damals zusammengeführt, dachte Rapp, dann wieder roh auseinandergerissen – jetzt waren sie wieder vereint. Wie lange aber? Die nahe Front war erstarrt, nur ab und zu, als wollten sich die Gegner gelegentlich in Erinnerung bringen, donnerten für kurze Zeit die Geschütze. Die Weißen rüsteten auf: ein weiteres Vordringen, die restlose Vernichtung des Bolschewismus und die Einnahme der beiden Hauptstädte waren ihr Ziel und ihre Hoffnung. Würden sie es schaffen?

»Woran denkst du, Wanja?«

»Ach, Mädchen«, seufzte er und nahm sie noch fester in die Arme. Dann begann er, sie hastig zu küssen, und strich ihr mit der rauhen Hand über Stirn, Wangen und Haare. Sein Blick wurde plötzlich gehetzt. »Wir haben immer noch keinen Frieden. Das ist sehr schlimm, weißt du das?« Er sah, wie seine Erregung sich auf Alexa übertrug. »Verzeih, Liebste, es ist vielleicht undankbar und roh – aber bald halte ich diese Ungewißheit nicht mehr aus. Im Herbst, wenn es keinen Frieden bis dahin gegeben hat... Wir werden wieder an die Front gehen.« –

Sie nickte nur.

»Bis dahin, bis zum Herbst.... Wanja, Lieber, wer denkt da noch an den Krieg?« sagte sie nach einer ganzen Weile. »Wir werden Bodmer fragen. Komm, wir wollen ihnen entgegenreiten, sie wollten heute kommen. Du willst jetzt schwarz sehen und unken? Nein, Wanja, das gibt es nicht mehr! Glaubst du etwa, daß alle Menschen durch den Krieg vernichtet werden? Weißt du denn immer noch nicht, daß ich sehr klug bin? Wenn Frieden ist, baue ich uns beiden eine Arche Noah. Und dann...«

Sie sah einen Augenblick verträumt vor sich hin, und um ihre Lippen spielte ein zartes Lächeln.

»Wenn ich dich nicht hätte, Alexa, ich wäre längst vor die Hunde gegangen.«

»Nun also, Wanja«, scherzte sie – »das allein ist schon Grund genug, froh zu sein!«

Er küßte sie mit heißer, aufsteigender Leidenschaft, als sei sie das Leben selbst, das er nun wieder zu lieben begann.

Plötzlich, gleich hinter der Waldbiegung, waren mehrere Reiter zu hören.

»Bodmer und seine Leute!« rief Alexa und sprang auf. Rapp hob sie leicht in den Sattel. Sie galoppierte davon, und er jagte hinter ihr her.

»Aber meine Herren Offiziere!« lachte Alexa und reichte

den Männern die Hand. »So einfach in Hemdsärmeln in der ukrainischen Steppe, ohne Stahlhelm und Mütze?«

Bodmer, sichtlich erfreut über die Laune des Mädchens, erklärte: »Wir sind heute alle privat, streng privat. Und dieser Herr dort«, er zeigte auf einen behäbigen, verschwitzten Mann, der als letzter im Zug geritten kam und etwas unglücklich auf seinem Pferd hing, »ist der Bevollmächtigte Ihres Vaters.«

»Ich führe den nicht seltenen Adelsnamen August Meyer«, stellte sich der Dicke vor und reichte Alexa und Rapp die Hand.

Der junge Ordonnanzoffizier Ebersbach beugte sich zu Alexa hinüber und bemerkte halblaut: »Bei uns im Ruderklub nannte man solche Leute immer Kielschweine. Sie sind nur Ballast.«

Alexa mußte lachen, aber Herr Meyer, der die Bemerkung wohl gehört hatte, war nicht beleidigt, sondern belustigt. Er drängte sein Pferd an die Seite von Rapp.

»Was ich sagen wollte, Herr Baron, ich komme zu Ihnen, um mir Ihren Weinkeller anzusehen. Herr Kommerzienrat Habermann hat mir Vollmacht erteilt, alles zu prüfen und ...«

»Darüber sprechen wir später«, unterbrach ihn Rapp. »Das hat noch Zeit. Ich freue mich, daß Sie gekommen sind. Es ging ja außerordentlich schnell.«

»Oberst von Bodmer hatte die Liebenswürdigkeit... Sie können mir vielleicht jetzt schon andeuten ...«

Plaudernd und fröhlich ritten sie weiter, als letzter im Zuge Meyer, der wieder entsetzlich schwitzte und über die ungewohnte körperliche Tätigkeit jammerte.

Die schattige Birkenallee mit ihren verwachsenen Laubkronen, an ihrem Ende ein weißes Häuschen. Frohe Begrüßungsworte, Scherze, ein Händedrücken, ein freundliches Klopfen auf die Schulter.

Unter den alten Bäumen steht ein großer, roh gezimmerter Tisch, um ihn Stühle und Bänke. Hühner und Gänse blicken neugierig den Ankommenden entgegen, eine Kuh muht im nahen Stall, einige Pferde wiehern von der Weide, Tauben gurren und flattern wie eine helle Wolke hoch. Einige Fuhrwerke knarren mit schlecht geschmierten Rädern bald hinterher und halten vor dem Häuschen.

»Ah!« ruft Leutnant Ebersbach. »Unser Geschirr ist angekommen. Nun gibt es auch bald etwas zu essen.«

Alle blicken sich erstaunt an.

»Los, Ebersbach«, Bodmer gibt dem Jungen einen kleinen Stoß. »Ich bevollmächtige Sie als Rangältester, in unserem Namen zu sprechen. Aber mit etwas Schwung!«

Ebersbach hustet, reißt die Hacken zusammen und spricht:

»Herr Oberst, liebe Kameraden, sehr verehrte Damen – eigentlich nur eine Dame« – verbessert er sich lachend – »unsere liebe Schwester Alexa und Baron Rapp! Der langen Rede kurzer Sinn: Zum Zeichen, daß wir dein gedacht, haben wir dir was mitgebracht. Schon bin ich fertig. Es kann ausgepackt werden. Aber, meine Herren, nicht so drängeln. Jeder der Reihe nach!«

Die Planen werden heruntergerissen. Alexa und Rapp staunen.

»Bitte, das ist das Geschirr, von dem eben die Rede war«, und Ebersbach macht eine Handbewegung voll spanischer Grandezza. »Hier sind Fensterglas, Spaten, Hacken, Krüge, Töpfe und so weiter, was man als angehender Gutsbesitzer benötigt. Über jedem der Gegenstände liegen unsere aufrichtigsten Segenswünsche.«

Es wurde sehr still. Rapp wischte sich mit der Faust über die Augen. Wassil, der neben ihm stand, bekreuzigte sich ein ums andere Mal.

Dann brachte Alexa ein Tischtuch aus Bauernleinen. Die Männer, die um den Tisch saßen, verstummten. Fast verlegen halfen sie ihr, das Tuch über dem Tisch zu glätten. Rapp blickte in die Ferne.

»Was halten Sie von der militärischen Lage, lieber Bodmer?« fragte Alexa unerwartet. »Können wir bald Frieden haben? Oder ... oder, was soll jetzt werden?«

»Das ist eine Frage, die schwer zu beantworten ist«, antwortete Bodmer langsam. »In Archangelsk, an der Murmanfront, unter dem Oberbefehl des englischen Generals Pool, stehen jetzt Engländer, Amerikaner, Franzosen, Polen und Italiener. Im Osten stehen die Weißen und ihre Verbündeten unter dem Befehl des Admirals Koltschak. Finnland ist mit Hilfe der deutschen Truppen befreit worden. Nur fünfzig Kilometer vor Petersburg bis hinunter nach dem Kaukasus liegt der feste Kordon der Armeen der Zentralmächte. England kann Deutschland in Petersburg nicht mehr zuvorkommen. Die rote Regierung scheint den Kopf verloren zu haben. In Moskau erwägt man bereits das Evakuieren der Stadt.«

»Was nützt das, solange nicht marschiert wird!« unterbrach ihn Rapp heftig. »Die Einigkeit der europäischen Mächte ist nur scheinbar. Jetzt, wo es heißt, dem roten Rußland den Todesstoß zu versetzen, beginnen sie mit dem Feilschen. Jeder handelt nach dem Grundsatz ›Zu wenig verlangen ist Faulheit‹. Resultat: die Lage verwirrt sich immer mehr, der Vormarsch stockt, und keiner weiß, wer Freund – wer Feind ist.«

»Ja«, bestätigte Bodmer, »das ist richtig. Sie verweigern sich schon jetzt oft die militärische Unterstützung. Die Niederlage des einen wird zur Freude des andern.«

»Und in der russischen, ›weißen‹ Etappe ist es das gleiche.« Rapps Faust legte sich schwer auf den Tisch. »Die einen wollen ein ›ungeteiltes Rußland‹, die anderen eine ›freie, selbständige Ukraine‹, die dritten haben einen ›weitblickenden Plan und ein einzig richtiges Programm‹, während die Front ununterbrochen neue Opfer fordert.«

»Alles das ist ein willkommenes Fressen für die Bolschewiki. Jetzt müßte man die Schlinge zuziehen!« Ebersbach hat diese Worte laut und leidenschaftlich in die Unterhaltung geworfen.

»Die Großmächte wissen anscheinend nicht, welche Gefahr der Bolschewismus für die ganze Welt bedeutet«, fügte Rapp hinzu.

Bodmer war aufgestanden. Er fuhr sich flüchtig mit der Rechten über das ergraute Haar. Alexa sah, wie seine Züge hart und kantig wurden. »Bisher konnten nur die Armeen der

Zentralmächte dem Bolschewismus standhalten ... und ich befürchte, daß diese Front bis zuletzt das einzige Bollwerk für das ganze morsche Europa bleiben wird.«

Immer noch blickte Alexa zu Bodmer, auch als er schon schwieg. Ihr Freund und Beschützer – er war sehr einsam.

Es ist Spätsommer 1918.

Strahlende, wärmende Sonne hatte ihre Lichtgarben über die vielen funkelnden Kirchtürme und Kreuze des Kremls ausgeschüttet. Aus der Ferne sah man dieses herrliche Leuchten, das schon seit Jahrhunderten für das weite Rußland das unverrückbare Sinnbild des christlichen Glaubens bedeutete. Moskau, der Kreml, in seinen wuchtigen Mauern dicht zusammengedrängt prunkvolle Kirchen und Kathedralen von höchster Vollendung der Jahrhunderte, daneben Paläste des zaristischen Absolutismus – »Mütterchen Moskau«, »Mütterchen Rußland« – Symbole einer großen Vergangenheit und Macht.

Auch heute strahlen die vergoldeten Kuppeln und Kreuze des Kremls. In dem Leuchten dieser Vergangenheit liegt der ganze Hochmut der verflossenen Jahre.

Ein Auto holpert über das grobe, unebene Kopfsteinpflaster – Volkskommissar Trotzki!

Zum ersten Male als freier Mensch in Moskau, denkt er. Damals 1898 auf 1899, während des kalten Winters, saß ich sechs Monate in einem Turm des Butirschen Gefängnisses.

»Gott erhalte den Zaren!«

Jäh fliegt sein Blick hoch. Langsam und bedächtig spielt das uralte Glockenspiel auf dem Erlöserturm die Zarenhymne.

Die »Zarenhymne«, denkt Trotzki, der »Zar der Kanonen« auf dem Nikolaus-Platz, der »Zar der Glocken«, ungeheuer in den Ausmaßen, wuchtig drohend, unverrückbar auch jetzt! Das schwere Moskauer Barbarentum blickt aus der Mündung der riesigen Kanone, und die mächtigste Glocke des Reiches verkörpert es in gleicher Weise. Das darf nicht mehr sein, das sind Erinnerungen, Symbole, Begriffe, die nichts an Bedeutung verloren haben. Sie müssen vernichtet werden!

Das Auto ist vor dem Gewölbetunnel der Erlöserkirche. Darüber eingelassen sieht der Kommissar ein uraltes, verblichenes Heiligenbild; die dicke Scheibe ist zerschlagen und das »ewige Licht« der Lampada erloschen. Doch über dem Turm prangt immer noch der mächtige Zarenadler. In den breiten Schwingen hält er Zepter und Reichsapfel.

Hammer und Sichel muß man anbringen, damit der Wandel der Zeiten sich deutlich auch von der Höhe des Erlöserturmes ankündigt, denkt Trotzki unwillig.

Das Auto hält vor dem Kavalierhaus. Die ganze untere Etage ist zum Kommissariat ausgebaut. Ein langer Korridor, rechts und links davon liegen Wohn- und Arbeitsräume.

Im Eßzimmer wartet Lenin. In seinen Mongolenaugen wetterleuchtet die Unruhe. Endlich ist Trotzki gekommen!

»Haben Sie den alten Stupischin bemerkt?« fragt Trotzki unerwartet.

»Wie kann man ihn nicht bemerken?« erwidert Lenin mit milder Ironie.

Stupischin, ein Greis, einst der Allgewaltige unter der gesamten Dienerschaft der Paläste, hatte schon einigen Zaren gedient. Sein glattrasiertes Gesicht war ledern, indifferent, er war ein Mann der Pflicht. Immer noch schlich er unermüdlich durch die Korridore, rückte Sessel zurecht, wischte Staub und schien den noch deutlich spürbaren Geist und die Atmosphäre der früheren Ordnung zu verkörpern. Er und die anderen empfingen die neuen Machthaber beunruhigt. Das Regime in den Palästen war streng, eine Art von Leibeigenschaft. Der Dienst hatte sich stets vom Vater auf den ältesten, kräftigsten Sohn übertragen. Stupischin, der Schrecken aller Lakaien, glich jetzt einem Schatten. Unhörbar stellte er die prunkvollen Teller vor die Kommissare, seine schrumpeligen Hände drehten das Geschirr zurecht – der doppelköpfige Adler am Rande des Tellers hatte auch jetzt noch unmittelbar vor dem Gast in der Mitte zu sein. Vielleicht widerhallten in den Gedanken dieses Greises die lauten Worte Lenins: »Zur Vergangenheit gibt es kein Zurück« – ja, vielleicht...

»Die allgemeine Opposition gegen unsere Übersiedlung

aus Petrograd nach Moskau ist immer noch sehr groß«, beginnt Trotzki.

»Und wie ist der Eindruck bei den Petrograder Arbeitern?«

»Ein schlechter. Man behauptet, wir hätten die Absicht, Petrograd dem Feinde abzutreten.«

»Lächerlich«, erwidert Lenin kurz. »Es ist eine Sicherung nicht nur unserer Regierung, sondern auch Petrograds. Die Deutschen können jeden Tag die Hauptstadt besetzen, oder die Entente. Sie wollen auch uns in ihre Hände bekommen. So aber ... eine andere, die hungernde Residenz ohne Regierung einzunehmen.«

Auf silbernen Tellern wird roter Ket-Kaviar serviert. Unhörbar gleiten die alten, geschulten Diener durch den Raum.

»Mit diesem unvermeidlichen Kaviar werden in meiner Erinnerung die ersten Revolutionsjahre gefärbt«, sagt ironisch Trotzki.

»Auch für mich«, erwidert Lenin. »Nur roter Kaviar ist im Überfluß vorhanden. Der Export fehlt vollkommen.«

In kostbarer Schüssel wird eine dünne Suppe serviert. Auf dem Grunde knirscht der Sand. Salzfleisch, Buchweizengrütze mit Hülsen, auch voll Sand – das Menü der roten Machthaber.

Der Kreml mit seiner mittelalterlichen Burgmauer, seinen Kirchen, Kreuzen und Palästen – jetzt eine Festung des revolutionären Proletariats, die Feste der Sowjets, der Volkskommissare – auch ein fürwahr groteskes Paradoxon.

Ein Prunkzimmer, uralte, eichene Täfelung, hochglanzpolierte Möbel aus karelischer Birke, über dem Kamin ein zierliches Ührchen mit Amor und Psyche. Der Geruch eines jahrhundertealten Herrentums strömt aus jedem Sessel, jeder Ecke und jeder Verborgenheit des Palastes – einem Lenin und Trotzki entgegen.

»Und was macht der Panzerzug des Vorsitzenden des Revolutionären Kriegsrates?« fragt Lenin.

»Mein Zug? ... Er ist abfahrbereit«, erwidert Trotzki sofort. »In manchen Augenblicken hatte ich das Gefühl, als wollte alles auseinanderkrachen und als gäbe es gar nichts, woran man sich anklammern könnte. Das Eisenbahnwesen ist in völliger Unordnung. Der Staatsapparat kaum im Werden. Überall, auf Schritt und Tritt eitern Verschwörungen. Das Zusammenstellen eines solchen Zuges ...«, Trotzki lächelt. »Es fehlt an allem. Die einfachste Arbeit ist eine komplizierte Improvisation geworden. Doch jetzt ist alles fertig, alles!«

»Wir dürfen keine Zeit verlieren, Genosse Trotzki. Die Feinde können uns jeden Tag abwürgen ...«

Das Ührchen über dem ausladenden Kamin schlägt mit zierlichen Klängen. Graziös bewegen sich für Sekunden Amor und Psyche. Dann verstummt wieder der silberne, singende Klang.

Lenin und Trotzki blicken sich an, als hätten sie sich bei dem gleichen Gefühl ertappt. Aus der Ecke belauscht sie immer wieder versteckt die Vergangenheit.

»Ihr habt uns nicht erwartet! Nichts zu ändern, Amor und Psyche! Gewöhnt euch. Wir gewöhnen die Umgebung an uns!«

Langsam und bedächtig spielen die Glocken auf dem Erlöserturm – die Internationale. Von dem mächtigen Zarenadler ist die goldglitzernde Krone entfernt; bald werden dort Hammer und Sichel prangen – sichtbares Zeichen des Wandels der Zeiten ...

Volkskommissar Trotzki hat es wahrgenommen. Er eilt im Auto zum Bahnhof, zu seinem Panzerzug, zum Angriff.

Der Bahnhof ist sorgfältig abgesperrt. Vor dem Zug des Vorsitzenden des Revolutionären Kriegsrates stehen dreihundert junge Bolschewisten in schwarzen Lederjoppen, um Brust und Rücken und auch um die Hüften volle Maschinengewehrgurte, an den Seiten Armeerevolver, an den schwarzen Fellmützen rote Sowjetsterne. Am linken Ärmel unterhalb der Schulter tragen sie ein großes, metallenes Abzeichen, das in der Münze geprägt worden ist und in der Armee viel Bewunderung und auch Neid hervorgerufen hat.

Dreißig mächtige, gepanzerte Pullmanwagen, schwer gepanzerte Lokomotiven stehen auf dem Gleis.

Der unzerstörbare Zement der neuen Armee, denkt Trotzki, sind die Ideen der Oktoberrevolution, und gerade dieser Panzerzug soll jetzt alle Fronten mit diesem Zement versehen.

Jeder der dreißig Wagen hat seine eigenen Maschinengewehre, die hinter Panzerwänden eingebaut sind. Eine Radiostation mit Sender und Empfänger ist vorhanden, man kann mittels einer hochzustellenden Spezialantenne etwa vierzig Stationen hören, Nauen, den Eiffelturm und natürlich auch Moskau. Der Zug wird alles wissen, was sich in der Welt ereignet. Eine Druckerei für Aufrufe, Proklamationen, Zeitungen, für die Weitergabe aller wichtigen Nachrichten und Befehle ist im Zug, große Lager von schweren Maschinengewehren und Munition, Spezialwagen für tausende Liter Benzin, Autos, um mit ihnen hundert Kilometer weit vom Zug an eine sonst unerreichbare Front zu gelangen, Lastautos, die einen kleinen Haufen bester Schützen aus den Reihen der fanatischen Bolschewisten und mit ihnen Maschinengewehre zu einem durchbrochenen Frontabschnitt bringen können. Stiefel, Lederjoppen, Feldstecher, Bibliothek, elektrische Station und Badestube sind vorhanden.

Dieser Zug gestaltete die Geschichte des Bolschewismus.

Langsam setzt er sich in Bewegung. Das Schlußlicht der Lokomotive, die unter Volldampf der vorderen hilft, gleitet aus der Bahnhofshalle hinaus, und in der sternklaren Nacht, irgendwo weit in der Ferne, verliert sich dieser berüchtigte Panzerzug.

Was wollte er an den vielen, weit voneinander entfernten Fronten?

Er wollte nur den Sieg!

Er wollte die Vernichtung der gesamten nationalen Bewegung!

Natürlich waren die unmittelbaren Bedürfnisse der Armeen weit größer als die Vorräte des Zuges, auch wenn man diese dauernd auffüllte, aber die eigentliche Hilfe lag in dem Aufpeitschen der roten Truppen. Der Zug war ein selbständiges Ganzes. Er konnte die Front mit der Etappe verbinden, und mit einer Geschwindigkeit von über 80 Kilometern in der Stunde durchraste er ungeheure Strecken, die im entscheidendsten Augenblick miteinander in Einklang zu bringen waren. Er hatte unumschränkte Vollmachten, er klärte auf der Stelle die wichtigsten Fragen, fällte ausschlaggebende Urteile, er hatte das Recht, zu befehlen, zu helfen, zu loben, auszuzeichnen und zu erschießen.

»Man kann keine Armee ohne Repressalien aufbauen. Man kann nicht Menschenmassen in den Tod führen, ohne im Arsenal des Kommandos die Todesstrafe zu haben«, diese Worte prägte Trotzki für seinen Panzerzug. Und in der Tat, die dreihundert Bolschewisten wurden überall dort eingesetzt, wo es keine Rettung mehr zu geben schien, wo die roten Truppen vor dem Feinde wichen und sich nicht mehr sammeln konnten. Fanatisch und rücksichtslos waren diese Männer in schwarzen Lederjoppen, sie schonten sich selbst nicht, sie starben mit voller Begeisterung, sie trieben aber auch die anderen ebenso erbarmungslos in den Tod.

Der Panzerzug wurde zum wichtigsten Bestandteil der Roten Armee. Zahllose Kommunisten rissen sich darum, in den berüchtigten Panzerwänden zu dienen.

Bald verfolgte ihn der Haß des Feindes. Viele Attentate wurden verübt, Kosaken kreisten ihn ein, Artillerie beschoß ihn, feindliche Hände rissen die Schienen auf, unterminierten das Gleis, Flugzeuge verfolgten ihn und belegten ihn mit Bomben.

200 000 Kilometer hatte dieser Zug hinter sich gebracht, Tausende von Kilometern raste eine der beiden Lokomotiven mit dringenden Nachrichten fort, Tausende und aber Tausende von Kilometern hatten auch die Autos über weite Strecken zurückgelegt.

Dieser Panzerzug hatte das Schicksal, Hunderte von Malen gleichsam die letzte, entscheidende Schaufel Kohlen zu sein, die das fast erloschene Feuer im geeigneten Augenblick erneut voll entfachen konnte.

Jetzt – wieder steuert der Zug der Front entgegen.

V

November 1918.

Die Front war unruhiger geworden. Immer noch lag der tiefe Keil der deutschen Truppen und Donkosaken drohend in der südlichen Flanke des Gegners, weit, weit über den Don hinaus, bis beinahe an die Wolga. Aber man war nicht weitermarschiert.

Die Roten hatten die Atempause gut genutzt, die ihnen die Uneinigkeit der europäischen Mächte und der verschiedenen Interessengruppen innerhalb der Weißen bereitete. Sie hatten neue Truppen aus der Erde gestampft und warfen sie, gutausgerüstet, eilig an die Front.

Ein unheilverkündender bleierner Himmel senkte sich tief über die Steppe. In melancholischer Weite verlor sich die erstarrte Front.

Die Geschütze schwiegen, naß und kalt standen sie in ihren getarnten Batteriestellungen, die Mannschaften froren, die Pferde hungerten und drängten sich enger zusammen.

Nur die Augen der Späher, die Scherenfernrohre, die Zielfernrohre der Scharfschützen wachten unermüdlich Tag und Nacht.

Die Luft war frostig und roch nach Schnee.

Einsam in der Steppe, als hätte sie sich mit dem nahen Dorf gezankt und aus seiner Gemeinschaft gelöst, lag eine weiß getünchte Hütte. Vor der Tür standen Posten und schützten mit den Händen die schmerzenden Gesichter vor dem schneidenden Wind.

In dem großen niedrigen Raum saßen an gescheuerten Tischen deutsche und russische Offiziere. Am Fenster wurden Karten und Schach gespielt. Ein junger Leutnant las einen Brief, ein anderer blickte gedankenverloren durch die beschlagenen Scheiben und malte einen Buchstaben darauf, immer wieder dasselbe Schriftzeichen. Von irgendwoher hörte man das Lied einer Mundharmonika.

Iwan Chonenko hockte neben Pawlo Rodsjanko in der Nähe des glühenden Kanonenofens, aus dem ein breites, zusammengestückeltes Rohr durch den ganzen Raum ging.

Chonenko sah müde vor sich hin. Sein Gesicht war ruhiger geworden, seine Uniform, das grüne Russenhemd, die Breeches, die Schaftstiefel sauber und gepflegt. Das ergraute Haar war sorgfältig gekämmt. Die schmalen Hände spielten mit dem silbernen Zigarettenetui.

»Ich werde nie vergessen«, sagte er leise, »was mir Alexa erzählt hat – wie die Frau des Generals Koschkin neben den Verwundeten von den Roten zusammengeschossen wurde. Und doch hat das Schicksal es gut mit ihr gemeint. In derselben Nacht fiel ihr Mann an meiner Seite. Kopfschuß. Er war sofort tot. Erinnerst du dich, Pawlo? Wir stürmten das Dorf, in dem Koschkin geboren war ... Sie führten eine wunderbare Ehe. Bei ihrem letzten Abschied, als er, ein General, sich zum ersten Male ohne Pferd unter die Soldaten einreihte, sagte er ihr: ›Ich denke immer an deine Augen, Marusja. Ich sehe dich immer noch als kleines Institutmädchen.‹ Wie glücklich die Frau ihm damals zulächelte!«

Chonenko blickte nach der Wand, an der Mäntel, Säbel, Mützen und Stahlhelme hingen. »Unser Kreis wird immer kleiner ...«

»Höre, Iwan«, Pawlo legte dem Kameraden die Hand auf die Schulter und sprach leise. »Irina Stresser hat in den letzten Tagen fürchterlich gewütet. Von den Gefangenen, die wir Russen gemacht haben, ist keiner mehr am Leben. Können wir das zulassen?«

Chonenko erwiderte ruhig und gelassen: »Denk daran, was man mit ihrer Familie gemacht hat. Ich selbst wäre dabei wahnsinnig geworden.«

»Trotzdem!« widersprach Rodsjanko heftig. Er stand auf und lehnte sich an die Wand. »Von der Munition, die sie mir während des letzten, kleinen Gefechtes zugeworfen hat, habe ich noch ein paar Patronen übrig.« Er holte eine aus der Tasche. »Hier, die Spitze ist abgekniffen, siehst du? Andere Munition hatte sie überhaupt nicht.«

»Pawlo, sei gerecht! Würden wir nicht das gleiche tun? Nach allem, was man uns und den Unsrigen angetan hat? Die Roten schießen oft genug selber mit Dumdumgeschossen. Außerdem halte ich Irina nicht mehr für gesund. Schau hin! Sieht eine gesunde, normale Frau so aus?«

Irina saß auf einer Bank, an die Wand gelehnt, die Hände in den Taschen ihrer abgeschabten Militärhose, die langen Beine in Schaftstiefeln übereinandergeschlagen. Seitlich am Halse war das Militärhemd geöffnet, aus dem der Ansatz ihrer kleinen Brust hervorschimmerte.

Der schmale Kopf, das soldatenmäßig kurzgeschorene schwarze Haar, der starre Blick, alles das machte aus dieser Frau eine tragische Gestalt.

Sie war völlig in Gedanken versunken.

»Nicht einmal die Tasche ihres Nagan ist geschlossen. Ich habe oft das Empfinden, daß sie eines Tages auch uns mit dem Revolver niederknallen wird.«

»Lassen wir sie in Ruhe!«

»Einmal wird die Kugel auch sie erreichen. Glaubst du, daß sie je in ein normales Leben zurückfinden würde?«

Chonenko schüttelte den Kopf. »Seit mehreren Tagen schon liegt sie nur in der vordersten Linie. Sie macht die verwegensten Patrouillen, oft weigern sich die Leute, mit ihr zu gehen. Dann treibt sie sich allein tagelang jenseits der Front bei den Roten umher, die Sowjetkokarde an der Mütze, den geladenen Revolver in der Tasche. Immer kommt sie heil zurück, als paktiere sie mit dem Teufel.«

»Weiße Teufel – so nennt man uns alle«, sagte Rodsjanko düster. »Es gibt einen, der hätte ihr vielleicht helfen können.«

»Du meinst Rapp? Sie will nichts mehr von ihm wissen. Als er anfing, auf seinem Gut zu arbeiten, schrie sie ihn an, er sei ein Feigling, er vergesse seine Pflichten gegen seine Freunde! Man hat ihr angeboten, auch das Gut ihrer Eltern wieder aufzubauen, aber sie hat schroff abgelehnt. Solange noch ein

Roter lebt, hat sie geschworen, rührt sie keinen Pflug an.«

»Vielleicht ist sie sogar schuld daran, daß Rapp nun im Lazarett liegt.«

Chonenko zuckte die Achseln. »Man kann sie für nichts mehr verantwortlich machen. Sieh sie dir doch an.«

Die Männer blickten wieder zu Irina hinüber, die kein Wort zu hören schien, das um sie gesprochen wurde. Sie hielt die Augen halb geschlossen, als träume sie.

Vor wenigen Tagen, als Rapp an die Front zurückgekehrt war, wollte Irina eine Patrouille in den Rücken der Feinde unternehmen. Es gab da eine Brücke über einen Fluß, auf der man unaufhörlich Transportzüge rollen hörte. Die Beobachter hatten in den letzten Tagen die Ankunft von Verstärkungen gemeldet.

»Ich sprenge die Brücke«, hatte Irina gesagt, »und wenn ich es allein tun müßte.«

Da waren Rapp und Wassil mitgegangen. In Irinas Augen hatte ein gefährliches Feuer geflackert, sie konnte kaum die Stunde erwarten, daß sie sich in der Dämmerung auf den Weg machten.

Die Brücke war gesprengt worden. Aber auf dem Rückweg hatte eine Kugel Rapp getroffen. Bauchschuß. Unter Aufbietung aller Kräfte hatten Irina und Wassil den Verwundeten hinter die eigenen Linien zurückschaffen können. Irina war unverletzt wie immer.

Nun lag Rapp in einer kleinen Verbandstelle. Er war vorläufig nicht transportfähig, und Alexa pflegte ihn. Irina schien von all dem nichts mehr zu wissen.

»Wir verlieren noch alle den Verstand«, sagte Chonenko leise. »Sieh dir Doroschenko an, wie er dasitzt und zeichnet. Immer das gleiche. Entweder ein und dasselbe Motiv aus der Steppe, und zwar die Stelle, an der wir als Kinder gespielt haben, oder seine tote Oksana mit dem Kind auf dem Arm. Er zeichnet sie wie die Mutter Gottes.«

Petro Doroschenko saß in einem abgerissenen Sessel und hatte ein schmutziges Heft vor sich liegen. Im Mundwinkel hielt er eine längst erloschene Zigarette, das Haar war peinlich gekämmt, die Augen starrten auf das Papier, und seine Hand glitt, als sei sie völlig losgelöst vom Körper, langsam darüber hin.

Diese Hand hatte nur noch zwei Finger.

»Wir wissen alle, wie er in der Etappe der Roten die Munitionslager gesprengt hat. Oksana hat ihm ein eisernes Kreuz geschenkt. Nun ist er gegen den Tod gefeit. ›Erst wenn die Roten vertrieben sind, erst dann werde ich sterben‹, sagte er.«

»Nun, meine Lieben«, fragte Danilo Kapnist, »was haltet ihr hier für einen Kriegsrat? Kann ich euch helfen?« Er setzte sich auf den Fußboden und zündete sich unbeholfen mit der linken Hand eine Zigarette an. Der rechte Arm war bis zur Schulter amputiert. »Zu Weihnachten«, sagte er zuversichtlich, »sind wir alle in Moskau. Ich habe schon an meinen Schneider schreiben wollen. Ob er noch lebt? Vielleicht macht er jetzt für die Roten Uniformen ...«

Rodsjanko klopfte ihm auf die Schulter. »Es wird bald losgehen. Wir brauchen nur nach Norden zu marschieren. Und Munition haben wir jetzt in Hülle und Fülle?«

»Ich glaube sicher, daß die Deutschen den Vorstoß gegen Petersburg von Pleskau aus machen werden. Es sind ja nur fünfzig Kilometer. Und in Petersburg werden wir schon lange erwartet! Brüder! Meine Lieben! Wie unsere Glocken dann über Rußland läuten werden!«

Im Ofenrohr begann leise der Wind zu weinen.

Den Kopf mit dem Stahlhelm an den Hals des Pferdes geduckt, jagt ein Reiter unter dem bleiernen Himmel dahin. Der Hufschlag trommelt dumpf über den Steppenboden. Klirrend bricht das Eis der zugefrorenen Pfützen. Vor dem verschleierten Horizont, unter treibenden Schneewolken rasen Mann und Pferd wie ein fliegender Schatten dahin.

Ein Ordonnanzoffizier ...

»Schach!« Oberleutnant Unger lehnte sich zufrieden an die Wand.

»Matt!« antwortete Rodsjanko.

»Teufel, nun haben Sie doch gewonnen!«

Chonenko, der bei den Spielenden kiebitzte, lachte über Ungers enttäuschtes Gesicht.

Die Uhr an der Wand der einsamen Hütte räusperte sich eilig viermal. Unger schob die Schachfiguren auf dem Brett zusammen, holte sein Zigarettenetui aus der Tasche und bot es an.

Um einen Tisch herum standen deutsche Offiziere und beugten sich über die große Geländekarte. Oberst von Bodmer zeichnete mit dem Bleistift deutlich ein Kreuz ein. »Und hier ist die Grenze«, sagte er und wandte sich um. »Sagen Sie, lieber Oberst Chonenko, wo befindet sich eigentlich die Grenze Ihres Kosakenreiches? Mir scheint, wir haben sie schon längst überschritten.«

»Die Grenze unseres Landes ist immer dort, wo sich der Knauf des Sattels befindet... Wo wir Kosaken sind, da ist auch die Grenze.«

»Also – gewissermaßen Moskau?«

»So Gott will, ja«, erwiderte Chonenko ernst.

»Kameraden! Bis Moskau!« rief Unger.

Bodmer setzte sich neben Chonenko auf die Bank.

Von der weißgetünchten Wand hoben sich die gebräunten Gesichter scharf ab; es war eine seltsame Ähnlichkeit in ihren Zügen. Beide Männer schmal und groß, beide in der gleichen Haltung, Hände in den Hosentaschen, die Beine von sich gestreckt. In den hellen wie in den dunklen Augen derselbe tiefe Ernst. Überlegenheit, Verantwortungsgefühl und eine Tapferkeit, die selbstverständlich geworden war.

Zwei Offiziere...

»Aus der Etappe kommen immer öfter Nachrichten, daß Ihre Führer uneinig werden«, sagte Bodmer bitter. »In dieser Stunde müßten sie doch alle wie nie zuvor zusammenhalten, wo es um die Errettung des eigenen Volkes geht.«

Chonenko schwieg eine Weile. Im Raume war es sehr still geworden. Die Deutschen und Russen sahen aufmerksam zu ihren Kommandeuren hinüber, nur Doroschenko zeichnete still, das schwermütige Gesicht tief zum Licht geneigt.

»Leider haben Sie recht«, erwiderte Chonenko endlich. Seine Stimme klang rauh. »Nicht die Roten werden unser Untergang sein, sondern die Etappe. Nicht die untersten, sondern die oberen Schichten haben den Zaren verraten, nicht die Frontoffiziere, sondern die Etappenschweine. Die meisten Generäle wollen zur Macht gelangen, jeder will etwas Besonderes, alle dünken sich Patrioten zu sein, und dabei hat es in Rußland bewußte Patrioten nur ganz vereinzelt gegeben. Sie kennen keine Volksgemeinschaft wie wir Kosaken. Wir sind nur ein Volk und ein Dorf.«

Bei den letzten Worten stand Rodsjanko auf und stellte sich neben Chonenko. Die anderen Russen kamen ebenfalls näher.

Bodmer blickte prüfend von einem der Männer zum anderen. Er sprach ganz ruhig.

»Zwischen der Entente sind genau dieselben Meinungsverschiedenheiten. Noch nie war die politische Lage so verworren wie gerade jetzt, wo es heißt, Farbe zu bekennen und durchzugreifen.«

»Deshalb haben wir den Krieg auch nicht gewinnen können!« rief Rodsjanko erregt. »Wollen etwa die Engländer auch jetzt noch unseren Sieg? Das würde unweigerlich die Klärung der Lage im Fernen Osten herbeiführen, und die Dardanellen wären unser. Wir hätten freien Ausgang nach dem Mittelmeer und würden England bedrohen. Niemals werden die Engländer das zulassen! Und Frankreich? Und die englischen und französischen Banken? Unsere Schulden, die wir bei den Verbündeten machen mußten? Wir Russen tanzen, wie es den Herren Foch und Genossen gefällt.«

»Unser Land geht an dem vielen Gefasel zugrunde«, fügte Chonenko bitter hinzu.

»Das ist der richtige Ausdruck!« Irina war dem Gespräch aufmerksam gefolgt, nun war sie aufgesprungen und stand mit funkelnden Augen vor dem Tisch. »Solange der Süden Rußlands nicht wie ein Mann aufstehen und gegen die Roten kämpfen wird, können wir Russen ohne deutschen Beistand nie auf einen Erfolg unseres Kampfes rechnen.«

»Und was ist Ihrer Meinung nach das Fazit der ›Weißen Bewegung‹, Oberst Chonenko?« fragte Bodmer.

Chonenko antwortete klar: »Ich glaube an Gott! Ich glaube, daß er, der allmächtig ist, den Sieg des Bösen über das Gute nicht zulassen wird. Das ist der Sinn seiner Gesetze. Ich glaube! Ich glaube fest daran, daß die Wahrheit und Reinheit siegen werden! Vielleicht nicht jetzt«, sagte er leiser – »denn was bedeuten schon unser Leben und unser Wollen gegenüber der Zeit – aber später, so, wie wir alle jeden Tag das Wunder einer Morgenröte erleben ... Ja, ich glaube an Gott!«

Der Reiter taucht aus der Uferlosigkeit der Steppe auf. Er erreicht jetzt die ersten Häuser des Dorfes. Der gehetzte Hufschlag hallt wider von den niedrigen Hüttenwänden, so aufpeitschend, daß deutsche Soldaten, die hier in Ruhe liegen, und Bauern jäh aufschrecken.

Der Wind hat sich im Dorf verfangen. Für Sekunden richtet sich der Ordonnanzoffizier auf.

Die letzten Häuser fliegen vorbei. Der eisige Nord-Ost greift ihn von der Seite an. Der Schaum des Pferdemaules schlägt ihm ins Gesicht. Wie eine Katze krümmt er den Körper wieder zusammen, preßt den Kopf auf den schweißnassen Hals des Tieres und jagt auf die einsame Hütte zu. Vor dem Doppelposten pariert er das Pferd, gleitet aus dem Sattel.

»Oberst von Bodmer?!«

Der Posten nimmt Haltung an. »Befehl, Herr Oberleutnant!« Der Mann hat ein rotes Gesicht mit vor Kälte fast erstarrten Zügen – mühsam reißt er sich zusammen, um die Tür zu öffnen.

Der kleine, dunkle Vorraum ist überhitzt. Oberleutnant Ebersbach atmet ein paarmal tief die Wärme ein, er wischt sich über das Gesicht, zieht die Fausthandschuhe aus und reibt die steifen Finger.

Frohe, laute Stimmen klingen aus dem Nebenraum. Danilo Kapnist hat die trübe Stimmung verjagt und wieder einmal alle zum Lachen gebracht. Er steht in der Mitte des Zimmers und erzählt die Anekdote, wieviel ein Pope trinken kann; er streckt den Bauch vor und hat eine tiefe gurgelnde Stimme, als er den Popen nachahmt.

»Da kommt einer zum Väterchen und fragt: ›Wieviel Wodka können sie, Hochwürden, trinken?‹ – ›Am Morgen oder am Abend?‹ – ›Am Morgen.‹ – ›Nüchtern oder nach dem Frühstück?‹ – ›Nach dem Frühstück.‹ – ›Allein oder in Gesellschaft?‹ – ›In Gesellschaft.‹ – ›Auf meine oder auf fremde Rechnung?‹ – ›Auf fremde Rechnung.‹ – ›Dann‹, sagt der Pope strahlend« – und Danilos Augen werden kleine, listig schmunzelnde Schlitze, sein vorgestreckter Bauch wackelt vor Wohlbehagen – »›dann kann ich ungeheuerliche Quantitäten trinken‹ ...«

Lärmendes Lachen schallt Oberleutnant Ebersbach entgegen, der in diesem Augenblick die Tür öffnet.

In der Dämmerung und im dichten Tabaksqualm verwischen sich die Gesichter. Plötzlich spricht niemand mehr, nur die Uhr knarrt weiter.

»Herr Oberst!« sagt der Ordonnanzoffizier. Er steht schlank und gerade vor dem dunklen Hintergrund des Vorraumes, sein junges Gesicht ist todernst.

Bodmer stützt sich langsam von der Bank hoch und geht an den schweigenden Offizieren vorüber. Das Schweigen erdrückt den ganzen Raum.

»Bitte!« Bodmer weist auf die Tür, die sich hinter ihnen schließt.

Das Schweigen bleibt.

Die deutschen Offiziere sehen sich an. Einer zuckt kaum merkbar mit den Achseln und trifft, als er sich abwendet, den aufmerksamen Blick Irina Stressers. Sie lehnt sich an den Tischrand und ist auffallend blaß.

Leise Schritte gehen durch den Raum ... Die Deutschen treten näher zusammen. Sie stehen kaum ein paar Schritte von den Russen entfernt, und doch scheinen sie plötzlich weit voneinander getrennt zu sein.

Irina Stresser blickt zu Chonenko hinüber. Auch er schweigt wie seine Landsleute. Er sieht aus dem Fenster über die weite Steppe, die sich bis zum fernen Horizont erstreckt. Seine Augen sind ein wenig zusammengekniffen und stechend, aber es ist weder Traurigkeit noch Angst in ihnen.

An der Wand geht die Uhr. Aus dem verbeulten Gehäuse klingt es heiser und krächzend. Die Zeit schleicht weiter.

»Oberst Chonenko!« ruft unerwartet Bodmers schneidende Stimme in den stillen Raum. »Bitte zu einer Besprechung!«

Iwan Chonenko steht auf. Einige Griffe an seiner abgetragenen Uniform. Er geht hinaus.

Im Vorraum lehnt der Ordonnanzoffizier am Ofen.

Die Kammer, in die Bodmer vorangeht, ist klein, fast leer. Unmittelbar am Fenster stehen ein Tisch und zwei Stühle. Auf demTisch liegen Schriftstücke.

Bodmer setzt sich nicht, er bleibt am Fenster stehen, mit dem Rücken zum Raum.

»In Berlin ist die Revolution ausgebrochen«, beginnt er schroff. »Ein Direktorium unter Vorsitz von Ebert ist zusammengetreten. In den Städten, Garnisonen, in der Etappe sind schon Soldaten- und Arbeiterräte gebildet worden. Heute habe ich ergänzende Mitteilungen darüber bekommen – noch mehr«, er fährt herum und schlägt mit der Faust unbeherrscht auf den Tisch, »Befehle!«

Chonenko rührt sich nicht, er kann in der Dunkelheit das Gesicht des deutschen Obersten nicht erkennen.

»Hier!« schreit Bodmer. Er reißt die Schriftstücke hoch und schlägt sie auf die Tischplatte. »Wissen Sie, was das ist? Das ist...«

Jedes Wort begleitet ein neuer Faustschlag.

»Der Rückzugsbefehl!«

Die Faust öffnet sich. Bodmer schiebt die Hände mit schwerfälliger Bewegung in die Taschen und dreht sich wieder zum Fenster.

Draußen, über der Steppe, hat sich der Wind gelegt.

Jetzt wird der Schnee kommen.

»Chonenko... Rückzug der deutschen Truppen auf der gesamten Front!«

Jäh bricht die Stimme ab, er kann nicht weitersprechen und preßt die Stirn an das Fenster.

In diesem Augenblick fühlt Iwan Chonenko nichts als den uferlosen Schmerz seines ganzen Volkes.

Langsam hebt er die Hand und bekreuzigt sich.

»Die Entente fordert von den Deutschen unter anderem die Annullierung des Friedens von Brest-Litowsk. Sie fordert die Rückgabe der von der roten Regierung an uns bereits gezahlten Kontribution von dreihundertzwanzig Millionen Rubel. Sie fordert, ohne genauen Termin, die Zurückziehung unserer gesamten Streitkräfte aus Rußland bis hinter unsere Landesgrenze von neunzehnhundertvierzehn. Das jedoch nur dann«, sagt er mit besonderem Nachdruck und wendet sich wieder zu Chonenko um, »wenn die Entente-Truppen die von uns gezogene Frontlinie besetzt haben werden.«

»Glauben sie daran?« fragt Chonenko bitter.

»Nein, Oberst Chonenko, ich glaube nicht daran! Und ich habe heute aus besonders gut unterrichteter Quelle erfahren, daß die russische Öffentlichkeit an die Besetzung des von uns zur Zeit okkupierten Gebietes durch die Truppen ihrer Verbündeten selber nicht glaubt.

Von überallher, aus der Ukraine, der Krim, dem Süden Rußlands, aus inoffiziell regierenden und politischen Gruppen fluten zahllose Bitten um Intervention an die Verbündeten. Doch bis jetzt hat die Entente nur die Hafenstädte besetzt. Von einem weiteren Vorrücken ist nichts zu merken.«

Sie schweigen.

»Das ist alles«, sagt Bodmer endlich.

»...und das bedeutet...«, Chonenko flüstert es fast – »...wir, die wenigen, die noch gegen die Übermacht der Roten kämpfen werden ... sind Todgeweihte.«

Er geht zum Ausgang, bleibt stehen, strafft sich ein wenig, dann reißt er die Tür auf, geht durch den Vorraum und reißt die zweite Tür auf.

»Brüder!«

Die russischen Offiziere erheben sich sofort. Sie kommen still auf ihn zu und gruppieren sich um ihn.

»Die deutschen Truppen haben soeben den Befehl bekommen, ihre Stellungen zu räumen und nach der Heimat zu marschieren. Vorläufig müssen wir darüber schweigen. Es dürfen keinerlei Befehle weitergegeben werden! Ist das klar? Wir werden in den besetzten Positionen weiter ausharren!«

Die Köpfe der Männer senken sich, ihre Hände machen das Zeichen des Kreuzes.

»Oberleutnant Ebersbach!« Bodmer steht auf der Türschwelle. »Ich wünsche die Herren Kommandeure heute um sechs Uhr abends zu sprechen.«

»Zu Befehl, Herr Oberst!«

Mit ernsten besorgten Gesichtern nähern sich die Deutschen ihren russischen Kriegskameraden.

Bodmer tritt schnell in den Vorraum zurück, er zieht den Pelz an, stülpt den Stahlhelm auf, schnallt Kinnriemen und Gurt fest und verläßt unbemerkt die Hütte.

Er ging und ging. Über Pfützen und Dreck. Dorthin, wo noch geschossen und gekämpft wurde. Er kam durch die Bereitschaftsstellung. Die Mannschaften nahmen Haltung an. Er hob die Hand zum Stahlhelm, jeder Gruß war ihm lästig. Die Männer sahen sein Gesicht, hörten einen harten Schritt, schwiegen plötzlich und blickten sich fragend an. Ihr Oberst war noch nie so an ihnen vorbeigegangen. Ihre Blicke folgten ihm lange.

Er ging weiter.

Die Dunkelheit nahm rasch zu.

Er kannte hier jeden Fußbreit Boden, jedes Granatloch...

Wir müssen zurück, dachte Bodmer, weil die Etappe versagt hat. Revolution! Warum? Jetzt, wo wir an der Wende stehen?

Vor seinen Augen flammten und erloschen viele Bilder der Schlachten – das Leben im Schützengraben – der Blick nach der Uhr vor dem Sturmangriff – die Kameraden, die um ihn lebten, litten, hofften und starben. Er sah sie ganz deutlich vor sich, wie sie die Bilder ihrer Angehörigen in den Händen hielten, Abschiedsbriefe schrieben, standhielten, Monate und

Jahre, unbeugsam, verbissen, treu sich selbst, diesem Vaterland ...

Was nun? Was kommt jetzt? Was erwartet uns alle in diesem Vaterland?

Eine verirrte Kugel summte vorbei. Er ballte wütend die Hände. War das ein Vorzeichen?

»Der Oberst!« hörte er plötzlich ganz nah. Er sah auf. Er war zu einer Feldwache gekommen.

Um ihn waren müde, ernste Gesichter. Er blickte seine Kameraden an, und sie starrten in die harten und verbissenen Züge ihres Obersten. Sein Arm legte sich mit festem Druck um die Schultern eines älteren Soldaten.

»Schon gut, schon gut«, wehrte er mit dunkler Stimme ab, als der Mann Haltung annahm. Fast schämte er sich vor seinen grauhaarigen Soldaten, diesen Männern, die selbst erwachsene Söhne an der Front hatten. Waren alle Opfer umsonst?

»Was hat der Oberst ...?« Sie zuckten die Achseln und blickten ihm nach, als er zu einer halb zerschossenen Hütte weiterging.

Rapp kam zu sich. Er hatte irrsinnige Schmerzen und fror. Am schlimmsten quälte ihn der Durst, aber er durfte nichts trinken. Er wünschte meist nichts anders, als schön sanft wieder in eine neue Bewußtlosigkeit hinüberzudämmern, sowie er daraus erwachte.

Hauptmann Minssen, der hinter ihm an der Wand lag, bewegte sich unruhig. Er hatte seit dem Morgen Fieber. Das bedeutete bei jedem Bauchschuß, der nicht sofort operiert werden konnte, das Ende. Rapp wußte es. Hier war keiner operiert worden, man hatte sie gerade noch so weit schleppen können, daß sie in dieser verfallenen Hütte ein Dach über dem Kopf hatten. Nun wartete er selbst auf das Fieber.

Rapp versuchte, den Kopf zu drehen, um etwas zu erkennen. Es war verdammt dunkel, durch die kleinen Fenster kam graues Licht. Es mochte Nachmittag sein. Wenn nur der Durst nicht wäre! Sie litten alle darunter.

»Alexa«, flüsterte er.

»Die Schwester holt Wasser«, antwortete Leutnant Lenz deutlich, »unser Fähnrich hat einen Blutsturz gehabt, jetzt rührt er sich nicht mehr. Es wird wohl vorbei sein.«

»Wissen Sie, wie es dem Russen geht?«

»Keine Ahnung. Er scheint wieder bewußtlos zu sein. Beneidenswert, dann fühlt man wenigstens nichts. Ein einziger Schluck Wasser wäre eine Erlösung.«

Rapp schwieg.

»Heh«, machte Lenz, »warum antworten Sie nicht?« Er atmete schwer. Rapp konnte nicht antworten, er dämmerte schon wieder vor sich hin.

Jemand hustete, ein anderer stöhnte aufgeregte, entsetzliche Worte. Von draußen hörte man einen Ruf, ein Maschinengewehr knatterte plötzlich in der Ferne.

Eine ganze Zeit sah Rapp sonnenbeschienene, wogende Kornfelder – die Steppe breitete sich aus – ein Flecken bunter Blumen. Dann plötzlich, ganz nahe vor ihm ... ein ernstes Gesicht unter dem Stahlhelm.

Dieses Gesicht blieb; es sah ihn an.

»Bodmer?« Jetzt war Rapp wieder ganz wach.

Bodmer richtete sich auf. »Schmerzen?« fragte er.

Rapp schwieg. Irgend etwas mußte geschehen sein, etwas Außergewöhnliches. Sie hatten auch in der letzten Zeit vermieden, sich mehr als unbedingt notwendig zu sehen.

»Wo ist Schwester Alexa?« Bodmer tat ganz selbstverständlich.

Wie aus dem Fußboden stieg eine scharze Wand hoch. Rapp stöhnte auf. Hinter dieser Schwärze verklang die Frage; der Oberst verschwand und mit ihm der ganze Raum.

Bodmer beugte sich über den bewußtlosen Mann, er betrachtete ein paar Sekunden aufmerksam das eingefallene Gesicht mit den scharf herabgezogenen Mundwinkeln, den hellen Bartstoppeln und den geschlossenen Lidern ... dann drehte er sich langsam um.

In der Dämmerung konnte er kaum etwas erkennen. Seine Füße glitten vorsichtig über den Boden. Er beugte sich über das nächste Lager, über ein anderes. Dort lag der Russe und phantasierte, Hauptmann Minssen röchelte schwer.

Als Bodmer an das Lager von Lenz kam, fand er ihn ebenfalls bewußtlos – er war inzwischen leicht aus dem Schmerz in das Vergessen gegangen.

Zuletzt beugte Bodmer sich über das Lager in der Ecke und blieb reglos stehen. Der junge Fähnrich zeigte ihm, hell schimmernd aus der Dunkelheit, sein erstarrtes, totes Gesicht. Über den schmalen, dürftig bedeckten Körper breiteten sich große dunkle Flecken. Eine Hand lag friedlich ausgestreckt auf der Brust.

In diesem Augenblick knarrte die Tür – ein Lichtschein huschte über den Boden, das Stroh, die Lager, die blassen Gesichter – dann traf der Lichtkegel Bodmer. Er richtete sich auf.

»Wer ist da?« fragte er geblendet. Der Schein stand still.

»Bodmer?« flüsterte Alexas Stimme. Sie setzte die Laterne auf den Fußboden und stellte einen Eimer Wasser ab. Bodmer ging auf sie zu.

Von unten erleuchtet wirkte ihr Gesicht seltsam blaß und voller Furcht.

Übernatürlich groß füllte der Schatten seiner Gestalt die Hütte.

»Alexa!«

Sie mußte sich anstrengen, um ihn zu verstehen.

»Ich komme Ihretwegen.«

Sie atmete auf. Einen Augenblick glaubte er ein fast zärtliches Lächeln zu bemerken, das den strengen Mund weicher erscheinen ließ. Es wurde ihm schwer, zu sprechen.

»Ist es ganz unmöglich, die Leute zu transportieren?«

»Warum?« fragte sie erschrocken.

»Man sollte sie nicht zu lange im Bereich der feindlichen Artillerie lassen –« antwortete er ausweichend.

»Müssen wir vorrücken?« Sie sprach ebenso leise wie er.

»Nein! Rapp hat seine Aufgabe erfüllt, als er mit der Baronesse die Brücke sprengte. Der Nachschub der Roten ist abgeschnitten.«

Sie stand ganz still.

»Was ist denn?« fragte sie hastig. »Was ist geschehen? Sie kommen doch nicht grundlos...?« Ihr Blick flog zu Rapp hinüber.

Bodmer holte Luft. »Wir haben...«, er sah sich schnell nach dem stöhnenden Minssen um – »den Abmarschbefehl bekommen. In Deutschland ist Revolution.«

Mit einer unsagbar hoffnungslosen Bewegung hob Alexa die Hand und streifte die Haube ab.

»Also – alles umsonst?« fragte sie tonlos. »Alles, was wir getan haben... vier Jahre lang... war vergebens?« Sie griff nach seinem Arm, als wollte sie sich überzeugen, daß Bodmer wirklich dastand.

»Das kann heute kein einzelner Mensch beurteilen«, sagte er ausweichend. »Für jeden, der im Felde war, ist es natürlich ein Schlag ins Gesicht.«

»Und wir?« Sie senkte den Kopf, so daß er den Ausdruck ihres Gesichtes nicht mehr erkennen konnte. »Die Truppen werden also ihre Stellungen verlassen müssen?«

»Ja. Die Vorbereitungen müssen unverzüglich getroffen werden.«

»Das ist unmöglich! Das bedeutet doch den Sieg der Roten!«

»Ich muß gehorchen«, sagte er deutlich. »Hinter mir steht meine Brigade, meine Soldaten, meine Offiziere. Ich muß sie in die Heimat zurückbringen. Wir sind über zweitausend Kilometer von Deutschland entfernt.«

»Und die ›Weißen‹, die wenigen Männer, mit denen wir seit Wochen Seite an Seite gekämpft haben? Was wird aus ihnen?«

»Ich kann und darf mich dem Befehl nicht widersetzen, Alexa! Haben meine Leute etwa verdient, in dem russischen Chaos mit unterzugehen?«

»Dann gehen Sie.«

»Was heißt das?«

»Daß ich bleibe!«

Er wurde sehr blaß.

»Die russischen Truppen sind dem Untergang geweiht! Sie haben keine Munition, keinen Nachschub. Sie stehen völlig allein da; sie sind nach viereinhalb Jahren Krieg zermürbt. Ich übertreibe nicht, Alexa! Ich habe mit viel zu klaren Augen gesehen. Es ist nur noch eine Frage der Zeit. Sie werden unterliegen.« Er zuckte zusammen unter der Ungeheuerlichkeit seiner eigenen Worte. »Die Tapferkeit dieser Männer ist ...« Er brach ab. »Man kann ihnen alles verzeihen, alles!«

»Wie könnte ich denn fortgehen«, fragte sie, »von ihm?« Ihr schmales Gesicht lächelte wehmütig.

Sein Blick umfaßte lange ihre ganze Gestalt. Die Hände in den dicken, abgerissenen Fausthandschuhen, den schweren Schafspelz, den verblichenen Rock, die unförmigen Schaftstiefel.

»Verzeihen Sie, Alexa.«

»Ich verstehe – Sie wollten von diesen sechs Todgeweihten wenigstens mich retten.«

Draußen war alles verstummt.

»Ich muß gehen, Alexa«, flüsterte Bodmer. »Ich will von diesen Männern Abschied nehmen.«

Er wandte sich um, trat über die Laterne hinweg in das Dunkel des Raumes.

»Hat der Russe noch seine Uniform an?«

»Ja.«

»Er muß eine andere Uniform bekommen, eine deutsche. Die Roten werden ihn dann vielleicht schonen.«

»Man darf die Männer nicht hochheben.«

»Dann kommen Sie, wir wollen ihn wenigstens mit einem deutschen Militärmantel zudecken.«

Vorsichtig deckten sie die Verwundeten wärmer zu und bedeckten auch den Russen mit einem deutschen Uniformmantel.

Bodmer zog seinen Pelz aus. Er kniete neben Rapp nieder und hüllte ihn behutsam damit ein.

»Es ist kalt«, murmelte er.

Wie zum Abschied glitt seine Hand über Johann Rapp hinweg.

Er ging zur Wand und zog den Mantel des toten Fähnrichs über.

Draußen war Nacht.

»Es schneit«, sagte Bodmer leise, als könnte seine Stimme noch von hier den Schlaf seiner Kameraden stören.

Er straffte sich vor dem Mädchen wie vor dem höchsten Vorgesetzten. Dann drehte er sich um, und die Dunkelheit schluckte seine hohe Gestalt sofort.

Alexa blieb in der großen Einsamkeit des aufsteigenden Schneesturmes zurück.

Am gleichen Abend versammelten sich die Führer der russischen Formationen.

»Brüder!« Ein alter General blickte in die ernsten Gesichter seiner Kameraden. »Wir müssen unsere Front halten. Wenigstens noch einige Tage. Jeder von euch weiß, daß wir hier auf dem vorgeschobenen Posten liegen. Jeder weiß, was den abziehenden deutschen Truppen in unserer Etappe und ihrem Chaos bevorsteht. Wir halten es für unsere Pflicht, den Deutschen die Möglichkeit einer geordneten Evakuierung zu geben. Achten Sie alle besonders scharf auf Überläufer, es darf den Roten unter keinen Umständen bekannt werden, daß die Deutschen uns verlassen. Außerdem bleiben einige deutsche Schwerverwundete bei uns!«

Irina Stresser trat von der Gruppe fort, ging zur Wand, zog ihren Militärmantel an, schnürte den Gurt eng um die Taille, holte aus der Tasche eine Sowjetkokarde und befestigte sie an der Mütze. Dann nahm sie ihren Revolver, sammelte die auf dem Tisch zerstreut liegenden Patronen zusammen, steckte sie in die Taschen, zog die Mütze schief, wie es die Roten taten, und trat zur Tür.

»Irina ...? Darf ich wissen, wohin Sie gehen?« fragte der General plötzlich. Alle Kameraden blickten sie an.

»An die Front.«

Die Tür fiel hinter ihr zu.

In unmittelbarer Nähe der zerschossenen Hütte, in der Rapp und die anderen Kameraden verwundet lagen, blieb

Irina zögernd stehen. Dann aber umfaßte sie fest den Revolver in ihrer Tasche. Sie ging weiter, ohne Abschied zu nehmen.

Es hatte in der Nacht vorher geschneit. Die Dämmerung fiel über das Land.

Sie erreichte die vordersten Posten. Dort warf sie sich nieder, nickte Wassil, der sie erkannt hatte, kurz zu und kroch den Roten entgegen.

Dann kam der Tag – –

Wie ein weißes Meer lag die Steppe. Der Wind heulte.

Im dichten Schneetreiben zogen gebeugt graue Soldatenkolonnen. Ihr Tritt war unsicher. Sie waren müde geworden, aber sie spürten es erst jetzt, denn vor ihnen lag der weiße, endlose Weg in die Heimat.

»Hände hoch, Hund! Hände hoch!« brüllte Wassil aus Leibeskräften einen Rotgardisten an, den er bereits am Halse würgte.

»Wassil«, röchelte der andere mit blutunterlaufenem Gesicht. »Wassil!« Er hob eine Hand hoch.

»Euer Hochwohlgeboren!... Oberst Kapnist«, stammelte der Kosak. »Um Gottes willen, ich habe Sie wirklich nicht erkannt. Wie sollte ich auch? Der Sowjetstern an Ihrer Mütze –«

Von rechts und links kamen die Posten zusammengelaufen.

»Brüder«, Danilo Kapnist begann mit dem linken Arm seine Uniform zu ordnen, »wir werden für lange Tage Ruhe haben. Wo ist Oberst Chonenko?«

»Er liegt bei der rechten Hundertschaft. Da kommt er gerade...«

Chonenko kam ärgerlich heran. »Warum das Geschrei? Kapnist, Bruder! Wie sieht es auf der anderen Seite aus?«

»Sieh, Iwan, wozu ein Krüppel noch zu verwenden ist! Ich hatte den größten Erfolg bei den Roten. Den Sowjetstern an der Mütze, nur einen Arm und die vielen Schimpfworte über die Weißen. Ach, was ist unser Volk doch einfältig und gutgläubig, wie dumm und verhetzt. Die Roten sind ja gar nicht rot, außer den Chinesen wollen die Kerle auch nur Frieden. Aber die Kommissare!«

Chonenko zog die Flasche hervor. »Hier, komm, trink einen Schluck Wodka. Es ist verdammt kalt in der Steppe geworden.«

Sie saßen nebeneinander im Schnee. Danilo ließ die Hand mit der Flasche sinken und starrte vor sich hin. Er schüttelte sich, als ob er friere.

»Iwan! Hunderte von Roten liegen vergiftet auf dem ›Grünen Hügel‹. Es ist entsetzlich – Hunderte – mit verzerrten Gesichtern, offenem Mund, verkrampften Gliedern. – Irina Stresser liegt in ihrer Mitte. – Nun hab ich sie gefunden.«

Chonenko hielt sich sehr gerade.

»Weißt du, was sie gemacht hat? Irina führte die ganze Bande nach einem ausgebrannten Schloß. Sie kennt doch hier jeden Winkel, erzählte ihnen wahrscheinlich, daß es dort noch Wein in Fässern gibt. Die Roten haben ihn geholt, gesoffen – und haben sich daran vergiftet. Ich nehme an, die Männer haben sie gezwungen mitzutrinken. Sie hat saubere Arbeit geleistet. – Wir werden jetzt lange Zeit Ruhe haben, können die früheren deutschen Stellungen halten, und auch die Verwundeten sind gerettet. – Komm, gib mir noch was zu saufen. Ich will nicht mehr an den Hügel denken. Was ich dort sah, ist schlimmer als viele Jahre Krieg.«

»Irina Stresser ...«, sagte Chonenko ernst und reichte dem Freund die Feldflasche hin. »Man gönnt ihr die Ruhe.« Er lachte bitter. »Aber wir müssen den ›Grünen Hügel‹ stürmen. Wir brauchen Munition, Kleider und neuen Mut und einen Erfolg für unsere Soldaten.«

Kapnist setzte die Flasche ab. »Stürmen, sagst du? Ich werde ohne einen einzigen Schuß die Kosaken hinführen ...«

Eine halbe Stunde später springt eine Schützenkette hoch und läuft gebückt über die Steppe. Aber bald verlangsamen sie den Laufschritt und richten sich auf. Kein Schuß fällt.

Eine Anhöhe wird erklommen. Immer noch fällt kein Schuß. Schnell beginnen die Männer den Schnee und die harte

Erde aufzuwerfen, Maschinengewehrnester werden ausgebaut, der »Grüne Hügel« ist erobert.

Wohin sie sehen, liegen die Leichen der vergifteten Roten. Ein paar Kosaken beginnen, die toten Brüder auszuziehen und Kleidung und Munition an sich zu nehmen. Im Keller der Schloßruine wird Feuer gemacht. Es breitet sich eine wohlige Wärme aus. Man kann endlich wieder die Kleider trocknen. Es riecht nach kräftigem Essen.

»Irina Stresser«, sagt Chonenko sehr leise. Er kniet neben einem Kosaken im Hof, über die Tote gebeugt. Er nimmt die Fellmütze ab. Der Schnee legt sich in sein schwarzes Haar, das von vielen weißen Strähnen durchzogen ist. Er blickt horchend in die Steppe hinaus, dann hebt sich langsam seine Rechte und bekreuzigt die Tote und sich selbst.

VI

Der Abmarsch der deutschen Truppen aus der Ukraine bedeutete für die gesamte Bevölkerung Südrußlands die Katastrophe. Auch die Lage der Kosaken an der Don-Front wurde sehr kritisch. Die militärische Macht der Deutschen war durch die Revolution in Berlin gebrochen und der Nimbus ihrer Unbesiegbarkeit erloschen. Das Land war in Aufruhr, keiner wußte, wer Freund, wer Feind war. Täglich ereigneten sich Überfälle. Es wurde geraubt und gemordet, Aufstände brachen aus.

Fast über Nacht hatte sich das Bild geändert. In weite Ferne entschwanden die Ziele der national Gesinnten, mit deutscher Hilfe Moskau und Petersburg zu erobern, den Bolschewismus endgültig niederzuringen und die Heimat von Aufruhr und Zerstörung zu befreien.

Wer kann Rußland noch helfen? Woher kann die Hilfe jetzt noch kommen? Die Entente, die früheren Verbündeten des zaristischen Rußlands, hatte doch Hilfe versprochen! Ihre Armeen sind schon in Odessa, Sewastopol, Nikolajew, Feodosia, Jalta, Batum und auch in Rostow gelandet. Sie haben Munition, sie haben alles!

Das ist die neue Hoffnung Südrußlands!

Mit dem Abmarsch der deutschen Truppen beginnt fast zugleich die Flut der roten Heere, sich über Südrußland zu ergießen, und die schwachen Kräfte der Weißen weichen zurück. Wer von der Bevölkerung nicht in die Hände der Roten fallen will, flieht. Die einen nach den Häfen des Schwarzen Meeres, dorthin, wo die Flotte der Entente steht, die anderen zu den Kosaken am Don. Der Weg nach Golgatha liegt vor den Flüchtlingen der Ukraine.

In ununterbrochenen Reihen, Tag und Nacht, fluten Hunderttausende über Hügel, Täler, Sümpfe und Steppen die nach dem Süden führenden Straßen entlang.

Männer, Frauen, Kinder, Greise, Studenten, Arbeiter, einstige Magnaten und neben ihnen Bettler, alle von den wochenlangen Fußmärschen übermüdet, wälzen sich mit leeren Augen, in nagender, verzweifelter Angst über völlig unwegsam gewordene Landstraßen. Augenblicke größter Aufopferung, aber auch rohester, niedrigster Selbstsucht – es kümmert keinen, man sieht es nicht mehr, denn jeder weiß, daß auch für ihn diese Stunde kommen mag, in der er kein denkender Mensch mehr sein kann.

Die großen überladenen Fuhrwerke, auf denen müde Menschen saßen, die ihre Reichtümer oder die letzten Habseligkeiten mit sich führten, schrumpfen immer mehr zusammen. Die Pferde, verhungert und ohne Ruhe, im tiefsten Straßenschmutz und in tobenden Schneestürmen, stürzen nieder und verenden. Nur um sich selbst weiter den Weg zu bahnen, hilft man mit, diese Fuhrwerke aus dem Wege zu räumen. Um die, die neben dem toten Pferd und ihren Habseligkeiten zurückbleiben, kümmert man sich nicht mehr. Rechts und links Leichen, Reichtümer von unschätzbarem Wert zwischen kläglichen Habseligkeiten eines ärmlichen, kummervollen Lebens.

Während die immer weiter nach dem Westen abrückenden deutschen Truppen in furchtbaren Kämpfen und aufreibenden Gewaltmärschen sich den Weg nach der fernen Heimat nun wieder erzwingen müssen, haben die Roten fast den ganzen Süden Rußlands schon überflutet.

Die Hoffnung auf die tatkräftige Hilfe der Ententeheere, zu denen die Bevölkerung flüchtete, war nur ein Phantom, eine grauenhafte Enttäuschung, denn übermüdet durch den jahrelangen Krieg, wollten die unbedeutenden Formationen nicht mehr kämpfen. Die bolschewistischen Ideen hatten zum Teil auch sie schon erfaßt. – Unerwartet gibt ihr Oberkommando Befehl zur Räumung der besetzten Häfen. Es folgt ihre beschleunigte Evakuierung nach Konstantinopel. Mit ihnen flieht ein Teil der Zivilbevölkerung.

Nur die Don-Front wehrt sich verzweifelt gegen die Bolschewisten und hält ihren Angriffen stand. Doch ihr Widerstand dauert nicht lange, auch er bricht in der Übermacht der Roten zusammen. Die ermüdeten Kosaken können kaum noch kämpfen.

Sie haben, nur mit den Händen, einen kleinen Wall Erde aufgeworfen. Dahinter liegen sie, fest an den Boden gepreßt, die Hände am Abzug der Gewehre, und lauern. Keiner spricht. Das Schweigen lähmt die ganze Linie. Seit ungefähr einer halben Stunde wiederholt sich immer wieder derselbe Spuk.

Rapp sah es zuerst, ganz deutlich.

Jetzt wieder...

Drüben, hinter dem niedrigen Erdwall, taucht ein Kopf empor. Lautlos wie ein Gespenst. Ein Gesicht mit dunklem Bart, ohne Mütze, hell vom Mondlicht beschienen. Scharf zerreißt ein Knall die Stille.

Stepanoff, neben Rapp, seufzt leise. Seine Stirn schlägt dumpf auf die Erde. Der Körper sackt zusammen. Kopfschuß.

Die Weißen feuern voller Wut. Der schwarze Kopf verschwindet langsam, sie haben ihn wieder nicht erwischt.

»Schweinehund«, murmelt Rapp. Er schiebt den toten Stepanoff ein wenig zurück, dann lädt er hastig das Gewehr. Jede Sekunde kann der Mond wieder aus den schwarzen, zerrissenen Wolken kommen und das Gesicht drüben wieder auftauchen.

Der Mann muß wahnsinnig sein, denkt er, während er, genau wie seine Kameraden, in atemloser Spannung wartet. Die Ruhe, mit der das Gesicht emportaucht, schießt und verschwindet, ist unnatürlich, daß die eigenen Nerven in diesem Spuk mehr als einen kaltblütigen Scharfschützen sehen.

Jede seiner Kugeln trifft mit entsetzlicher Sicherheit einen aus ihrer Reihe, genau in die Mitte der Stirn!

Die Steppe breitet sich endlos aus. Immer mehr Wolkenbänke lagern sich über den Mond, schieben sich ineinander und löschen die helleren Flecken aus. Plötzlich wirbelt ein

Windstoß Schnee empor, fegt ihn durch die Luft, verbirgt die Sicht nach drüben. Ein pfeifender, anhaltender Ton erfüllt die Steppe.

»Sturm!« sagt General Wolkoff leise, der an Rapps linker Seite liegt. »Für heute scheint es vorbei zu sein, der Mond kommt nicht mehr heraus.«

Die feindliche Front verschwindet hinter einer neuen aufsteigenden Schneewolke.

»Kalt.« Rapp zieht die Handschuhe aus und versucht, die steifen Finger anzuhauchen. Hinter ihm kriecht jemand vorbei, zieht den Körper Stepanoffs noch weiter zurück und legt sich an den Platz des Toten.

»Gehen Sie nach hinten«, sagt Wolkoff. »Sie sollten sich mehr schonen. Die Mädchen sollen Ihnen einen Schnaps geben. Bis der Schneesturm vorüber ist, werden wir hier sicherlich etwas Ruhe haben. Na, gehen Sie schon, Rapp, wir brauchen Sie wirklich nicht.«

Rapp kriecht nach hinten.

»Sagen Sie Olga, sie soll was für ihren Vater tun und im Quartier für ›gutes‹ Essen sorgen.«

Rapp kriecht noch ein paar Meter, dann richtet er sich auf und geht gebückt weiter.

Jetzt erst fühlt er, wie zerschlagen sein ganzer Körper noch ist. Verdammt, daß man so wenig vertragen kann. Vor drei Monaten wurde er verwundet. Er knirscht einen Fluch auf alle Bauchschüsse. Dann betritt er die Station des Verbandplatzes.

Alexa ist gerade dabei, einen Verwundeten in Decken zu hüllen. Sie nickt ihm zu, ihr Gesicht, eben noch ernst und sachlich, erhellt sich, sobald sie ihn sieht. Jedesmal erkennt er an ihrem Blick: Du lebst, Gott sei Dank!

Olga Wolkoff kommt herein und schiebt ihm eine Kiste hin. »Da, setzen Sie sich.« Sie beugt sich prüfend vor. »Hübsch blaß sieht er immer noch aus, Alexa, aber Unkraut vergeht nicht.«

Alles ist im Abbruch. Der Verbandplatz transportiert die Verwundeten nach dem Dorf Schuwalowo, dort wird Quartier bezogen, und wenn die Ablösung der Weißen nicht seit zwei Tagen auf sich warten ließe, hätten die Männer alle schon dorthin aufbrechen können.

Draußen, im Sturm, stehen die Leiterwagen, einige nur mit Planen bedeckt, die Verwundeten liegen auf Stroh in Decken. Bei jedem Windstoß stöhnt einer auf, andere liegen apathisch in Fieberträumen oder Bewußtlosigkeit.

»Ich soll einen Schnaps bekommen«, sagt Rapp.

Alexa bringt ihm eine Feldflasche und steht einen Augenblick still neben ihm, während er trinkt. Sie will seine Nähe in jeder Sekunde fühlen, wenn auch die Trennung danach noch schlimmer wird.

»Und Sie, Olga, sollen für ›gutes Essen‹ sorgen«, bestellt Rapp. »Sie sollen etwas für Ihren Vater tun.«

»Ihr werdet alle froh sein, wenn es überhaupt etwas zu essen gibt, nicht wahr?« antwortet Olga ernst.

In dem müden Gesicht vermag man Olga Wolkoff aus Petersburg kaum mehr zu erkennen. Jedesmal wendet sich Rapp erschüttert ab. Seit Kriegsbeginn steht sie als Schwester an der Front. Nach dem Zusammenbruch ist sie, wie alle Kämpfer gegen den Bolschewismus, mit ihrem Vater und der Mutter nach dem Süden gegangen. Hier wollten Wolkoffs weiter ihre Pflicht erfüllen. Rapp erinnert sich, wie Olga, als sie sich vor einigen Tagen wiedertrafen, mit seltsam gleichgültiger, farbloser Stimme erzählt hatte:

»Meine Mutter habe ich verloren. Sie hatte keine Kraft, zu gehen. Sie bekam hohes Fieber. Lungenentzündung. Wir mußten eine ganze Woche lang in der freien Steppe übernachten. Dann haben Bekannte sie auf ihrem Wagen mitgenommen. Dort war jemand gestorben, und ein Platz wurde frei ... Sie ist gestorben, ich weiß es ... Für sie gab es keine Rettung mehr ... Irgendwo, abseits der Straße, wird auch ihr Leichnam liegen. Eine Leiche ermüdet nur das Pferd ...«

Tatjana Wolkoff! Rapp sah sie an jenem Abend in Petersburg zum letzten Male – im weichfallenden Kleid, mit schönen verträumten Augen.

Neben ihr – Habermann ...

Eine Leiche ermüdet nur das Pferd ...
Wieviel ein Mensch ertragen kann!

Jetzt gab es nur noch den General Wolkoff und Olga, den Vater und die Tochter. Alexander Wolkoff, der Sohn, war gleich zu Beginn des Krieges bei Gumbinnen gefallen.

»Noch einen Schnaps?« fragt Alexa.

Rapp schüttelt den Kopf. Er sitzt zusammengesunken und müde auf einer Kiste, die Stirn gesenkt.

Als Alexa an ihm vorübergeht, sagt er: »Ach, Mädchen –«, kaum hörbar, aber mit einem so verzweifelt-traurigen Klang, daß sie keine Antwort darauf findet. Und doch sind diese beiden Worte sehr viel. In ihnen liegt alle Zärtlichkeit, die Rapp noch zu geben hat – und alles Vertrauen.

Die ersten Leiterwagen mit den Verwundeten fahren ab. Alles geht hastig und mit wenig Lärm vor sich.

Über die Steppe heult der aufkommende Schneesturm.

»Sorgt dafür, daß die Ablösung bald kommt«, sagt Rapp und legt einen Augenblick den Arm um Alexas Schultern. »Leb wohl, Mädchen.«

Er steht und sieht ihnen nach, wie die beiden Frauen nebeneinander, als letzte, im Dunkel verschwinden und dem Weg der Wagen folgen. Sie schreiten aus wie Soldaten. Die Schafspelze machen die Gestalten unförmig, die Leinensäcke an den Schnüren über den Schultern sind schwer.

Alexa dreht sich noch einmal um, aber sie kann Rapp nicht mehr erkennen. Sie hebt die Hand zu einem Gruß ins Ungewisse.

Vor ihnen rollen die Räder laut und eilig, der Abstand zwischen den Wagen und den beiden Frauen vergrößert sich immer mehr. Endlich, als sie die Straße erreichen, auf der unaufhaltsam der Strom der Flüchtlinge flutet, als sie mit diesem Strom gehen, sind die Wagen ihren Blicken entschwunden.

Der bleierne Himmel wird immer dunkler. In dichten Flocken beginnt der Schnee zu fallen. Schneidend heult der unbarmherzige Sturm über die Menschen hinweg.

Ochsen brüllen, Pferde schreien – manchmal weint ein Mensch vor Verzweiflung laut auf.

Am Rande der Straße liegen herrenlose Sachen. Überall sieht man Gestalten darin wühlen.

»Wollen wir nicht auch nachsehen, ob wir etwas für die Unseren finden?« fragt Olga und geht schon an die Seite, ohne erst eine Antwort abzuwarten. Und sie beginnt zu wühlen, zu suchen. Sie zieht ein kleines Kinderpferd aus dem Haufen, hält es einen Augenblick in der Hand und legt es dann fast vorsichtig weg. Zwei Puppen mit abgerissenen Köpfen, in selbstgemachten Kleidern aus Stoffresten, Bilder, eine Bibel, ein Samowar, Scherben. – Eine große schwere Blechflasche ... Wodka!

Ein kleines Schränkchen wird gefunden. Es ist angefüllt mit Lebensmitteln. Alexa räumt es eilig aus, und sie verstauen die Kostbarkeiten in ihren Leinensäcken, die nun unerträglich schwer werden.

Plötzlich, als Alexa sich umdreht, sieht sie, daß Olga zusammengesunken ist. Sie kann nicht mehr.

»Steh auf!« schreit sie. »Was fällt dir ein, Olga! Das gibt es nicht, hier schlappmachen, sich einfach hinlegen! Steh doch auf!« Sie versucht, das Mädchen hochzureißen. »Du sollst aufstehen!«

Olga taumelt hoch, sie sagt kein Wort, sie geht an Alexas Arm weiter, Schritt für Schritt. Die Säcke, deren Schnüre tief in die Schultern einschneiden, ziehen sie roh immer wieder nieder. Einmal stolpert Alexa, fällt und reißt Olga mit. Der Leichnam einer Frau liegt quer über ihrem Weg. Neben ihr, halb verschneit, sind mehrere Pelze verstreut.

»Faß mit an«, befiehlt Alexa. Sie ziehen die Tote zur Seite. »Jetzt kann ich auch nicht mehr. Deck dich wenigstens zu, wir können vielleicht etwas ausruhen.«

Sie kauern sich hin und stopfen die Pelze eng um sich. Ein Hauch Parfüm entströmt den Fellen – schaurig in dieser Nacht voller Not und Angst.

»Wann werden wir Schuwalowo erreichen?«

»Gegen Morgen erst«, antwortet Olga apathisch.

Dann sprechen sie nichts mehr. Weit entfernt hört man von Zeit zu Zeit den Donner vereinzelter Geschütze.

Heulender, peitschender noch rast jetzt der Sturm über die Steppe. Gebeugt kämpfen die Menschen dagegen an.

Eine Frau im Schafspelz und Kopftuch schleppt sich vorüber, sie trägt ein Kind in den Armen und versucht, es vor dem Sturm zu schützen. Hinter ihr torkeln zwei alte Menschen, Mann und Frau, Bündel auf dem Rücken. Ein paar Soldaten, mit Armschlingen oder Kopfverbänden. Ein Hund, der sich an allen vorbeidrängt, als suche er seinen Herrn.

Ein großer Mann hat den Arm um eine Frau gelegt. Sie schreiten sicherer aus als die anderen. Für eine Sekunde sieht Alexa das Gesicht der Frau. Sie ist jung und sehr zart, sie hält die Augen halb geschlossen, der Kragen ihres schönen Pelzes ist hochgeschlagen.

Hin und wieder bricht ein Mensch zusammen und wird sofort an den Rand der Straße getragen. Dort bleibt er liegen. Der Schnee deckt ihn zu.

Olga sieht nicht zu diesen Menschen hin, sie denkt an ihre Mutter.

Aus dem Menschenstrom dringt ein dumpfes, unheimliches Murmeln, nur dann und wann unterbrochen von herzzerreißenden Schreien.

Plötzlich scheinen sich die weißen Flächen der Steppe zu beleben. Schleierhafte Gespenster und Geister erwachen. Sie kriechen unter dem Schnee hervor, senken sich in zahllosen Reihen von schwarzen, jagenden Wolken herab und toben über alles hinweg. Wie Satane pfeifen sie, heulen, lachen, drehen sich um sterbende Menschen, schlagen Mützen herunter, reißen an den Pelzen und Sommermänteln der Flüchtlinge, stechen sie mit Tausenden von Nadeln und durchdringen ihren Körper mit Schwäche und lähmender Vergessenheit.

Mit tausend Stimmen heult der Schneesturm die ganze Nacht.

Im grauen Licht des aufsteigenden Tages sind die Mädchen fast in Schuwalowo. Jetzt erst erkennen sie deutlich, was in dieser Nacht um sie herum geschah.

Erhaben liegt die Steppe. Stumm torkeln auch die Menschen weiter. Schreien, Fluchen, Beten – alles ist verstummt.

Und mitten hinein in dieses Schweigen, dem flutenden, flüchtenden Strom entgegen, marschiert eine Kolonne an die Front.

»Die Ablösung!«

Viele der Menschen treten an den Straßenrand, lassen die Männer vorbei und sehen ihnen nach.

Soldaten, Offiziere, in unkenntlichen Uniformen, zertretenen Schaftstiefeln, verdreckten Filzstiefeln und Fußwikkeln.

Schulter an Schulter, mit stummen, ernsten Gesichtern, marschieren Mannschaften, Hauptleute, Obersten, einstige Kommandeure von Bataillonen und Regimentern, Kadetten, Offziersaspiranten, Fähnriche, Studenten und Schüler.

Als die Kolonne in der Ferne verschwindet, flutet der Strom der Flüchtlinge wieder zusammen.

Nach einer halben Stunde liegt das Dorf Schuwalowo etwas abseits der Straße im Morgen – etwa zwanzig gleiche, niedrige Hütten mit Strohdächern und weiß getünchten Mauern.

Gegen Abend rückte die abgelöste Truppe ein. Der Gleichschritt der Männer klang auf der gefrorenen Erde durch das ganze Dorf.

Rapp betrat als erster die Hütte, in der Alexa und Olga Quartier belegt hatten. Dann hörte man von draußen General Wolkoffs Stimme.

»Dieser da wollte wohl nicht?« fragte er am Eingang der Hütte.

Wassil, Rapps Bursche, hatte einen Bauern, der ihnen aus Angst vor den nachrückenden Roten die Unterkunft verweigert hatte, niedergeschossen.

General Wolkoff betrat den warmen, niedrigen Raum der Hütte.

In der Ecke stand schweigend Rapp und hielt Alexa in den Armen. Er löste sich und drehte sich um.

In diesem Augenblick trat auch Iwan Chonenko ein, hinter ihm mehrere Männer. Sie rissen die Pelze auf, warfen sie auf den Fußboden und fielen darauf hin.

Olga holte einen Topf mit Essen aus dem Ofen und stellte ihn in die Mitte des Zimmers. Alle begannnen hastig und schweigend zu löffeln, nur Chonenko lag völlig erschöpft mit geschlossenen Augen da.

»Chonenko, Chleba!« Rapp beugte sich über den Mann und schob ihm eine Brotkruste in den Mund. Chonenko begann langsam zu kauen.

»Und du, Wanja?« flüsterte Alexa.

»Ach, Mädchen, ich bin satt.«

Als er den Kopf hob, sah er, wie der weißhaarige General Wolkoff mühsam kaute, während seine schmutzstarrende Hand mit den langen, schmalen Fingern das Zeichen des Kreuzes über sein erloschenes Gesicht legte.

Alexa saß neben Rapp, an die Wand gelehnt, ihre Schulter eng an ihn gedrückt. Sie kaute an einem Brot und sah ihn von der Seite her besorgt an. Er aber blickte abwesend an ihr vorbei aus dem Fenster.

Wie müde er aussah!

Solange er so draufgängerisch war wie früher, immer dort, wo es am gefährlichsten war, hatte sie kaum Angst um ihn gehabt. Jetzt lag die Angst wie ein ewiger Druck über ihr; Menschen, deren innerlicher Widerstand ermüdet, trifft es immer zuerst. Man müßte ihn aus diesem Zustand herausreißen.

Die Knöpfe seines Russenhemdes waren abgerissen, an einem Ellenbogen war ein großes Loch, seine Hände lagen schlaff auf den Knien.

Langsam griff sie in die Tasche ihres Rockes und zog ein Stück Wurst hervor. Sie zögerte. Würde er es essen? Dann schob sie es in seine Hände.

Noch immer abwesend, starrte er darauf hin und begann – zu essen.

Alexa lächelte.

Plötzlich wurde die Tür aufgerissen.

»Schwester Olga Wolkoff?« rief ein Mann mit weißem, erfrorenem Gesicht.

Olga stand auf. »Ja?« fragte sie.

»Ich muß Sie holen, bitte, kommen Sie sofort zu den Formationen des Generals Michailoff. Er selbst schickt mich zu Ihnen. Sie werden gebraucht. An der Front sind vier Schwestern an Blutvergiftung gestorben ...«

Olga zog bereits den schmutzigen Schafspelz über.

»Draußen steht schon ein gesatteltes Pferd«, sagte der Mann, immer noch atemlos. Er begann, sein erstarrtes Gesicht, dessen Lippen sich kaum bewegen konnten, mit den Fäusten zu reiben.

Ihr Blick glitt über die Anwesenden. Schnell und leise berührte sie die Schulter des Vaters. Der General legte seine Wange auf ihre harte Hand.

Dann ging sie hinaus. In der Tür zog sie den Gurt enger und bekreuzigte sich.

Die Tür schlug hinter ihr zu.

Zwei Pferde fielen in rasenden Galopp.

Und wieder begann draußen der Wind zu weinen ...

In dieser Nacht lag Alexa neben Rapp in der Nähe des Ofens. Der Ledermantel, den der rote Kommissar ihr gegeben hatte, diente als Unterlage, der Schafspelz deckte sie zu. Die Männer atmeten schwer im Schlaf, manchmal träumte einer laut, sprang auf, schrie Kommandos. Aus der Ecke, in der Iwan Chonenko lag, drang von Zeit zu Zeit ein leises Stöhnen.

Über diesem Mann lag das Schicksal seiner Kameraden in unbarmherziger Klarheit und schien ihn manchmal zu erdrücken.

Da lagen sie. Alexa, die einzige Frau unter den Todgeweihten. Bodmers Worte fielen ihr ein: Man kann ihnen alles verzeihen!

Ihr Schicksal war unweigerlich mit dem dieser Männer verbunden. Wie die Kosakenfrauen, so zog auch sie durch das Land mit der Truppe, mit Rapp. Die Vergangenheit schien nur noch ein Traum zu sein, die Gegenwart stand brutal und lebendig da.

»Mädchen«, flüsterte Rapp.

Sein Arm schob sich unter ihren Nacken. Er hielt sie fest an sich gepreßt. Ihre Wange streifte sein rauhes Gesicht.

»Du wachst auch?« Er schwieg eine Weile, während seine Hand sich mit festem Druck um ihre Schultern legte. So hätte Alexa immer neben ihm bleiben mögen, ohne einen Gedanken, nur mit dem Bewußtsein der Nähe des geliebten Menschen.

»Es muß einmal gesagt werden«, begann er plötzlich wieder und richtete sich ein wenig auf, um sich über sie zu beugen. Im Halbdunkel des Raumes erkannte sie nur die Umrisse seines Kopfes. »Es muß einmal gesagt werden«, wiederholte er rauh, »was du mir bist.« Er strich mit der Hand leicht über ihr Gesicht und drückte seine Wange fest gegen ihre Stirn. »Aber du verstehst auch so.«

Sie nahm seinen Kopf in die Hände.

»Was ist aus uns geworden!« murmelte er. »Vielleicht wird es nie wieder leichter, vielleicht werde ich fallen. – Vielleicht werde ich dir nie mehr sein können als das, was ich heute bin.« Er seufzte.

»Alexa ... Das einzige, was mich noch manchmal glücklich macht, wenn wir draußen liegen, ist der Gedanke an dich – du bist immer da. Du folgst mir, ohne zu zögern.«

Er schwieg wieder. Sie lag ganz still, atemlos. Seine Stimme, seine Worte machten sie unsagbar glücklich.

»Ich weiß«, sagte Rapp und berührte ihre Stirn mit den Lippen, »daß du mir alles gibst, was ein Mensch dem anderen nur geben kann.«

Er legte sich zurück und streckte sich aus, aber sein Arm umschloß sie noch immer. »Man mußte es wohl einmal aussprechen, denn wer weiß – ob ich später noch darüber sprechen kann. Du sollst es wissen, wie ich zu dir stehe.«

Bald schlief er ein.

Alexa lag wachend in seinem Arm.

Chonenko und sie waren die einzigen, denen der Schlaf nicht in die Vergessenheit hinüberhalf.

Sie schienen auch die einzigen zu sein, die den Schmerz der ganzen Zeit empfanden. Jeder einsam für sich.

In der Nacht erkrankte Rapp. Schon seit Tagen hatte er gegen die zunehmende Schwäche verzweifelt gekämpft. Jetzt warf sie ihn vollends nieder.

»Typhus«, stellte Alexa fest. »Zum Glück werden wir morgen zur nächsten Bahnstation gebracht und dann nach Taganrog. Der Kommandierende General hat es befohlen.«

Rapp schwieg. Er blickte in das ernste Gesicht des Mädchens, das seine heiße Hand hielt. Er wollte Alexa noch etwas sagen, aber er fand keine Worte, seine Seele krampfte sich in jähem Schmerz zusammen. Einen Mantel oder irgend etwas anderes Weiches hatte sie ihm unter den Kopf gelegt und deckte ihn sorgfältig zu. Rapp sah zu Chonenko hinüber. Er lag unbeweglich, mit geöffneten Augen, beide Hände auf der Brust gefaltet. Dachte er an jemanden, an seine Braut, an alles das, was hinter ihnen lag, an das, was ihnen wohl noch bevorstand, an ihren Untergang, irgendwo im Kampf? Oder bat dieser einsame Mann um seine Erlösung, weil er den Sieg der Feinde nicht überleben wollte?

»Versuche zu schlafen, Wanja«, hörte er Alexas Stimme neben seinem Ohr und spürte ihren warmen Atem. Wie sonderbar klangen diese Worte in einer Hütte, kaum einige Kilometer vom Feind entfernt. Wieviel Sorge lag in diesen einfachen Worten, Angst um die unsagbar kleine schüchterne Hoffnung auf etwas Glück. »In Taganrog wird unser Lazarett reorganisiert, du wirst dich erholen und dann ...« Er ließ sie weiterreden. Er hatte schon ihre Hand ergriffen und seinen Kopf hineingelegt.

»Ich denke immer an dich, Alexa, immer. Immer.«

Chonenko seufzte schwer auf und schloß die Augen.

Die ganze Nacht wachte Alexa über Johann Rapp.

Der Morgen graute, kalt, düster, lähmend. Hastig wurden die Kranken und Verwundeten auf Fuhrwerke verladen und nach dem Bahnhof gebracht.

Chonenko hatte seit einiger Zeit eine Batterie übernommen. Er blieb bei der kämpfenden Truppe zurück.

Vor den ununterbrochenen Angriffen der Roten mußte die weiße Infanterie weichen. Chonenko ließ zwei Geschütze zur

Deckung des Rückzugs in Feuerstellung, bis die letzten Bagagewagen einige Kilometer entfernt waren, dann wurde im Galopp zurückgefahren, vorbei an den beiden anderen Geschützen, die ihrerseits das Feuer eröffneten. Durch einen überraschend schnellen Angriff verlor Chonenko zwei Geschütze, die zu spät aufgeprotzt hatten. Er sah, wie die Roten alle Kanoniere, die bis zum letzten Augenblick gefeuert hatten, niedermachten. Bald danach fehlte ihm die Munition für die zwei übriggebliebenen Geschütze. Weiter, immer weiter gingen die Kosaken zurück, in ununterbrochenen, schweren Kämpfen, die beiden Seiten große Verluste brachten.

Alexa leitete mit einigen Ärzten das Lazarett in Taganrog. Man hatte ein großes Verwaltungsgebäude als Divisionslazarett eingerichtet. Betten, Matratzen, Medikamente und Verbandzeug gab es in großen Mengen, nur das Ärzte- und Schwesternpersonal war zu ungeübt und zu unerfahren in der primitivsten Krankenpflege. Meist waren es Töchter und Frauen der Offiziere aus der kämpfenden Truppe. Schnell und streng wurden Sauberkeit und Disziplin eingeführt, und die »deutsche Schwester«, wie man sie nur noch nannte, wurde für viele die rettende Seele des Lazarettes. Sie warteten auf ihr Kommen, warteten auf ihre Anordnungen, auf ein freundliches, aufmunterndes Wort.

An der Front schien das Glück die Weißen verlassen zu haben. Die Bolschewiki kamen immer näher. Dieses Wissen lastete besonders schwer auf den Kranken, die ungeduldig an ihr Bett gefesselt waren. Angst und Verzweiflung brachten oft die besten Freunde, Kameraden und Leidensgenossen bis zur Raserei.

Doch auch in diesen Tagen bewahrte Alexa ihre Ruhe. Rapp war bei ihr, in ihrer Nähe, sie brauchte nur einige wenige Schritte zu gehen, und schon konnte sie ihn wieder sehen, sprechen, seine Hand drücken. Er war bei ihr, und das sagte sie sich jedesmal, wenn sie zu einem Kranken ans Lager trat. Dann lächelte sie, still, zufrieden, und die anderen sahen es und empfanden dieses Lächeln als ein Zeichen völliger Geborgenheit. »Es steht gut an der Front bei uns. Das Drängen läßt nach, an einigen Stellen haben wir sogar die Roten verjagen können«. Wenn dann die Nacht kam, falteten die Männer die Hände. Sie glaubten an ihren Sieg.

Fast jeden Morgen hatte Alexa etwas Zeit, mit Rapp spazierenzugehen. Er humpelte neben ihr her, während sie ihn stützte. »Was hab ich mir doch für einen alten Mann ausgesucht, Wanja! Aber diesen alten Mann liebe ich so sehr, daß ich ihn gegen alle jungen nicht vertauschen würde«, scherzte sie. »Eigentlich kann er schon ohne Stock gehen, aber es scheint mir fast, als wolle er meine Krankenpflege besonders lange in Anspruch nehmen. Wie? Ist es nicht so, Baron Rapp?«

»Ja, ja, Liebste, du hast recht. Solange ich lebe, sollst du mich pflegen, bis einen ganzen Tag nach meinem Tode.«

»Einen Tag nach deinem Tode, Wanja? Ach, das wird noch lange dauern. Weiß du, wir Frauen haben so eine Art Zweites Gesicht. Und meine Ahnung sagt mir immer ... Du!« rief sie plötzlich aus – »sieh, wer dort kommt!«

»Chonenko!« rief Rapp und winkte mit den Armen und seinem Stock. Plötzlich war er vollkommen gesund, als fehlte ihm nichts mehr.

»Wo steckt ihr denn? Ich habe euch überall gesucht. Ich muß gerade euch beide wieder mal dringend haben. Eine ganz große Sache. Ich bekomme einen schweren Panzerzug mit zwei Schiffsgeschützen von hundertfünfzig Millimetern von einem Panzerkreuzer. Sie werden gerade jetzt in der Munitionsfabrik auf entsprechende Pullmanplattformen montiert. Wir erhalten Wagen, eine grandiose ›Basis‹, wir werden sehr schnell an die Arbeit gehen und in spätestens vierzehn Tagen wieder an die Front fahren. Ich meine: wir«, unterbrach sich Chonenko – »also du, Alexa, als Schwester, und du, Rapp, als ... als ... sagen wir als mein Adjutant! Einverstanden?«

»Aber natürlich!« riefen Alexa und Rapp.

»Dich hole ich aus dem Lazarett heraus, das wird meine Sorge sein, und du, Wanja, hast noch etwas Zeit, dich zu erholen, denn in den ersten Tagen wirst du keine anstrengende Arbeit haben.«

Chonenko hielt sein Wort, noch mehr, er war schneller fertig, als der Artilleriekommandeur geglaubt hatte.

In der Munitionsfabrik wurde Tag und Nacht gearbeitet. Die Schiffsgeschütze waren schon aufmontiert, die Wagenplattformen wurden gepanzert, die einzelnen Wagen hergerichtet. Auf einem Nebengleis der Fabrik standen mehrere andere Pullmanwagen. Rapp hatte von der Intendantur Kochgeschirre und Matratzen erhalten, Pritschen wurden gezimmert, in die Transportwagen Öfen eingebaut, Granaten schleppte man an, Maschinengewehre standen schon aufmontiert, neben ihnen wurden Munition und Gurte verstaut.

Auch Alexa hatte alle Hände voll zu tun. Sie arbeitete mit einem jungen Arzt zusammen und richtete den Sanitätswagen ein. Der unersetzliche Wassil war ebenfalls überall zur Hand. Auch ein früherer Koch aus dem Astoria-Hotel in Petersburg hatte sich gefunden und sorgte für das leibliche Wohl der späteren Besatzung des Panzerzuges. Seine kulinarischen Künste erfreuten manchen Abend die müden, abgearbeiteten Menschen, und der von ihm aufgetriebene Wein stimmte sie alle heiter und zuversichtlich.

Rapp und Alexa trafen sich jeden Tag. Bald hier, bald dort sah Rapp die weiße Haube des Mädchens auftauchen und verschwinden, ein Blick, eine Handbewegung, ein kurzes Nicken und Lächeln – die Stille, die in ihm war, wich allmählich wieder einem starken, frohen Gefühl.

Sie sah ihn arbeiten an den Maschinengewehren, am Verladen der Munition, sie hörte seine laute Stimme, sein Fluchen, die ermunternden Worte, Scherze, oft derb und unverblümt wie einst in Petersburg, im Hafen, beim Ausladen der »Adler II«.

Abends saß sie neben ihm und aß mit gesundem Appetit auf einer der Panzerplattformen, dann blinzelte er zu ihr hinüber und lächelte, stieß sie mit dem Ellenbogen in die Seite und neckte sie. Chonenko mischte sich in ihr Gespräch, erzählte einen Witz und prostete den anderen zu. Jemand begann auf der Balalaika zu spielen und sang dazu. Niemand wollte sich vom Schicksal unterkriegen lassen.

Dann waren der Panzerzug und seine »Basis« fertig. Den Wohnraum hatte Alexa geschmückt. Bilder, bunte Lampen, jede Kleinigkeit zeugte von der Hand dieser Frau, die immer still, ohne zu murren oder zu ermüden, so vielen Menschen von ihrer großen Liebe zu einem einzigen Mann austeilte.

Der Tag kam. Eine breite Menschenmenge hatte sich versammelt, in ihrer Mitte ein alter Priester; mit erhobenem Kreuz segnete er den grauen Zug aus Stahl.

Schwer, unsagbar schwer war der Weg dieses Zuges.

Als er an die Front ging, standen die Roten schon unmittelbar vor der Hauptstadt des Donkosaken-Gebietes Nowotscherkask. Jeder, der hinter den Panzerwänden und Türmen dieses Zuges saß, wußte, hinter ihm stand sein bedrohtes Kosakentum, sein Vaterland. Er wußte, es gab kein Nachgeben, es gab nur noch den Kampf auf Leben und Tod.

Die Wirkung der schweren Schiffsartillerie war grauenhaft. Für die eigenen Truppen aber bedeutete sie neuen Mut und Aufflammen neuer Zuversicht.

Die Roten vor Nowotscherkask! Für die Donkosaken schien ihre letzte, schwerste Stunde gekommen zu sein.

In dieser Stunde greift General Denikin ein. In Gewaltmärschen nähert er sich, aus dem Kaukasus kommend, der verblutenden Truppe. Die Kosaken, ermuntert durch diese Hilfe, scharen sich wieder zusammen, und nun holen sie gemeinsam zum erneuten Schlag gegen die Roten aus.

Eine neue Wendung im Kampf gegen die Bolschewiki!

Jeder Tag bringt den Weißen Siege und Eroberungen. Ihr Vormarsch geht immer weiter nach Westen und Norden.

Auch die Entente meldet sich wieder. Sie schickt Munition, Geschütze, Tanks, Maschinengewehre, Flugzeuge und ganze Berge von Uniformen. Sie schickt alles das, was von dem »anderen« Krieg »übriggeblieben« ist, was sie nicht mehr brauchen kann. Ja, sie erkennt sogar General Denikin als den Bevollmächtigten Vertreter Südrußlands an und schickt ihm seine militärischen Berater – aber dies alles nicht umsonst. Sie verlangt für ihre Lieferungen russisches Petroleum, Naphtha, Kohle, sie will die Schulden des Zaren-Rußland anerkannt haben, und sie bringt das Schwarze Meer und die Häfen wieder unter ihre Kontrolle.

Schnell entwickelt sich der begonnene Angriff des Generals Denikin. Der Vormarsch flutet über den Norden und Westen Südrußlands: Odessa, Kiew, Orel, Kursk, Woronesch, Zarizin werden erobert.

Denikins Ziel ist – Moskau!

Es ist Sommer 1919.

VII

Der »Panzerzug der schweren Schiffsartillerie« kannte kaum einen Tag Ruhe, kaum eine einzige Nacht konnte er irgendwo stehenbleiben oder zu seiner Basis zurückkehren. Irgendeine Lokomotive schleppte diese Wagenformation nach, und wenn der Panzerzug ankam, fielen die Männer um vor Erschöpfung.

In den Wagen war dann alles für die Männer hergerichtet. Sie konnten baden, essen, ausruhen und im Kasino sich wohlfühlen. Der Koch verfertigte phantastische Gerichte. Alexas erster Blick traf immer Rapp – war er unverletzt? Es gab im Panzerzug kaum Verwundete in dieser Zeit des ununterbrochenen Vormarsches.

Er begrüßte sie fröhlich, und wenn er auch schwarz war von Ruß und Rauch, er umarmte und küßte sie, daß ihr der Atem verging. Er schien gewachsen zu sein und breiter geworden.

Wassil hatte sich zu einem glänzenden Artillerist entwikkelt. Die beiden Marineoffiziere, die ihren geliebten Geschützen gefolgt waren, bildeten mit den anderen Offizieren und Mannschaften eine einzige Familie von treuen, verwegenen Freunden. Sie alle umschwärmten Alexa, die einzige Frau, schenkten ihr zahllose Andenken, die später die Wände des Kasinos schmückten.

Denikins Ziel ist – Moskau!

Zwölf Kosakenregimenter durchbrechen die Front der Roten. In ihren Reihen befinden sich zwei alte Freunde des Panzerzuges – Doroschenko und Kapnist. Die Kosaken dringen in die tiefste Etappe vor und versetzen den Feind in Panik. Der Weg nach Moskau ist frei, zweihundert Kilometer sind nur noch zurückzulegen. Verwegen wie ihre Ahnen, führen

Atamane die Kosaken an, die keine Macht mehr einzukreisen vermag.

Panik herrscht auch in den roten Stäben in Moskau. Nur durch einen Zufall fällt der berüchtigte Zug des Vorsitzenden des revolutionären Kriegsrates, Trotzki, nicht in die Hände der Kosaken. Allein die Flieger können die Verbindung zwischen den Kosaken und dem Oberkommando noch aufrechterhalten.

Darüber unterhält man sich soeben in der Basis. Es ist eine laue Sommernacht, und um den Tisch, den man ins Freie hinausgetragen hat, sitzen sie alle und schwatzen.

»Horch!« ...

Ein Reiter kommt angestürmt, schwingt sich aus dem Sattel und fragt mit heiserer, vom rasenden Reiten kaum verständlicher Stimme: »Herr Oberst ... Chonenko?«

»Das bin ich, Bruder«, antwortet der Oberst mit einer unnatürlich ruhigen Stimme. Die anderen sind längst verstummt.

»Dringender Befehl vom Kommandierenden General Wolkoff!« Die Ordonnanz reißt die Mütze vom Kopf. Sie kann sich nur mühsam aufrecht halten.

Chonenko steht auf, holt eine Taschenlampe hervor, und im trüben Schein der glimmenden Batterie versucht er, die Worte zu entziffern. Er hat kaum die wenigen Sätze gelesen, als seine laute, klare Stimme vollkommen verändert schreit: »Meine Herren Offiziere! Mannschaften sofort wecken. Panzerlokomotive unter Volldampf, wir fahren sofort ab!«

»Zu Befehl!« Wie aus einer Kehle antworten die Offiziere, und schon ist der Tisch verlassen. Nur noch für Sekunden bleibt Alexa sitzen, dann schnellt sie hoch. – Wohin? Sie weiß es nicht. Sie hat eine lähmende Angst vor dieser plötzlichen Abfahrt. Sie läuft zum Panzerzug, klettert in einen Wagen hinein, greift nach Mullbinden, Medikamenten – alles in Ordnung, alles ist reichlich vorhanden. Was nun?

Alle machen sich fertig. Alle haben sie jetzt vergessen ... auch Rapp. Er hantiert mit Wassil auf der vorderen Kontrollplattform, sie sieht die beiden Männer eine Unmenge Maschinengewehrgurte heraufholen und das Gewehr laden. Rapp auf der Kontrollplattform ... Wenn dem Zug unterwegs etwas passiert – er ist der erste. In seiner Hand liegt die ganze Verantwortung. Gesprengtes Gleis, gesprengte, unterminierte Brücken, Volltreffer – diese Männer haben keine Möglichkeit, zurückzukehren. Sie haben keine Pferde. Sie drängen sich immer tiefer in den Feind hinein ...

»Herr Oberst«, hört sie schon den ältesten Offizier melden – »der Panzerzug ist abfahrbereit. Kontrollplattform in Ordnung.«

»Danke«, hört Alexa Chonenko antworten. »Meine Brüder!« Schon haben sie ihn umringt. »Heute hängt besonders viel von uns ab. Ich habe die Nachricht bekommen, daß die rote Kavallerie die Etappe der auf Moskau vorgehenden Kosakenregimenter bedroht. Unser Panzerzug hat die Aufgabe, den Durchbruch der Roten aufzuhalten und ihnen gegebenenfalls den Rückzug zu sperren. Alles hängt davon ab! Ich werde auf dem vorderen Panzerwagen sein. Achten Sie besonders genau auf jedes geringste Signal, das ich Ihnen geben werde. Jetzt, mit Gott! Geben Sie das Zeichen zur Abfahrt.«

Alexa läuft zur Kontrollplattform.

»Unser Fräulein«, sagt Wassil und stiert mit dem einen Auge auf den Bahndamm hinunter. »Unser Fräulein, Herr Baron!«

Im gelben Schein der Petroleumlaterne sieht Rapp Alexa stehen.

Sie ist totenblaß und hat übernatürlich große Augen. In der dunklen Nacht ist sie plötzlich so klein, so erschreckend schutzbedürftig. Sie sagt ihm etwas, aber er kann sie nicht mehr hören, denn die riesige Lokomotive hat hinter seinem Rücken schon Volldampf entwickelt. Er sieht, wie sie die Hand hebt und das Kreuz schlägt, über ihn, Wassil und über diesen grauen, drohenden Zug. Sie reicht ihm ein kleines silbernes Kreuz entgegen, das sie immer um den Hals trug. Er faßt danach, steckt es hinter das Hemd. Er sieht sie noch einige Schritte neben dem fahrenden Zug gehen, sieht sie über die groben Schottersteine stolpern und hinfallen. Dann ist

in der Dunkelheit auch ihre weiße Haube verschwunden.
Es ist ein Trost, jemand zu haben, der einen segnet, denkt Wassil und bekreuzigt sich.

Am Morgen des vierten Tages, die Nacht begann gerade zu weichen, am weiten Horizont der Steppe stand ein schwacher, heller Streifen, kehrte der Panzerzug zurück. Dröhnend, funkenspeiend raste er dahin, zu seinen beiden Seiten die Kosakenregimenter.

Die rote Kavallerie hat durch ihren abenteuerlichen Vorstoß in die Etappe der Weißen sie doch zum Rückzug gezwungen. Denikins Vormarsch ist zum Stehen gekommen, die weit vorgeschobene weiße Kavallerie muß zurück.

Plötzlich kreischen alle Bremsen, der ganze Panzerzug schreit auf – hält. Ein zusammengeschossener, brennender Haufen liegt auf dem Nebengleis – die Basis! Das kleine Stationsgebäude ist ein Schutthaufen.

Im Scheine des Feuers springen die Männer aus dem Zug und irren um die Trümmer. In der Ferne die Donkosaken, im dämmrigen Morgen nur ein Zug undeutlicher Schatten. Aus dem Feuer, bald hier, bald dort, platzen noch die Patronen. Zwei leichte Maschinengewehre, mehrere zusammengehauene Männer liegen daneben, etwas abseits, kaum noch zu erkennen und schon halb verkohlt, der Stationskommandant.

»Zurück auf den Zug! Volldampf auf die Lokomotive!« schreit Chonenko. Er ist kaum wiederzuerkennen. Er ist verwildert, schwarz und die Uniform gänzlich zerrissen. »Aufsteigen!« schreit er die Kameraden an, stößt sie roh zum Zug. Seine Fäuste arbeiten auf ihren Rücken. »Aufsteigen! Los, los, vorwärts!« Schon hängt er sich irgendwo an den abfahrenden Zug. Er blickt zurück... wartet...

Er wartet nicht lange. Eine ohrenbeträubende Detonation erschüttert die Luft, und die brennende Basis, eine Säule von Klumpen und Schutt, steigt hoch und fällt zusammen. Er hat sie doch noch gerettet, seine Leute, die sich von ihrer Basis nicht trennen wollten. Jetzt erst verstehen sie ihren Oberst, seine Flüche und die Schimpfworte.

Die Männer, die aus der Schlacht, aus der Vernichtung, aus einem Brudermorden kommen, fahren in den hellen Morgen hinein. Doch nicht der eben erst überstandene, erbitterte Kampf hat sie niedergedrückt, sondern die Vernichtung ihrer Basis, eines Zuhause, an dem sie alle hingen. In ihr war hier und dort eine gemütliche Ecke, ein liebes Bild, ein schwermütiges Lied, ein Kamerad ... Auch die lustige Stimme der deutschen Schwester wird nicht mehr erklingen ...

Lag sie unter den Trümmern ihres Lazarettwagens, war sie von den Roten verschleppt oder zusammengeschossen worden? Rapp hat sie suchen wollen, um ihr das zu sagen, was er beim Abschied nicht mehr aussprechen konnte. Vielleicht war sie entkommen, in den nahen, kleinen Wald, der um die Basis stand ...?

Immer weiter enteilte das zusammensinkende Feuer.

»Gleis gesprengt!« meldet der Posten von der Kontrollplattform. Schon springen sie wieder aus dem Zug, Spaten beginnen fieberhaft zu arbeiten, Hände schleppen neue Schienen herbei, der Pionieroffizier kommandiert mit heiserer Stimme, einige sind vorgelaufen, mit Steigeisen auf den Mast geklettert und versuchen jetzt den Draht an der Leitung zu befestigen. Ein Bajonett wird eilig mit dem Verbindungsdraht umwickelt, in die Erde gesteckt, der Telefonist horcht angestrengt. Still. Verbindung unterbrochen.

Immer wieder galoppieren versprengte Donkosaken an dem Zug vorbei, einige von ihnen hängen blutend, leblos in den Sätteln. Hinter ihnen müssen gleich die Roten in rasender Eile folgen.

Ungeduldig sind die fiebernden Hände der Pioniere, nur der erfahrene Offizier verliert nicht die Ruhe. Schon sind die Maschinengewehre geladen, jeder erwartet den ankommenden Feind. Nur langsam fährt der Zug weiter, die gesprengte Stelle hat er jetzt hinter sich.

Ein sonnendurchfluteter Sommertag liegt über der Steppe.

Rapp läßt den Feldstecher nicht von den Augen. Er blickt über die weiten Flächen, sucht den Waldrand ab, und über seine verfallenen Züge legt sich ein häßliches Lächeln. Er weiß, es ist vergebens. Die Räder unter ihm rattern, dicker Rauch der Lokomotive umhüllt ihn immer wieder – so vergeht die Zeit.

»Brücke gesprengt!« schreit erneut die Stimme von der vorderen Plattform. Wieder springen die Männer aus dem Zug. Chonenko läuft der Brücke entgegen, neben ihm der Pionieroffizier. Sie sehen, daß sie zwei bis drei Wochen brauchen werden, um sie zu reparieren. – Es ist zu lange, es ist unmöglich, die Roten können jeden Augenblick kommen.

»Zug wird gesprengt!«

Ebenso hastig geht es an die letzte Arbeit. Jetzt kommen die Roten heran, tauchen ausgeschwärmt hinter einem nahen Hügel auf. Der Panzerzug, seine Maschinengewehre, Kanonen, Gewehre, alles feuert ihnen orkanartig entgegen, ohne Ziel, ohne zu überlegen wird alles zusammenkartätscht, was vor die Mündung kommt und nicht weicht. Die Pferde können gegen Geschütze und Panzer nicht anrennen, die Roten haben es schnell gemerkt und fliehen in weitem Bogen nach Süden.

»Es waren unsere letzten Granaten.«

»Aber wir haben jetzt wenigstens einige Pferde.«

Immer noch kommen einzelne Kosaken vorbei, es sind meist Verwundete, manche ziehen ein zweites, drittes Pferd von den Gefallenen hinter sich her. Chonenko hält sie an, die Maschinengewehre und die Verwundeten werden aufgeladen und vorausgeschickt. Die anderen wollen zu Fuß marschieren, nachdem sie den Zug gesprengt haben.

Sie haben Dynamit unter die Räder gestopft, die Verschlüsse der Geschütze beschädigt, die Lokomotive unterminiert, es muß alles sehr schnell gehen, jeden Augenblick können die Roten wiederkommen.

Jetzt entladen sich die Patronen! Der ganze Zug scheint sich gesenkt zu haben, die Lokomotive legt sich unter ohrenbetäubendem Zischen auf die Seite. Jetzt erst sinken die Arme der Männer. Ihr Panzerzug ... sie liebten ihn. Ihre verwegenen, glorreichen Fahrten, der Kreuzzug für ihr Vaterland ... aus, zu Ende.

Schweigend setzen sie sich in Marsch, es sind ihrer dreißig Mann. Sie sind mit Munition und Gewehren überladen, es ist ihre einzige Hoffnung auf ein Entkommen. Wohin? Irgendwo nach dem Süden, zum Ausgang ihrer ersten Fahrt.

Sie marschieren und suchen. Sie suchen ihre versprengten Kameraden der Reservemannschaft. Wenn sie aus dem Überfall auf die Basis entkommen sind, dann können sie nur diesen einen Weg eingeschlagen haben – nach dem Süden, die Bahnstrecke entlang.

Rapp blickte nicht mehr in die Ferne, er suchte nicht mehr. Ein Kamerad tat es für ihn, dem er seinen Feldstecher gegeben hatte.

Sein Kopf hing tief auf die Brust hinab, er wankte bedenklich. Immer mehr verkrampfte sich sein Denken in den letzten Abschied von Alexa. Er verfluchte sich, weil er ihr vor der Abfahrt nicht noch ein einziges liebes Wort gesagt hatte, als sie unten auf dem Bahndamm stand, in der dunklen Nacht, allein. Sie hatte eine Vorahnung, sie würde ihn nicht mehr wiedersehen ... Ihr kleines Kreuz ... Er führte die schmutzige Hand an die Brust – es war noch da.

»Wanja«, Chonenko klopfte ihm auf die Schulter, »dir fehlen wieder mal ein paar Rote zur Aufmunterung, was? Hoffentlich kommen sie aber nicht so bald, die Mannschaft ist völlig erschöpft.«

»Ich mache mir Vorwürfe. Ich war zu Alexa ...«

»Hast recht, Rapp, mache dir Vorwürfe. Und das nächste Mal mach's besser.«

»Ich war oft ungerecht zu ihr, aber wir sind ja alle zu einem viehischen Leben verdammt, ist es da ein Wunder? Einmal war sie mutlos und bat mich, wir sollten doch nach Deutschland zurückgehen, wir hätten dort alles zum Leben. Seit Monaten hat ihr Vater ihr nicht mehr geschrieben, auch als wir in Taganrog lagen. Ich habe es nicht hören können, Chonenko, und wurde sehr grob.«

»Erst wenn sie sich nach zwei bis drei Wochen nicht meldet, kannst du den Kopf hängen lassen.«

»Wo werden wir dann sein? Vielleicht auch tot, vielleicht

sonstwohin verschlagen, jeden Tag auf einer anderen Strecke, und sie wird mich nicht finden.«

Chonenko schwieg. Rapp hatte recht. Sie marschierten weiter, immer am Bahndamm entlang – sie suchten alle nicht mehr.

Gegen Abend ging der Mond über der Steppe auf. Die Nacht war warm, und das Steppengras duftete nach satter Erde. Ein abseits liegendes Dorf leuchtete mit seinen weiß getünchten Häusern. Der wohlbekannte Geruch der Heimat und ihrer einstigen Besitzungen kam ihnen entgegen – junger, frischer Dill.

Das Dorf schien wie ausgestorben. Bald kamen die Roten, bald die Weißen, die einen jagten die anderen, und jeder nahm den Bauern das Letzte fort. Der Dorfschulze wurde aus dem Haus geholt, er sollte ihnen Pferde geben.

»Bruder«, jammerte er, »woher soll ich denn welche nehmen? Ich schwöre dir bei Gott, wir haben keine. Gestern, es war gegen Mittag, kamen auch Weiße vorbeigeritten. Die hatten noch satte, frische Pferde und Proviant.«

»Wo kamen sie her? Was war es für eine Truppe?«

»Ein unwissender Mensch bin ich, Euer Hochwohlgeboren – aus der gleichen Richtung wie Sie und Ihre Leute. Sie sagten, sie seien von der Basis eines Panzerzuges, von den Roten überfallen.«

»War auch eine Frau dabei?« fragte Rapp, und sein Herzschlag stockte.

»Eine Frau mit einem Koch. Er hatte noch den weißen Kittel an, und mehrere Soldaten begleiteten sie.«

Rapp hatte Alexa wiedergefunden.

Oberst Chonenko hatte einen neuen Panzerzug bekommen. Die gleichen Hände fügten ihn wieder zusammen, und von neuem sollten seine Maschinengewehre und Geschütze Tod und Vernichtung unter die Feinde speien.

Das kleine Zuhause, das Alexa dem Geliebten und seinen Freunden in dem alten Kasinowagen geschaffen hatte, war ein Raub der Flammen geworden. Nur für kurze Zeit ruhten damals ihre zerschundenen Hände. Sie schienen den letzten Mut verloren zu haben. Doch die Freude des Wiedersehens, die neue Hoffnung flammte wieder in ihr auf und ließ sie an der gemeinsamen Arbeit verbissen mithelfen. Auch die neue Basis hatte sie eingerichtet. Vielleicht würde auch diese und alles, was sie in ihren Wänden durch ihre Gedanken und ihre Liebe für Rapp und die anderen Männer zusammengetragen hatte, wieder vernichtet werden? Und doch hatte bis heute ein gütiges Schicksal diese Freunde vor dem Tode bewahrt. Die Zukunft war Rapp und sein Leben. Sein Tod war ein Ende für ihn und für sie.

Es ging zurück, unaufhaltsam, nach dem Kaukasus, nach der Krim. Mit der gleichen Schnelligkeit, mit der einst die Weißen vorgerückt waren, drängten jetzt die Roten nach Süden. Eine Stadt nach der anderen wurde wieder von ihnen erobert.

Der Herbst 1919 kam. Hoch stand das Getreide auf den Feldern, niemand erntete es. Die Besatzung des Panzerzuges verließ kaum mehr die Wagen. Sie waren ihre Heimat geworden. In ihnen kämpften, aßen, schliefen und – starben sie.

Alexa war völlig anspruchslos geworden, bewußt, ohne sich dagegen aufzulehnen. Neidlos sah sie die Frauen und Mädchen in den Etappenstädten, wie sie sich für ihre Männer und Kavaliere zurechtmachten, schöne Kleider trugen, kostbares Parfüm hatten und wunderschöne lange Wimpern besaßen. Für Alexa gab es nur ein einziges Schönheitsmittel – kaltes Wasser. Wenn sie in der Nähe der Basis saß und die Kranken nicht mehr zu pflegen brauchte, dann suchte sie sich Feldblumen in der Steppe oder in den Wäldern, brachte große Bündel in den Kasinoraum zurück und schmückte ihn für all die Männer, deren Augen leuchteten, wenn sie die deutsche Schwester sahen, ihr die Hand reichen konnten, ihre ruhige Stimme hörten. In der verwaschenen Bluse, in der Joppe, die schon längst ihre Farbe gewechselt hatte, oder im Knopfloch ihres unersetzlichen Ledermantels steckte dann eine Kornblume, eine Mohnblume oder eine große Margerite.

Sie wurde die Vertraute dieser Männer. Sie sprachen mit ihr über alles, in einem rauhen und groben Ton, in Ausdrücken, die Männer gebrauchen, denen der Tod nichts mehr bedeutet. Diese einfachen Kosaken, des Lesens und Schreibens kaum kundig, Offiziersaspiranten, frühere Generalstäbler und Frontoffiziere, sie nahmen dann ihre Hand und begannen zu sprechen, zu einem Kameraden, dessen Lebensauffassung nicht den geringsten Schatten einer Schwankung aufwies, zu einer Frau, vor der das Leben seine ganzen Geheimnisse und Qualen rücksichtslos und roh offenbart hatte.

Alexa saß daneben und schwieg. Diese Männer, die jeden Tag mit dem Panzerzug hinausfuhren, brauchten keine Worte des Trostes. Sie sprachen zu ihr – das war alles.

Und wenn der eine oder der andere von ihnen in den engen Wänden dieses grauen Ungeheuers starb, war sein letzter Blick zu der deutschen Schwester gerichtet, die seine Hand hielt und seinen Kopf an ihre Brust gelegt hatte. Die letzten Worte galten ihr. Meist war es die Bitte, denjenigen, die den Sterbenden das ganze Leben lang begleitet hatten und jetzt heimatlos irgendwo umherirrten, zu sagen, daß er gefallen sei.

Ein Tropfen zum anderen legte sich das Leid dieser Männer über die Seele des jungen Mädchens, und es schien ihr oft, als müßte auch ihr Weg an der Schwelle dieses Panzerzuges eines Tages zu Ende sein. Was außerhalb dieser Panzerwände lag, erschien ihr fremd und unwirklich. Sie hatte keine Angst mehr, zu sterben und die anderen sterben zu sehen, aber sie fürchtete sich vor dem Leben außerhalb dieser Gemeinschaft.

Rapp wurde in ihrer Vorstellung immer mehr zum unbesiegbaren Titanen dieses erbitterten Bruderkampfes. Seine einst leuchtend blauen Augen waren grau und kalt, die blonden Haare farblos und filzig, die Kleidung liederlich und zerrissen. Das Ungeziefer begann, sich bei ihnen einzunisten. Oft hatten sie tagelang kaum Zeit, sich zu waschen. Alle glichen Wilden, umgeben von der modernen Technik gegenseitiger Vernichtung.

Abends lag Rapp todmüde auf der Pritsche, und Alexa setzte sich zu ihm. Sie sprachen nicht viel, und wenn, dann meist von Nebensächlichkeiten. Aber jeder von ihnen fühlte die Nähe des anderen, die warme Berührung einer Hand, einer Wange. Dann schlief er ein, und die Räder rollten durch die Nacht, in ein neues Gefecht.

General Denikin konnte sich auch an den Ausläufern des Kaukasus nicht lange halten. Er evakuierte die Reste seiner Armee über das Schwarze Meer nach der Krim und übergab den Oberbefehl über die gesamten noch vorhandenen Streitkräfte an General Wrangel, der auf einem englischen Torpedoboot aus Konstantinopel nach der Krim gebracht wurde.

Chonenkos Panzerzug irrte durch den Süden Rußlands. Bald hier, bald dort war er umringt von den Roten, Aufständischen und revolutionären, räuberischen Banden, die in diesen Tagen des erneuten, völligen Zusammenbruchs auf Beute ausgingen. Unter dem Schutz der Panzerzüge drängten sich immer mehr die Überreste der weißen Armeen in der Krim zusammen.

»Hilf mir, russisches Volk, dein Vaterland zu retten!« erscholl der Aufruf des Generals Wrangel. Auf die Worte des geachteten Mannes meldeten sich wieder alle, die in der hohen, schlanken Gestalt im Kosakenrock die letzte Hoffnung auf Erfolg sahen.

In der Krim gelang es Wrangel mit unglaublicher Schnelligkeit, die Armee zu reorganisieren.

Als Deutschland kapitulierte, als die alten Grenzen im Osten völlig vernichtet waren, da trat Polen auf die Bühne zur neuen Herrschaft.

Marschall Josef Pilsudski ist der Begründer Groß-Polens!

Doch auf dem Wege zur Macht liegt das rote Moskau.

Genau hatte der Führer der nationalen Bewegung alle Ereignisse in Rußland beobachtet. Das riesige, ungeteilte Rußland, wie es eben noch war, und der Wunsch der »weißen Generale«, es wieder auferstehen zu lassen, ist für Polen nicht minder gefährlich als das rote Rußland, das jeden Augenblick die Kräfte Polens vernichten kann.

Lieber gegen den Bolschewismus! denkt der Marschall und beschließt, den Zweikampf gegen den noch schwachen Kreml aufzunehmen, um mit einem entscheidenden Schlag Polen zum Großstaat emporzureißen, der von einem Meer zum anderen reichen soll.

Nur ein Befehl, und 60 000 Bajonette und Säbel stürzen sich auf die Rote Armee. Petljura, der nationale Führer der Ukraine, schließt sich Pilsudski an.

Der Vormarsch ist ein Siegeszug. Die polnische und die ukrainische Armee haben die Roten schon bis hinter Kiew geworfen. General Rydz-Smigly und Petljura an der Spitze des Stoßtrupps besetzen Kiew.

Doch der rote Kreml hat sich nicht ergeben. Der Diktator Lenin hat einen Gegenangriff befohlen. Trotzkis berüchtigter Panzerzug wird eingesetzt.

Selbst Männer, die bei den Bolschewisten nicht im Dienst standen, haben sich sofort erboten, den alten Erzfeind Polen, den Vorposten des kapitalistischen Europas, mit dem russischen Bajonett so zu durchbohren, daß die Spitze über Warschau erst am Rhein herausstoßen soll!

Tuchatschewski, ein Gardeoffizier, genannt »Mischka«, wird Kommandeur von drei Roten Armeen.

»Zum Verderb aller wollen wir in Europa das rote Feuer entfachen! Die Front nach Europa wollen wir durchbrechen!«

Der rote Kreml greift an! 150 000 Polen, darunter 15 000 Reiter, stehen – 180 000 Roten mit 30 000 Reitern gegenüber.

»Her mit Warschau! Her mit Polen! Nieder mit dem Korridor! Pferde werden ihn zertrampeln!« Wie ein Mann brüllen es die Führer und die Rote Armee.

Mit 100 000 Bajonetten durchbricht Tuchatschewski die Front. Eine Stadt nach der andern fällt in seine Hände, und die Roten, durch die leichten Siege wie von Sinnen, schreien immer wieder: »Her mit Warschau! Her mit Polen! Her mit ganz Europa!«

Panik hat die Polen ergriffen, lähmender Schrecken liegt über der zurückgejagten, aufgelösten Armee, die jetzt an die Weichsel flutet. Ganz Europa sieht schon das rote Bajonett durch das vernichtete Polen herausragen. Die Gefahr wächst, denn die Rote Armee drängt mit 50 Kilometern Tagesgeschwindigkeit gen Westen vor. Schon will Lenin die Karte Europas beliebig zerschneiden.

Da schickt Frankreich einen der fähigsten Generalstäbler, Weygand, und einen Stab von Offizieren des Generalissimus Foch nach Warschau.

England bietet seine Vermittlungsdienste für den Frieden an.

Der Bolschewismus brüllt seine Bedingungen hinaus: »Versailler Vertrag und schlimmer für ganz Europa!«

Tuchatschewski ist schon vor Warschau. Die letzte Stunde naht – die Vernichtung!

Budjennij, der rote Reiterkommandeur, wird zur beschleunigten Entscheidung mit der gesamten Kavalleriemacht auch noch heranbeordert. Auch andere bewährte Bürgerkriegskommandeure eilen herbei.

Da greift General Wrangel, von der Entente vergessen, aus der Krim her die Roten an. Sein Heer ist zwar noch nicht endgültig gerüstet, aber er kann die Zeit nicht mehr verstreichen lassen.

Die Armeen der III. Internationale stehen vor Warschau. Die Drähte platzen von Befehlen und gegenseitigen Beschimpfungen, uneinig sind die Kommandeure, denn der Sieg und die Vernichtung sind da, und jeder will sie herbeigeführt haben.

»Das Wunder an der Weichsel!« Das hatte in der Tat Marschall Pilsudski mit General Weygand vollbracht. Er hatte Tuchatschewskis letzten Angriff erraten, und dank General Wrangel, der beträchtliche Teile der Roten Armee auf die Krim gelenkt hat, gelingt es, den Feinden nur zwanzig Kilometer vor Warschau die entscheidende Niederlage zuzufügen.

Zurück, immer weiter zurück fluten die Roten.

Noch hat Europa standgehalten.

Nur einen Feind kennt der Kreml jetzt – Wrangel!

»Alle gegen Wrangel! Rache für die Niederlage bei Warschau!« Das ist die neue Parole Moskaus.

Noch einmal blicken die Augen der Welt nach der kleinen Krim, wo sich das Schicksal des riesigen russischen Reiches entscheiden soll.

Auch Chonenkos Panzerzug geht wieder zum Angriff vor. Es ist Frühjahr 1920.

Wrangel siegt, die rote Front ist geschwächt, weil alle verfügbaren Formationen nach Polen gehetzt wurden. Wrangel dringt vor, wieder werden Dörfer und Städte erobert, die nun zum sechsten Male in diesen furchtbaren Jahren den Besitzer wechseln. Immer steht Chonenkos Panzerzug unter Dampf, unermüdlich fährt er von einem Gefecht, von einem Durchbruch zum andern, tagelang müssen sie die Basis zurücklassen, und Alexa wartet voll Bangen auf das Pfeifen des zurückkehrenden Zuges, auf den ersten Gruß von Rapp, wenn er schmutzig und zu Tode erschöpft aus seinem Panzerwagen klettert. Oft fahren sie weit vor der eigenen Infanterie her, haben nur durch Kosakenpatrouillen flüchtig auskundschaften lassen, ob die Strecke befahrbar ist. Oft stürmen rechts und links von ihnen die Truppen ein Dorf, eine befestigte Stellung, und der Panzerzug entscheidet mit seinen Geschützen und Maschinengewehren den Sieg.

Es ist ein klarer Sommermorgen. Das Offiziersregiment, das vorwiegend aus früheren Offizieren und Junkern der Zaren-Armee besteht, marschiert neben dem Bahndamm in der Vorhut. Alte und junge Obersten führen es an. An der Spitze schreitet ein alter General. Er geht mit weiten, wiegenden Schritten und stützt sich auf einen Stock, die Zähne beißen fest auf die unvermeidliche Pfeife. Er ist schon oft verwundet worden, seine Wirbelsäule ist beschädigt, und so kann er sich nur noch schwer aufrecht halten.

General Wolkoff kommt den Bahndamm entlanggeritten. Seitdem damals seine Tochter Olga zum letztenmal schweigend von ihm Abschied nahm, um zu sterben, wie sein Sohn, wie seine Frau – seitdem ist der General schneeweiß geworden. Das Gesicht scheint erstarrt zu sein.

Sein müdes Pferd ist über und über mit Schaum bedeckt,

er wendet den Kopf zu den jungen, zuversichtlichen Junkern, ruft etwas. Doch bei dem Fauchen der Lokomotive versteht man nichts. Langsam fährt der Panzerzug neben der Truppe her.

Ein dumpfer Schuß. Hoch oben platzt das Schrapnell.

Die Schlacht beginnt.

Die Offiziersformation schwärmt aus und geht zum Angriff vor, ruhig wie auf dem Exerzierplatz, ohne Hast. Sie verschwindet hinter dem Hügel. Der Panzerzug fährt vor, jeder Posten ist besetzt, die Geschütze sind geladen. Rapp hat wieder den Beobachterposten auf der vorderen Plattform.

Vor ihm liegt ein Dorf. Weiß leuchtet die Kirche, und das Kreuz strahlt herüber. Davor steht eine bolschewistische Batterie und schießt planlos in Richtung Bahndamm. Aber die Schüsse gehen zu weit. Das Gewehr- und Maschinengewehrfeuer in den Wiesen und Feldern wird immer lebhafter. Die Kugeln summen um Rapps Ohren, manchmal schlägt ein Geschoß mit hartem, hellem Klingen auf die Panzerwand. Noch schweigt der Zug.

Die Weißen haben sich niedergeworfen. Sie haben gute Deckung und warten, bis ihre leichte Batterie herangekommen ist. Vor ihnen liegt ein kleiner, sumpfiger Fluß, sie müssen ihn umgehen. Die Roten feuern wie irrsinnig. Auch die rote Batterie hat sich jetzt eingeschossen. Mitten in den weißen Schützenlinien platzen die Granaten und schleudern hohe Fontänen schwarzer, klumpiger Erde in die Luft.

Da läßt Chonenko das Feuer eröffnen. Das eine der beiden Schiffsgeschütze brüllt auf, die schwere Granate orgelt hinüber. Für Augenblicke ist nichts mehr von der feindlichen Batterie zu sehen, eine riesige Wolke bedeckt das halbe Dorf. Rapp beobachtet. »Zu kurz!« Die roten Geschütze feuern weiter. Man sieht, wie aus den weißen Linien Verwundete nach hinten getragen werden. Wie ein Hornissenschwarm pfeifen und singen jetzt die Kugeln um den Panzerzug.

»Zweites Geschütz – Feuer!« kommandiert Rapp.

Ein ohrenbetäubendes Donnern!

Im ersten Augenblick weiß er nicht, ist es der Einschlag der eigenen Granate oder das feindliche Schrapnell, das dicht über seinem Kopf krepiert ist. Er drückt sich eng hinter die Panzerwand. Es hagelt nur so von Kugeln um ihn herum. Dann ein Blick hinüber – was ist denn das? – Wo die feindliche Batterie stand, wälzt sich eine riesige schwarze Wolke, aus der es andauernd kracht und prasselt. Rote Flammen steigen auf – ein Munitionsstapel ist getroffen. Die feindlichen Geschütze schweigen.

In diesem Augenblick kommt auf dem Feldweg die weiße Feldbatterie angefahren, völlig ohne Deckung. Die feindlichen Maschinengewehre bellen wie eine rasende Meute, die Kadetten bringen die Geschütze in Stellung, abgeprotzt, Lafettenschwanz herumgeworfen, geladen, Entfernung genommen. Es ist keine halbe Minute vergangen, da jagt schon der erste Schuß hinüber zum Dorfrand, in die feindlichen Gräben.

Und gleichzeitig erheben sich überall, aus den wogenden Kornfeldern, hinter Büschen und Feldrainen, die Offiziere des Zaren, alte und junge, gesunde und kranke, Generäle und Junker, und gehen vor, ausgeschwärmt, das Gewehr an die Seite gepreßt. Ein Teil will nicht erst den Fluß umgehen und stürzt sich hinein in das verschlammte Wasser, watet und schwimmt.

»Feuer!« kommandiert Rapp. Diesmal sitzt sein Schuß mitten im Dorf. Die Roten denken, der Teufel ist losgebrochen in ihrem Rücken. Die Granaten der weißen Artillerie platzen in ihren Reihen und jetzt beginnt der Panzerzug wieder zu fahren. »Volldampf!« schreit Chonenko. »Alles an die Maschinengewehre!« Und wie eine feuerspeiende Schlange rast der Zug mitten ins Dorf, bestreicht die feindlichen Stellungen, säubert in einer Minute den Bahnhof, fährt zurück – aber da sind die Roten verschwunden. Am Dorfrand stehen die Weißen und nehmen die letzten gefangen.

Die Geschütze haben die Roten zurückgelassen, ihr Train flieht planlos weit über die Felder, mitten in die irrenden Flüchtlinge hinein. Das Dorf ist genommen, das Offiziersregiment marschiert ein.

Keine lebende Seele ist mehr im Dorf. In den Straßen liegen Leichen. Es herrscht eine gruselige Stille, nur ab und zu fällt noch ein Schuß.

Rapp geht mit Chonenko durch das Dorf, sie treffen den General Wolkoff, der ihnen die Hand drückt und die Formation sammelt. Dann stehen sie vor ein paar Toten, die durch einen Volltreffer in einen Munitionswagen durcheinandergeworfen wurden. Wer waren sie? Warum kämpften sie noch, nach einem vierjährigen Krieg? Einen Kampf auf Leben und Tod?

Bei der Hütte auf dem Marktplatz, wo sich rasch der Stab eingerichtet hat, steht eine Gruppe gefangener Offiziere der Roten Armee. Chonenko erblickt einen Bekannten. Er sieht ihn voll tiefer Verachtung an, ein wüstes Schimpfwort fliegt dem ehemaligen Kameraden in das leichenblasse Gesicht. Stünde nicht hier die Stabswache des Generals Wolkoff, Chonenko würde wahrscheinlich den Revolver ziehen und kurzen Prozeß machen – wie Irina Stresser.

Da kommt General Wolkoff aus der Hütte. Stumm geht er an der Reihe der Gefangenen entlang, jedem sieht er scharf in die Augen. Dann wendet er sich ab und sagt über die Schulter zu seinem Adjutanten: »Dem Feldgericht übergeben!«

Jetzt beginnen die Roten, sich zu rechtfertigen, sie schreien durcheinander, sie wissen, es geht um ihren Kopf.

»Man hat uns mit Gewalt gezwungen. Unsere Familien sind in der Hand der Kommissare als Geiseln. Man hätte sie alle erschossen, wenn wir nicht in die Rote Armee eingetreten wären!«

Wolkoff sieht sie schweigend an, jeden einzelnen. Er weiß aus unzähligen Beispielen, daß sie die Wahrheit sprechen. »Wollt ihr auf unserer Seite kämpfen, gegen die Roten?« fragt er plötzlich.

Es ist nicht bei allen eine echte Begeisterung, es ist nur die Hoffnung, nicht an die nächste Wand gestellt zu werden. Aber alle erklären sich einverstanden, reißen die roten Abzeichen und Kokarden herunter und werden auf die einzelnen Formationen verteilt.

Abends in der Kirche versammelte sich das Offiziersregiment. Auch die Besatzung des Panzerzuges war darunter und einige von den früheren roten Offizieren. Sie taten Abbitte. Es herrschte ein paar Minuten lang tiefe andächtige Weihe in der Dorfkirche. Auch mehrere der Bauern hatten sich wieder eingefunden, verängstigt drückten sie sich in die Ecken, rutschten auf dem Steinboden vor dem Altar. Einige hatten manches zu büßen, übten sie doch Verrat gegen Verrat.

Abends, als Rapp sich schon irgendwo zu einem kurzen Schlaf hingeworfen hatte – die Basis des Panzerzuges konnte erst am nächsten Tag folgen –, hörte er aus verschiedenen Hütten, wie die älteren Bauern die jungen mit der Nagaika verdroschen. Das war häusliche Selbstjustiz für die verhetzten Burschen, die auf der Seite der Roten mitgekämpft hatten.

Unterstützt durch Wrangels ununterbrochene Angriffe, war den Polen das »Wunder an der Weichsel« gelungen. In Riga wurden die Friedensverhandlungen mit dem Feind eröffnet.

Doch was für Polen die Rettung war, bedeutete Wrangels Untergang. Nun wurden die besten roten Regimenter frei für die Krim-Front.

»Alles gegen den Wrangel!« lautete die Parole. In Gewaltmärschen, unter Aufbietung der letzten Reserven wurde die Rote Armee im Süden konzentriert. Wrangel mußte vernichtet werden, eher hatte das bolschewistische Rußland keine Ruhe.

Der Panzerzug hatte ein paar Tage Ruhe, die Basis war nachgezogen worden, Geschütze und Maschinengewehre konnten gereinigt, die Vorräte ergänzt werden. Jeder spürte, daß diese Ruhe nur scheinbar war, daß jeden Augenblick ein Angriff erfolgen konnte.

Alexa saß bei Rapp. Der Lazarettwagen war leer, denn man hatte alle Verwundeten in die Etappe schaffen können. Die Kameraden kamen und gingen, und keiner schien auf die beiden zu achten.

Er sah sie lange an. Sie hatte sich die Haare nach Soldatenart schneiden lassen, es war praktischer und machte weniger Arbeit.

»Du hast ein ganz anderes Gesicht bekommen, Alexa«, sagte er. »Ohne Haare siehst du noch viel jünger aus. Ja«, er lachte, als freute er sich sogar darüber, »die Läuse fressen uns auf. Auch unsere Basis haben wir damit versaut.«

»Das ist nicht weiter schlimm. Läuse sind eine typische Begleiterscheinung jedes Krieges.«

»So, meinst du? Wie viele Kriege hast du denn schon mitgemacht? Du scheinst ja gute Sachkenntnisse zu haben!« lachte er wieder.

»Aber Wanja, Liebster, ein Krieg ohne Läuse? Sogar Oberst Bodmer hat sie gehabt.«

»Chonenko hat seine erste Laus in einen Gewehrlauf gesteckt und dann geschossen. Noch nie habe ich unseren Wassil so erstaunt gesehen. ›Läuse sind Haustiere, sie wärmen auch‹, sagte er ganz entrüstet.«

Rapp legte seine Hand auf ihren kurzgeschorenen Kopf, und sein Mund beugte sich tief über ihre Hände hinab.

»Es geht los!«

Wassil hatte die Türe aufgerissen.

»Herr Oberst bittet, sofort zu einer Besprechung zu kommen.«

»Liebste...« Schon war er fort.

Vor der Panzerlokomotive stand Chonenko mit der Geländekarte und um ihn seine Mannschaft.

»Die Lage ist folgende: Die Kavallerie des Budjennij ist in unserer linken Flanke aufgetaucht. General Wrangel hat beschlossen, die rote Kavallerie einzukreisen und zu vernichten. Unser Panzerzug hat die Aufgabe bekommen, den Durchbruch der Roten zurück über die Eisenbahnlinie nach dem Norden, wo die Hauptkräfte der Roten stehen, unter allen Umständen zu verhindern. Also! Signal zur Abfahrt geben!«

Diese Nacht ist sehr dunkel und still. Schwärzer als die Nacht sind die Umrisse des Panzerzuges, der sich langsam in Bewegung setzt und fast lautlos entgleitet.

Die Basis bleibt zurück.

Immer weiter rollt das grauschwarze Ungeheuer, bis der Morgen zu dämmern beginnt und die auf Chonenkos Karte bezeichnete Stelle erreicht ist. Der Zug stellt sich auf die Lauer hinter einer Böschung. Der Dampf wird gedrosselt. Er steht und wartet. Vier 75-mm-Kanonen, zwanzig Maschinengewehre harren gespannt auf ihre Beute.

Chonenko befiehlt einem Leutnant, die Steigeisen anzulegen, auf einen Telegrafenmast zu klettern und von dort zu beobachten. Die Männer sind gehobener Stimmung, sie glauben an das Gelingen und den Erfolg.

In der Ferne hört man das Grollen der Geschütze.

Eine Kosakenordonnanz kommt in rasendem Galopp angeritten. Der Mann hält die Hände an den Mund: »Befehl des Abschnittkommandeurs! Weiterfahren und an der Kreuzung der beiden Wege halten, die an der Bahnlinie vorbeiführen. Kommandeur bittet, auf diese Überschneidung der Landstraße besonders zu achten, weil er selbst den Befehl bekommen hat, an diese Stelle die Kavallerie der Roten hinzulenken.«

Unter Volldampf fährt der Panzerzug zur angegebenen Stelle.

Schon knattern in der Ferne die Maschinengewehre. Vier Flugzeuge tauchen auf, sie fliegen auffallend niedrig. Auch aus ihnen hämmern die schweren MG's. Darunter rast eine riesige Staubwolke, vereinzelte Reitergestalten sind in ihr zu erkennen. Sie kommen immer näher. Deutlich ist zu sehen, daß die Roten zur Kreuzung der beiden Straßen gejagt werden, die der Panzerzug unter Feuer zu nehmen hat.

»Auf die Plätze! Panzerzug klar zum Gefecht!« kommandiert Chonenko. »Entfernung dreißig ...« Sekunden voll Ewigkeit, in denen man den Atem anhält. »Feuer!« Der Panzerzug reißt sein Feuermaul auf. »Fünfundzwanzig! Feuer!« Die Reiter überschlagen sich, geraten durcheinander. »Zwanzig! Schnellfeuer!« Aus allen Luken und Schießscharten donnert es den Roten entgegen, über ihnen kreisen in kaum hundert Meter Höhe die Flieger und überschütten sie mit einem

Hagel von Geschossen, zwischen ihnen krepieren die Granaten des Panzerzuges.

Die Straße, die Rettung der Roten, ist blockiert, der Übergang kann nicht erzwungen werden, obwohl immer neue Reiter nachdrängen.

Hände greifen fieberhaft zu, feuern, laden, feuern, laden, die Maschinengewehre bellen ununterbrochen, das Wasser in den Kühlern kocht; die breiten Fäuste der Männer an den Handgriffen legen eine Garbe nach der anderen über die zusammenbrechenden Reiter. Sie sind jetzt kaum noch hundert Meter von den Panzerwänden entfernt. Die Rohre werden glühend; ohne zu zielen, feuern die Kanonen in die Haufen der Reiter und Tiere hinein.

Achtzehn Reiterregimenter, begleitet von mehreren Batterien, die erst gegen Polen marschieren sollten, waren eingesetzt worden. Sie hatten die Aufgabe, durch einen unerwarteten, mit unerhörter Wucht durchgeführten Angriff die Armee des Generals Wrangel von der Flanke zu umgehen, weit in die Etappe einzudringen und die Landenge von Perikop, den wichtigsten Zugang zur Krim, abzuschneiden. Doch General Wrangel hatte die Absicht der Roten rechtzeitig erkannt und durch seine eigene Initiative durchkreuzt. Die rote Reiterei wurde von allen Seiten eingekreist und fast restlos vernichtet. Der Gegenangriff der Weißen kam derart unerwartet, daß sie Tausende von Reitern und Pferden erbeuten konnten.

Das Gemetzel ist zu Ende. Über die Steppe verstreut liegen Leichen über Leichen, dazwischen rasen herrenlose Pferde. Der tiefe Graben am Bahndamm ist von Toten angefüllt.

Chonenko muß Rapp die Hände von den Griffen des Maschinengewehrs reißen, sie sind darum verkrampft, als könnten sie sich nicht mehr lösen. Er öffnet ihm das Hemd am Kragen, dann überschüttet er Rapps Kopf mit Wasser.

In kurzen Worten dankt Chonenko seiner Mannschaft und gibt Befehl zur Rückkehr zu ihrer Basis.

»Sie winkt, sie wartet auf uns«, sagt der Oberst nach einiger Zeit und gibt seinen Feldstecher an Rapp, als sie in der Nähe der Basis angelangt sind.

»Ich weiß«, erwidert der Freund, »und du weißt es auch. Sie wartet auf uns, immer. Sie ist immer mit uns, mit unserem Zug.«

Sie beginnen zu winken. »Sieh, Wanja, wie Alexa sich freut. Mit Blumen kommt sie uns entgegen!«

Sie steht vor dem drohenden Panzerzug, ihr schmales Gesicht wird von einer weißen Haube umrahmt, in den Armen hält sie ein riesiges Bündel großer Margeriten. Der Lokomotivführer hat die Fahrt verlangsamt, Rapp lehnt sich weit hinaus, und schon hat er das Mädchen in den Wagen gehoben.

»Hu, die schwarzen Männer!« versucht Alexa zu scherzen, obwohl ihr alle die große Aufregung ansehen. »Hier, dir auch eine Blume, dir auch ...« Von einem Wagen zum anderen werfen sich die Männer die Margeriten zu.

Eine respektable Flasche Wodka kommt zum Vorschein. »Die wievielte ist denn das?« Sie blickt die Männer nacheinander an. »Keiner von euch ist betrunken. Das wundert mich!«

»Trink, Alexa, du hast den Vorrang.« Und Chonenko reicht ihr die Flasche, die das Mädchen an den Mund setzt.

Aber dann spuckt sie kräftig über den Rand des fahrenden Zuges. »Das ist nichts für die Tochter meines Vaters.«

»Ich habe dir, Schwester Alexa, etwas mitgebracht.« Wassil kramt lange in einer Tasche herum, und neugierig blicken die anderen ihm zu. »Es kann nur in dieser Tasche sein, denn die anderen sind zerrissen. Gute Uniformen haben uns die Engländer damals wirklich nicht geschickt. – Da! Ein Orden! Von einem roten Kommandeur.«

»Oh, Wassil, von einem Kommandeur sogar!«

»Na ja ... so etwas Ähnliches«, unterbricht sie Wassil und blickt zu den Offizieren hinüber.

»Doch, doch, so etwas Ähnliches wird es schon gewesen sein.« Und Chonenko klopft ihm auf die Schulter.

Die Freude der Sieger dauerte nicht lange. Neue, furchtbare Angriffe setzten ein.

Wenige Tage später begann der endgültige Rückzug der Wrangel-Armee.

Fast jeder in der Weißen Armee hatte den Krieg mitgemacht und seit Anfang 1918 den Bürgerkrieg gegen die Roten. Ihre Kräfte standen in keinem Verhältnis zu der zahlenmäßig größeren Armee der Sowjets, die immer frische Truppen gegen Wrangel werfen und die abgekämpften weit in die Etappe hineinverlegen konnten.

Wrangels Truppe war nicht mehr widerstandsfähig genug, um nach diesen zahllosen Wochen und Monaten fast ununterbrochenen Kampfes ihre Aufgabe zu erfüllen. Unter Aufbietung der letzten Kräfte versuchte Wrangel, die Roten nach ihrem Durchbruch jetzt aus seiner Etappe zu verjagen und seiner eingekreisten Truppe den Rückzug nach der Krim zu sichern.

Chonenkos kampferprobter Panzerzug »Offizier« stand am Bahnhof der Stadt Melitopol, hundert Kilometer von der Halbinsel Krim entfernt, auf dem Nebengleis der Zug des Kommandierenden Generals Wolkoff. Nur einige Schritte davon entfernt hielt auch die Panzerzug-Basis.

Draußen herrschte grimmige Kälte. Sie war in diesem Jahr ganz überraschend über Südrußland hereingebrochen und hatte schon alle Fenster der Wagen mit dicker Eiskruste überzogen. Starker Wind pfiff ununterbrochen, keiner wagte, die Panzerwände mit der Hand anzufassen. Die größte Sorge Chonenkos und seiner Pionieroffiziere war die Versorgung der Lokomotive mit genügend Brennmaterial, um sie dauernd unter Dampf halten zu können. Keine der Zuleitungen durfte erfrieren. Die Ablösung der Wache auf den Panzerplattformen erfolgte jede Stunde.

Im Kasinowagen ist es gemütlich und warm, das elektrische Licht, von der Hauptleitung des Bahnhofs abgezweigt, brennt heute ausnahmsweise gut. Es ist Abend. Alexa, Rapp, Chonenko und die anderen Offiziere sitzen um den runden Tisch und plaudern. Ein früherer bekannter Sänger der Marienhof-Oper, jetzt kurzgeschoren und in eine englische Uniform gezwängt, setzt sich ans Klavier. Leicht gleiten seine rauhen Hände über die Tasten, er singt ein altes bekanntes Lied: »Zugeschüttet von dem Schnee bist du, mein Rußland ...« Schweigend sitzen sie alle und lauschen, und die Sehnsucht wird in ihnen wach. Im Geiste erstehen vor ihnen Bilder, die sie schon lange vergessen glaubten.

Doch kaum sind die wehmütigen Klänge verhallt, da setzt der Sänger schon zu einem wilden Tanzlied an. Sie singen von Kosaken, ihren Atamanen und Räubern, zu denen sie jetzt selbst geworden sind.

In weißer Schürze und kecker kaukasischer Mütze kommt der Koch herein. Sein Erscheinen löst Freude aus. Der Kerl hat ein schlaues Gesicht und die unwiderstehliche Fähigkeit, den Offizieren von den raffiniertesten und auserlesensten Gerichten ins Ohr zu flüstern.

»Na, Nikolai, womit willst du uns erfreuen? Und was wird es morgen zu essen geben?«

»Wie wäre es mit einem Schaschlik, Herr Oberst, auf kaukasische Art? Wissen Sie, von allen Seiten an dem Spieß gebraten, immer wieder gedreht, begossen, mit Kräutern nur etwas überstäubt«, und die Finger des Mannes begleiten ihn beim Reden – »erst auf ganz großer Flamme, dann schließen sich die Poren des Fleisches, der Saft bleibt drin, und dann kommt nur ein glimmendes Flämmchen, ganz abgedrosselt, und etwas Rauch.«

»Na, dann Gott sei Dank!« lacht Rapp. »Mit anderen Worten, Nikolai, wenn es jetzt mal Schaschlik gibt, so ist es ein Zeichen, daß der ›Eierwagen‹, den wir von den Roten damals erbeutet haben, endlich vertilgt ist. Du hast uns ja tagelang pro Kopf fünfzehn Eier gegeben!«

»Zu Befehl, der Eierwagen ist aufgegessen.«

»Alexa«, wendet sich Chonenko zu ihr, »was hältst du von einem kaukasischen Schaschlik?«

»Herr Oberst!« Der Offizier vom Dienst ist plötzlich zu Chonenko getreten und unterbricht die frohe Laune der Anwesenden durch sein ernstes Gesicht. »Der Kommandierende General Wolkoff bittet Sie dringend zu sich.«

Schon ist Chonenko aufgesprungen, schnell zieht er seinen Schafspelz an. Rapp hilft ihm dabei, reicht ihm den Riemen mit dem Revolver und die große Kosakenfeldmütze. Die Tür fällt schwer ins Schloß, die fröhliche Stimmung ist verklungen.

Eisiger Wind schlägt wie ein Peitschenhieb Chonenko ins Gesicht. Im Halbdunkel der vereinzelten elektrischen Birnen ist nicht viel zu sehen. Er tastet sich zwischen den angekoppelten Wagen durch, immer weiter, dann steht er vor dem Wagen des Kommandierenden Generals. Wachtposten salutieren, er steigt die drei Stufen hinauf und sieht schon in der engen Tür des Pullmanwagens einen verstörten jungen Kubankosakenoffizier. Es ist der Ordonnanzoffizier des Kommandeurs. Seine Züge sind fahl, unausgeschlafen und abgespannt. »General Wolkoff erwartet Sie, Herr Oberst.« Und er klopft an die Tür des anliegenden Abteils.

Telefon und Telegrafenapparate stehen an den Wänden, eine Generalstabskarte, davor General Wolkoff, schlank und groß, neben ihm sein Stabschef. Chonenko sieht ihre ernsten, besorgten Gesichter. Ihre Zeigefinger gleiten über die große Karte.

»Exzellenz!« meldet sich Chonenko.

»Kommen Sie zur Karte«, sagt sehr kurz Wolkoff. »Die augenblickliche Lage ist folgende: Starke Kavallerieregimenter des Budjennij sind in unserer tiefsten Etappe. Sie haben die Eisenbahnlinie nach der Krim gesprengt. Wir sind somit von der Krim abgeschnitten, also auch von dem Perikop. Wir müssen unverzüglich diese Kavallerie angreifen, durchbrechen, um unseren Truppenteilen und der Unmenge von Zügen mit Zivilbevölkerung erst einmal den Rücken zu decken. General Wrangel hat befohlen: Rückzug auf der ganzen Front bis zur Landenge des Perikop.«

»Zu Befehl, Exzellenz!«

»Die Donkosaken-Regimenter haben bereits den Befehl, am kommenden Morgen den Gegner anzugreifen. Ihr Panzerzug muß der Kosakenkavallerie jede Unterstützung geben. Ich habe ferner den Befehl erteilt, daß man Sie sofort mit dem Panzerzug als Vorhut an die von den Roten durchbrochene Stelle und die vom Feind besetzte Station Nowo-Alexejewka durchläßt. Mein Stabszug fährt hinter Ihnen.«

»Zu Befehl! Mein Panzerzug kann in zehn Minuten abfahren.«

»Gut, Herr Oberst, ich danke Ihnen. Unser Durchbruch muß gelingen. Denken Sie daran, daß hinter Ihnen Tausende von Flüchtlingen ziehen. Fahren Sie mit Gott!«

Der Stabschef bringt Chonenko zum Ausgang, doch dieser ist schon die drei Stufen hinuntergesprungen und läuft zu seiner Lokomotive. Der Schein der rotglühenden Feuerung schlägt ihm ins Gesicht, und fast wäre er mit seinem inspizierenden Offizier vom Dienst zusammengestoßen.

»Der Zug fährt sofort in Richtung Krim!« schreit er ihm entgegen. »Der Kampfteil des Panzerzuges ist sofort in südliche Richtung umzuleiten. Unsere Basis ist anzukoppeln und mitzunehmen!«

Er läuft zum Kasinowagen, springt die Stufen hinauf und steht schon inmitten seiner Kameraden. »Meine Herren Offiziere, der Feind steht in unserer Etappe vor Perikop. Die Eisenbahnlinie ist gesprengt. Ich habe den Befehl bekommen, den Panzerzug sofort einzusetzen und unter allen Umständen die Verbindung mit der Krim wiederherzustellen. Wir fahren sofort ab! Unsere Basis wird mitgenommen. Sollte sie beschossen werden, so gehen alle auf den Kampfteil des Zuges.«

Dann schweigt er einige Sekunden, während die Augen aller an seinem Munde und auf den kantigen Zügen seines Gesichtes ruhen. »Meine Herren Offiziere! Hinter unserem Rücken befinden sich Tausende von Flüchtlingen. Wir sind ihr letzter Schutz. Die Basis wird mit Verwundeten überfüllt sein. Die Abteilung vom Dienst«, sagt er mit erhobener Stimme, »auf die Plattformen! Ich befinde mich auf der Lokomotive.«

Die eiserne Tür ist hinter ihm zugeschlagen.

Durch eisige, sternlose Nacht rattern die Räder des schwarzen Ungeheuers. Alle Lampen sind gelöscht.

Lichter einer Station tauchen in der Ferne auf, und bald sieht Chonenko durch die Schießscharten das Signal aufsteigen: »Frei.«

Nur wenig verlangsamt der Zug die Fahrt. Neben der Lokomotive läuft der Stationskommandant und schreit hinauf: »Weg frei!« Schon ist er zurückgeblieben. Noch zwei Stationen passiert der Zug, auf der dritten hält er. Der Bahnhof ist vollgepfropft mit Hunderten von Menschen, Eisenbahnwagen, Pferdewagen, die sich zu einem ängstlichen Haufen zusammengedrängt haben.

»Herr Oberst, die Verbindung mit der Station Nowo-Alexejewka ist seit gestern unterbrochen!« ruft der Stationskommandant Chonenko entgegen. »Acht Werst von hier ist die Strecke gesprengt, Nowo-Alexejewka ist von den Roten besetzt, auch alle umliegenden Dörfer. Ich habe hier Berge von Lebensmitteln, alles mögliche Material und Hunderte von Flüchtlingen, die seit einigen Tagen hier warten. Wohin soll ich das alles dirigieren? Ich habe zum Glück einen Hilfszug, der jede Gleis- und Bahnreparatur ausführen kann. Er steht zu Ihrer Verfügung.«

»Wir haben die Aufgabe«, erwidert Chonenko und steigt von der Lokomotive herunter, »unter allen Umständen uns und den Flüchtlingen den Weg zur Krim zu bahnen.« Ein Flüstern, einer Welle gleich, läuft über die kaum erkennbaren Köpfe der Menge. »Im Morgengrauen«, hört man Chonenkos Stimme weitersprechen, »wird hier Kavallerie der Donkosaken eintreffen. Wir werden gemeinsam gegen die Roten vorgehen.«

Allmählich wird es heller. Hunderte von Menschen warten, und doch hat sich eine drückende Stille über sie ausgebreitet.

Unwirklich schön, erhaben beginnt der Morgen zu grauen. Am Horizont hebt sich ein zartes Licht, und die nächtliche Kuppel des Himmels scheint sich nach Osten zu öffnen. Rauhreif, bis in den fernen Horizont der Steppe, weiß, starr, still. Kerzengerade steigt der Rauch der Lokomotive.

Auf dem kleinen Dach der Lokomotive ist deutlich die Silhouette Chonenkos zu sehen. Er blickt durch einen Feldstecher. Dann schiebt er den linken Ärmel hoch, schaut nach der Uhr.

»Klar zum Gefecht!«

Jeder hat seine Stimme gehört. Die schutzlosen Menschen

erstarren. Nur die Mannschaften des Panzerzuges hantieren hastig, die Rohre der Geschütze und der Maschinengewehre bewegen sich, heben sich etwas höher ... Immer noch blickt Chonenko durch seinen Feldstecher. Sind es die durchgebrochenen Roten oder die Donkosaken, die sich jetzt dem Zuge nähern? Die Spannung hat alle ergriffen. Alle sehen nur ihren Oberst.

»Unsere! Donkosaken!« schreit Chonenko. »Die Roten werden sich einem Panzerzug nicht so ruhig nähern.«

Geordnet, mit ernsten, vor Kälte fast unbeweglichen Gesichtern, reiten die Schwadronen der Kavallerie zum Bahnhof und zum Panzerzug. Vorn der Kommandeur in Begleitung seiner Offiziere, in ihrer Mitte die Standarte, die ein großer, breiter Wachtmeister trägt. Ein lautes Hurra der Kosaken begrüßt die Kameraden des Zuges. Sie wissen, er wird ihnen im Kampf helfen. Sofort hebt sich die Stimmung bei allen, ja sogar Scherzworte fliegen hin und her.

Die beiden Kommandeure haben sich verständigt. Die Vorhut der Kosaken hat gemeldet, daß die Roten noch schlafen. Sie sollen deshalb sofort angegriffen werden. Der Panzerzug unterstützt den Angriff. Kommandos erschallen, die Kosaken ordnen sich, schwärmen aus, der Panzerzug schiebt sich ihnen nach. Auf dem Nebengleis fährt der Hilfszug mit.

Der gesprengte Bahndamm ist erreicht, schon greifen hastige Hände zu, und eine fieberhafte Arbeit beginnt. Die Kanoniere spähen über die Visiere.

Jetzt hört man aus der Ferne lautes Hurrageschrei der Kosaken. Sie machen in den Dörfern die Feinde nieder. Für kurze Zeit eröffnen die roten Batterien das Feuer, doch der Panzerzug bringt sie schnell zum Schweigen. Einzelne Reiter jagen über die Dorfstraßen, werfen sich den Kosaken entgegen, werden in die Flucht geschlagen und von den Maschinengewehren des Panzerzuges niedergemäht. Der Feind flieht.

Fieberhaft arbeiten die Pioniere unter dem Schutz des »Offiziers«. Immer weiter fährt der Zug, schrittweise, um wieder stehenzubleiben.

Aber noch lange ist der Weg nicht frei. Jeden Augenblick können die Roten mit neuen Batterien und Kavalleriedivisionen zurückkommen. Endlich wird die Station Nowo-Alexejewka erreicht. Sie ist zerstört, die Wagen sind geplündert, zerschossen, Mehl, Zucker, Lebensmittel liegen zerstreut, darunter Leichen der wenigen Verteidiger.

Der doppelgleisige Fahrdamm schiebt sich immer weiter vor, immer noch arbeiten die Pioniere in fieberhafter Eile. Ihnen helfen alle, die nur irgendwie entbehrlich sind. Chonenko steht wieder auf dem kleinen Dach der Lokomotive und sucht mit dem Feldstecher den Horizont ab. Der Feind ist nicht zu sehen.

Rapp löst ihn später ab. Alexa kann ihn deutlich erkennen. Umgeben von ängstlichen Menschen, weinenden Frauen und Kindern, die man in der Basis mitgenommen hat, selbst in Gefahr, überfallen zu werden, beginnt sie zu hoffen. Vielleicht ist dies der letzte Weg dieser einsamen, ringenden Männer? Vielleicht steht am Ende dieses Weges doch die Erlösung?

Es ist Mittag, sie haben es geschafft! Die Verbindung mit der Eisenbahnlinie nach der Krim ist hergestellt!

Unerschütterlich in seiner Ruhe, hat auch der Koch der Panzerzugsbasis seinen kaukasischen Schaschlik garbekommen. Er ist verärgert, denn selbst die größten Feinschmecker haben ihn hastig hinuntergeschlungen und sich nicht einmal lobend geäußert.

Der Zug des Kommandierenden Generals Wolkoff passiert auf dem Nebengleis. In der Tür erscheint für Sekunden die schlanke, hohe Gestalt des alten Mannes. »Oberst Chonenko, ich danke Ihnen und Ihrer Mannschaft für das Gelingen. Sie haben hier so lange zu verbleiben, bis die letzten Züge durchgefahren sind. Als Nachhut kommen zwei Panzerzüge. Sie sind in ihrer Kampffähigkeit sehr eingeschränkt, denn sie führen zahllose Verwundete. Ihre Basis haben sie verloren.«

Ununterbrochen rollen die Züge, endlose Reihen Transportwagen, an dem wartenden Panzerzug vorbei, meist offene Güterwagen, mit Flüchtlingen überfüllt. Rapp sieht einen Wagen, auf ihm sind gefrorene, steifgewordene Leichen aufgestapelt. Und neben den Gleisen, so weit das Auge sehen kann, ziehen hintereinander Gespanne, flankiert von den zurückgehenden Donkosaken, und die unübersehbare Menge derer, die keinen Wagen bekommen konnten. Sie haben die Füße mit Sackleinen, mit Stroh und Heu umwickelt, auf grundlosen Wegen quälen sie sich vorwärts, eiskaltes Wasser und Schnee durchdringen die Kleider. Weiter, immer weiter, zur Krim, zur rettenden Landenge. Wer zurückbleibt, ist verloren. Viele fallen um und bleiben regungslos liegen. Sie sind nicht verwundet, nicht krank. Sie sind nur am Ende ihrer Kräfte. Was damals am Don geschah, als die weiße Front nach dem Abmarsch der Deutschen zu weichen begann, war ein Kinderspiel gegen diesen letzten Rückzug der Wrangel-Armee und der Bevölkerung Südrußlands. Jeder fühlt: es ist zu Ende, und diese Hoffnungslosigkeit macht alles nur noch furchtbarer. Es geht um das nackte Leben, das Letzte, was ihnen blieb.

Stunde um Stunde vergeht, dann läßt der Strom der Flüchtlinge nach. Es kommen keine Züge mehr. Drohend schnauft der erste Panzerzug heran. Auf seinen Plattformen, kaum mit Decken, Stroh oder einer Zeltplane zugedeckt, liegen die Verwundeten und Sterbenden. Sie sind zum Teil schon erfroren. Dann der zweite Panzerzug, zerschossen, kaum daß die Räder der Lokomotive noch mahlen können. Aus allen Fugen stößt der Dampf hervor, der Schornstein fehlt, die Panzerwagen sind Eisklumpen. Auch er ist voll von Verwundeten.

Beide Panzerzüge werden vorbeigelassen, dann folgt der »Offizier«.

Es wird dunkler, die Dämmerung wird bald kommen.

»Klar zum Gefecht! Klar zum Gefecht!« Im Dröhnen des rollenden Stahles schreit der Beobachter dauernd die gleichen Worte.

Sie warten – die Roten greifen nicht an. Aber die ersten Granaten kommen! Sie haben ihre Batterien herangezogen! Dahinter lauern ihre Kavalleriedivisionen.

Vier Geschütze des »Offiziers« gegen vierfache Übermacht!

Die besten Kanoniere richten die Geschütze. In der Basis, auf der hinteren Plattform sind zwei Maschinengewehre aufgestellt. Wassil kommandiert sie.

Hier, dort, nur einige Meter von dem Panzerzug entfernt, platzen die Granaten. Immer weiter fährt der zerschossene Panzerkamerad. Fast hat er die Brücke erreicht. Der »Offizier« folgt ihm, bleibt stehen, und die Kanoniere feuern wieder.

Ein Einschlag mitten auf der Brücke! Die Lokomotive des Kameraden ist getroffen. Auf der schmalen Kante der Brükkenpfeiler versuchen verwegene Männer, sie hinunterzuwerfen. Das Hebewerkzeug rattert. Vom Gelingen hängt das Leben aller anderen Kameraden ab, denn die zerstörte Lokomotive hat die Strecke gesperrt.

Die rote Artillerie schweigt.

Die rote Kavallerie greift an.

Schemenhaft, unwirklich sind die Schatten der jagenden Reiter. Erst in kurzer Entfernung bellen alle zwanzig Maschinengewehre des Panzerzuges los. Auch Rapp bedient jetzt ein Maschinengewehr. Sie sind auf diese kurze Entfernung wirksamer als die Geschütze. Da bricht er für Augenblicke zusammen, etwas hat ihn am Kopf getroffen. Das Blut rinnt ihm über die Wange. Aber er reißt sich hoch, drängt den Kameraden beiseite, der seinen Platz einnehmen wollte, feuert weiter. Auch der getroffene Panzerzug feuert. Vielleicht sind es nur noch Verwundete, die die Maschinengewehre bedienen.

Der erste Ansturm ist zurückgeschlagen. Die feindliche Artillerie ist inzwischen vorgerückt. Sie will die beiden haltenden Züge zusammenschießen. Doch sie hat sich zu weit vorgewagt. Zwei, drei, fünf Geschütze werden zum Schweigen gebracht.

Von der Brücke herunter kracht die zusammengeschossene Lokomotive ins Wasser. Jetzt drängt der »Offizier« nach, immer weiter, schiebt den führungslosen Panzerzug vor sich her.

Volltreffer liegen auf der Brücke und in den beiden letzten Wagen der Basis. Wie befohlen, geht ihre Mannschaft unter feindlichem Feuer auf den Panzerzug über. Auch Alexa steigt, unter Aufgabe der Verwundeten, auf einen Panzerwagen. Die Panzerzüge feuern weiter.

Ungesehene Hände lösen die Kuppelung der beiden letzten Wagen. Ein neuer Treffer, noch einer. Unter dem Panzerzug liegt tief unten, unheimlich, das schwarze Wasser. Dann sind sie hinter der Brücke.

Eine furchtbare Detonation erschüttert die Luft. In ihrem wetterleuchtenden Schein stürzt die Brücke zusammen, auf ihr die eben noch abgekoppelten zerschossenen Wagen und ... mancher alte Kamerad.

Es wird Nacht, das Feuer verstummt.

In endloser Ferne flammen die Sterne in wunderbarer Klarheit auf. Jenseits der Brücke, am Bahnhof Tschongar, haben die Flüchtlinge Feuer entzündet, an denen sie kraftlos zusammengebrochen sind.

Chonenkos Panzerzug hat die große Tschongar-Brücke gesprengt.

Der Zugang zur Krim ist vernichtet.

Die Tschongar-Brücke ist nicht der einzige Zugang zur Krim. An einer Stelle, siebzig Kilometer westlich von Tschongar, hängt diese Halbinsel durch eine Landenge mit dem Festland zusammen. Uralte Befestigungen, einst von den Türken gegen die ukrainischen Kosaken angelegt, sperren diesen Zugang zu der blühenden, reichen Halbinsel. Auf der Landenge liegt Perikop, ein altes türkisches Kastell. Wer diesen sieben Kilometer breiten Landstreifen besetzt hält, der besitzt die Krim. Denn westlich der Perikop-Landenge brandet das offene Schwarze Meer, und nach Osten erstreckt sich der Siwasch, ein unübersehbares Gewirr von Untiefen, seichten Furten, Inseln und Sümpfen.

Vielleicht, daß bisweilen, wenn günstiger Wind von Nordwesten das Wasser aus dem Siwasch nach Osten zu abdrängt, ein Jäger mit seinen Spürhunden wagen kann, diese gefährliche Fläche zu überschreiten. Aber er wird vorher das Kreuz schlagen und seine Nase in den Wind halten. Denn springt der um, so ist er rettungslos verloren. Dann drängen die Wasser von Osten her unter der Tschongar-Brücke zurück über die gefährliche Fläche, die Sümpfe werden zu Seen, die Furten und Inseln verschwinden, und auch das ganze Becken zwischen Tschongar und Perikop ist eine brodelnde, unheimliche Wasserfläche, das »Faule Meer«.

Das wissen die Weißen.

Das wissen die Roten.

Wer den Perikop fest in Händen hält, der hält die Krim!

Hierher hat sich das Gros der Wrangel-Armee zurückgezogen.

Am 21. Oktober 1920 besetzten diese erfrorenen, entkräfteten demoralisierten Trümmer der Weißen die Perikop-Siwasch-Stellung. Siebzehn Linien Drahtverhau lagen vor den türkischen Wällen, alle fünfzehn Meter stand ein schweres Maschinengewehr.

Die in der Krim erscheinende Zeitung »Das Abendwort« schrieb am 22. Oktober:

»In den nächsten Tagen werden die Roten die Perikop-Front zu stürmen versuchen, um zu ihrem Ziel zu gelangen. Von unserer Seite können wir diesen Versuch der Roten nur gutheißen.

Sollen sie ihre Schädel an der Perikop-Feste einrennen! Sie werden Perikop genauso wenig zu sehen bekommen wie ihre eigenen Ohren. Doch je mehr von den besten roten Regimentern bei diesem Versuch vernichtet werden, um so schneller wird die restlose Demoralisierung den letzten Teil der Roten Armee erfassen. Um die Perikop-Meerenge zu verteidigen, ist eigentlich unsere Armee viel zu groß. Deshalb wird ein beträchtlicher Teil in der Lage sein, nach den schweren Herbstkämpfen endlich auszuruhen. Nein, der Bolschewismus wird besiegt. Und dieser glückliche Tag wird nicht mehr lange auf sich warten lassen. Von Unruhe kann keine Rede sein!«

Doch der General Wrangel kannte die bittere Wahrheit besser als die Zeitungsschreiber. Und er sprach sie aus.

»Seit zwei Monaten konzentrieren die Roten ihre sämtlichen Streitkräfte gegen die Krim. In den letzten zwei Wochen wehrt die russische Armee den Ansturm ihres ums Zehnfache stärkeren Feindes ab. Nackt, erfroren und krank verblutet sie und verteidigt dennoch den letzten Zipfel ihrer Heimatscholle. Wenn nicht ein Wunder geschieht, so ist die Stunde sehr nahe, daß diese fast waffenlose und völlig ausgeblutete Armee von der roten Lawine zertrampelt wird.«

Die Leser der Zeitung glaubten dem General nicht.

VIII

In unmittelbarer Nähe der Krim, auf der bekannten Domäne der Familie Falz-Fein, in Askania-Nowa, inmitten eines großen Parkes, liegt ein kleines, freundliches Haus.

Es ist der 27. Oktober 1920.

In der Luft spürt man deutlich die Nähe der See. Peitschender Sturm hat die Bäume ihrer letzten Blätter beraubt. In kleinen Haufen wirbeln sie durch den bereiften Park.

Vor dem Hause warten mehrere Ordonnanzen. Burschen halten die unruhigen Pferde. Alle schweigen, Blicke fliegen hin und her.

In diesem Haus liegt der Stab des roten Befehlshabers Frunse. Heute hat er die roten Kommandeure in den Stab befohlen. Sie sitzen um einen großen runden Tisch, auf dem eine Generalstabskarte liegt. Bald aufrecht, bald über den Tisch gebeugt oder auf einen Ellenbogen gestützt, spricht Frunse. Seine Stimme ist rauh, ungeduldig. Seine Augen schnellen immer wieder zu den treuesten Führern des Bolschewismus, zu den bewährten Bürgerkriegskommandeuren Blücher, Woroschiloff, Budjennij, Korck, Kaschirin. Ab und zu nicken sie bejahend mit dem Kopf.

»Der Feind hat sich zurückgezogen und in der Krim verkrochen!« sagt mit Nachdruck Frunse. »Der letzte in die Krim entschlüpfte Panzerzug des Obersten Chonenko hat die große Brücke von Tschongar hinter sich gesprengt und den Übergang mit dichtem Drahtverhau geschützt. Auf der Perikop-Meerenge liegt der ›Türkische Wall‹. Genossen, wir wissen alle, daß nur tagelanges, schwerstes Artilleriefeuer diese Steinmassive vernichten kann. Vor dem Wall liegen siebzehn Linien Drahtverhau. Perikop frontal zu nehmen, bedeutet ... die Truppe umsonst verbluten zu lassen. Das Meer haben die

Weißen mit Minen verseucht. Und doch werden wir Perikop überrennen!«

Die Faust des roten Befehlshabers fällt dröhnend auf den Tisch.

»Wir dürfen keinen Winterfeldzug mehr zulassen!« Woroschiloff hat leicht die Hand erhoben und spricht. »Wir werden es auch nicht zulassen! Der Feind ist jetzt demoralisiert, wir dürfen ihm keine Atempause gönnen. Er darf nicht die Möglichkeit haben, Reserven heranzuziehen, denn seine Reserven sind das gesamte kapitalistische Europa. Wer wird dann vernichtet? Wir! Nur wenn die Weißen auch aus der Krim vertrieben sind, kann der Bolschewismus erstarken und mit der friedlichen Aufbauarbeit beginnen.«

»Die Partei ist für den Angriff!« Blüchers breite Hände ballen sich zu klobigen Fäusten, und die dunklen Augen flammen auf. »Die radikalsten und fanatischsten Söhne des Bolschewismus sind hierhergeschickt, Schüler der roten Kriegsakademie. Sie sind alle für den Angriff. Die Entscheidung muß fallen, Opfer sind Nebensache!«

Frunse richtet sich wieder auf, in der Hand hält er einen Rotstift. »Die Vorposten haben berichtet, daß der Siwasch, das ›Faule Meer‹, seicht geworden ist. Der Sturm weht aus Nordwest und hat das ganze Wasser des Siwasch ins Meer hinausgepeitscht, so daß nur noch wenige tiefe Pfützen bleiben, und diese sind jetzt mit Eis überkrustet. Die hiesigen Bauern sind unter Androhung der Todesstrafe jetzt bereit, uns über bekannte Pfade, vorbei an dem ›Türkischen Wall‹, direkt in den Rücken der Perikop-Befestigungen zu führen.« Frunse fährt mit dem Stift über die Karte. »Genossen, ich bitte um Ihre genaue Aufmerksamkeit!« Die Karte füllt sich mit roten Punkten, Strichen, Pfeilen, und dort, wo das »Faule Meer« liegt, werden sie besonders dicht. Alle Striche und Pfeile zeigen auf einen einzigen Punkt an der Küste der Krim. »Hier« – seine Faust hämmert – »hier erfolgt der Hauptangriff! Hier am ›Türkischen Wall‹ wird die zweite Truppe zum Angriff vorgehen und dadurch die weißen Truppen dort festhalten. Genossen, wir müssen unserer bolschewistischen

Oktoberrevolution zum Jahresfest diesen Sieg erringen!«

»Richtig, richtig!« bestätigen die roten Kommandeure.

»Kommandeur Einundfünfzig, Genosse Blücher!« wendet sich Frunse an ihn. »Ich befehle Ihnen – bei Ihrer eigenen Verantwortung –, unverzüglich einen vernichtenden und erbarmungslosen Angriff auf den ›Türkischen Wall‹ zu führen und ihn unter allen Umständen – koste es, was es wolle – zu besetzen!«

»Zu Befehl!« Blüchers Stimme klingt entschlossen.

»Divisionskommandeur Zweiundfünfzig und Fünfzehn«, fährt Frunse fort, »ich befehle Ihnen, den Übergang über den Siwasch an der von mir angegebenen Stelle zu forcieren. Genosse Kaschirin mit seiner Kavalleriedivision bleibt in Reserve. Sie werden ebenfalls am Siwasch eingesetzt. Genosse Budjennij, ich befehle Ihnen, die Tschongar-Brücke zu stürmen! Genosse Woroschiloff als politischer Kommissar überwacht die Durchführung. Der Angriff hat heute nacht pünktlich um elf Uhr zu erfolgen. Genossen, ich wiederhole ausdrücklich, der Perikop muß auf jeden Fall genommen werden! Ich werde befehlen, alle niederzuschießen, die zurücklaufen sollten!«

Nur wenige Minuten später schwangen sich die Kommandeure in den Sattel ihrer ungeduldigen Pferde und jagten davon.

Am kleinen Fenster des hellen Hauses stand der Befehlshaber und blickte in den alten Park hinaus. Sein Gesicht war sehr ernst. Dann richtete er den Blick nach oben, sah für Sekunden die sich biegenden Baumkronen, den grauen winterlichen Himmel und die jagenden Wolken. Schon wollte er vom Fenster wegtreten, da blickte er noch einmal hinauf, sein Blick wurde düster. »Der Wind... wird sich doch nicht drehen...?«

Der Tag verging, es kam die Nacht.

Der Stab des Befehlshabers Frunse war vorgerückt, er lag unmittelbar an der Stelle, an der der Übergang über den Siwasch forciert werden sollte. Es war eine zerschossene Hütte ohne Fenster und Türen. In einer Ecke saß Frunse. Um ihn herum, auf dem Boden kauernd, Funker und Telefonisten.

Frunse blickte zum Himmel.

Der Wind hatte sich gedreht...

»Genosse Frunse!« Wenige Schritte vor ihm hält ein Meldereiter auf schweißbedecktem Pferd. »Der Angriff hat begonnen, die Truppenteile haben den Siwasch schon überquert. Die Weißen erwidern mit heftigstem Feuer.«

Frunse nickt nur. Ein Telefonist reicht ihm einen Hörer. »Divisionskommandeur Einundfünfzig meldet: Der erste Angriff auf Perikop ist blutig zurückgeschlagen. Einige Bataillone haben weit über sechzig Prozent ihres Bestandes eingebüßt. Der zweite Angriff wird sofort beginnen. Das feindliche Feuer...«

Verbindung ist unterbrochen.

Die Funker und Telefonisten mühen sich erneut ab.

Der Himmel über Perikop wird rotglühend. Ununterbrochener Kanonendonner wälzt sich herüber und kommt immer näher. Deutlich sind die Abschüsse der schweren Geschütze zu sehen.

Es wird neblig, und aus dem Nebel tauchen immer wieder die Meldereiter auf, immer erregter, fast ängstlich.

»Kommandeur Einundfünfzig meldet sich wieder!« schreit begeistert der Telefonist und reicht Frunse den Hörer. Frunse reißt ihn dem Mann aus der Hand und deckt mit der anderen Hand ein Ohr zu. »Der zweite Angriff hat begonnen!« schreit die Stimme des Telefonisten am »Türkischen Wall« in die Membrane. »Unter vernichtendem, teuflischem Feuer der weißen Batterien haben wir alle siebzehn Reihen des Drahtverhaus durchbrochen. An einer Stelle sind einige sogar schon auf den Wall gesprungen. Gegenangriff von weißen Offiziersformationen ist im Gange. Unter furchtbarem Kugelregen der zahllosen Maschinengewehre liegen unsere Truppen unmittelbar vor dem Wall. Unsere Verluste sind sehr groß – unvorstellbar... Der dritte Angriff steht bevor.«

»Perikop einzunehmen«, sagt Frunse halblaut und gibt den Hörer zurück, »das grenzt an Wahnsinn.«

In dieser Nacht ist der Wind zum Sturm geworden. Er hat

erst das ganze Wasser aus dem Siwasch ins Meer gedrängt, jetzt peitscht er es wieder zurück.

Das »Faule Meer« schwillt immer mehr an, von Stunde zu Stunde.

»Genosse Frunse!« Wieder ein Meldereiter vom Siwasch. Frunse stürzt zum Pferd. »Der Feind mäht uns alle nieder und droht uns in das steigende Wasser des Siwasch zu werfen. Das Wasser steigt unaufhörlich. Der Gegenwind wird stärker. Die Pfade sind schon überflutet, wir können sie nicht mehr finden. Vor uns das mörderische Feuer der weißen Batterien und Maschinengewehre, hinter uns das steigende Wasser!«

»Vorwärts!« schreit Frunse und ballt die Fäuste. »Sagen Sie allen, es gibt nur einen Ausweg – vorwärts! Im Wasser werden alle ersaufen. Sofort mit dem Aufschütten der Pfade beginnen, alle Reserven hinüberwerfen. Nur vorwärts!«

Telefonisten geben sofort die Befehle weiter.

»Kommandeur Einundfünfzig meldet: Der dritte Angriff hat unter Einsatz aller Reserven begonnen. Unsere Truppen sind grauenhaft ...« Die Membrane verstummt.

Frunse sucht in der nebligen, dunklen Ferne die Reiterei.

Das Dröhnen der Kavallerie kommt näher.

»Genosse Kaschirin«, Frunse faßt den Kommandeur am Waffenrock, »sofort über den Siwasch ins Feuer! Mit der gesamten Kavallerie nachdrängen! Es gibt für euch am Siwasch nur noch einen Ausweg – vorwärts! Alles wird niedergemacht, was umkehrt!«

Orkanhaft schwillt das Artilleriefeuer am Perikop an.

Der feuerrote Himmel wetterleuchtet.

Wie ein Strom, der von einem gigantischen Mühlrad hinabgleitet, sprengen die Schwadronen der Kavallerie davon.

»Kommandeur Vierhundertfünfundfünfzig gefallen.«

»Verbindung mit Kommandeur Einundfünfzig nicht herzustellen.«

»Im Siwasch ersaufen Pferde und Mannschaften.«

Frunse schweigt. Nur die Eroberung der weißen Stellungen kann die Truppe noch retten, denn hinter ihnen steigt unaufhaltsam das Wasser, in dem sie ersaufen muß.

»Genosse Frunse! Genosse Blücher ist am Apparat!« Bis zum Letzten gespannt ist Frunses Gesicht.

Er horcht...

Funker und Telefonisten blicken erregt zu ihm hin.

Plötzlich sehen sie, wie sich die Züge ihres Befehlshabers entspannen.

Langsam gibt er den Hörer zurück.

»Genossen, gratuliere! Wrangel ist zermalmt! Mit unserem dritten Angriff ist Perikop genommen! Der Feind flieht! Blücher verlegt seinen Stab in die Krim!«

Drei Panzerzüge standen an der vom »Offizier« gesprengten Tschongar-Brücke, Oberst Chonenko hatte den Oberbefehl. Zu beiden Seiten der Züge waren Laufgräben aufgeworfen. Etwas abseits standen mehrere Batterien, unter ihnen schwere Zweihundert-Millimeter-Geschütze.

Eines Morgens kam der Befehl, die Basis des »Offiziers« sollte nach dem Hafen von Sewastopol zurückgehen.

In den letzten Minuten konnte Alexa Johann Rapp noch einen Kopfverband machen. Er sah entsetzlich aus. In der Ecke des Panzerwagens hatte er sich völlig erschöpft niedergeworfen.

Sie deckte ihn zu, es war nur ein schmutziger Schafspelz, mit Blutflecken und an vielen Stellen zerrissen. Draußen war es kalt, und die Roten begannen wieder das Feuer zu eröffnen. Die Panzerzüge gaben ihnen ein unfehlbares Ziel. Von rechts und von links antworteten die Batterien der Weißen, die schweren Geschütze der Züge donnerten mit.

Die Basis mußte zurück. Alle anderen waren Todgeweihte. Es war nur eine Frage von einigen wenigen Tagen, bis auch die Roten ihre schweren Geschütze herangezogen hatten.

Jahrelang hatte Alexa gehorcht, sich allen Befehlen untergeordnet. Jetzt weigerte sie sich, in die Etappe zu fahren – mochte kommen, was wollte!

»Alexa!«

Rapp hatte plötzlich die Augen geöffnet und sie gerufen. Sie kniete schnell neben ihm nieder.

»Die Basis verläßt uns, sie geht nach Sewastopol. Wenn wir, die Letzten, uns hier nicht halten können... fliehen müssen... verschaffe uns allen Zivilkleider. Wenn auch diese Front zusammenbricht... wir haben alles menschenmögliche getan... Alexa, warte auf mich, bitte, warte auf mich. Bis zum letzten Augenblick werden wir uns hier halten, dann aber...«

Seine schmutzstarrende Hand erhob sich, legte sich ihr auf die Schulter, dann machte sie das Zeichen des Kreuzes über die verfallenen, schmerzentstellten Züge des Mädchens.

»Geh, Liebste. Vielleicht ist es die letzte Trennung. Du kannst uns alle retten, bitte...«

Sie ging sehr langsam und fühlte, daß sie schwankte.

Fast jeden Tag versuchten die Roten, über die Tschongar-Meerenge zu kommen – vergebens. Das fünfhundert Meter breite Wasser war unüberbrückbar, und ihre Landungsversuche auf Booten, Pontons und zusammengezimmerten Flößen zerschellten im wütenden Maschinengewehrfeuer der Weißen.

Die schwere Artillerie der Roten blieb aus – die Weißen konnten sich halten. Was hinter ihrem Rücken und an der Perikop-Front vor sich ging, wußten sie nicht.

In der Nacht vom 28. auf den 29. Oktober fielen die Stellungen der Weißen am Perikop und am Siwasch. Nur an der Tschongar-Brücke konnte die Infanterie des Budjennij und Woroschiloff keinen Zollbreit Boden gewinnen.

Aber Chonenkos Widerstand war umsonst.

Am 29. Oktober jagte eine Lokomotive mit einem Ordonnanzoffizier Wrangels nach der Tschongar-Brücke. Ein neuer Angriff war im Gang. Wieder kartätschten Panzerzüge, Batterien und Maschinengewehre die dichten Infanterielinien des Budjennij und Woroschiloff zusammen. Rapp saß als Richtkanonier hinter dem Geschütz einer Feldbatterie, die starke Verluste gehabt hatte. Schuß auf Schuß jagte er aus dem heißen Rohr gegen den Feind. Rings um ihn krachten die Einschläge, die Granatsplitter prasselten auf dem Schutzschild. Er sah und hörte nichts.

Der Ordonnanzoffizier sprang von der Lokomotive und stand vor dem Oberst Chonenko. Der packte ihn am Arm. »Sehen Sie, hinter diesen Menschenherden können nur Maschinengewehre stehen!« Er zeigte auf die Linien der Stürmenden.

Der Ordonnanzoffizier sah gar nicht hin, nur in das Gesicht des Obersten.

»General Wrangel hat befohlen ... sofort die Stellungen zu räumen. Der Siwasch ist durchbrochen! ... Weiterer Widerstand ist zwecklos. Sie haben sich sofort mit den Zügen nach den Häfen zu begeben!«

Chonenko schrie lachend auf. Der Ordonnanzoffizier wich vor ihm zurück. Stand ein Wahnsinniger vor ihm? Laut und schallend lachte der Oberst. »Das also ist das Fazit der weißen Bewegung!« Er riß die Pelzmütze vom Kopf, er riß das Hemd auf der Brust weit auseinander.

Dann schrie er jedem den Rückzugsbefehl entgegen. Sie liefen aufgeregt herbei. Auch sie wollten es nicht glauben.

Nur einer wird es verstehen, und dieser – und noch einige andere – werden dem Befehl zuwiderhandeln, werden bleiben bis zur letzten Patrone. Und dieser eine soll jetzt kommen!

»Wo ist Rapp? Wo ist Rapp?«

Chonenko hat den zu ihm geflüchteten Batterieführer an der Brust ergriffen. »Ich habe Ihnen Rapp geschickt, den besten Kanonier, auch den Wassil, seinen Freund. Wo sind sie? Wo ist Rapp?!«

Der Batterieführer schwieg. Er hatte Angst vor dem Oberst.

»Hund! Batterieführer wollen Sie sein?! Wo ist Rapp?! Wo ist der Bursche?! ... Gefallen?«

Chonenko war zusammengesunken. Um ihn flüchteten die Mannschaften zu den Panzerzügen.

Irgendwo in der Ferne ebbte das Feuer ab. Es schien sich weit, sehr weit von ihm zu entfernen – er hörte es nicht mehr.

Nach dreiundsechzig Monaten Krieg war das Feuer um ihn verstummt.

Eingepfercht in ihren Sanitätswagen verrichtete Alexa auch jetzt noch ihre Pflicht den Verwundeten gegenüber. Über und über voll waren alle Wagen der Basis mit stöhnenden, schreienden Männern. Die Bahnhöfe waren mit Flüchtlingen angefüllt, über die Landstraßen zogen endlose Reihen von Fuhrwerken aller Art. Alle nach den Hafenstädten.

Daß die Truppen im letzten kleinen Zipfel der Halbinsel sich lange würden halten können, glaubte keiner mehr. Diese Gewißheit wurde zur Verzweiflung, und diese Verzweiflung trieb die Menschen in erschreckender Eile zu den Häfen, der allerletzten Möglichkeit, den Roten zu entrinnen.

Quälender als ihre panikartige Eile war die eine Frage, die sie sich alle immer wieder stellten: wie viele Schiffe werden wir vorfinden?

Auch für Alexa Habermann kam die Stunde, in der sie nur noch an Johann Rapp und sich selbst dachte. Alles, was darüber hinausging, wurde belanglos.

Zusammengekauert auf dem Fußboden, den starren Blick auf ihre Kästen mit Verbandzeug und Medikamenten gerichtet, empfand auch sie nichts mehr als ihr rasendes, von Ungeduld verzehrtes Herz. Flaschen mit Aufschriften, Watte, Binden, Spritzen, das alles hatte sie einst herbeigeschafft für ihn und die anderen, die nicht mehr hier waren, die vielleicht nicht mehr kommen würden.

Und die Arbeit, die schlaflosen Nächte, die Entbehrungen, die Angst um Rapp, das alles sollte jetzt sinnlos, sollte vergebens gewesen sein?

Rapp – seine Bitte klang ihr noch deutlich in den Ohren. Sein Gesicht stand vor ihr, obwohl sie vor Erschöpfung längst die Augen geschlossen hatte. Noch nie hatte er so zu ihr gesprochen. Er ahnte das Ende, sein Ende, und sie – sie war gegangen, hatte sich überreden lassen. Er hat mich darum gebeten! versuchte sie sich zu rechtfertigen. Sie stritt mit sich selbst und verwünschte ihre Nachgiebigkeit.

Die Räder unter dem schmutzigen Fußboden ratterten gleichgültig weiter wie ein Uhrwerk, und in ihrem monotonen Geräusch begannen sich die Bilder der Vergangenheit zu drehen, sich zu überschneiden, zu überstürzen ... sie zerflossen ... verschwanden.

»Sewastopol!«

Alexa hatte dieses Wort gleich den andern laut geschrien. Seit ihrer Abreise von Tschongar waren drei Tage vergangen. Jetzt hatte noch jeder die Möglichkeit, sich auf die Schiffe zu begeben und zu fliehen.

Keiner hatte hier eine Vorstellung von der Front, und den Berichten der Männer wollte keiner glauben.

Das Verladen der Verwundeten war sehr schnell vor sich gegangen.

»Frevelhafter Leichtsinn!« wollte Alexa allen entgegenschreien, sie alle warnen und ihnen die Wahrheit in ihrer ganzen unerbittlichen Roheit sagen. Doch sie schwieg, ihre Stimme wäre eine Stimme in der Wüste geblieben. Häßlich und abstoßend wirkte die Etappe. Sie sah, wie ein Verwundeter einen Offizier mit einem Krückstock schlug, weil er von ihm, dem Kranken, eine Ehrenbezeigung verlangte.

Alexa suchte und fand endlich das kleine Haus, in dem die Prinzessin Fachrutdinoff wohnte.

Die Tatarin stand vor dem Haus und blickte voll Spannung auf die Landstraße. Sie wartete schon lange ...

Hart klangen Alexas Worte, als sie von ihrer Angst um Rapp und Chonenko dem Mädchen erzählte.

Schweigend traten sie ins Haus. Auf dem Fußboden war Stroh aufgeschüttet, viele Menschen schienen hier geschlafen und gewohnt zu haben. Zwei Tische, mehrere Stühle, das war alles.

»Im Hafen liegt eine Barkasse«, sagte die Tatarin und blickte nach der Tür, als sollte jeden Augenblick jemand eintreten. »Ich habe sie gekauft. Sie ist klein und wird kaum über das Schwarze Meer kommen, aber es ist doch vielleicht eine Rettung. Wenn das Meer ruhig bleibt, flüchten wir alle hinüber ... irgendwohin. Ich habe noch einige Schmucksachen gerettet. Das ist alles, was ich besitze. Das Gut ist verwüstet, niedergebrannt.«

Hastig trat sie wieder zur Tür und blickte nach der Landstraße hinüber. »Hier sind noch einige Anzüge für sie... wenn sie doch noch kommen sollten...«

Die Tatarin setzte sich auf die Bank vor dem Haus und weinte leise vor sich hin.

Draußen schien die ganze Stadt plötzlich in Aufruhr zu sein.

Wie eine Diebin riß Alexa einen Rock und eine Hose vom Nagel herunter und hielt sie fest in ihren Armen. Jetzt mußte Johann Rapp kommen. Ja, er mußte kommen!

Die Tage vergingen.

Sewastopol war in Panik.

In den kleinen Zimmern voll Stroh, Ungeziefer und Häßlichkeit hatte eben noch fieberhaftes Treiben geherrscht. Jetzt waren sie wieder still und verlassen. Nur Alexa und die Tatarin standen vor der Tür und blickten über die Landstraße.

Sie warteten... warteten...

»Die Barkasse wird uns helfen, zu entkommen«, wiederholte die Tatarin immer wieder.

Die Nachricht von dem Durchbruch der Roten in die Krim war jetzt allen bekannt. Die Menschen versuchten zu fliehen, aber sie wußten nicht mehr wohin.

Vor ihnen lag das Schwarze Meer.

Gegen Mittag kamen sie endlich! Sie torkelten, sie konnten kaum noch gehen. Als erster unter ihnen, auch jetzt noch, Iwan Chonenko.

»Wo ist Rapp...?« Alexa hatte sich an ihm festgekrallt. Furchterregend sah der Oberst aus, kaum wiederzuerkennen.

»Wo ist Johann Rapp?!« schrie Alexa und schüttelte den kraftlosen Mann.

»Gefallen.«

Und so, wie sie war, im Ledermantel, ist sie lautlos hinausgegangen. Die anderen beachteten sie nicht einmal.

Auf der Straße tobte um Alexa das Lärmen und Drängen der flüchtenden Menschen. Man stieß sie von allen Seiten, alle fluteten nur in eine Richtung – zum Hafen.

Es wurde Abend, ein kühler Wind krauste die Fläche des Wassers. Schiffe standen im weiten Meer, russische, französische, englische, amerikanische.

»Wann werden wir auf die Schiffe verladen?« fragte eine ängstliche Stimme.

»Das weiß ich nicht. Vielleicht überhaupt nicht. Tausende von Verwundeten, Frauen und Kindern müssen zuerst verladen werden.«

»Was kümmert mich das? Ich will weg von hier!«

»Hast du was zu essen?« fragte eine andere Stimme.

»Nein, ich habe nichts. Schon seit zwei Tagen habe ich nichts gegessen ...«

Alexa ging wieder zurück in die Stadt, ohne Weg und Ziel.

Ein altes Geschütz wurde von einem mageren Pferd mit abgeschabtem Fell und heraussthehenden Rippen geschleppt. Als das Pferd an einem Haufen Heu vorüberkam, versuchte es, einige Halme zu schnappen, zaghaft und müde.

Etwa zwanzig oder dreißig bewaffnete Männer kamen hinterher. Sie gingen dorthin zurück, von wo alle fluteten, zur letzten Front. Alexa ging mit dem kleinen Trupp. Sie schritt neben den Männern her. Sie wußte nichts, als daß sie immer zu diesen Todgeweihten gehört hatte.

»Wo willst du hin, Schwester?« fragte einer und umspannte mit leichtem Druck ihren Oberarm. »Geh zurück. Wir sind die Letzten! Keiner stellt sich mehr den Roten entgegen.«

Sie blieb stehen. Ohne Rapp war ihr Weg zu Ende.

Die Männer verschwanden in der Dunkelheit.

Vor dem englischen Stab drängten sich zerlumpte, völlig verwahrloste Menschen. Viele von ihnen hatten Verbände. Sie hinkten, ihre Arme hingen kraftlos herab.

»Warum sind die Offiziere und Soldaten so schlecht gekleidet?« donnerte die aufgeregte Stimme eines Engländers in gebrochenem Russisch jemanden an. »Wir haben doch für mehrere Divisionen Kleider mitgebracht! Wo bleibt das alles?«

»Sie versaufen alles, was man ihnen gibt«, erwiderte einer.

»Der Hundesohn lügt!« grölten die Stimmen auf. »Er verkauft uns die Uniform für tausend Rubel! Wir haben kein Geld! Wir kommen von der Front, wir sind erschöpft, verwundet! Knallt den Hund nieder!«

Ein Schuß krachte, und als die Menge auseinanderging, lag die Leiche eines Mannes vor dem Hauseingang.

Die ganze Nacht hindurch irrte Alexa durch diese Stadt. Sie wußte nicht einmal, warum sie hierhergekommen war und wohin sie gehen und was mit ihr werden würde. Sie ging und ging... Sie glaubte, eine gähnende Hölle um sich zu sehen. Sie versuchte, noch etwas zu empfinden, einen Schmerz, irgendeine Müdigkeit der Glieder und des Geistes – aber alles war Leere, und die Bilder um sie herum glitten vorbei wie ein fremdes, fernes Leben, das man gar nicht empfinden konnte, weil es unwahr, verlogen und häßlich war.

Plötzlich faßte sie jemand am Arm und schleppte sie einige Schritte von der Straße in ein düsteres Zimmer. Ein unbekanntes, schweißiges Gesicht mit wilden Haaren. Die Hand hielt ein langes Messer voller Scharten. Der Mann schnitt Büchsen auf, zersägte sie und lachte dabei leise vor sich hin. »Mein Geschäft geht gut, die vielen Kunden...«

Er stopfte ihr gewaltsam Wurst in den Mund, drückte ihr etwas unter die Arme, dann schob er sie hastig wieder auf die Straße.

Wie benommen ging sie weiter. Die Sonne ging auf. Aber alles behielt eine graue Farbe und verworrene Konturen. Der Lärm in den Straßen wurde größer, die Hast und die Panik der Menschen schienen sich zu steigern.

Träge liefen die kleinen Wellen dem Ufer zu. Ein Tag verrann oder mehrere, alles glich einander, wie das Tosen und Rasen in der Stadt, wie die vielen ratlosen Menschen, die auf irgend etwas warteten.

Nur Alexa wartete auf nichts.

Plötzlich donnerte ein Schuß. Das Echo breitete sich über der Stadt aus. Wieder ein Schuß – noch einer. Irgendwo hörte man die Geschosse deutlich explodieren.

»Die Engländer schießen von den Kriegsschiffen«, sagte eine Stimme. »Die Roten sind vor der Stadt...«

Frauen führten oder trugen ihre Kinder, die jämmerlich weinten. Dann und wann blieben einige stehen, blickten sich um und suchten jemand. Aber sie fanden niemand, obwohl sie lange, lange warteten.

Über den Köpfen der Menge summten ab und zu Kugeln, hier und dort fielen Menschen. Die Mütter versuchten, die Kinder mit den Händen vor dem Tode zu bewahren, als ob Hände die Geschosse abhalten könnten.

Über dem Englischen Klub wehte noch die riesige Fahne Großbritanniens. Die Briten schienen unerschütterlich ihre Kaltblütigkeit zu bewahren.

»In unserer Stadt konnte man ans Meer gar nicht herankommen«, sagte ein Mann. »Alle Straßen, die Mole, der ganze Strand, alles war voller Pferde. Dicht aneinandergedrängt standen sie – rassige, herrliche Pferde neben kleinen Bauernpferden, zottig und verwahrlost, fast alle voller Wunden, mit abgeschabtem Fell und vorstehenden Rippen. Viele Stuten mit ihren Fohlen waren darunter.«

»Ja, das sah ich auch«, sagte eine andere Stimme. »Mancher Kosak hat geglaubt, wenigstens sein Pferd noch retten zu können...«

»Einige, wahrscheinlich frühere Pferdezüchter, gingen zwischen den Pferden. Der Vater Michail von den Rappschen Züchtereien war dabei. Die Pferde waren ja sein alles. Sie wieherten ihm entgegen und legten ihm ihre Köpfe auf die Schulter.«

»Ja, Augenzeugen erzählten mir, daß Vater Michail seine besten Pferde mit seinem Nagan erschossen hat und sich die letzte Kugel selber gab. Ich kann es verstehen...«

»Und als die Kosaken auf dem Schiff waren, erhob sich ein vieltausendfaches Wiehern. Die Pferde hatten die Köpfe erhoben, ihre Blicke hingen an den Schiffen, und wieder, immer wieder wieherte über die Menschen hin ein erschütterndes, wehmütiges, klagendes Rufen. Sie standen und warteten... warteten... hofften...«

»Das amtliche Organ der Roten, ›Iswestija‹, meldet, daß man sechzigtausend Pferde eingefangen hat.«

»Ja, das ist schon möglich.«

»Der General Wolkoff«, flüsterte eine Stimme.

Alexa zuckte zusammen.

Der flutenden Masse entgegen ging der greise General. Er ging ruhig und langsam, die Hände auf dem Rücken. Er hatte sämtliche Ehrenzeichen angelegt. Deutlich sah man den Orden des »Heiligen Wladimir«. In den Augen des alten Mannes lag Abschied.

Er sah keinen Menschen. Er ging dorthin, von wo die Menge in panischem Schrecken flutete, und es war für ihn eine Selbstverständlichkeit, daß er für diese letzte Stunde, für seinen letzten Gang, das Beste angelegt hatte. Er ging allein und kampflos in den Tod – in die Erlösung.

»Wie grauenvoll, wie schamvoll für uns ... wir fliehen!« sagte ein Mann und schluchzte laut auf.

Im Hafen türmten sich die Habseligkeiten zu Bergen. Dicht gedrängt standen die Menschen. Die wenigen Schiffe waren über und über voll von Flüchtlingen. Wie eine große Schlange fluteten die Massen über den Laufsteg. Rohe Schimpfworte forderten Ruhe und Disziplin.

»Zurück! Sie sind doch nicht verwundet und keine Militärperson!« wurde ein junger, blasser und zerlumpter Mann angeschrien.

»Ich bin doch Leutnant, man hat mir den rechten Arm amputiert. Ich war an der Perikop-Front.«

»Das behaupten jetzt viele! Wenn Sie beim Militär gewesen wären, hätten Sie eine Uniform!«

»Oberst, Sie wissen selbst, man kann sich heute nicht einmal mehr Brot verschaffen. Ich bin völlig verhungert. Sehen Sie es nicht?«

»Das geht mich nichts an. Eine Uniform muß sein!«

»Großer Gott! Die Amerikaner lassen uns durch, aber die eigenen Leute versperren uns den Weg«, sagte eine Frauenstimme leise.

Der Junge trat schüchtern zurück und schluchzte auf.

»Setzen Sie sich gefälligst woandershin und nicht auf meine Sachen! Ich will nicht meine Sachen von Ihnen versauen lassen! Sie haben doch Läuse!« schrie eine kreischende Stimme.

»Hundesohn! Hier hast du eine Handvoll Läuse!« Und der Soldat versetzte dem andern einen kräftigen Faustschlag. Mit blutüberströmtem Gesicht fiel der Mann hin und blieb liegen.

Einige dunkle Gestalten in Soldatenmänteln drängten sich dicht an den Gepäckberg heran und machten sich dort zu schaffen. Begünstigt von dem Durcheinander stahlen sie.

Alexa trat zur Seite, sah lange der Menge zu und ging. Sie wußte nicht, wohin...

Lebensmittel, zu Bergen aufgetürmt, Büchsen mit englischen und französischen Aufschriften, zahllose Säcke mit Mehl und Zucker lagen verstreut umher. Munition, Waffen, Uniformen, Kleider, Autos, Motorräder, Fahrräder, einige Maschinengewehre, alles das, was man erst vor kurzem angeschleppt hatte, lag herum – zwecklos geworden.

»Zurück! Nur Verwundete, Frauen und Kinder werden auf das Hospitalschiff gebracht!« schrie eine Stimme.

»Dann sagen Sie mir doch wenigstens, wohin dieses Schiff fahren wird. Meine Frau ist schon auf dem Schiff und meine beiden Kinder.«

»Das weiß keiner. Das wissen die Franzosen kaum selbst.«

»Das ist doch unmenschlich!«

Von allen Seiten hörte Alexa das Rauschen des Meeres. Es wurde kalt und feucht. Sie fröstelte, schauerte zusammen und setzte sich nieder.

Über die Stadt hatte sich ein wolkenloser, sternfunkelnder Himmel gespannt. Göttlich fern, unerreichbar kalt, gleichgültig.

Ein schnelles Boot tutete mehrere Male auf, englische Stimmen riefen dem Mädchen etwas zu. Aber Alexa rührte sich nicht. War es nicht gleich? Es hatte doch alles keinen Sinn mehr.

Sechs lange Jahre, zahllose Tage und Nächte immer an einem einzigen Gedanken hängen und hoffen – das war die große, beglückende Seligkeit. Hier – am äußersten Rande der Mole einer fremden Stadt am Schwarzen Meer – war ihre Kraft zu Ende.

Rapp war tot. Er wird nie mehr dasein, mit allem, was sie an ihm liebt.

Nie mehr... nie mehr...

Das wogende, dunkel werdende Wasser lockte...

Wieder tutete ungeduldig ein Boot. Es rief aufdringlich, rüttelnd, als wollte es ihre Gedanken verscheuchen.

»Hallo! Kleine Frau! Come on!« Ein englischer Marineoffizier stand vor ihr.

»Lassen Sie mich... bitte, lassen Sie mich... ich will nicht... ich will nicht... bitte!« flehte das Mädchen.

Aber der Offizier umfaßte sie, schwang sie hoch, hielt sie schon auf den Armen. Da wehrte sie sich nicht mehr. Sie war zu müde. Er sprang mit ihr von den letzten Steinen der Mole hinab in das Boot, das auf ihn wartete. Er hielt sie in den Armen, bis die kleine Barkasse neben dem grausilbernen Panzerschiff anlegte. Der Engländer stieg das Fallreep hinauf und zwängte sich mühevoll durch die Menschenmassen hindurch. Alexa sah irgendwo Kanonenverschlüsse, Rauch quoll aus ihnen hervor. Es roch nach heißem Öl.

Treppen, helles Licht elektrischer Birnen, ein winziges Zimmer voller Frauen, ein sauberer Fußboden... Der Mann legte sie nieder.

»Maria hat sich von ihrem Manne nicht trennen können, sie ist bei ihm geblieben...«

»›Anastasia‹, sagte Gregorij mit liebevoller, besorgter Stimme zu mir, ›Gott mit dir, ich werde schon irgendwie...‹«

Jemand fing an, leise und hoffnungslos zu weinen.

In den Bergen hinter der Stadt begannen wieder die Maschinengewehre zu knattern. Rasende Hufschläge ertönten, Pferde schrien vor Schmerz. Eine gewaltige Feuersbrunst kam über die Stadt. Immer schneller breiteten sich die Flammen aus. Detonationen von ungeheuerlicher Wucht warfen Berge von Trümmern in die glühende Luft.

Das Panzerschiff erzitterte, die Maschinen begannen zu arbeiten. Langsam steuerte es dem offenen Meere zu.

»Seht, seht, die vielen Boote, große, kleine, ganz winzige – sie fahren mit uns!«

»Tausende von Menschen! Es muß ein Wunder geschehen, wenn sie über das Meer kommen sollen!«

Still spannte sich der sternenübersäte Himmel über das Meer, das Ufer, die Stadt – über den Sieg der Roten.

IX

Das englische Kriegsschiff glitt langsam durch den Bosporus in den Hafen von Konstantinopel.

Durch die dichtgedrängten Menschenmassen wälzte sich die riesige Ankerkette über das Deck. Schweigend blickten alle auf das Bild der Stadt.

Eine andere Welt, fern der Heimat, begann für sie. Was barg diese neue Welt?

Fremde Sprachen drangen an ihr Ohr. Vielleicht werden sie diese Sprache lernen, verstehen, aber nie wird sie ihnen die Laute der Heimat ersetzen. Immer werden sie unter diesen Millionen Menschen Fremde bleiben.

Über das Fallreep fluteten die Flüchtlinge in kleine Boote, die hurtig zwischen dem Schiff und der Landungsbrücke hin und her fuhren. Und als der Tag vergangen war, hatte sich das englische Schiff geleert; behutsam wurden die letzten Kranken und Verwundeten in die Boote geschafft.

Alexa lag schon eine Zeitlang allein in der kleinen Kabine. Sie hatte dumpfes, ununterbrochenes Menschengemurmel gehört, dazwischen einzelne Stimmen, ein Kind weinte, ein Kommando wurde gegeben, Dampfer tuteten, dauernd gingen Schritte durch den anliegenden Gang.

Gegen Abend öffnete sich die Tür, und für Sekunden stand ein Marineoffizier auf der Schwelle. Er war groß und kräftig, er glänzte vor Sauberkeit und Gepflegtheit. Über sein glattrasiertes Gesicht glitt ein freundliches Lächeln. Er näherte sich langsam und höflich, die Hand etwas nachlässig an den Schirm der Uniformmütze gelegt.

»Verzeihen Sie, Madam ... Sprechen Sie Englisch?«

»Ja«, antwortete Alexa. Sie versuchte, sich unter ihrem Ledermantel zu verkriechen. Sie fühlte in diesem sauberen Bett, in der sauberen Kabine doppelt, wie schmutzig sie war, wie die Läuse sie jetzt, nachdem sie kaum aus der Erschöpfung erwacht war, wieder zu quälen begannen.

Sie drehte sich zur Wand, aber im nächsten Augenblick begann sie, ihren kurzgeschorenen Kopf zu kratzen, und hörte sich selbst leise aufstöhnen.

»Sie sind gerettet, Madam. Sie befinden sich jetzt unter dem Schutze Seiner Majestät des Königs von Großbritannien«, sagte der Offizier.

Abgründe lagen zwischen diesen zwei Welten.

»Ich bin von meiner vorgesetzten Behörde angewiesen worden, Ihnen jeden Schutz angedeihen zu lassen. Wir befinden uns in Konstantinopel. Darf ich Ihre Wünsche wissen?«

Alexa schüttelte verneinend den Kopf.

»Sie werden sicherlich Ruhe und Erholung brauchen. Wir haben in der Stadt Lazarette. Oder wünschen Sie vielleicht, daß ich Ihre Behörde hier von Ihrer Anwesenheit in Kenntnis setze?«

»Nein, um Gottes willen nicht!« Alexa setzte sich im Bett auf. »Ich war Rote-Kreuz-Schwester bei der deutschen Besatzungsarmee in der Ukraine. Ich habe mich geweigert, in die Heimat zurückzukehren. Ich habe einen Ausweis.« Sie riß an dem dicken Futter ihres Ledermantels, holte ein zusammengefaltetes, sorgsam in Zelluloid verpacktes Zettelchen hervor und reichte es dem Offizier.

Ohne mit der Wimper zu zucken, mit dem gleichen freundlichen Lächeln faltete er das schmutzige Blatt auseinander und las es aufmerksam durch.

»Ich danke Ihnen verbindlichst, das genügt. Also darf ich Sie in eine englische Klinik bringen, Madam?«

»Nein«, sagte das Mädchen leise – »wozu?«

»Aber Sie können doch nicht so ...«, der Engländer stockte – »ich sehe, Sie fühlen sich nicht wohl.«

»Nein, ich will nicht. Ich möchte nur an Land gehen.«

»Wie Sie wünschen. Ich dachte, als ich Sie von der Mole herunterholte, daß ich auch Ihnen gegenüber meine Pflicht zu erfüllen hätte.«

»Ich habe vergessen, Ihnen dafür zu danken, Sir.« Sie stand auf und wollte ihm die Hand entgegenstrecken. Aber ihre Kräfte versagten, sie wankte, versuchte einen Halt zu erfassen, dann merkte sie noch, wie der Brite sie stützte, und verlor das Bewußtsein ...

Kluge graue Augen blickten durch eine glitzernde Brille, ein sauberes ruhiges Gesicht, zwei andere Gesichter der Schwestern. Ein kleiner Tisch mit Verbandzeug und blitzenden Instrumenten, ein schneller, stechender Schmerz im Arm, und wieder breitete sich schwebende Bewußtlosigkeit über ihren Körper.

Aus weiter Ferne, ganz, ganz langsam wurde sie von einem schweren, wachen Gefühl durchströmt. Das wohltuende Empfinden sauberer Wäsche, eines weichen Bettes und einer reinen, leicht nach Arzneien riechenden Luft floß träge durch die Gliedmaßen, übertrug sich langsam ins Gehirn. Die Lider hoben sich.

Sie lag in einem kleinen Lazarettzimmer. Eine brennende Lampe war sorgsam mit einem Schirm abgedeckt, das Fenster war dicht verhangen, und alles war voll tiefer, abgeschiedener Ruhe.

Sie erwachte völlig und horchte angespannt in diese Stille.

Durch das verhangene Fenster, dessen Rahmen geöffnet waren, drang kein Laut.

Der Vorhang über diesem Fenster wurde langsam heller, ab und zu bewegte er sich, und ein Hauch reiner, duftender Morgenluft wehte in das kleine Zimmer.

Dann öffnete jemand leise die Tür, vorsichtige Schritte näherten sich dem Bett. Eine blonde Schwester, mit kindlichfröhlichen Augen, die in ihrer leuchtenden Bläue einen zärtlich zu umarmen schienen, beugte sich über Alexa.

»Guten Morgen«, sagte ihre freundliche Stimme in englischer Sprache. »Guten Morgen. Ich werde den Vorhang beiseite ziehen. Es ist so schön draußen. Die ganze Nacht tobte das Unwetter, jetzt scheint wieder die Sonne.«

Sie ging ans Fenster, zog den Vorhand zurück, und sofort war das kleine Zimmer hell und gemütlich.

»Hier ist Ihr Thermometer. Aber ich denke, Sie werden gar kein Fieber haben. Inzwischen bestelle ich Ihr Frühstück, etwas Toast, vielleicht ein weichgekochtes Ei, Obst? Ich bringe Ihnen das alles herein, Sie dürfen essen, was Sie wollen. Messen Sie aber zuerst Fieber.«

Alexa rührte sich nicht. Sie schloß die Augen. War das, was sie eben gesehen und gehört hatte, wahr? Eine Welt voller Frieden, Sorglosigkeit? Jetzt erst fühlte sie ihr Herz rasen, jetzt erst wurde sie wirklich wach, hellwach.

Sie hatte Angst vor dieser Beschaulichkeit.

Die Schwester rollte ein Tischchen herein, stellte es vor das Bett und blickte Alexa an. Sie wollte etwas sagen, ihr Mund hatte sich schon geöffnet, doch plötzlich lief sie aus dem Zimmer und flüsterte voller Angst: »Großer Gott!«

»Eine andere Welt ...«, sagte Alexa leise. Sie wunderte sich über ihre eigene Stimme.

Dann stand ein Arzt vor ihr und blickte sie prüfend an. Bei ihm waren zwei Schwestern.

»Nein, nein, das ist ganz ausgeschlossen. Nerven! Die Reaktion, weiter gar nichts«, sagte der Arzt. Er näherte sich ihr. »Wie fühlen Sie sich, Schwester Habermann? Haben Sie gut geschlafen? Geben Sie mir mal Ihre linke Hand. So – ich will sehen, was Ihr Puls macht.« Er holte seine große goldene Uhr hervor und blickte lange auf das Zifferblatt. »Haben Sie keinen Hunger, wollen Sie nicht frühstücken?«

»Darf ich hierbleiben?« fragte sie.

Verwundert blickten sich die Anwesenden an.

»Aber natürlich bleiben Sie hier, bis Sie vollkommen genesen sind. Wir werden Sie wieder gesund pflegen.«

»Hunger ... bitte, essen ... so schön alles ...« Alexa begann, leise zu schluchzen.

Nur ganz verworren erinnerte sie sich später dieser ersten Tage. Sie wußte, daß sie aß, daß alle Speisen herrlich schmeckten, daß die Menschen um sie leise, beruhigende Stimmen hatten und sie pflegten. Durch das Fenster flutete jeden Tag Sonne, und immer war ihr kleines Krankenzimmer hell und freundlich. Blumen standen auf ihrem Tisch und neben ihnen eine kleine Pappschachtel.

Eines Tages kam der Arzt wieder. »Schwester Habermann«, begann er ruhig, »ich möchte jetzt, da es Ihnen besser geht, einige Fragen an Sie richten.«

»Ja, ich weiß schon, ich muß gehen. Gut, ich werde gehen«, sagte sie müde und fühlte doch zugleich eine große Angst in sich aufflammen.

»Nein, im Gegenteil, Sie können bleiben, Schwester. Es ist etwas anderes«, erwiderte der Mann unschlüssig und nahm das Kästchen von dem gläsernen Nachttisch. »In dieser Schachtel sind Ihre Juwelen. Sie sind zu kostbar, als daß wir sie hier weiter behalten können. Ich wollte Ihre Anordnungen darüber hören.«

»Ich besitze keine Juwelen.«

Er widersprach behutsam.

»Wir mußten Ihre alten Kleider verbrennen und auch den Ledermantel. Zuvor aber haben wir wohlweislich, wie bei allen Flüchtlingen, alles genau untersucht und aufgeschnitten. Wir fanden im Saum des Ledermantels diese Juwelen.« Er öffnete die Schachtel und zeigte Alexa die Edelsteine. »Vielleicht können Sie sich dessen noch entsinnen? Auf der Flucht, oder sonst wann... haben Sie in aller Eile diese kostbaren Steine eingenäht... um sie zu retten.«

»Ich war eine deutsche Rote-Kreuz-Schwester, die nur ihr Gehalt von der Behörde bezog. Ich habe nie Juwelen besessen. Sie gehören mir nicht. Auch der Mantel gehört mir nicht. Ich bekam ihn von einem roten Kommissar, als ich sein Kind pflegte und nichts mehr anzuziehen hatte. Meine Joppe war damals völlig zerrissen. Dann kamen die Weißen...« Sie drückte beide Hände vor das Gesicht und begann wieder leise zu weinen.

»Das ist alles längst vorbei, und Sie dürfen nicht mehr an diese Zeit zurückdenken. Das alles liegt weit hinter Ihnen. Es war ein böser, häßlicher Traum. Nicht wieder daran denken, Schwester Alexa. Wenn Sie wieder gesund sind, fahren Sie in die Heimat und werden die Eltern, Ihre Bekannten und Verwandten wiedersehen. Machen Sie einen Strich unter das, was einst war.«

Der Arzt legte seine Hand auf ihre Schulter, als wollte er sie wachrütteln und ihre traurigen Gedanken verjagen.

»Übrigens bekommen Sie heute Besuch. Sie können sich freuen. Es ist Oberleutnant James Howard. Er hat sich stets nach Ihnen erkundigt. Und jetzt will ich gehen, ich lasse Sie allein, damit Sie sich beruhigen.« Unschlüssig stand der Arzt auf, dann ging er kopfschüttelnd aus dem Zimmer.

Gleich darauf kam die kleine blonde Schwester. Sie trug einige Sachen bei sich und legte sie freudestrahlend auf das Bett.

»Miß Alexa«, sagte ihre zarte Stimme, »ich bringe Ihnen hier einige Sachen. Ich habe vom Chefarzt gehört, daß Sie heute Besuch bekommen, und da habe ich mir gedacht, daß Sie sich sicherlich etwas zurechtmachen wollen. Hier ist eine Georgette-Bluse, etwas Puder, auch Parfüm, eine Nagelschere, Feile. Wenn ich ausgehe, es kommt leider selten vor, mache ich mich immer nett zurecht. Wir sind hier lauter englische Schwestern, Mädels aus guten Kreisen, und man muß doch dem Ausland zeigen, was wir Engländerinnen sind.«

Der Wortschatz der hübschen Schwester schien erschöpft zu sein. Sie blickte Alexa erwartungsvoll an. Aber Alexa schwieg und sah abwesend auf die Aufmerksamkeiten, die Bluse und alles, was ihr die Schwester gebracht hatte.

»Miß Alexa, ich werde Ihnen helfen, darf ich das? Ich mache Sie zurecht, und Sie werden sich selbst darüber freuen.«

Schon hatte die Engländerin ihre Hand erfaßt und begann, ihr die Fingernägel zu feilen. Dabei erzählte sie ihr, wie sie hieß, woher sie stamme, wie lange sie schon in Konstantinopel und im Dienst sei.

Was für einen schönen Mund sie hat, dachte Alexa, was für fröhliche Augen und eine wohltuende Stimme. Wie jung und niedlich sie ist, wie sauber und gepflegt. Sie hatte bestimmt noch nie im Leben Kummer. Damals, als der Krieg ausbrach, war auch sie jung... und heute?

»Habe ich Ihnen mit der Feile weh getan?« fragte die Engländerin.

»Nein, liebe Schwester, gar nicht, ich habe nur an etwas gedacht«, erwiderte sie.

»Wir hören hier immer von unseren Berichterstattern so viel Schreckliches über Rußland. Neulich habe ich Fotos gesehen, es war entsetzlich. Stellen Sie sich vor, eine schöne, breite Straße, die Häuser halb zerschossen, ohne Fenster, und auf dem Pflaster zahllose Leichen. Ein englischer Reporter hatte es geknipst. Er hatte überhaupt so viele häßliche Bilder.«

Die Tür öffnete sich leise, eine Schwester blickte ins Zimmer. »Ist die Patientin auf? Ihr Besuch ist da.«

Gleich darauf trat Oberleutnant James Howard ein.

Er brachte Blumen, begrüßte sie mit der vollendeten Höflichkeit eines englischen Offiziers, der eine Ausländerin vor sich hat, und nickte Schwester Milly freundlich zu.

Sie rückte ihm den Stuhl zurecht und verließ das Zimmer.

»Es freut mich, zu sehen, Miß Habermann, daß es Ihnen bei uns gut geht, und ich möchte hoffen, daß Sie in kürzester Zeit völlig gesund werden.«

»Ich danke Ihnen für die Wünsche, die sicherlich in Erfüllung gehen, aber ich danke Ihnen nicht, daß Sie mich von der Mole heruntergeholt haben.«

»Oh, das tut mir leid. Wir alle haben nur unsere Pflicht erfüllt. Ich dachte, daß auch Sie fliehen wollten. Die Zustände in Rußland sind doch zum völligen Chaos ausgeartet, aus dem man jeden Menschen erretten möchte.«

»Mein Verlobter ist an der Perikop-Front gefallen. Was sollte ich hier? Ich gehöre nicht hierher.«

»Wissen Sie bestimmt, daß Ihr Verlobter gefallen ist?« fragte er.

»Aber natürlich.«

»Ist es amtlich bestätigt?«

»Amtlich nicht! Wer sollte damals Listen führen? Wir hatten nicht einmal zu essen, nichts anzuziehen, das war unmöglich. Man hörte nur von Kameraden, daß der eine oder der andere gefallen sei.«

»Darf ich wissen, wer Ihnen die Todesnachricht überbrachte? Das ist sehr wichtig, Miß Habermann.«

»Ein Freund meines Verlobten, der ständig Seite an Seite mit ihm kämpfte, Chonenko, Oberst der früheren Kosakengarde Seiner Majestät des russischen Zaren.«

»Das braucht noch lange nicht wahr zu sein! Im Gefecht glaubt man leicht, daß ein Kamerad tödlich getroffen sei.«

»Auch Verwundete werden oft von den Roten niedergemacht!«

»Das ist möglich. Aber haben Sie mit dem Oberst genauer darüber gesprochen?«

»Nein.«

»Dann, Miß Habermann, müssen Sie so schnell wie möglich gesund werden. Sie müssen ihren Verlobten suchen! Ich bin überzeugt, wenn er am Leben ist, wird er auch unter seinen Freunden zu finden sein. Es sind überall Listen ausgelegt, in denen man den Aufenthaltsort der Angehörigen erfahren kann. Es gibt in Konstantinopel auch eine russische Gesandtschaft – oder sonst etwas Ähnliches – ein Konsulat.«

Jedes dieser selbstverständlichen Worte hatte Alexa auf das tiefste erregt.

Ihre Augen hingen an seinen Lippen, als er ihr alles über die Möglichkeiten der Erkundigungen auseinandersetzte. Gedanken, Pläne, Mutmaßungen rasten durch ihren Kopf. Ihr Gesicht rötete sich, die Augen leuchteten, ihre Hände wurden unruhig.

»Werden Sie schnell gesund und kräftig. Mieten Sie sich ein kleines, gemütliches Zimmer und suchen Sie ihn. Vielleicht wartet auch er jetzt auf Sie, sucht Sie überall und ist verzweifelt, daß er Sie nicht findet. Oder er hat Angst um Sie, denkt, Sie seien in Rußland geblieben, und wird versuchen, zurückzukehren.«

»Mein Gott! Ja, ich will mich beeilen, ich muß, ich muß.« Sie sprach hastig, aufgeregt. »Und Sie werden mir helfen, für Sie ist es leichter, ihn aufzufinden. Helfen Sie mir, bitte, Oberleutnant Howard.«

Sein Gesicht strahlte. »Ich würde mich aufrichtig freuen,

Ihnen helfen zu können, Miß Habermann. Heute noch werde ich es versuchen. Ich habe gehört, daß es ein Lager in Kabadscha und ein anderes in Tschilingir gibt.«

»Ja, bitte, versuchen Sie es, vielleicht werden Sie Glück haben. Wir werden Glück haben, nicht wahr?«

»Ich werde Sie auf dem Laufenden halten.«

»Herr Oberleutnant«, sagte Alexa mit angsterfüllten Augen, »bitte noch eine Frage: was würden Sie, als Offizier, an meiner Stelle tun?«

Sie erzählte ihm, kaum zusammenhängend, von der Nacht im Hause der roten Truppen in Rostow, wie der Kommissar ihr den Ledermantel brachte und wie der englische Arzt ihr von der Auffindung der Juwelen berichtete.

»Ich würde es nicht behalten«, sagte der Offizier.

»Nein...?« fragte Alexa tonlos.

Er blieb ruhig.

»Ich würde es unter diejenigen verteilen, die kein Obdach haben. Ich könnte nicht anders handeln. Es ist fremdes Eigentum.«

Sie fiel in die Kissen zurück.

»Verzeihen Sie, Miß Habermann, es war nur meine Meinung. Sie kann falsch sein. Ich kann mich in Ihre Lage nicht hineinversetzen, ich habe es versucht...«

»Ich danke Ihnen, Herr Oberleutnant«, unterbrach ihn das Mädchen.

»Madam, es tut mir sehr leid.«

Alexa hörte ihn mit langen, abgemessenen Schritten aus dem Zimmer gehen.

Der Rest des Tages verstrich. Sie wartete jede Sekunde.

Es kam keine Nachricht.

Tage vergingen.

Alexa suchte Rapp unentwegt.

In der russischen Gesandtschaft sagte man ihr, der Stab und der Kommandeur des Donschen Korps befänden sich in Chadem-Köi, einem kleinen Städtchen, das etwa achtzig Kilometer von Konstantinopel entfernt lag.

Sie fuhr hin. Rapps Schicksal war unbekannt.

Auch im Konzentrationslager Tschilingir fand sie ihn nicht. Ihr Mut sank.

Sie kehrte in das kleine, sonnige Zimmer zurück, das sie sich nun wirklich gemietet hatte. Das Haus lag oberhalb von Konstantinopel, in einem Garten. Eine staubige Straße führte in die Stadt hinunter, gerade an den Fenstern ihres Zimmers vorbei. Sie trat ans Fenster und blickte lange über den Bosporus. Dann begann sie, wieder einmal, sinnlos alles zu ordnen, als könnte Rapp jede Minute eintreten.

Sie setzte sich in einen Sessel und überlegte.

Sie versuchte, sich an alle Namen zu erinnern, die jemals um Rapp genannt wurden, schrieb diese deutlich auf und wollte mit dem Zettel wieder in die Büros laufen, aus denen sie gerade gekommen war.

Da ertönten von der Straße russische Laute. Am Hause gingen einige verwahrloste Männer vorbei. Sie lief durch den Garten, erreichte sie ... Fremde.

Die Männer blieben bei ihr stehen.

»Was hat die Frau?« fragte einer den andern.

»Was soll sie schon haben? Sie sucht jemand, sie ist eine Russin. Vielleicht hat sie auch ihren Mann oder sonst jemand verloren. Wie oft ist das vorgekommen.«

»Ihr seid doch Kosaken!« rief Alexa. »Ich merke es an der Aussprache. Wißt ihr etwas von Oberst Iwan Chonenko und Johann Rapp? Leben sie? Sind sie in Konstantinopel? Hat man sie irgendwo gesehen? Oder wißt ihr, wo sie untergebracht sind?«

»Iwan Chonenko?« fragte langsam einer der Kosaken. »Natürlich kennen wir ihn. Haben sogar unter ihm in Rostow gekämpft ...«

»Wo ist er? Sagen Sie mir, wo er ist!«

»Wo er ist?« erwiderte der Kosak unsicher und blickte seine Landsleute an. »Wo er ist? Das wissen wir nicht. An der Perikop-Front soll er gefallen sein.«

»Hier habt ihr Geld! Brüder, helft mir doch, Johann Rapp und Oberst Chonenko zu suchen. Ich wohne hier, in diesem

Hause, merkt es euch genau, die Straße, und wenn ihr etwas von ihnen hört, dann lauft sofort zu mir. Ihr bekommt alles Geld, was ich habe.«

Sie kehrte langsam in das Zimmer zurück.

Wieder ging sie auf und ab, hin und her, ohne einen klaren Gedanken, ohne Empfinden für Zeit und Ruhe, ohne Müdigkeit.

Jeden Tag ging sie durch die Straßen und suchte...

Jeden Tag, jede Minute wartete sie.

Als sie damals mit seiner Truppe durch die Steppe des Dons zurückmarschierte, hatte sie nicht mehr an Gott geglaubt. Es konnte keinen Gott geben, denn sonst hätte er den Sieg des Bösen über das Gute und die endlosen Qualen der Menschen nicht zugelassen.

Sie kämpfte einen erbitterten Kampf. Er zermürbte sie, es ließ ihr keine Ruhe, ständig verfolgte sie nur der eine Gedanke: gibt es einen Gott? Jeder Tag peitschte sie immer wieder auf die Straße hinaus und führte sie doch gewaltsam vor die Tore der Kirche.

Die Sophien-Kathedrale! Der sagenumwobene byzantinische Bau.

Hier warteten Tage und Nächte die Flüchtlinge. Hier fanden sich Freunde wieder, Männer ihre Frauen, Mütter ihre Söhne. Denn jeder kam einmal hierher, um zu beten.

Etwas in ihr zwang sie, hineinzugehen.

Sie schritt auf weichen Filzpantoffeln über dicke, kostbare Teppiche. Überall sah man noch Rahmen, in denen einst russische Gottesbilder hingen. Auf der rechten Seite schimmerten deutlich die Silhouetten eines Kreuzes. Es wurde behauptet, daß man dieses Kreuz, das aus der Zeit des Christentums herrührte, oft mit Farbe überdeckt hätte und daß es doch immer wieder durchschimmerte.

Der frühere Altar war jetzt nur eine Erhöhung. Eine Legende erzählt, daß an dem Tage, als die Türken Konstantinopel eroberten, ein greiser Priester an dieser Stelle eine Messe zelebrierte. Er hielt gerade die heiligen Sakramente dem Volk entgegen, als die Eroberung der Stadt bekannt wurde. »Großer Gott«, flehte der Priester, »lasse die Ungläubigen deine Gabe nicht schänden.« Und da geschah das Wunder. Die Altarwand schob sich auseinander, und der Priester verschwand in ihr. Und wenn der Tag kommen wird, an dem wieder das russische Kreuz auf der Kathedrale erstrahlt, wird auch der Priester aus der Altarwand heraustreten und unter dem Volk die Sakramente austeilen...

Diese Legende und die grausame Vergangenheit gaben dem großen Raum eine geheimnisvolle Atmosphäre.

Alexa kniete in einer der Nischen nieder, aber sie konnte nicht beten. Das Leid schnürte ihre Kehle zu. Lautlose Tränen rannen über ihre Wangen und brannten in ihren Händen.

Plötzlich schluchzte sie auf und sank zusammen, und so, wie sie lag, schluchzte sie unaufhörlich weiter. Kein Gebet, kein Bitten um Gnade und Wohlwollen. Kein Wort der Reue kam über ihre zuckenden Lippen.

Nicht um sich selbst weinte sie, um Johann Rapp, um seinen strahlenden Glauben an die Gerechtigkeit, für die er gelitten hatte. Für ihn und diesen Glauben hatte sie alles verlassen, sich selbst und ihre Heimat verleugnet.

In der Hoffnung, ihm zu helfen, hielt sie den Hungernden kein Brot hin.

Endlich wurde sie stiller und stand auf.

Sie wischte sich die Tränen ab und verließ die Sophien-Kathedrale.

Auf den Stufen kauerten unverändert die Menschen in abgerissenen Kleidern, mit müden Gesichtern und suchenden Augen.

Alexa ging langsam an ihnen vorbei.

Die Sonne sank ins Meer, als Alexa die staubige Straße entlangkam. Das Kind ihrer türkischen Wirtin, ein fünfjähriger Knabe, lungerte am Gartentor umher und sah ihr neugierig nach. Sie ging über den verwahrlosten Weg, betrat den dämmrigen Vorraum des Hauses und öffnete die Tür ihres Zimmers.

Da schrak sie zurück.

Von ihr abgewandt, vor dem Bett, saß ein Mann in Uniform. Sie erkannte ihn nicht. Das Zimmer war verraucht, bläuliche Schwaden hingen unter der Decke. Neben dem Mann, auf ihrem kleinen Nachttisch, stand eine Schale mit Zigarettenstummeln, die Reste von Äpfeln lagen dort und ein Stück Brot. Eine Flasche Rotwein war zur Hälfte geleert. Die Fellmütze des Mannes lag auf dem Fensterbrett, so, als wäre dort ihr ständiger Platz.

Der Mann hatte sich vorgebeugt, die Arme auf die Knie gestützt und den Kopf in die Hände gelegt.

Jetzt, als sie die Tür schloß und leise über den knarrenden Boden auf ihn zukam, zuckte er zusammen und wandte sich um.

Er legte mit einer strengen Geste den Finger auf die Lippen.

Wassil!

Alexa blieb mitten im Zimmer stehen. Sie starrte ihn ungläubig an. Noch begriff sie nichts.

Er machte eine Bewegung zu dem Bett hin, das er fast mit seinen breiten Schultern verdeckte.

»Ich hab ihn mitgebracht«, flüsterte er.

Ihr blieb das Herz stehen, eine Sekunde nur, dann begann es wie rasend zu schlagen. Wassils grinsendes, treues Gesicht verschwamm. Sie riß sich zusammen, schloß die Augen, und als sie wieder aufsah, schien das Zimmer von unendlicher Helligkeit erfüllt zu sein.

Auf den Fußspitzen schlich sie näher.

Rapp lag, halb zur Seite gedreht, auf ihrem Bett und schlief einen ruhigen, festen Schlaf. Die müden Züge waren gelöst, sein Atem ging gleichmäßig und tief, das einzige Geräusch in der Stille.

Wassil erhob sich von seinem Platz, und sie setzte sich leise auf den Stuhl, während er sich neben sie auf den Fußboden kauerte. Zaghaft strich sie ihm über das Haar.

Wassil hatte ihn gebracht.

Er beobachtete Rapp wie eine Mutter ihr Kind, und der Stolz über seine Tat glänzte auf seinem Gesicht. Alexa aber fühlte in diesen Minuten nichts als eine wunderbare Leichtigkeit. Sie dachte nichts, sie empfand keinen Schmerz mehr, kaum noch ein Erstaunen über das sonderbare Schicksal, das Rapp und sie immer wieder zusammenführte, gerade in dem Augenblick, in dem es schien, als hätten sie sich für immer verloren.

Einmal bewegte er sich, atmete tief und drehte sich zur Wand. Das Kind im Garten summte eine fremdartige Melodie. Schritte und Stimmen drangen von der Straße, im Hafen heulte eine Sirene.

Dann, es mochte lange Zeit vergangen sein, sie wußte es nicht, aber vor dem Fenster stand schon dunkel der Abend, erwachte Rapp. Sie strich mit der Hand über sein Gesicht. Sie konnte ihn nicht mehr erkennen.

»Alexa?« fragte er schlaftrunken. »Mach Licht. Ich will dich sehen.«

Als die kleine Lampe brannte, war Wassil aus dem Zimmer verschwunden.

Rapp stützte sich auf den Ellenbogen. Er sah sie lange aus weit geöffneten Augen an. Den Kopf mit dem kurzen Haar vorgebeugt, lächelte sie zärtlich auf ihn nieder.

Ein milder Frühlingstag lag über Konstantinopel.

Bäume und Sträucher standen in voller Blüte, der regnerische Winter mit seinen vielen Sorgen und Zweifeln schien aus den Gemütern der Menschen gewichen zu sein.

Die Stadt glich einem Ameisenhaufen. Die Straßenbahnen, überfüllt bis auf den letzten Platz, klingelten lauter als sonst. Elegante Autos und Zweispänner fuhren über die Galata-Brücke, das laute Hupen der verschiedenen Signale, dazwischen das Schreien der Kutscher und der zahllosen Straßenverkäufer, alles schien ein neuerwachtes Leben zu bekunden.

Auf den engen Bürgersteigen gingen Menschen vieler Rassen, als hätten sie sich gerade in dieser Stadt aus aller Herren Ländern versammelt.

Englische Soldaten und Offiziere, in vorbildlicher Uniform, würdige Repräsentanten Großbritanniens, große, breite Amerikaner, strotzend vor Gesundheit, schritten ohne

Eile dahin. Kleine, frohgelaunte Franzosen, lebhaft gestikulierend und in ein Gespräch vertieft, hasteten an den vielen Verkaufsläden vorbei. Dann und wann abgerissene, blasse Offiziere und Soldaten der einstigen russischen Armee. Unfreie Männer, die auf das Wohlwollen der anderen angewiesen waren.

Eine Straße entlang, die an kleinen Häusern und Gärten zu einem Hügel hinaufstieg, gingen vier schweigende Männer, vier alte Freunde, Rapp, Chonenko, Doroschenko und Wassil.

Wieder hatten sich in Konstantinopel Nachrichten über die Möglichkeit der Rückkehr nach Rußland verbreitet. Erst hieß es, der Krieg gegen die Roten werde mit Hilfe der Engländer, Amerikaner und Franzosen wieder eröffnet. Aber diese Gerüchte erwiesen sich als falsch. Jedoch nicht die Möglichkeit, zurückzufahren, und die Herzen der Männer, die in Konzentrationslagern unter unwürdigen Umständen interniert waren, schlugen dieser endlichen Befreiung freudig entgegen. »Lieber in der Heimat sterben, als bei den früheren Verbündeten gefangen«, sagten sich alle.

Kaum aus den Klauen der Roten entronnen, wollten sie wieder zurück. Sie hofften, man werde sie schonen.

Vier Freunde, und doch ging jeder von ihnen seinen eigenen Gedanken nach. Sie kämpften mit sich selbst, deshalb schwiegen sie.

Am Ende der Straße, vor dem Garten des kleinen Hauses, in dem jetzt alle zusammen wohnten, stand Alexa und wartete. Sie hätten schon längst zurück sein müssen, aber diese Verspätung ängstigte sie nicht – Russen sind selten pünktlich.

Sie hatte sich auf einen von der Sonne durchglühten Stein gesetzt und blickte mit zugekniffenen Augen in die bläuliche Ferne. Das blonde Haar war gewaschen und ohne Eitelkeit zurückgekämmt. Das bunte Kleid, einfach und ohne jeden Schmuck, erhellte ihre ganze Gestalt. Ihr Gesicht war voller Leben, die Augen leuchteten vor Glück. Ja, jetzt stand endlich das Glück an der Schwelle. Die schweren Wolken waren nur noch Vergangenheit.

Wassil hatte Rapp zurückgebracht, er hatte ihn damals aus dem Feuer der Geschütze herausgeholt und auf einen der drei Panzerzüge verladen. Chonenko wußte nichts davon, denn sein Zug fuhr nach Sewastopol, der andere nach der Stadt Kertsch. In Kertsch erfolgte auch die Einschiffung Rapps, und in Konstantinopel hatten sich alle wiedergetroffen. Die Kosaken, um deren Hilfe Alexa gebeten hatte, wiesen Wassil den Weg zu ihr.

Lange noch blieben die Männer schweigsam, versonnen, fast scheu dem Leben außerhalb des Hauses gegenüber.

Bis sie Rapp eines Tages überraschte: Er hatte einen Spaten in der Hand und wollte ihn gerade in die Erde stecken. »Es ist Frühling, Liebste«, sagte er ihr damals, »dieses Stückchen Land müßte man wenigstens umgraben.« Er hatte dabei wehmütig gelächelt, und sie war schnell von ihm weggelaufen, als hätte sie es nicht gesehen. Wassil half im Haushalt. Chonenko ging jeden Tag mit seiner Braut in die Stadt zum Einkaufen und um zu hören, was es Neues gäbe. Nur Doroschenko lag still im Schatten und schwieg.

Alexas erster Brief eilte zu ihrem Vater. Er sollte jetzt allen helfen. Der zweite war an den Oberst von Bodmer gerichtet. Bodmer hatte sofort geantwortet, er wollte gern etwas für seine alten Kameraden tun. Doch Kommerzienrat Habermann schwieg. Auch der zweite und dritte Brief, der als dringend geschickt worden war, blieb unbeantwortet. Nun wollte Bodmer ihn aufsuchen und darüber an Alexa berichten.

Bald, sehr bald, vielleicht schon in den nächsten Tagen, wollten sie alle abreisen. Ärgerlich, daß gerade jetzt wieder von einer Rückreise nach Rußland gesprochen wurde. Alexa hatte sich fest vorgenommen, unter keinen Umständen Rapp wieder fortzulassen und ihm niemals mehr nachzugeben. Ja, das hatte sie sich vorgenommen...

Da kamen sie, die vier Männer. Als letzter ging Wassil.

Bei ihrem Anblick ist es Alexa, als fasse eine Hand roh nach ihrem Herzen. Plötzlich erlischt in ihr alle Freude.

Die Männer gehen genauso wie damals – die Köpfe gesenkt, die Arme auf dem Rücken verschränkt.

Doch nur für Sekunden starrt sie ihnen entgegen, dann geht sie mit etwas schwerem Schritt – aber sie geht ihnen doch entgegen.

»Wanja ...«

Er blickt auf und sieht sie, von der Frühlingssonne überflutet, vor sich stehen.

»Alexa?« Er nimmt sofort den veränderten Ausdruck ihres Gesichtes wahr. »Was hast du? Ist etwas geschehen?«

»Nichts ... Ich habe lange auf euch gewartet und bekam ein wenig Angst.«

»Wir trafen ein paar Kameraden«, sagt Rapp ausweichend. Er senkt den Kopf, sein Blick gleitet über sie hin und haftet an den einfachen Schuhen. Sie gönnt sich nichts, schnellt es durch seine Gedanken, alles gibt sie fort, für mich, für die anderen, denen sie Kleider, Essen und Geld schenkt.

Wieder hebt er den Kopf. Er möchte ihr irgendein gutes Wort sagen, aber das Mädchen sieht an ihm vorbei – in die Ferne.

»Wollen wir nach Hause? Das Essen wartet.«

»Ja, wir wollen gehen.« Teilnahmslos werden diese Worte gesprochen.

Sie gehen und schweigen, und schweigend setzen sie sich alle um den Tisch, der im Garten zwischen blühenden Büschen gedeckt ist.

»Herr Oberst!« platzt plötzlich Wassils frohe Stimme in dieses Schweigen. Begeistert blickt er die Männer an. »Ein paar Kameraden wollen schon in den nächsten Tagen wieder an den Don fahren.«

»Dann sollen sie alle fahren«, fällt schwer die Stimme des einsamen Doroschenko ein. »Ich bleibe! Oder ich gehe ins Lager, das ist mir gleich. Aber ich fahre nicht.«

Wassil läßt sich dadurch nicht beirren.

»Viele Kosaken haben Briefe bekommen. Man schreibt, daß alle auf uns warten. Ich weiß wohl, daß wir uns wieder ins Fegefeuer stürzen werden, aber in der Heimat verbrennen die Unseren doch auch ... Ich bin mit der Heimat mit Leib und Seele verwachsen. Der Verstand sagt mir zwar, ich müßte hierbleiben und warten, aber mit dem Herzen werde ich nicht mehr fertig. Und die Briefe ... sie schreiben alle, daß mit den Roten bald abgerechnet wird. Sie fragen, warum wir hier tatenlos herumsitzen und nichts unternehmen, denn je früher wir kommen, um so schneller wird die Macht der Roten zu Ende sein. Sie leben dort wie in der Hölle. Vielleicht ist es sogar eine Sünde, hierzubleiben.«

Schweigend sitzen die Männer und essen.

»Der Weg nach dem Don führt über die Häfen«, sagt Chonenko. »Dort sitzen die ›Besonderen Kommissionen‹, die sich freuen werden, uns alle abzufangen. Wer sollte uns überhaupt nach dem Don bringen?«

»Irgendein Schiff«, antwortet der optimistische Wassil. »Vielleicht ein griechisches. Die Griechen machen doch alles für Geld.«

»Was sagst du dazu, Rapp?« fragt Chonenko und sieht den Freund an.

Rapp schweigt. Er fühlt Alexas Blick. Auch sie erwartet seine Antwort. Er beginnt wieder, umständlich und langsam zu essen.

»Ich bleibe hier«, wiederholt Doroschenko, »wenn Alexa mich nicht hinausjagt. Ich weiß, daß ich nicht mehr lange zu leben habe. Nicht der Sieg der Roten hat mich zugrunde gerichtet, sondern unsere eigenen Leute, die nicht wissen, was sie wollen. Wenn viele so wären wie unser Wassil, der den Mut hatte, Rapp unter eigener Lebensgefahr aus der Feuerlinie herauszuholen und aufs Schiff zu bringen, dann sähe der Süden Rußlands heute anders aus. Und wenn wir auch den Don von den Roten säubern, was ist damit gewonnen? Dann wird neue Uneinigkeit entstehen, neuer sinnloser Kampf, neue Opfer. Nein, ich glaube nicht mehr an unser Volk. Es ist hart, aber ich glaube, es verdient nichts Besseres.«

Er schiebt seinen Teller fort, steht auf, geht zu Alexa und küßt ihr die Hand.

»Ich bin derselben Meinung«, sagt Chonenko finster. Die schwarzen Augen der Tatarin leuchten auf.

Auch Wassil ist aufgestanden und macht einen unbeholfenen Kratzfuß vor Alexa. »Wenn man etwas liebt, wie ich meine Heimat«, sagt er mit rotem Gesicht, »so kann man sie im Unglück und in völliger Verzweiflung nicht verlassen! Das ist meine Meinung!« Er spricht laut und bestimmt. »Ich werde jetzt Wasser für das Geschirrabwaschen aufstellen«, fügt er leise hinzu und geht ins Haus. Die anderen folgen ihm.

Langsam erhebt sich Rapp, rückt den Stuhl an den Tisch und geht zu Alexa. Ernst und groß blicken ihre Augen zu ihm auf.

»Du kannst fahren, Wanja! Du sollst nie etwas tun, was sich mit deiner Ehre und deiner Überzeugung nicht vereinbaren läßt. Vielleicht ist es auch besser, wenn du fährst, für dich ...« In ihrer Stimme klingt plötzlich ein weher Ton. »Meinetwegen sollst du nie Kompromisse machen, Wanja! Nie! Über dein Gefühl mußt du rücksichtslos verfügen, sonst wird dir das Leben zur Qual. Kein Mensch ist verpflichtet, aus irgendwelcher Rücksicht auf andere sich selbst zu einem Leben zu zwingen, das ihn unglücklich macht. Du sollst tun, was du willst, Wanja. Ich wünsche es«, endet sie bestimmt.

Sie sieht, wie er an den Zaun geht und dort stehenbleibt. Sie kennt jede seiner Bewegungen, seine Wunden, die Nadelstiche der einstigen Nähte, sie weiß, wann und wo er Schmerzen hat und was man tun muß, um sie erträglich zu machen.

Rapp blickt in die weite, sonnige Ferne, und es ist ihr auf einmal, als sei er, der ewig freie, ungebundene Mensch, selbst in diesen Garten eingesperrt wie in einen Käfig.

Sie erinnert sich plötzlich, wie er damals mit seinen Freunden über die weite Steppe ritt, jung, übermütig, voll uneingeschränktem, kühnem Leben. Und jetzt ...? Er ist schweigsam, scheu, müde, vielleicht für den Rest seines Lebens. Vielleicht würde er in dem Alltag, dem er heute schon kaum mehr gewachsen ist, untergehen ...?

Da dreht sich Rapp um.

»Auch wenn ich wollte«, sagt er langsam und betont, »ich könnte nicht mehr ... fahren. Ich bin wertlos geworden. Ich glaube auch nicht mehr daran. Die anderen haben noch ... eine junge Seele.«

Finster und grau waren die Abreisenden.

Sie saßen auf ihren Säcken, in denen sie ihre Habseligkeiten hatten. Um sie herum standen ihre Kameraden und alle die, denen sie in der Fremde zu Freunden geworden waren.

Niemand sprach – wovon sollte man auch miteinander sprechen?

Der Verbindungssteg legte sich zum Schiff hinüber.

Ohne Hast erhoben sich die Menschen, jemand bekreuzigte sie, viele Augen wurden trübe, lautlose Tränen fielen, und die grauen, gebeugten Männer gingen zum Dampfer hinauf. Über der großen Menschenmenge herrschte eine drükkende, unheilvolle Stimmung.

Die Zeit schlich...

Der Laufsteg wurde auf das Schiff gezogen.

Zwischen den Abfahrenden und den anderen lag kein Vorwurf, keine Feindschaft, keine Bitternis. Aber sie fanden auch kein Wort des Trostes mehr füreinander. Die einen verloren ihre Freunde und Brüder, die durch die Rückkehr in die Heimat alles aufs Spiel setzten, und die anderen empfanden bei ihrem Anblick Schmerz und Scham und die Trennung von allem, was sie seit Jahren verbunden hatte.

Dann und wann, wie eine grelle Dissonanz, riefen Stimmen nach dem Schiff herüber: »Schreibe mir... Vergiß nicht, zu grüßen... Versuche, meinen Brief unbedingt abzugeben... Sage meinem Bruder...«

Der Dampfer setzte sich langsam in Bewegung.

Und plötzlich flogen von allen Köpfen, hier wie dort, die Mützen herunter. Einige Männer knieten nieder und bekreuzigten das Schiff, andere begannen still zu schluchzen.

Ein Priester stellte sich an den äußersten Rand des Kais. Er hob hoch über seinen greisen Kopf das leuchtende Kreuz, auf dem Christus gekreuzigt ist und segnete die Abfahrenden.

Noch lange war der Dampfer zu sehen und die grauen, stillen Männer mit den entblößten Köpfen. Noch lange, solange man sich sehen konnte, winkten sie.

Ebenso schweigsam gingen die Menschen am Ufer wieder

auseinander. Das Schiff war längst ihren Blicken entschwunden.

»Ob wir sie noch einmal wiedersehen werden?« fragte Doroschenko.

»Nein, Petro, wir werden sie nie mehr wiedersehen. Denn wenn sie dort am Leben bleiben, so wird man sie nicht mehr herauslassen. Und ich glaube nicht, daß uns jemand helfen wird, die Roten aus dem Lande zu verjagen. Wir allein aber können es nicht mehr.«

»Und was sollen wir machen? Wir müssen doch Arbeit suchen!«

»Bodmer wird uns sicher helfen«, sagte Alexa. »Wir wollen bald nach Berlin fahren.«

»Hier geht es jedenfalls nicht mehr lange so weiter. Wir haben uns seit Monaten durchschmarotzt.«

»Wenn Alexa kein Geld gehabt hätte ...«

»Das ist doch gar nicht mein Geld, Petro«, unterbrach sie ihn schnell. »Es ist doch nur ein blinder Zufall. Wir müssen froh sein, daß es so gekommen ist und daß wir auch vielen anderen dadurch helfen konnten.«

»Weiß Gott, man sollte sich eigentlich darüber freuen«, sagte Doroschenko bitter. »Als ob man überhaupt kein Schamgefühl mehr hätte!«

»Hier, Petro, schau hin!« Rapp wies in eine Straße. »Siehst du den englischen Marineoffizier, seine vorbildliche, saubere Uniform, das glattrasierte, gepflegte Gesicht, die makellosen Handschuhe, die blitzenden Schuhe? Sein Land steht unerschütterlich da, deshalb hat er auch keine Sorgen. Er besitzt das Schönste für einen Menschen – eine Zukunft. Die kleine, hübsche Schwester, die neben ihm geht, war Alexas Pflegerin im englischen Krankenhaus. Wahrscheinlich wird er sie heiraten. Das sind Menschen, die ein Morgen haben – aber wir?«

»Chonenko, könntest du nicht mit einem Donkosaken-Chor eine Tournee machen? Du kennst die Welt und sprichst mehrere Sprachen. Ich würde dann als dein Stiefelputzer mitkommen oder vielleicht als dein Bursche, mit dem du aber ewige Nachsicht haben müßtest.«

»Du sollst nicht so häßlich reden, Petro!« Alexa gab ihm einen kleinen Stoß.

»Liebste Alexa, du weißt doch, daß ich recht habe.«

»Nein, du hast nicht recht!« rief sie. »Nie im Leben hast du recht! Es gibt für jeden Arbeit!«

»Wenn mir das jemand anderes sagen würde als du, Alexa, würde ich ihn auslachen. Aber du hast selbst viel zuviel durchgemacht, du weißt, was Leben ist, weißt auch, was es heißt, wenn man den Inhalt, den Zweck und den Sinn eines Lebens erst wieder suchen muß. Oksana und unser Kind – sind tot. Sie sollten mir alles andere ersetzen und hätten mir auch alles ersetzt.«

»Du kannst malen, Petro!«

»Vielleicht – es ist schon so lange her«, erwiderte er abwesend. »Ja, ich werde Oksana und das Kind malen ...«

Still setzten sie ihren Weg fort.

»Worüber werden sich die Unsrigen auf dem Schiff jetzt unterhalten?«

»Sie werden schweigen.«

»Ja, sie werden schweigen. Wovon sollten sie auch reden?«

X

Ein großer, schlanker Mann stieg die knarrenden Treppen eines Berliner Hinterhauses hinauf. Er trug einen eleganten, knapp gearbeiteten Mantel, und man sah ihm an seiner Haltung den früheren Offizier an. In den Händen hielt er langstielige Blumen. Das Treppenhaus roch nach Essen, Kohl, kochender Wäsche und verbrannter Milch, irgendwo plärrte ein Kind.

»Rapp«, las der Mann auf einem Schild. Er blieb stehen und begann, sich die Handschuhe auszuziehen. Hinter der alten, schon morschen Tür, deren Scheiben mit buntem Glaspapier verklebt waren, hustete jemand lange und stöhnend, und eine Frauenstimme versuchte, ihn zu beruhigen.

Als der Mann klingelte, wurde das Husten gedämpfter und hörte ganz auf. Feste Schritte hallten über den nackten Fußboden. Die Tür öffnete sich.

Der Mann nahm den Hut ab, sein graues Haar lag straff über dem schmalen, ernsten Gesicht.

»Bodmer!« Alexa war in Schwesterntracht, wie immer.

»Ein paar Blumen für dich.«

Bodmer trat ein und mußte sich erst an die Dunkelheit des Korridors gewöhnen. Er hängte seinen dicken Mantel neben den dünnen, schwarzen Mantel von Alexa.

Als er sich vor dem Spiegel schnell über das Haar strich, sah er die Frau vor dem dunklen Vorhang stehen, der den Korridor in der Mitte trennte. Sie wirkte entsetzlich blaß, und es fiel ihm wieder doppelt schwer auf die Seele, was aus diesem Elend hier werden sollte, nun, da sie ein Kind erwartete und in wenigen Monaten ihre Arbeit in der Klinik aufgeben mußte.

Das Zimmer, in das er ihr folgte, wirkte in dem grauen

Abend noch armseliger mit seinen wenigen, bescheidenen Möbeln und dem hohen Fenster auf den zweiten Hinterhof.

Alexa versuchte, die Blumen in einer Vase zu ordnen, aber sie war zu klein für die langstieligen Rosen.

Ich hätte ihr eine schöne, schlanke Vase mitbringen sollen, dachte er und wandte sich vom Fenster ab.

In diesem Augenblick hustete es wieder im Nebenzimmer.

»Wie geht es Petro Doroschenko?« fragte er.

»Nicht gut. Sein Herz ist sehr schwach«, flüsterte sie zurück.

»Keine Hoffnung?«

»Nein.«

»Kann ich zu ihm?«

»Später, ich habe ihm eben ein Pulver gegeben. Er muß jetzt schlafen.«

»Hat er von der Londoner Bilderausstellung schon eine Nachricht bekommen?«

»Noch nicht. Er wartet sehr darauf, obwohl er es vor uns nicht zugibt. Der Gedanke quält ihn, daß mein Mann und ich ihn ernähren.«

Bodmer setzte sich auf das knarrende Sofa und stützte den Kopf in die Hände.

»Ich sehe sein Steppenbild noch immer vor mir«, sagte er versonnen. »So greifbar, als stünde man mitten in der Steppe und als seien Luft, Blumen und Gras wirklich voller Leben, so wie damals. – Und seine Heiligenbilder. Oksana, das Kind in den Armen. Er ist ein großer Maler.«

Die Dämmerung begann jetzt, die Dürftigkeit des Zimmers zu verwischen.

»Es ist nicht besonders warm bei uns«, meinte Alexa. »Ich werde dir etwas Tee machen. Vom Flur zieht es noch immer, obgleich Wanja dicken Filz unter die Tür geschlagen hat.«

Sie drehte das Licht an und ging hinaus.

Er blickte ihr traurig nach. Als ihre Schritte sich entfernt hatten, stand er auf, griff hastig in seine Tasche, zog die Brieftasche und nahm ein paar Geldscheine heraus. Sein Blick überflog das ganze Zimmer, Tisch, Decke, ein paar abseits liegende Bücher. Endlich sank seine Hand mutlos zurück. Er steckte das Geld wieder zu sich.

Alexa brachte das weiße Geschirr. Aus ihren Augen leuchtete ihm ihr ganzes Vertrauen entgegen.

Ich hätte sie damit beschämt, dachte Bodmer. Sie hätte es niemals angenommen.

Ein paar Minuten hörte man nichts als ihr leises Hantieren. Sie deckte den Tisch mit liebevollen, ruhigen Bewegungen. Plötzlich hörte sie auf und hob den Kopf.

»Nun«, fragte er, »was hast du? Kummer?«

»Es ist wegen Wanja«, sagte sie hastig. »Ich mache mir Sorge um ihn. Im Frühjahr ging es, als er die Arbeit bei dem Bauern hatte, auch im Sommer. Aber jetzt, seit dem Herbst, nichts mehr. – Du weißt ja, daß er auf dem Bau versagte. Er konnte nicht so schwer tragen infolge der Verwundung. Du weißt, wie er sich die Finger krumm geschrieben hat und was für Angebote kamen. Als Vertreter kann er nicht gehen, es liegt ihm nicht, die Leute zum Kauf zu überreden. Er ist eben Landwirt.«

Sie schwieg und sah schwermütig vor sich hin. »Er ist den ganzen Tag fort«, sagte sie endlich leise, »ich weiß nicht, was er tut. Er sagt es mir nicht, und ich habe keinen Mut mehr, zu fragen. Kannst du das verstehen?«

Bodmer nickte. Er fühlte sich wie gelähmt.

»Manchmal bringt er mir etwas Geld«, fuhr sie fort. »Oder eine Pflanze, die er wie die vielen anderen pflegt. Wenn er aufwacht, sind diese Blumen sein erster Blick, und er geht nie fort, ohne jede von ihnen behutsam versorgt zu haben. Unter seinen Händen gedeihen sie wunderbar.«

Plötzlich erhellte ein zärtliches Lächeln ihr ernstes Gesicht. Sie holte aus dem Zimmer, in dem Rapp und sie schliefen, eine Hyazinthe und stellte sie unter die Lampe, in die Mitte des Tisches.

Es war, als verginge alles Häßliche der Gegenwart vor dem Duft und der Schönheit der blaßblauen Blüte.

Bodmer sah schweigend auf Alexas Hände.

»Auch nachts ist Wanja nicht zu Hause«, sagte sie. »Ich

habe jetzt oft Nachtdienst in der Klinik. Doroschenko erzählte es mir.«

Sie holte die Teekanne aus der Küche, stellte sie auf den Tisch und deckte sie zu.

Draußen ging die Tür.

Bodmer und Alexa wechselten einen Blick.

Sie war wie verwandelt. Alles an ihr war Erwartung und Glück. Sie lief hinaus.

»Es ist kalt. Was macht Petro?« hörte Bodmer Rapp im Korridor flüstern.

»Er schläft. Komm herein, Bodmer ist da.«

Als Rapp eintrat, erschrak Bodmer.

Er war oft bei Alexa gewesen, ohne Rapp anzutreffen, und hatte ihn deshalb seit einigen Wochen nicht mehr gesehen. Der Mann war entsetzlich verändert. Was früher, im Krieg, sein Gesicht müde und ernst hatte werden lassen, war ausgelöscht von einer tiefen Erschöpfung, einer verheimlichten Mutlosigkeit, die das Gesicht fast verzerrte. Sein Lächeln war unnatürlich, die Haut grau, die Augen wirkten dunkel vor Kummer. Er litt schwer darunter, daß Alexa der einzige Verdiener war und außerdem noch in ihrem Zustand die schweren Nachtwachen in der Klinik halten mußte.

Er blieb am Tisch vor Bodmer stehen, so daß sein Kopf nicht vom Lichtschein der Lampe getroffen wurde, und rieb sich fröstelnd die verarbeiteten Hände.

»Nett, daß ich dich mal sehe. Alexa berichtete mir von deiner guten Anstellung bei einer Exportfirma. Wie bist du eigentlich dazu gekommen?«

Während Alexa den Tee einschenkte, erzählte Bodmer. Er sei durch die Straßen gegangen, da habe ihn jemand angerufen: »Herr Oberst, Herr Oberst!«

»Ich blicke mich um, sehe ein bekanntes Gesicht, dessen Mund begeistert, doch ohne Zusammenhang ›Ukraine, Einmarsch deutscher Truppen‹ herunterrasselt und etwas von dem Stolz darüber, mein jüngster Leutnant gewesen zu sein. – Es war Ebersbach, ein Ordonnanzoffizier meiner Truppe. Wir gingen eine Tasse Kaffee trinken. Er sagte, sein Vater hätte ein Exportgeschäft, es würde ihnen eine besondere Ehre sein ... und so weiter. Kurz, ich nahm die Stellung vor vielen Monaten an. Es gefiel mir dort auch ganz gut.«

»Ja, Beziehungen ...« Rapp begann, seinen Tee zu trinken. Er hatte den sonderbaren abschließenden Satz Bodmers überhört. Sein Konfektionsanzug saß ihm über Schultern und Brust viel zu eng, das einfache Hemd sah nicht mehr tadellos sauber aus, die Krawatte war schlecht gebunden. Seine breite Hand hob sich über den Tisch und berührte die Blumenerde.

»Etwas zu trocken«, murmelte er vor sich hin, dann sah er auf. »Ja, Beziehungen«, wiederholte er. »Ich habe keine. Ich habe auch kein Glück, weiß der Teufel!«

»Aber, Johann, jeder Mensch hat einmal eine kräftige Pechsträhne. Was meinst du, wie dreckig es mir ging, als ich aus dem Felde kam. Ich hatte keine Mutter mehr, keine Geschwister. Ich stehe allein in der Welt und bin jetzt ungeheuer froh, daß ich dich habe, deine Frau, die Freunde, Dorochenko und Chonenko. Manchmal ist es sogar sehr gut, wenn es einem recht dreckig geht.«

»Wie meinst du das?«

»Man freut sich dann auch an den kleinsten Dingen. Man wird dankbarer.«

Draußen klingelte es. Rapp stand auf und ging hinaus.

»Wohnt hier Rapp?« fragte eine helle Kinderstimme.

»Ja, mein Kind«, erwiderte Rapp, »das bin ich selbst.«

»Vater läßt sagen, Sie brauchen das Essen nicht mehr auszutragen. Wir haben jetzt einen anderen Mann. Auf Wiedersehen.«

Die Tür wurde geschlossen. Rapp kam zurück und setzte sich mit einer müden, schwerfälligen Bewegung. Er hatte niemandem erzählt, daß er sich durch Essenaustragen bei einer kleinen Kneipe ein paar Pfennige verdiente.

Draußen klingelte die Glocke schon wieder schrill und laut.

»Der arme Petro«, sagte Alexa.

Rapp stand auf und kehrte mit Frau Chonenko zurück. Still und abwesend reichte sie allen die Hand und setzte sich sehr gerade auf einen Stuhl.

»Was hast du denn?« fragte Alexa erschrocken. »Bist du aus dem Modesalon entlassen worden?«

»Nein ... Iwan ist wieder fort ... Seit einer Woche.« Die kleinen Hände der Tatarin hielten die Teetasse, und aus den geschlossenen Augen lief eine Träne über die Wange.

»Der Dampf«, flüsterte sie erstickt. »Er ist so heiß, daß einem die Augen tränen. Aber das macht nichts, das ist bei mir immer so.« Sie bemühte sich krampfhaft, zu lächeln. »Ich habe sogar vergessen, Zucker zu nehmen, solch einen Durst hatte ich.«

»Mach doch keinen Unsinn.« Rapp nahm ihr die Tasse fort und legte den Arm um ihre schmalen Schultern. »Sprich dich aus. Warum ist er wieder fort? Keine Arbeit gehabt, was?«

Sie nickte. »Ich fühlte es«, antwortete sie leise. »Ich wartete die ganze Zeit, daß er wieder ginge. Ich weiß ja, daß er mich liebt, aber was bedeutet das schon, wenn sein Leben ohne Ziel und Zukunft ist?«

»Das war wohl seit Anfang der Welt so«, sagte Alexa aus dem Hintergrund des Zimmers. Sie saß so, daß man ihr Profil sehen konnte, die klare Stirn, die leicht gebogene Nase und einen schmerzlich lächelnden Winkel des weichen Mundes.

Die Tatarin nickte zu ihr hinüber. Sie war ruhiger geworden. »Ich habe noch am Abend, ehe er verschwand, gesagt: ›Du wirst mich verlassen, ich weiß es. Deine Arbeit, die dich nie befriedigen wird, dein ganzes Leben hier – alles wirst du mir eines Tages vor die Füße werfen. Nicht mir, deiner Frau, sondern dem Schicksal. Ich habe wohl Angst davor, aber gerade darin liegt deine Stärke, deine unverbrauchte innere Kraft. Danke Gott, daß du sie noch besitzest. Ich werde immer auf dich warten.‹ Er setzte sich zu mir, küßte schweigend meine Hände, als wollte er, der in seinem Leben schon mit dem Leibhaftigen gerungen hatte, Abbitte tun, bei mir, einer kleinen, unwichtigen Frau. – Am nächsten Morgen ging er und kam nicht mehr zurück. Seither habe ich nichts mehr von ihm gehört.«

»Hast du wenigstens eine Ahnung, wo er sein könnte?« fragte Rapp nach einer langen Pause.

»Das letztemal sprachen wir von dem Donkosaken-Chor. Einer von unseren Bekannten hörte ihn irgendwo im Ausland und äußerte, daß es schlecht um die Kosaken bestellt sei, weil sie keinen hätten, der ihnen in ihren Geschäften tatkräftig zur Seite stünde.«

»Haben sie damals nicht gerade in Frankreich gesungen?« fragte Bodmer.

»Ja, ich glaube, auch Iwan ist nach Frankreich unterwegs, zu Fuß, denn er nahm kein Geld mit. Auf dem Wege dorthin wird er bei den Bauern die Pferde kurieren. Als Offizier der Kosaken-Garde verstand er immer viel davon. So wird er sich sein Geld verdienen und solange weitergehen, bis er seine Kameraden erreicht hat.«

»Da ist er ja auf dem allerbesten Wege!« Bodmer versuchte, Frau Chonenko zuzulächeln.

»Ja, lieber Bodmer, vielleicht haben Sie recht.« Das Gesicht der jungen Frau erhellte sich. »Inzwischen werde ich weiter als Mannequin arbeiten, sparsam leben und ihm dann nachreisen. Er war immer ein wilder, unruhiger Kerl, mein Iwan.«

Sie schwiegen. Jeder hing seinen Gedanken nach.

»Eigentlich bin ich hierhergekommen, um mich zu verabschieden«, begann Bodmer plötzlich mit unsicherer Stimme.

»Wieso denn? Was heißt das, sich verabschieden?«

»Ihr wißt, ich habe vor langen Monaten an die deutschen Verwaltungsbehörden im Ausland ein Gesuch um Anstellung gerichtet. Ich habe nun Bescheid bekommen ... Ich gehe nach Washington ... Übermorgen läuft in Hamburg das Schiff aus.«

Seine Finger glitten über das Tischtuch. Alexa wußte, wie erregt er war.

»Ich verliere euch alle. Das ist schwer. Wir haben immer gut zusammengehalten, in den Schlachten, in der Etappe, hier, wo wir jetzt sitzen ...« Seine Hand fuhr über die Stirn. »Ihr wißt ja, was ich sagen will.«

Die Tatarin sah, wie Bodmer zu Alexa hinüberblickte, und fühlte wieder, daß der Mann wohl immer noch mehr als nur Freundschaft für die junge Frau empfand.

»Ich will gehen.« Bodmer stand auf.

»Und ich muß zum Dienst«, sagte Alexa.

»Grüßt Doroschenko von mir, den alten verwegenen Waffenkameraden«, flüsterte Bodmer im Korridor. »Ich wünsche ihm einen guten Erfolg bei der Ausstellung seiner Bilder in London.«

Rapp stand einsam in der Wohnungstür und sah ihnen nach.

Draußen war es kalt und naß. Der Schnee lag in schmutzigen Haufen, halb aufgetaut. Bodmer schlug den Mantelkragen hoch.

Die Elektrische kam, Alexa und Frau Chonenko mußten einsteigen. »Ich fahre in entgegengesetzter Richtung«, sagte er.

»Ich komme morgen noch zur Bahn.« Alexa hob die Hand zu seiner Schulter und strich über seinen Arm. Er nickte schnell und drückte fest ihre Hand. Dann verschwand seine Gestalt im Nebel.

Rapp hatte Doroschenko wieder in die Kissen zurückgelegt. Er hatte ihn in den Armen gehalten, während er ihm zu essen gab. Der Vorhang, der um das Bett des Freundes ging, war zurückgeschoben, und aus dem Korridor, in dem das Bett stand, kam kühle Luft. Petro war es heiß, er hatte darum gebeten. Jetzt lag er da mit offenen, weit entrückten Augen, das Hemd über der Brust geöffnet.

»Wenn Iwan Chonenko zurückkommt«, begann er kaum hörbar zu flüstern, »und ich weiß, er kommt zurück, dann sage ihm auf seine Frage, wo ich geblieben bin – ›gefallen‹. Nicht an der Front meiner Heimat, sondern in der Etappe des großen Krieges, wo noch sehr viele von uns sterben werden. Ich weiß, ich muß bald gehen. Und wenn wir mit unseren Idealen einst doch noch siegen werden, so war es das Sterben für unsere Heimat wert.«

Er richtete sich mühsam auf. Ein starker Hustenanfall erschütterte seinen hageren Körper. Endlich konnte er weitersprechen.

»Wir waren wenige, aber wir haben die ganze Reinheit unserer Fahnen für eine bessere Zukunft, für die noch folgenden Generationen, bewahrt. Glücklich kann nur ein Volk werden, das in letzter Stunde seinen nationalen Stolz und seine Ehre bewußt über das eigene Leben stellt.« Er sank zurück. »Wenn meine Bilder doch verkauft werden ... Alexa hat mich monatelang ernährt und gepflegt ...«

Plötzlich erhellten sich seine Augen mit unnatürlichem Glanz. »Den Rest an die hungernden Kameraden verteilen ... Kosaken, die noch eine junge Seele haben, die Tollsten und Kühnsten unter ihnen. Sie sollen, wie wir, einst die ›weißen Teufel‹ werden.«

Sein Kopf ruhte schwer in den Kissen, und der Schein des kleinen Öllämpchens, das über dem Bett hing, breitete sich über seinem entspannten Gesicht aus. In den Augen lag jetzt eine Bitte.

Rapp verstand. Er erhob sich und bekreuzigte den Freund. Die Augen schlossen sich.

»Wanja«, flüsterte Doroschenko nach langer Zeit. Rapp zuckte zusammen.

»Ich will noch einmal in den Himmel sehen.«

Rapp trug ihn auf seinen Armen in das Wohnzimmer und setzte ihn in den Sessel am Fenster. Doroschenko starrte angestrengt hinaus.

Rapp sah nur den häßlichen kleinen Hinterhof, und über diesen Ausblick verzweifelt, nahm er den Freund noch fester in die Arme.

»Wanja ... sieh ...« flüsterte Doroschenko, »die Sterne ... unsere Steppe ... weit, weit hat sie sich ausgebreitet ...« Er war jetzt schneeweiß geworden, aber seine Augen waren groß, jung und leuchtend.

»Ach ...!« Er seufzte tief auf.

Seine Sehnsucht hatte sich erfüllt.

Rapp ging ziellos durch die Straßen.

Fenster waren erleuchtet, überall hinter ihnen lebten Menschen, die weinten, lachten, starben. Wie viele Menschen waren mit ihren Sorgen um den Alltag, um das kärgliche Stück Brot, mit ihrer ewigen Angst allein?

Häuser, Fenster, Menschen und Alltag – das ist eine Stadt.

Gab es denn keine Möglichkeit, dem Alltag zu entrinnen?

Schritt für Schritt, Schritt für Schritt ging er weiter. Irgendwohin. Vielleicht, in der dunkelsten Nacht, gab es keinen Alltag. Dorthin wollte er mit seiner Verzweiflung.

Alexa, dachte er mutlos. Du rackerst dich für mich ab. Du wirst immer anspruchsloser, obwohl du dich längst pflegen und schonen müßtest.

In wenigen Monaten soll das Kind geboren werden.

Und ich bin ohne Arbeit!

Es wurde Nacht, es wurde Morgen, und Rapp ging immer noch. Er spürte weder Kälte noch Nässe des nebligen Wintermorgens. Er fand eine Bank und setzte sich. Dort lag ein Paket mit Broten, das jemand vergessen oder verloren hatte. Er öffnete es und begann hastig zu essen, dabei blickte er nach allen Seiten, als sei er ein Dieb, der gestohlen hatte.

Ein schöner brauner Setter, verkommen und schmutzig, stand vor ihm, zitternd vor Kälte.

»Na, komm schon, bist ja auch verhungert.« Er warf ihm ein Stück Brot zu, das der Hund verschlang.

»Noch etwas? Armes Vieh.« Er streichelte den Hund, der ihm den Kopf auf die Knie gelegt hatte. Er redete auf ihn ein, als wäre er ein Mensch.

»Du mußt jetzt gehen. Hast du kein Zuhause, nein?« Rapp blickte nach dem Halsband. Auf dem kleinen Schild stand eine Adresse.

»Komm, ich bringe dich heim.« Er erhob sich, und der Hund trottete, immer noch zitternd, hinter ihm her.

Rapp fragte sich nach der Straße durch. Er klingelte vor einer Villa. Ein Stubenmädchen machte ihm die Gartenpforte auf, der Hund sprang ihr sofort freudig entgegen.

»Kommen Sie, die gnädige Frau wird sich freuen. Sie schläft noch, aber ich werde sie wecken. Sie wollen nicht? Na, Sie sind schön dumm, wenn Sie auf die Belohnung verzichten. Kommen Sie man, Geld riecht nicht.«

Sie ging hastig vor und ließ Rapp in der Diele stehen.

Bald darauf kam eine verschlafene Frau und begann, mit lauten Worten ein Loblied auf den ehrlichen Finder anzustimmen. »Ach, mein Herr, ich müßte Ihnen ja viel, viel mehr geben«, verklang ihre Stimme, als sich die Tür hinter ihm schloß.

Es fiel ihm ein, daß Alexa bald zu Hause sein mußte. Er begann auszuschreiten. Sie durfte nicht allein in die Wohnung zu dem Toten kommen.

Alexa war noch nicht zu Hause. Auf dem Fußboden des Korridors lag ein Eilbrief. Rapp riß ihn auf.

Die beiden Bilder des toten Freundes waren in London verkauft. Doroschenko sollte sofort herüberkommen und das Honorar sowie weitere Aufträge in Empfang nehmen.

Rapp warf die Mütze vom Kopf, seine Finger umspannten die kalte, schweißige Stirn. Unsicher ging er zu dem Toten, als wollte er ihm den Brief noch zeigen.

Seit Jahren, dachte Rapp, bis jetzt, jede Stunde, ja jede Sekunde hat auch dieser Mensch auf irgend etwas gehofft, für das Ziel gearbeitet, gewartet. Wenn dieser verdammte Brief früher gekommen wäre, hätte er sich vielleicht noch einmal aufraffen können ...

Zu spät, Petro war nicht mehr.

Unschlüssig stand Rapp vor dem toten Freund, über dessen Zügen immer noch der milde Schein des Öllämpchens schwebte.

»Dein Wunsch ist doch noch in Erfüllung gegangen! Hier, der Brief!«

Rapp faßte sich plötzlich wieder an den Kopf. War er denn wahnsinnig geworden?

Der Gedanke, daß Alexa jetzt kommen könnte, ängstigte ihn. Er mußte sich zusammennehmen.

»Ich muß schnell den Ofen heizen«, murmelte er, »Kaffee kochen.«

Er begann zu hantieren, riß die Fenster auf, räumte die Zimmer auf, deckte den Tisch und begann, den Kaffee zu mahlen.

Der Alltag ging weiter, immer weiter, an allem Leben vorbei.

Die letzten Freunde und Kameraden aus einer Vergangenheit, die ihnen selbst heute wie eine Legende erschien, kamen zu Petro Doroschenko. Bunt und unstet war ihr Leben geworden. Die einen hielten das Steuer eines Mietautos, die anderen ein Servierbrett im Restaurant und bedienten Menschen mit einem nichtssagenden, höflichen Lächeln.

Auch sie hatten jede Hoffnung auf eine erträglichere Zukunft verloren. Vor ihnen lag, beständig lauernd, das Alter; sie wußten, es würde sie erdrücken. Vor ihnen lagen Elend und Armut.

Die Jahren waren gezählt, in denen man noch etwas arbeiten, Geld verdienen und den anderen zu helfen vermochte. Dann würde das Gefürchtete unabwendbar eintreten... Vielleicht doch die Erlösung?

Hier, in der Fremde, hatten sie sich zum letzten Kampf zusammengefunden. Sie halfen sich gegenseitig, kannten keine Schwäche, kein Wanken und Sichaufgeben. Sie waren kleine, ungesehene, von den meisten verkannte, von vielen schon verlachte Titanen im großen brutalen Alltag.

Die Hände der alten Freunde und Kameraden betteten Petro Doroschenko zur letzten Ruhe. Die gleichen Hände legten ihm die alte Uniform, die Ehrenabzeichen an, gaben ihm seine Heiligtümer, die kleinen Erinnerungen auf den Weg und streuten eine Handvoll Heimaterde zu seinen Füßen nieder.

Dann trugen sie ihn hinaus.

Sie warfen auch die erste Handvoll Erde dieses fremden Landes über den Sarg des Heimatlosen. Es war für sie ein letzter Händedruck.

Dann bekreuzigten sie sich, traten unentschlossen von seinem Grabe zurück und gingen.

Sie verließen den kleinen, einsamen Friedhof und trennten sich still. Jeder fuhr in eine andere Richtung. Die Großstadt schluckte sie alle wieder.

Alexa fühlte sich schwach und traurig, als sie mit Rapp das

Haus betrat. Hier im Hinterhaus gab es keine Teppiche. Ihre Schritte hallten laut auf den ausgetretenen, schmutzigen Stufen. Armseliges Licht fiel durch die hohen, schmalen Fenster.

Alexa erschien die Treppe heute wie ein Berg, den sie mühsam mit Rapp erklomm. Er hatte die unnatürliche Blässe ihres Gesichtes bemerkt, sie gestützt und zog sie nun Stufe um Stufe hinauf.

»So«, ermunterte er, »jetzt kommt die letzte Treppe, gleich haben wir es geschafft.« Seine Stimme versuchte vergeblich, munter zu klingen, die Angst um Alexa erstickte alles.

Als sie um den Treppenabsatz bogen, schraken sie zurück.

Da saß ein Mann.

Er saß auf der obersten Stufe und hatte den Kopf in die Hände gestützt. Sein graues Gesicht starrte ihnen entgegen und verschwamm in dem ungewissen Licht. Rapp drückte auf den Knopf der Treppenbeleuchtung. Die einsame Birne flammte auf. Da hob der Mann den Kopf aus den Händen.

»Habermann!«

Alexa stand atemlos hinter Rapp, die Hand auf das Herz gepreßt.

»Vater!« flüsterte sie.

Habermann erhob sich langsam. »Hm«, machte er. »Ich hoffe, ihr seid vor Freude erschrocken. Man hat mich heute aus dem Gefängnis entlassen.«

Seine Stimme klang rauh, so, als hätte er lange geschwiegen.

Rapp streckte die Hand aus. Habermann griff danach und drückte sie flüchtig.

»Ein seltsames Wiedersehen«, stotterte er. »Nun laßt mich endlich hinein, ich bin schon fast steif geworden. Eure Portiersfrau sagte, ihr kämet bald, da habe ich einfach gewartet.«

Jetzt erst faßte sich Alexa. Sie hob die Arme und legte sie um seinen Hals. Eine Sekunde hielt er still, drückte ihren Kopf an seine Brust, dann schob er sie von sich.

»Bin wohl sehr verändert?« fragte er mißtrauisch. »Na, ihr auch. Die Jahre gehen an keinem spurlos vorüber.«

Ja, er war sehr verändert. Das Haar fast weiß, die Wangen eingefallen und die Schultern ein wenig nach vorn gesenkt,

etrat. Hier im Hinterhaus gab es keine Teppiche. Ihre
hallten laut auf den ausgetretenen, schmutzigen Stu-
nseliges Licht fiel durch die hohen, schmalen Fenster.
a erschien die Treppe heute wie ein Berg, den sie müh-
Rapp erklomm. Er hatte die unnatürliche Blässe ihres
es bemerkt, sie gestützt und zog sie nun Stufe um
inauf.

, ermunterte er, »jetzt kommt die letzte Treppe, gleich
vir es geschafft.« Seine Stimme versuchte vergeblich,
zu klingen, die Angst um Alexa erstickte alles.

ie um den Treppenabsatz bogen, schraken sie zurück.
aß ein Mann.

ß auf der obersten Stufe und hatte den Kopf in die
gestützt. Sein graues Gesicht starrte ihnen entgegen
schwamm in dem ungewissen Licht. Rapp drückte auf
nopf der Treppenbeleuchtung. Die einsame Birne
e auf. Da hob der Mann den Kopf aus den Händen.
ermann!«

a stand atemlos hinter Rapp, die Hand auf das Herz
.

er!« flüsterte sie.

ermann erhob sich langsam. »Hm«, machte er. »Ich
hr seid vor Freude erschrocken. Man hat mich heute
n Gefängnis entlassen.«

Stimme klang rauh, so, als hätte er lange geschwiegen.
streckte die Hand aus. Habermann griff danach und
sie flüchtig.

seltsames Wiedersehen«, stotterte er. »Nun laßt mich
hinein, ich bin schon fast steif geworden. Eure Por-
u sagte, ihr kämet bald, da habe ich einfach gewartet.«

erst faßte sich Alexa. Sie hob die Arme und legte sie
nen Hals. Eine Sekunde hielt er still, drückte ihren
n seine Brust, dann schob er sie von sich.

wohl sehr verändert?« fragte er mißtrauisch. »Na, ihr
Die Jahre gehen an keinem spurlos vorüber.«

war sehr verändert. Das Haar fast weiß, die Wangen
llen und die Schultern ein wenig nach vorn gesenkt,

ren mit ihren Sorgen um den Alltag, um das kärgliche Stück Brot, mit ihrer ewigen Angst allein?

Häuser, Fenster, Menschen und Alltag – das ist eine Stadt.

Gab es denn keine Möglichkeit, dem Alltag zu entrinnen?

Schritt für Schritt, Schritt für Schritt ging er weiter. Irgendwohin. Vielleicht, in der dunkelsten Nacht, gab es keinen Alltag. Dorthin wollte er mit seiner Verzweiflung.

Alexa, dachte er mutlos. Du rackerst dich für mich ab. Du wirst immer anspruchsloser, obwohl du dich längst pflegen und schonen müßtest.

In wenigen Monaten soll das Kind geboren werden.

Und ich bin ohne Arbeit!

Es wurde Nacht, es wurde Morgen, und Rapp ging immer noch. Er spürte weder Kälte noch Nässe des nebligen Wintermorgens. Er fand eine Bank und setzte sich. Dort lag ein Paket mit Broten, das jemand vergessen oder verloren hatte. Er öffnete es und begann hastig zu essen, dabei blickte er nach allen Seiten, als sei er ein Dieb, der gestohlen hatte.

Ein schöner brauner Setter, verkommen und schmutzig, stand vor ihm, zitternd vor Kälte.

»Na, komm schon, bist ja auch verhungert.« Er warf ihm ein Stück Brot zu, das der Hund verschlang.

»Noch etwas? Armes Vieh.« Er streichelte den Hund, der ihm den Kopf auf die Knie gelegt hatte. Er redete auf ihn ein, als wäre er ein Mensch.

»Du mußt jetzt gehen. Hast du kein Zuhause, nein?« Rapp blickte nach dem Halsband. Auf dem kleinen Schild stand eine Adresse.

»Komm, ich bringe dich heim.« Er erhob sich, und der Hund trottete, immer noch zitternd, hinter ihm her.

Rapp fragte sich nach der Straße durch. Er klingelte vor einer Villa. Ein Stubenmädchen machte ihm die Gartenpforte auf, der Hund sprang ihr sofort freudig entgegen.

»Kommen Sie, die gnädige Frau wird sich freuen. Sie schläft noch, aber ich werde sie wecken. Sie wollen nicht? Na, Sie sind schön dumm, wenn Sie auf die Belohnung verzichten. Kommen Sie man, Geld riecht nicht.«

Sie ging hastig vor und ließ Rapp in der Diele stehen.

Bald darauf kam eine verschlafene Frau und begann, mit lauten Worten ein Loblied auf den ehrlichen Finder anzustimmen. »Ach, mein Herr, ich müßte Ihnen ja viel, viel mehr geben«, verklang ihre Stimme, als sich die Tür hinter ihm schloß.

Es fiel ihm ein, daß Alexa bald zu Hause sein mußte. Er begann auszuschreiten. Sie durfte nicht allein in die Wohnung zu dem Toten kommen.

Alexa war noch nicht zu Hause. Auf dem Fußboden des Korridors lag ein Eilbrief. Rapp riß ihn auf.

Die beiden Bilder des toten Freundes waren in London verkauft. Doroschenko sollte sofort herüberkommen und das Honorar sowie weitere Aufträge in Empfang nehmen.

Rapp warf die Mütze vom Kopf, seine Finger umspannten die kalte, schweißige Stirn. Unsicher ging er zu dem Toten, als wollte er ihm den Brief noch zeigen.

Seit Jahren, dachte Rapp, bis jetzt, jede Stunde, ja jede Sekunde hat auch dieser Mensch auf irgend etwas gehofft, für das Ziel gearbeitet, gewartet. Wenn dieser verdammte Brief früher gekommen wäre, hätte er sich vielleicht noch einmal aufraffen können …

Zu spät, Petro war nicht mehr.

Unschlüssig stand Rapp vor dem toten Freund, über dessen Zügen immer noch der milde Schein des Öllämpchens schwebte.

»Dein Wunsch ist doch noch in Erfüllung gegangen! Hier, der Brief!«

Rapp faßte sich plötzlich wieder an den Kopf. War er denn wahnsinnig geworden?

Der Gedanke, daß Alexa jetzt kommen könnte, ängstigte ihn. Er mußte sich zusammennehmen.

»Ich muß schnell den Ofen heizen«, murmelte er, »Kaffee kochen.«

Er begann zu hantieren, riß die Fenster auf, räumte die Zimmer auf, deckte den Tisch und begann, den Kaffee zu mahlen.

Der Alltag ging weiter, immer weite
bei.

Die letzten Freunde und Kamerader
heit, die ihnen selbst heute wie eine Le
zu Petro Doroschenko. Bunt und uns
worden. Die einen hielten das Steuer e
deren ein Servierbrett im Restaurant ur
mit einem nichtssagenden, höflichen

Auch sie hatten jede Hoffnung auf
kunft verloren. Vor ihnen lag, bestänc
sie wußten, es würde sie erdrücken.
und Armut.

Die Jahren waren gezählt, in denen
ten, Geld verdienen und den anderen
Dann würde das Gefürchtete unab
Vielleicht doch die Erlösung?

Hier, in der Fremde, hatten sie sich z
sammengefunden. Sie halfen sich gege
Schwäche, kein Wanken und Sichaufg
ungesehene, von den meisten verkan
verlachte Titanen im großen brutalen

Die Hände der alten Freunde und K
tro Doroschenko zur letzten Ruhe. D
ten ihm die alte Uniform, die Ehrenat
seine Heiligtümer, die kleinen Erinner
streuten eine Handvoll Heimaterde zı

Dann trugen sie ihn hinaus.

Sie warfen auch die erste Handvol
Landes über den Sarg des Heimatlos
letzter Händedruck.

Dann bekreuzigten sie sich, traten u
nem Grabe zurück und gingen.

Sie verließen den kleinen, einsamen
sich still. Jeder fuhr in eine andere Ri
schluckte sie alle wieder.

Alexa fühlte sich schwach und trau

Haus
Schri
fen. A
Al
sam n
Gesic
Stufe
»Sc
haber
munt
Als
Da
Er
Händ
und v
den
flamn
»H
Al
gepre
»V
Ha
hoffe
aus d
Sei
Ra
drück
»Ei
endlic
tiersf
Jet
um s
Kopf
»Bi
auch.
Ja,
einge

aber seine grauen Augen blickten kühl prüfend und voller Überlegenheit, wie immer.

Im Korridor war der Vorhang zurückgeschoben, das leere Bett Doroschenkos, mit abgezogenen Kissen, stand einsam da.

»Wer haust denn hier?« Habermann sah sich kritisch um.

»Niemand mehr«, antwortete Rapp, schroffer, als er beabsichtigt hatte. »Der, der dort schlief, ist tot.«

»Ach so«, murmelte Habermann und schwieg.

Im Zimmer wanderte er auf und ab, während Alexa rasch den Tee zubereitete.

»Auch kein Palast«, sagte er trocken. »Hast du Arbeit, Johann?«

Rapp schüttelte den Kopf.

»Ja, ohne Geld ist es kein Leben.« Habermann blieb vor dem Fenster stehen. Draußen dunkelte es. Überall hinter den Fenstern flammte das Licht auf.

Er hatte keinen Palast erwartet, aber auch nicht so viel Armut! Als Alexa eintrat, wandte er sich ins Zimmer zurück und setzte sich zu Rapp an den Tisch. Sein Blick glitt über seine Tochter, haftete an ihrem müden Gesicht, den rauhen Händen, flog über das schwarze einfache Kleid und die ausgetretenen Schuhe.

Er schüttelte den Kopf. »Es scheint, es wäre an der Zeit, daß der alte Habermann wieder Geschäfte macht.«

Unwillkürlich richtete sich Rapp auf. Ein Strom von Willen, Kraft und Sicherheit ging von diesem Mann aus, der eben aus dem Gefängnis kam, in das ihn vor Jahren sein Leichtsinn gebracht hatte.

Nichts konnte Habermann beugen, er gab nicht nach. Für ihn war die Welt ebenso offen wie bisher.

Sein Anzug war dünn, für den Sommer berechnet, seine breiten Hände, die nebeneinander auf dem hellen Tischtuch lagen, waren unsauber. Er war alt geworden, doch nur äußerlich. Sein Verstand aber arbeitete mit der gleichen Überlegenheit, der Blick seiner Augen war jung geblieben.

»Was hast du versucht«, fragte er, »um Geld zu machen?«

Rapp zuckte die Achseln. »Alles«, antwortete er. »Aber man braucht keinen Landwirt in dieser Zeit, und um etwas Neues zu lernen, bin ich den Leuten immer zu alt. Junge Leute sind billiger und besser anzulernen. Im Sommer war ich bei einem Bauern, so eine Art Knecht. Bis vor einigen Tagen verdiente ich noch ein paar Groschen, aber jetzt ist es auch damit vorbei.«

Er verschwieg, womit er die Groschen verdient hatte. Es würde einem Habermann auch kaum verständlich sein.

»Und du, Alexa?«

»Sie arbeitet für mich«, gab Rapp vor ihr die Antwort. Sein Gesicht tauchte für Sekunden in grenzenlose Bitterkeit. »Sie arbeitet in der Klinik, hält Nachtwachen, in diesem Zustand.«

»In diesem Zustand?« wiederholte Habermann. Er sah Alexa noch einmal prüfend und lange an. Ein unsicherer Blick lag in seinen Augen.

»Ach ... das auch noch«, sagte er laut.

Ihr Gesicht wirkte in diesem Augenblick, im Licht der Lampe, vor dem dunklen Hintergrund des Zimmers, rührend jung. Sie sann mit einem stillen Lächeln vor sich hin.

»Und was hast du vor?« fragte Rapp interessiert.

»Ich?« Habermann machte eine große Geste. »Mir steht alles offen. Ich, mit meinen Beziehungen, was sollte ich tun? Anfangen! Jawohl, noch einmal ganz von vorne anfangen, wie ein kleiner Mann. Morgen gehe ich zu allen Leuten, die mir dabei nützen können.«

Er kniff die Augen zusammen. »Es sind nicht wenige«, fügte er leise hinzu, »o nein, es sind nicht wenige, denen ich mal über den Berg half und die mir zu Dank verpflichtet sind.« Er lächelte spöttisch. »Sie werden mir Geld geben, ich werde, wie in früheren Zeiten, wieder Geschäfte machen, denn sie glauben noch an meine Nase. Die notwendigen Tips bekomme ich dazu. Außerdem hatte ich Zeit genug, mir einiges auszudenken in diesen Jahren. Was man anfangen könnte, wie, wann, womit und so weiter. Nein, um mich ist mir nicht bange. Ihr dachtet wohl, ich wäre geschlagen, was? Im Gegenteil, ich glaube, ich habe mich noch nie so stark gefühlt wie heute, als ich zum ersten Male wieder die freie Straße betrat! Nur eines kann ich mir nicht recht verzeihen – die Dummheit!« Er seufzte.

»Schiebungen! Wer macht sie nicht? Wer, der so wie ich mitten in den Geschäften steht, kann in dieser Zeit eine saubere Weste behalten? Ich frage euch, wer? Mich haben sie erwischt, das ist der Unterschied. Von den anderen weiß man es wohl, aber man kann ihnen nichts beweisen. So haben sie ihr Schäfchen im trocknen und die weiße Weste dazu. Der Jensen auch, der verdammte Kerl...«

Er unterbrach sich plötzlich. »Du, hör mal, Johann. Da fällt mir ein, daß Jensen heute ein Gut hat, irgendwo in Mecklenburg. Wäre das was für dich? Überleg nicht lange, Mensch! Fahr einfach hin, bestelle ihm einen ›recht herzlichen Gruß‹ vom alten Habermann, und er soll dich einstellen, als Verwalter natürlich, unter dem machst du's nicht. – Na?«

Rapp beugte sich hastig vor. Er griff mit beiden Händen über den Tisch, schwieg und atmete erregt. Alexa sah aufmerksam zu ihm hin.

»Na?« wiederholte Habermann ungeduldig. »Wie ist's? Ich denke, mit euch müßte was geschehen. So geht's doch nicht weiter? Oder –?«

Er deutete mit einer Kopfbewegung auf Alexa.

»Ja!« sagte Rapp deutlich und mit einem zuversichtlichen Klang in der Stimme. »Ja, wenn du meinst, dann werde ich eben hinfahren.«

»Mehr als nein kann auch Jensen nicht sagen. Aber paß auf, er wird nicht verneinen. Ich habe den Kerl hochgebracht, ich habe ihn zu dem gemacht, was er heute ist. Ich dachte, damals in Petersburg, er würde mir nützlich sein, der kleine Kapitän. Ich war ihm nützlich, jawohl, ich ihm! Er war mir überlegen. Ein unangenehmer Mensch, aber das spielt jetzt für dich keine Rolle.«

Er griff in die Tasche und kramte umständlich zwischen seinen Papieren. Endlich legte er mit einer schnellen Bewegung einen kleinen Geldschein auf den Tisch.

Er lachte. »Da«, sagte er rauh, »ich denke, ich habe mal zu

dir von einer Mitgift gesprochen, Johann Rapp. Hier ist alles, was ich ungefähr im Augenblick besitze. Ich habe bei einem Bekannten vorgesprochen. Bißchen wenig, die Mitgift, aber sie kommt noch zur rechten Zeit. So bin ich – der alte Habermann – bringe es heute noch fertig, euch eine neue Existenz aufzubauen.«

Er strich den Schein glatt. »Der langen Rede kurzer Sinn: Nimm das Geld und fahr zu dem Kerl. Morgen mit dem ersten Zug. Die Adresse – warte.« Er kramte wieder, brachte einen schmutzigen Zettel zum Vorschein und warf ihn Rapp hin. »Neu-Buckow in Mecklenburg. Ich habe sie vor ein paar Monaten aufgeschrieben, dachte, er würde mir auch ›danken‹ können. Na, wenn er was für dich tut, will ich nichts von ihm.«

»Es ist dein ganzes Geld?« fragte Rapp.

»Was, das da? Für heute habe ich noch ein bißchen Kleingeld. Und morgen –?« Er blinzelte vergnügt. »Morgen habe ich viel mehr, als ihr lange beieinander gesehen habt. Darauf kannst du dich verlassen!«

Da lag das Geld, gerade unter der Lampe. Der Schein war verknittert und alt, aber eine herrliche Hoffnung ging von ihm aus. Rapp nahm ihn, faltete ihn sorgfältig zusammen und steckte ihn in seine abgeschabte Geldtasche.

»Danke«, sagte er.

»Nichts zu danken«, antwortete Habermann. »Halt den Mund.« Er sah Alexa an. Seine Augen wurden groß, dann blickte er weg, mit einem verlegenen Ausdruck um die Lippen.

Sie weinte. Die Tränen liefen still und schnell über das schmale Antlitz. Sie hatte die Augen dabei geschlossen und lächelte, und das wirkte besonders schlimm. Es war ein glückliches Lächeln, geboren durch ihn, den alten Habermann, hingezaubert durch einen schmutzigen kleinen Geldschein, den man beim Tütenkleben verdient hatte. Ja, so war das Leben.

Er schwoll ein wenig an vor Stolz. Da kam er, arm, abgebrannt, und half, wie früher – als wenn es gar nichts wäre.

Nur der Maßstab der Dinge hatte sich verkleinert; aber er war immer noch der alte: der »große Habermann«!

Dabei kam er sich doch recht sonderbar vor, wie er hier so saß, als Vater, als Wohltäter, in dieser ärmlichen Stube, angefüllt mit Plänen bis zum Rand, und vor sich die Frau, die seine Tochter war, und den Mann, den sie liebte – eigentlich zwei fremde Menschen.

Er reckte sich. Jetzt würde er diese Stube verlassen, vielleicht irgendwann einmal wiederkommen, nicht hierher, aber doch nach Buckow, wenn die Armut ausgelöscht war. Das alles hier bedrückte ihn.

»Ich will gehen«, sagte er und stand gleich auf.

Sie begleiteten ihn in den Korridor. Rapp half ihm in den dünnen Mantel. »Morgen gibt's einen Neuen, Kinder«, sagte er. »Wer mich morgen sieht, erkennt mich nicht wieder, selbst der Wärter nicht, darauf könnt ihr euch verlassen. Kleider machen Leute. Und dann, später, wenn ich mal Zeit habe, sehe ich nach euch. Also, macht's gut so lange.«

Er hatte es eilig. Draußen erwartete ihn das Leben voller Arbeit und Kampf. Er küßte Alexa flüchtig, drückte Rapps Hand und ging aus der Tür. Auf der Schwelle wandte er sich noch einmal um, mit einem deutlichen Ruck.

Seine Stimme klang heiter und sicher, als er fragte:

»Wo wohnen die Wolkoffs jetzt? Auch in Berlin – oder in Paris?«

»Die Wolkoffs?« Alexa hielt die Tür in der Hand, ihr Gesicht war voll Verwunderung. »Sie sind alle tot.«

Habermann drehte den Kopf zurück, als hätte er nicht verstanden.

»Tot?« fragte er. »Alle? Auch ... Tatjana?«

»Alle«, antwortete sie, noch immer voll Erstaunen. »Schon lange, Vater.«

»So. Danke.« Er faßte nach der Tür und schlug sie hinter sich zu.

Alexa hörte ihn schnell und kräftig die Treppe hinuntergehen. Sie lehnte sich an die Wand und öffnete die Arme.

»Wanja!«

Rapp stand vor ihr. Sein Gesicht war glatt und jung. Diese Stunde hatte ihm die Hoffnung wiedergegeben.

Er beugte sich zu ihr, hob sie vorsichtig auf und trug sie in das Zimmer zurück.

»So, mein tapferes Frauchen, nun ruh dich aus. Es war ein bißchen viel, nicht wahr?«

Sie ließ es glücklich mit sich gesehehen, als er sie liebevoll auf das alte Sofa bettete und in die Wolldecke einhüllte.

»Jetzt geben wir dir etwas zu essen, und dann setze ich mich zu dir und erzähle dir eine Geschichte.«

»Ach ja, bitte.« Sie fühlte sich auf einmal entsetzlich schwach und elend und war froh, als sie lag.

Von ihrem Platz aus konnte sie das ganze Zimmer überblicken. Sie verfolgte jede Bewegung des Mannes. Er ging auf und ab, in die Küche, zurück ins Schlafzimmer, um sie schnell zwischendurch zu streicheln. Er deckte den Tisch mit allem, was sie besaßen, als habe nun die Not ein Ende. Während der Arbeit summte er vor sich hin, mit seiner vollen, warmen Stimme.

Sie schloß die Augen, hörte nichts als den Klang dieser geliebten Stimme und seine leisen Schritte. Teller klapperten, der Wasserkessel in der Küche kochte und verstummte. Sie dämmerte zwischen Wachen und Schlafen, zwischen Schmerz, der in die Vergangenheit ging, und Glück, das in die Zukunft reichte.

»So, nun komm und iß, Liebste.«

Als sie die Augen öffnete, kniete Rapp vor dem Sofa. Sie sah sein verändertes Gesicht nahe vor sich und küßte ihn zärtlich.

»Ich bin so froh, Wanja.«

Er nickte ihr zu. Es war, als versänken plötzlich die schweren Jahre und er sei wieder derselbe Junge wie in Petersburg, wie in der Ukraine, wie zu der Zeit, als sie sich ineinander verliebten.

Er fütterte sie wie ein Kind, stolz, sie einmal pflegen und verwöhnen zu können. Sie hielt seine eine Hand die ganze Zeit fest, um seine Nähe doppelt stark zu fühlen.

Dann, als er wieder abgeräumt hatte, zündete er sich seine Pfeife an und setzte sich zu ihr auf den Rand des Sofas.

»Was soll ich dir erzählen?« fragte er.

»Etwas Schönes.«

»Natürlich, etwas Schönes! Ich werde dir die Geschichte erzählen, wie Johann Rapp ein Millionär wird.«

Sie mußte lachen, aber er verwies sie streng. »Du darfst nicht vergessen, daß ich schon Millionär bin.« Er zog die Geldtasche und hielt sie ihr hin. »Das ist die Million, der Anfang vom Glück. Habe ich nicht recht?«

»Natürlich! Fang nur an, es wird Zeit«, neckte sie ihn.

Rapp blieb ernst. »Stell dir vor, Jensen sagt zu mir: ›Ja, lieber Rapp, auf Sie habe ich gerade gewartet.‹ Dann bin ich schon der große Mann. Land, Alexa! Wieder Felder bebauen und Tiere pflegen! Wieder Freiheit und Arbeit! Und du brauchtest nicht mehr zu arbeiten, keine Kranken mehr zu sehen, keine Not mehr zu leiden. Du brauchtest nichts zu tun, als brav zu warten, bis unser Sohn erscheint.«

Er beugte sich über sie und küßte sie mitten auf den Mund.

»Wirst du das tun?« fragte er leise. »Mich liebhaben und gesund werden, weiter nichts?«

»Ja«, antwortete sie.

Er stand auf und trat ans Fenster. Sie sah nur seinen breiten Rücken und den blonden Kopf. Sein Gesicht, der Ausdruck voll Angst und Hoffnung, blieb ihr verborgen.

»Es wäre nicht auszudenken«, flüsterte er rauh.

»Wanja!« rief sie. »Wanja! Komm her, komm zu mir! Wir müssen daran glauben!«

Er trat auf sie zu, und sie erkannte den tiefernsten Blick seiner hellen Augen.

»Ja, du hast recht«, sagte er, »warum sollen wir nicht auch einmal glücklich sein, nicht wahr?«

Sie nickte. Seine Worten waren nichts als eine bange Frage.

»Es müßte mit dem Teufel zugehen!« rief er und begann zu lachen, mutig und voller Willenskraft, so wie einst.

Als Habermann die Tür hinter sich zugeschlagen hatte,

nach dem harten Wort »tot«, erlosch sein Gesicht, sein Blick, sein Denken. Er eilte wie im Traum die Treppen hinunter, lief durch den Hof, vorbei an der Portierloge, und betrat die Straße.

Plötzlich, als er weiterging, war er nichts mehr als ein alter, sehr müder Mann, den die krummen Schultern nach vorne zogen, dessen weißhaariger Kopf müde gesenkt blieb.

Er hielt den Hut in der Hand, den Mantel hatte er zu schließen vergessen. Es regnete, die Tropfen klatschten schnell in sein graues Gesicht, Menschen hasteten an ihm vorbei, Autos gaben laute, gellende Signale ... und er ging, ohne die Umwelt zu sehen, durch die Stadt.

Zum ersten Male in seinem Leben fühlte er nichts als seinen Herzschlag.

Tatjana war tot.

Nie, in keiner Sekunde hatte er das in Erwägung gezogen oder für möglich gehalten. Was er, Habermann, liebte, mußte leben, hatte einfach für ihn am Leben zu bleiben! Die Frau war der Inhalt seines Daseins gewesen, von allem Anfang an. Niemand, kein Mensch hatte darum gewußt.

Wo waren jetzt seine Pläne hin? Hatte er keinen Mut mehr? Ach, Mut, Kraft und Klugheit genug, um neu anzufangen. Aber wenig Lust dazu. Nein, er hatte durchaus keine Lust mehr, und das war nicht einmal schlimm.

Er hatte sein Leben lang nüchtern gedacht und gehandelt und gewußt, worum es ging. Er wußte auch jetzt zu genau, was ihn erwartete. Er war ein Mann, der im Gefängnis gesessen hatte. Und das bedeutete, daß ihm jeder Weg, den er früher nur einmal zu gehen brauchte, jetzt hundertmal zu gehen bestimmt war, ehe er sein Ziel erreichen würde.

Und nur für Tatjana hätte er vermocht, sich mit der letzten Zähigkeit wieder emporzuarbeiten. Nur für sie hätte es Sinn gehabt.

Er schritt schneller aus, ging an den Läden vorbei und blieb plötzlich vor der Auslage eines Juweliers stehen. In dem strahlenden Licht funkelten die Brillanten tausendfach in bunten Blitzen auf. Habermann starrte die Schmuckstücke an und lächelte bitter. Nein, diese Dinge hatten ihren Reiz verloren. Er hatte Macht und Reichtum neu erkämpfen wollen, nicht für sich selbst, für die Frau, die er geliebt hatte, viele Jahre lang, einsam und hartnäckig.

Wie aus einem Traum fuhr er auf, als hinter ihm jemand lachte.

Richtig, das Leben ging weiter, die Menschen lachten, oder sie weinten. Er kannte die Menschen so gut. Durch ihn hatten sie oft genug geweint, seltener gelacht...

Arm in Arm ging ein Paar vor ihm her und betrat eines der Lokale. Er blieb stehen, sah ihnen nach und schüttelte den Kopf.

»Dieses«, sagte er laut, »ist an dir vorbeigegangen.«

Um den schmalen, eingefallenen Mund das spöttische, überlegene Lachen, schritt er hart und ruhig im Strom der Menschen dahin.

Sein Leben war ohne Liebe gewesen, aber voller Hoffnung, doch noch sein Ziel, diese Frau, zu erreichen. Welch ein Antrieb war das gewesen, welch unsagbarer Reiz!

Er kam in dunklere, einsame Straßen, an irgendeinen Platz mit Bänken, und setzte sich.

Weit entfernt floß das Leben durch die Stadt, von weit her hupten die Autos, ein heller Lichtschein, dunstig und rot, stand über den Häusern.

Bis zu ihm reichte das Leben nicht mehr.

Er saß, den Hut auf den Knien, den Rücken gebeugt.

Aus. Vorbei. Er war ein Phantast gewesen, ein Spieler.

Kein Mensch mehr konnte ihm jetzt etwas sein. Sein Ziel war es nicht, alle paar Tage einsam und alt zu Rapp und Alexa zu gehen. Dort war er fremd, wohl durch eigene Schuld, aber er bedauerte es nicht.

Was sollten sie ihm?

Ihm, Habermann, dem Mann mit dem verschlossenen, kühlen Herzen und dem klaren Verstand? Dem Mann, der nur einen Menschen auf dieser Welt begehrt hatte...

Habermann war nie sentimental gewesen. Er stellte auch jetzt eine klare Rechnung auf. Und bei dem Gedanken, morgen als Bittsteller zu seinen »Freunden« zu gehen, schauderte es ihn. Er schüttelte den Kopf.

Nein!

Also was?

Ruhe, nicht wahr? Nichts als Ruhe, endgültige Ruhe, endgültiges Vergessen.

Er saß noch lange.

Endlich stand er auf. Er wußte nicht, wie weit die Nacht schon vergangen war.

Die Lampen über dem Platz schaukelten im leichten Wind.

Habermann klappte den Mantelkragen hoch und schritt über den Fahrdamm, langsam und ruhig.

Er betrat eine kleine, schwarze Straße. Eine große Gestalt, sehr gerade, mit hochgezogenen Schultern, verschwand aus dem Lichtkreis mit wenigen Schritten ... um im Dunkel unterzutauchen.

Der Hut, den er vergessen hatte, lag noch im grauenden Morgen auf der Bank, bis ihn ein armer Teufel fand und mit sich nahm.

Der Zug hielt nur ein paar Minuten auf der kleinen Station in Neu-Buckow. Wenige Menschen stiegen aus und gingen ihres Weges. Rapp fragte gleich an der Sperre den einarmigen Schaffner nach dem Gut Jensens.

»Na, denn viel Glück!« antwortete der Mann. »So reich, wie der Kerl ist, so wütend und launisch ist er auch. Wer im Felde war, dem kann so ein Schieber nicht imponieren. Der hätte mal an der Somme liegen müssen oder vor Verdun, dann wären ihm die Launen schon vergangen.«

Es war ein kalter, nebliger Tag, noch früh am Morgen. Die Erde war gefroren, und über den kahlen Feldern lag eine große Melancholie.

Rapp schritt schnell auf der Chaussee aus, und je weiter er ging, um so weiter breitete sich das Land um ihn aus, bis in die ferne Linie des dunstigen Horizontes.

Seine Schritte wurden sicherer und freier. Er kam an kleinen Gasthöfen vorbei, die am Wege lagen, er ging am Rand der Kiefernwälder entlang und freute sich an den hohen, schlanken Stämmen, durch die schwaches Licht auf den Moosboden fiel. Hinter ihm stieg die Sonne manchmal aus den Wolken. Wind kam auf und trieb die grauen Wände vor sich her.

Nach einer guten Stunde bog er von der Chaussee ab in einen breiten, ausgefahrenen, sandigen Weg. In der Ferne waren die Gutshäuser schon zu erkennen. Die Stallgebäude schlossen sich im Halbkreis um den großen Hof, den zum Teil eine Ziegelmauer umfaßte. Durch die kahlen Bäume leuchteten rot die Dächer.

Ein Leiterwagen holperte aus dem Torweg, vermummte Knechte und Mägde saßen darauf und wurden zur Arbeit gebracht. Wie er sie beneidete!

»Gehört das Gut Jensen?« rief er hinauf.

Sie nickten zurück.

Unsere Mecklenburger sind noch genauso wortkarg wie früher, dachte er belustigt. Er blickte hinter dem Wagen her, sah, wie er abbog und über die Felder fuhr, und erkannte in der Ferne, wie er hielt, wie die Leute absprangen und sich auf den Äckern verstreuten. Mit einem beglückenden Gefühl betrat er langsam den Hof. Nach kurzem Zögern schritt er auf ein abseits stehendes sauberes Häuschen zu.

»Sie wünschen?« rief eine barsche Stimme hinter ihm, als er die Türklinke niederdrückte.

»Ich will Herrn Jensen sprechen.«

»Ah, der neue Verwalter? Ich bin der alte, der rausgeschmissen wurde, der zehnte, zwanzigste oder hundertste. Viel Spaß! Aus unserer Gegend meldet sich niemand mehr. Ihr Name?«

»Johann Rapp.«

»Warten Sie hier.« Er ließ Rapp auf dem Hof stehen und wollte ins Haus.

»Höflich sind Sie gerade nicht!« rief Rapp hinterher.

»Sie werden lange warten müssen, Mann.«

»Oder auch nicht! Ich komme bestimmt ohne Ihre Anmeldung herein!« Er wandte sich um, fragte einen der Knechte nach dem Gutsherrn und ließ sich den Weg zum Gutshaus weisen, das außerhalb der Wirtschaftsgebäude lag.

Auf einer Anhöhe, zu der von beiden Seiten gepflegte Wege führten, umgeben von Gesträuch und Bäumen, erhob sich der langgestreckte Bau mit rotem Dach und schmalen, hohen Fenstern.

Glückliche Menschen, dachte er. Im Sommer, wenn alles grünt, muß man von dort einen herrlichen Blick über das Land haben.

Er stieg langsam die Anhöhe hinauf und stand vor einem schweren, eichenen Tor. Offensichtlich war sein Kommen schon gemeldet worden, denn bevor er den Messingklopfer berührt hatte, öffnete ein alter Diener mit besorgter Miene die Tür.

»Der Herr ist sehr ungehalten«, flüsterte er. »Sie haben sich nicht anmelden lassen, das ist für Sie ein schlechter Anfang.«

»Das macht nichts«, sagte Rapp mit einem zuversichtlichen Lächeln. Er legte den Mantel ab und betrat das Zimmer, das ihm der Diener wies.

Es war ein großer, heller Raum, mit alten Möbeln, gemütlich und warm.

Richtig – als Rapp aus dem hohen Fenster mit den leicht angelaufenen Scheiben sah, fand er die Aussicht über das flache Land und die dunkelgrünen Kiefernwälder, wie er sie erwartet hatte. Er versank in Schauen und vergaß die Gegenwart.

»Ihre Bewerbung ist zwecklos, mein Herr«, knurrte jemand hinter ihm. Rapp fuhr hastig herum.

Da stand Jensen, der kleine Kapitän, und sah genauso aus wie immer. So, als stünde er gerade an die Reling seines Schiffes gelehnt. Die Hände in den Hosentaschen, untersetzt, die Pfeife im Mund, mit hellen, bösen Augen und seinem alten kleinen grauen Spitzbart.

»Sie denken wohl, Sie können sich zu mir benehmen, wie es Ihnen paßt?« sagte Rapp lächelnd, sah zugleich, wie der Mann vor ihm erblaßte und die geballten Hände aus den Hosentaschen zog.

»Hauen gilt nicht, Käptn Jensen.« Er faßte den Mann blitzschnell an beiden Oberarmen und schob ihn zu sich ins Licht. »Was macht denn die ›Adler II‹, Sie alter Blockadebrecher?«

Da nahm Jensen mit einer schwerfälligen Bewegung die Pfeife aus dem Mund und starrte Rapp ungläubig an.

»Baron Rapp?... Sie?... So alt können Sie doch nicht sein!«

»Ich bin es geworden...«

Jensens breite Hand legte sich auf Rapps Hand. Er fand kein Wort mehr, sein unsicherer Blick verdunkelte sich, als ginge er weit in die Vergangenheit zurück.

»Ich bin gekommen«, sagte Rapp nach einem langen Schweigen, »um Arbeit bei Ihnen zu suchen!«

»Bei mir? Auf dem bißchen Land? Lassen Sie mich los. Das ist doch unmöglich. Sie machen sich lustig über mich, Rapp!«

Rapp schüttelte den Kopf. »Warum sind Sie so erstaunt? Ich bin ein armer Mann und muß mich von meiner Frau ernähren lassen. Sehen Sie, Jensen – ich muß Arbeit haben! Verstehen Sie mich? Ich halte es in der Stadt einfach nicht mehr aus.«

Er sprach jetzt erregt, mit blassem Gesicht und schmalen Lippen. »Da kam der alte Habermann gestern zu uns, gerade raus aus dem Gefängnis. Der schickte mich her.«

»Arbeit.« Jensen stotterte das Wort mühsam hervor. »Ja, Baron Rapp! Selbstverständlich. Natürlich können Sie Arbeit bekommen. Sie bleiben hier, als Verwalter, als mein Freund...«

Rapp stand ganz still. Der Redestrom des kleinen Mannes floß an ihm vorbei. Nur ein einziges Wort blieb deutlich, laut und nah: »Ja!«

Er stand da, und niemand merkte ihm an, daß sich in diesen Minuten aller Schmerz, den er jahrelang in sich hineingefressen hatte, löste und verging.

Er begann zu lächeln.

Was redete Jensen noch? Etwas vom Essen und Trinken und Schlafen. Bitte, tut mit mir, was ihr wollt. Ich bin bei allem dabei. Ich bin so glücklich!

»Ich werde alles veranlassen!« rief Jensen und verließ das Zimmer mit hastigen, kleinen Schritten.

Rapp blieb am Fenster stehen, hob den Kopf, immer noch lächelnd, und blickte über das Land, die Felder und Wälder hinweg.

Während des Essens erzählte er ununterbrochen. Jensen saß mit erloschener Pfeife wie erstarrt in seinem Sessel und hörte zu.

Als er endlich schwieg, wandte sich der Kopf des Mannes ihm zu.

»Ja«, sagte er schwer. »Auch mein Leben ist anders geworden, Rapp.« Er zeigte auf die Umgebung, die alten, schönen Möbel, die kostbaren Teppiche und Gemälde.

»Ich staunte schon, lieber Jensen, ich gratuliere...«

»Nein, gratulieren Sie nicht.« Der Mann setzte grübelnd seine Pfeife in Brand. »Vielleicht ist es ein guter Zufall, der Sie zu mir führt... auch für mich. Vielleicht ist es gut, daß ich gerade Sie gefunden habe. Ich mag nicht mehr, Rapp!« Sein Blick wurde hart. »Ich werde gehen. Sie bleiben. Ich bin mir selber fremd geworden. In Kampen auf Sylt wartet das kleine Fischerhaus meines Vaters seit Jahren auf mich. Es wird meiner Frau und mir einen friedlichen Lebensabend geben. Ich bin kein Gutsbesitzer. Ich bin Seemann, und ich will die See noch in meinen letzten Tagen um mich haben.«

Er schwieg, während Rapp diesen Mann zu begreifen versuchte.

»Meine letzten Fahrten waren ein glatter Wahnsinn«, sagte Jensen rauh. »Es war keine Kühnheit mehr. Ich hätte mich dem Teufel auf die Hörner setzen können, und auch das wäre mir geglückt. Ich raffte alles zusammen, skrupellos, Rapp! Geld, Weiber, alles, was ich wollte! Aber ich vergaß dabei meine Frau, wie sie in Sorge und Angst um mich vor der Zeit alt und runzelig wurde, so daß sie dem oll Jensen nicht mehr gut genug geworden war.«

Er wies gegen die Decke.

»Über uns, in ihren Zimmern, sitzt sie jetzt Tag für Tag. Sie ist gelähmt, weil sie mich einmal als ganz gemeinen

Schweinehund erleben mußte. Ich bat sie damals um Verzeihung, doch sie blickte fort ... Ich habe es keinem erzählt, aber es ist an der Zeit, daß ich das werde, was ich war. – Sie werden hier arbeiten. Aber so, als gehöre Ihnen das Land! Und ich mache einen Strich unter die ganze Sache, unter die letzten Jahre ... Der Hund, der verfluchte, de oll Habermann, hat mich so weit gebracht. Was wohl aus ihm werden wird?«

»Der«, sagte Rapp und sah dabei mit einem leisen Gefühl von Dankbarkeit das kühle, ruhige Gesicht des alten Habermann vor sich, »der kommt wieder hoch, Jensen. Der bestimmt!«

Es ist ein warmer, heller Frühlingstag, als Johann Rapp auf der kleinen Station den Zug erwartet, der Alexa bringen soll.

Er hat die Mütze abgenommen, lehnt an der Sperre und unterhält sich mit dem einarmigen Schaffner.

Die Leute, die mit Körben voll Gemüse vorbeigehen, nikken ihm zu. Er ist in kurzer Zeit einer der Ihren geworden, er gehört zu ihrem Leben, ihrer Arbeit und in ihre Gespräche.

Er hat seinen Arbeitsanzug an, die derbe Lodenjacke, die Reithosen und die hohen Stiefel. Sein Gesicht ist gebräunt und gesund.

Er sieht sie sofort am Fenster des Abteils stehen, als der Zug heranrattert. Und in diesem Augenblick, als er die Tür öffnet und sie heraushebt, schlägt das Glück über ihm zusammen, so daß er sie einfach in den Armen behält und über den Bahnsteig, an dem kleinen Stationshaus vorbei, bis zum Wagen trägt.

Hinter ihm her lachen die Leute und freuen sich mit ihm.

Rapp wickelt Alexa sorgfältig in die gefütterten Lederdekken und schwingt sich neben sie auf den Bock. Er schnalzt leicht mit der Zunge, läßt die Peitsche freundlich über die Pferdeköpfe knallen.

Dann fahren sie, ohne ein Wort.

Alexa sieht seine kräftigen Hände, die die ungeduldigen Pferde halten, damit sie schön langsam traben und ihr nichts geschieht. Einmal legt er die Hand zart auf ihre Knie. Alles liegt in dieser einzigen Geste: Liebe, Vertrauen und Dank.

Ihr Blick geht von der Seite über ihn hin, umfaßt das ganze Gesicht, die ergrauten Schläfen, das eckige Kinn und die Narben. Seine hellen Augen blicken in die Ferne, und um seinen Mund liegt ein Lächeln.

Die breiten, glänzenden Pferderücken und die Köpfe mit den langen Mähnen gehen in gleichmäßigem Trab auf und nieder.

Rapp hebt den einen Arm, umschließt Alexas Schultern und zieht sie näher zu sich.

Plötzlich, mit aller Wucht und Unbändigkeit, steht sein ganzes Leben vor ihm:

Sein Land, seine Frau und er selbst.

Theodor Kröger

natascha

Seine Erlebnisse nach der Flucht aus Sibirien

387 Seiten, Leinen

Die Spritze beginnt zu wirken. Langsam weicht der Schmerz aus seinen Gliedern. Vor ihm verblaßt die Erinnerung an vier lange Jahre zwischen Hoffnung und Verzweiflung. Theodor Kröger, der zum Tode Verurteilte, der nach Sibirien Verbannte, ist wieder in Berlin.

Vor vier Monaten hatte in einem der vielen vergessenen Dörfer Sibiriens seine Flucht begonnen. 800 Kilometer der Angst vor seinen Häschern, des Umherirrens durch Nacht und Urwald, über verbrannte Erde und zerstörte Landschaften, bis er endlich die Transsibirische Eisenbahnlinie erreichte. In einem Viehwagen führte ihn der Weg nach Deutschland, nach Berlin, in ein billiges Stundenzimmer am Bahnhof Friedrichstraße.

Dort beginnt die faszinierende Geschichte einer ungewöhnlichen Liebe zwischen einem Mann, der verzweifelt versucht, sich im Niemandsland zwischen einem Gestern, das unter Aschenhaufen begraben liegt, und einem Morgen, dessen Sinn ihm fragwürdig geworden ist, eine Heimat zu finden; einem Mann, für den das Wort Liebe nur noch ohnmächtiger Haß gegen diejenigen bedeutet, die dieses Gefühl in ihm gemordet haben; und Natascha, jenem traurigen und von Krankheit gezeichneten Mädchen, das ihm vom Schicksal anvertraut wird, ohne daß beide ahnen können, über wieviele Höhen und Abgründe es sie noch führen würde; jenem übermütigen und tolpatschigen Nichtsnutz, der alles, womit er in Berührung kommt, zerbricht — auch das Leben anderer; jener hingebungsvollen und leidenschaftlichen Frau, deren Liebe wie ein wilder, ungezügelter Strom alle Dämme der Vernunft zum Einsturz bringt, um schließlich in einem Gefühl auswegloser Einsamkeit zu versanden ...
